MERCURE ROUGE

Artie Cohen, émigré de Russie, a fini par atterrir à New York après un bref passage par Israël. La quarantaine, il a déjà près de vingt ans de service dans la police municipale et songe sérieusement à démissionner pour s'installer à son compte comme détective privé. Au fil du temps, il a appris à aimer New York et connaît la ville comme sa poche. Il a un faible pour les belles américaines, le jazz, et pense avoir définitivement laissé derrière lui ses souvenirs de Russie. Mais le passé ne s'oublie pas si facilement et il lui saute soudain à la figure le jour où Gennadi Ustinov, un ancien général du KGB, auteur d'un livre sur les agissements des services secrets soviétiques, est assassiné en plein talk-show télévisé. La victime est une vieille connaissance, ami de son père, qui a trahi le régime avant de disparaître et de passer à l'Ouest.

Parce qu'il parle russe et hébreu, parce qu'il connaît bien cette communauté, on demande à Artie de mener l'enquête. Mais il rechigne, préférant travailler en solitaire. Très vite l'affaire prend de nouvelles proportions. D'abord il se fait agresser par un inconnu, ensuite il se heurte à la mafia russe qui a fait main basse sur le quartier de Brighton Beach, aussi surnommé Little Odessa pour son fort taux d'émigration en provenance de l'Europe de l'Est, et qui pourrait bien tirer les ficelles de cette histoire. Sur les traces du tueur d'Ustinov, il met en lumière un trafic de produits chimiques, matières radioactives et autres gaz mortels – dont le fameux et mythique mercure rouge. Les crimes les plus immondes sont commis pour faire transiter cette marchandise particulière ou, au contraire, tenter de la stopper avant qu'elle n'arrive à ses destinataires. Le FBI, la CIA, des anciens agents du KGB, les communautés juive et russe, tout un monde se met en branle autour de cette affaire, mais pour la résoudre, le sale boulot reviendra à Artie ...

Au centre de ce roman, c'est à une superbe mise en scène de New York, ses quartiers les plus dangereux comme ceux les plus exotiques, à laquelle on assiste en suivant pas à pas une piste sanglante. Au terme de cette enquête palpitante, Artie Cohen se retrouvera en Russie, dans un Moscou dominé par une nomenklatura du crime qu'il pensait pourtant ne jamais plus revoir.

Journaliste, réalisatrice de documentaires, Reggie Nadelson vit à New York et collabore à des magazines européens tels que Vogue, Observer, etc. Mercure rouge, *son premier roman, met l'accent sur un personnage haut en couleur, Artie Cohen, que l'on retrouve dans son second livre :* Pavots brûlants.

Reggie Nadelson

MERCURE ROUGE

ROMAN

Traduit de l'anglais
par Michel Doury

Christian Bourgois éditeur

TEXTE INTÉGRAL

TITRE ORIGINAL
Red Mercury Blues

ISBN 2-02-033021-0
(ISBN 2-267-01420-3, 1re publication)

Pour Anne Graham Bell

PREMIÈRE PARTIE

NEW YORK

I

« Il y avait des morceaux de corps humain accrochés aux arbres. »

Je revenais de Brooklyn en voiture quand la radio a annoncé un accident d'avion dans l'ouest, et une infirmière qui s'était rendue sur les lieux déclarait : « Il y avait des morceaux de corps humain accrochés aux arbres. » J'ai cessé d'y penser quand une drôle de brume s'est levée du fleuve et a coupé Manhattan du monde.

Toute la matinée il avait plu, une pluie qui tombait comme des aiguilles d'acier et s'enfonçait dans l'East River. Par endroits, le fleuve débordait sur ses berges, et la brume me chassait de Brooklyn. J'ai filé plus vite qu'elle jusqu'au milieu de Brooklyn Bridge et, là, la circulation s'est bloquée.

On ne voyait que le sommet des buildings. Manhattan était vraiment une île lointaine, une falaise perdue dans le brouillard. Les gratte-ciel surgissaient comme des monstres inquiétants au-dessus des lourds nuages blancs ; des rideaux de pluie voilaient l'Empire State Building, on aurait dit des fantômes dans le bayou.

Pendant que cette brume envahissait mon pare-brise, j'ai allumé une cigarette. Les phares brillaient dans l'opacité, deux gamins se sont précipités hors de la voiture qui était devant moi, et ils ont essayé d'escalader les entretoises du pont, on ne voyait que leur tête sans corps, et leurs mains accrochées aux poutrelles. Je suis resté là à attendre en fumant.

J'étais allé à Brooklyn chercher du caviar pour le mariage de Dawn, parce qu'on en trouvait du bon et pas cher à Fish Town, à Brighton Beach. Je n'aime pas trop y aller, je ne raffole pas du contact avec les Russes, mais c'était Dorothy Tae, la maman de Dawn, qui me l'avait demandé et, pour elle, j'aurais rapporté l'esturgeon tout entier et je serais même allé le pêcher. Tout s'est très bien passé, et j'avais plusieurs livres d'Osetra extra en boîtes bleues empaquetées dans de la glace sur le siège arrière de la Mustang.

Tout s'est soudain éclairci. La pluie a cessé. D'un seul coup. Comme une averse tropicale. La ville restait suspendue dans l'humidité qui ressemblait à de la graisse de poulet. Le soleil a refait son apparition, tout boursouflé comme la grosse Rolex d'un nouveau riche, barbouillant le ciel de couleurs dégoulinantes. Il faisait une chaleur lourde, inattendue en septembre, et, comme je quittais le pont à City Hall pour prendre Lafayette Street, je me suis souvenu de la première fois où j'avais franchi ce pont – j'avais dix-neuf ans et j'arrivais de l'aéroport. J'avais pris un taxi, une vieille guimbarde en maraude, et j'avais dit au chauffeur de prendre Brooklyn Bridge. Je voulais faire le petit malin et lui montrer que je connaissais le parcours. Je ne connaissais rien du tout. Je voulais paraître à l'aise, j'étais mort de peur. C'est alors que j'ai vu les gratte-ciel se détacher sur l'horizon, invraisemblables, éblouissants. J'ai failli me mettre à pleurer. J'allais pouvoir oublier le passé. Vingt ans après. J'étais chez moi.

« Enculé. Trou du cul. Pauvre merde, tu vas avancer ? » Le type derrière moi faisait hurler son Klaxon. C'était un Blanc avec une casquette Knicks, la visière retournée. Les feux étaient passés au vert, j'étais planté là comme un con à regarder par la fenêtre ; il était dans son droit.

Je lui ai crié : « Gardons le sourire ! » et j'ai pris la direction de Broadway pour aller livrer mon caviar, prendre une douche et enfiler mon smoking.

« Tu as un secret ? » m'a demandé une jolie fille ce soir-là au mariage de Dawn Tae. Je riais tout seul comme un imbécile, simplement parce que j'étais soûl. Et heureux. Plus tard, quand les choses se sont gâtées, je me suis souvenu du bonheur que j'avais éprouvé à ce mariage. Dawn aurait pu faire ça dans un endroit chic, mais elle préférait être ici, chez elle. Idem pour moi. Les Tae, qui ont le meilleur restaurant de Chinatown – et je suis leur locataire –, ont complètement restauré le bâtiment et y ont installé des lofts. Il y a une entrée privée, on n'est pas obligé de traverser le restaurant. Impeccable.

J'ai dit à la fille en satin bleu : « Je suis heureux. » Nous tournions sur la piste, je sentais sa chair souple sous ma main. Au plafond, des boules de cristal aussi grosses que des melons balançaient, comme des éclats de lumières, les reflets de centaines d'invités. La chaleur multipliait l'odeur des lis et du piment, le parfum des filles ; partout il y avait des roses rouges, rouges parce que ça porte bonheur.

Je savais que j'étais soûl – mais c'était de champagne – et tout était parfaitement net à mes yeux. Plus tard, je reverrai cette soirée comme une vitrine de Noël sur la 5e Avenue : la salle très éclairée, les danseurs, la mariée dans tout son éclat, les vieux qui ronflaient dans des fauteuils, les enfants qui se prenaient dans leurs pieds, les serveurs avec leurs lourds plateaux, les invités qui semblaient animés par un mécanisme invisible. Luisant comme un phoque, M. Tae rayonnait ; Peter Chu appartenait à une excellente famille de Hong Kong ; Dawn faisait un beau mariage.

L'orchestre a attaqué *Cheek to Cheek*. Je donnerais toute la musique classique que vous voudrez, y compris Horowitz interprétant Chopin, pour Astaire, sans parler de Dreck Doggy Dog ou quelque chose comme ça. Je dansais avec des gosses debout sur mes pieds, avec des vieilles dames qui m'entraînaient dans des pas de deux compliqués, avec des jeunes filles toutes de soie vêtues et perchées sur des talons de dix centimètres.

« Je suis au paradis. »

La fille en bleu m'a regardé comme si j'étais un peu fêlé, elle a vu que je chantais tout seul. « Tu es né pour le bonheur », m'avait dit ma mère. L'imbécile heureux.

« Comment ça va, *detective* ? » m'a demandé Ricky Tae, qui passait par là. C'est le frère de Dawn, et mon meilleur ami.

« Splendide. »

Tout en dansant, j'ai compris que la fille avec qui j'étais – elle avait un grand front, un charmant sourire et des nichons terribles – ne portait rien sous sa robe de satin bleu.

« Comment tu t'appelles ? m'a-t-elle demandé.

– Artie. » Je l'ai serrée plus fort. Elle sentait drôlement bon.

« Tu es le flic de Ricky, non ? Je croyais que les flics faisaient toujours la gueule. Enfin, je veux dire, qu'ils étaient amers, las de la vie. Rendus tristes par leur expérience.

– Tu as trop vu de films d'Al Pacino. Moi, je suis le flic joyeux. Tu ne veux pas venir avec moi ? J'habite au-dessus. »

Je n'allais pas l'enquiquiner avec les détails, lui raconter que j'étais en congé et que je songeais à quitter la police et que, confronté à tant de malheurs, le mieux était de ne pas s'en faire. Si elle voulait me voir l'air sombre, je pouvais toujours essayer, et je lui ai fait mon numéro de Marlon Brando jeune. Elle a éclaté de rire avant de me laisser là. Dawn passait, je l'ai prise par la taille.

« Tu ne lui a pas plu ? » Dawn, en rouge, était magnifique.

« Son genre, c'est Al Pacino. Tu es vraiment splendide. Tu es sûre de ne pas t'être trompée de mari ?

– J'aurais bien voulu que ce soit toi », m'a murmuré Dawn, en plaisantant à demi. On flirte depuis des années, depuis que je suis installé dans l'immeuble ; ça nous est arrivé de baiser dans l'escalier.

Mais cela briserait le cœur de son papa si Dawn épousait un flic blanc, elle le sait aussi bien que moi.

Elle m'a dit : « Dansons. » Sur la piste, tout le monde s'est écarté, parce qu'on était vraiment forts. Ricky était avec l'orchestre et il a chanté *I Love You Just the Way You Are.* Tout le monde riait, tout le monde dansait, les lumières tournaient, je tenais Dawn dans mes bras, et je respirais le parfum des roses.

Dawn m'a dit : « Tu as bu. Je ne t'avais jamais vu ivre.

– C'est parce que c'est la première fois que tu te maries. »

Une heure plus tard, je suis allé changer de chemise, la mienne était trempée. Dawn et ses amies s'étaient servies de mon appartement comme vestiaire, il y avait des parfums délicieux, la poudre, la laque. Le parfum de Dawn, c'était *Joy.* Sur mon lit, il y avait une combinaison de soie rouge. J'y ai enfoui mon visage, puis j'ai mis le CD en marche ; c'était Ella Fitzgerald dans *Give It Back to the Indians.*

Je me suis regardé dans la glace, et j'ai pris une chemise propre. J'ai trente-neuf ans, je mesure un mètre quatre-vingt-deux, je suis plutôt en forme. J'ai rentré le ventre. Bon Dieu, j'étais épuisé. J'ai allumé une cigarette, j'ai boutonné ma chemise avec des doigts comme des saucisses, j'ai avalé la fumée qui, mélangée aux parfums, m'a donné une sensation de plaisir intense comme si ç'avait été de l'oxygène pur. Il faudrait que je me déniche une gentille fille et que je me marie. Être un véritable Américain. Jouir de la vie. Écouter Ella Fitzgerald. C'était OK. Et sans danger.

J'étais en train de redescendre l'escalier quand mon téléphone a sonné. Le répondeur enregistrait la communication, mais quelque chose m'a dit de remonter. Il devait y avoir un os. Une veine dans mon cou battait. Je me suis repassé le message.

Gennadi Ustinov avait été abattu.

Il y a eu comme une explosion dans ma tête. Abattu. Abattu où ça ? Je suis resté planté là, paralysé. Je me voyais écouter la voix dans le répondeur. On lui avait tiré en pleine figure pendant le *Teddy Flowers Show*. Était-il mort ?

Je suis sorti dans la rue en courant. J'avais la tête vide, il faisait en ville une chaleur d'enfer, je courais de toutes mes forces pour échapper au cauchemar qui allait me rattraper ; la sueur me coulait dans les yeux comme s'il avait plu. Le goudron ramolli collait à mes semelles. Ne meurs pas. Ne meurs pas.

II

Ne meurs pas !

Avant même d'entrer dans la salle de réanimation, j'ai entendu les machines qui fonctionnaient. Inspiration. Expiration. Inspiration, etc. Il était plus de minuit, l'hôpital était tranquille. À mi-chemin dans le couloir, ces bruits donnaient l'impression qu'il s'agissait d'un homme dans l'espace.

Dans la chambre, sous les lumières vertes, Gennadi Ustinov était allongé immobile, ficelé comme un cosmonaute avec toutes sortes de tuyaux en plastique qui le reliaient à cette machine qui respirait à sa place. Des écrans clignotaient, avec des diagrammes verts sur fond noir, qui indiquaient que le cœur battait encore ; un enchevêtrement de goutte-à-goutte entretenait en lui une vie précaire. Son visage, à demi caché par un masque de plastique, était exsangue. Il semblait plus vieux que dans mes souvenirs.

À la sortie de son livre, il y avait eu des photos dans les journaux, où il ne faisait pas son âge, parce que c'était un vieux vaniteux, et que les photos ça se retouche. J'ai écarté les cheveux qui me tombaient dans les yeux et je me suis penché sur lui, l'infirmière m'a fait signe de m'écarter, mais un agent du FBI dont j'avais oublié le nom lui a dit : « Laissez-le faire. »

L'agent était là quand j'étais arrivé à St Vincent's, il m'avait serré la main dans un bref mouvement de sympathie. J'avais les jointures en sang.

Dans la rue, après avoir quitté la noce puis remonté Broadway en courant, sur trois ou quatre pâtés d'immeubles, je vis un taxi à qui j'ai barré la route, en tambourinant avec le poing sur son capot. J'ai sauté dedans. J'avais lu le nom du chauffeur sur sa licence : Petrov, Fyodr. Je lui avais hurlé l'adresse. Il n'était pas content du tout mais il avait immédiatement obéi, tirant sur sa mèche d'un air humble : « OK, mister. Yesssir. » Il avait marmonné cela d'un ton soumis, il avait peur de moi, et j'ai compris que je lui criais après en russe.

« Ne meurs pas. » J'étais en train de murmurer cela en russe à Gennadi Mikhailovich. « Ne va pas me claquer entre les doigts. Qu'est-ce que tu as fait ? Qui a voulu ta mort ? »

Il ne restait plus que l'infirmière, l'interne de garde et le type du FBI. Je suis resté près du lit, penché sur lui. Combien de fois au cours de ces dernières années m'avait-il laissé des messages sur mon répondeur ? Et toujours en anglais, comme pour montrer qu'il savait que j'étais devenu un Américain. Et je ne l'avais jamais rappelé.

Il lui arrivait aussi de m'écrire : « Quand nous

verrons-nous, Artyom ? » Je n'ai jamais répondu à ses lettres. Mais je gardais la bande du répondeur dans un tiroir.

« Quand nous verrons-nous ? »

Ma tante Birdie m'avait écrit de Moscou : « Va le voir, s'il te plaît. Va le voir, Artie, en souvenir de ton père. »

Allongé là sur le petit lit blanc, inconscient, avec tous ses tubes, se trouvait l'homme qui avait été le meilleur ami de mon père. Je l'appelais oncle Gennadi. Cela faisait vingt-cinq ans que je ne l'avais pas vu. Birdie m'avait écrit. Bon, c'était d'accord. Il devait venir chez moi le lendemain. Dans sa dernière lettre, il voulait savoir où j'habitais. « Je suis si heureux à l'idée de te revoir », disait-il dans sa lettre. Et c'était raté.

L'agent du FBI m'a posé la main sur l'épaule, juste comme l'écran n'affichait plus qu'une ligne verte rectiligne. Des médecins sont arrivés en courant, leurs semelles de caoutchouc faisaient un bruit de ventouses sur le linoléum. Je me suis trouvé repoussé, ils se sont jetés sur le corps et se sont mis au travail.

« Désolé, a dit l'un des médecins, il va falloir que vous sortiez. »

J'ai demandé : « Il est mort ? Il est mort ? »

Personne ne m'a répondu.

« Qui pouvait bien vouloir tuer un ancien général du KGB ? » a demandé en pouffant une connasse des médias avec énormément de cheveux, juste comme je sortais de l'hôpital. J'avais envie de fumer une cigarette.

Je lui ai donné la réponse : « Tout le monde. » J'avais envie d'ajouter : « Foutez le camp. Oui, tout le monde. »

Il y avait un car de télévision, avec l'équipe qui attendait la suite des événements. Pleins d'espoir, ils avaient déjà allumé tous leurs projecteurs. Le long de la 12e Rue, il y avait une demi-douzaine de voitures de police bleu et blanc, et, à la hauteur de la 7e Avenue, des barrières détournaient la circulation. Des hommes en costume descendaient de grosses limousines et de taxis, on les faisait rapidement entrer dans l'hôpital, avec les journalistes qui couraient derrière en agitant les bras, prêts à fonctionner.

De jeunes flics patrouillaient le secteur en essayant de ne pas bâiller, les garçons grattant leur nuque rasée, tandis que les filles tentaient de retenir leur chignon sous la casquette réglementaire. Ils semblaient ployer sous le poids des menottes, des revolvers, des matraques et de la fatigue. Ils m'ont fait pitié, sans que je puisse vraiment me souvenir du jeune Artie Cohen, à l'époque où il patrouillait et avait mal aux pieds.

Mais voilà que Sonny Lippert a surgi d'une des grosses voitures, et il a filé vers l'hôpital. Il m'a vu. Rien n'échappe jamais à Sonny.

« Artie, je suis désolé, mon vieux. » Il avait dit ça d'un ton solennel, et il m'a serré la main comme à un enterrement.

« Oui. Au fait, merci de m'avoir prévenu, Sonny. »

C'était la voix de Sonny Lippert sur mon répondeur qui m'avait annoncé qu'on avait tiré sur Ustinov. Quelques semaines auparavant, comme on fraternisait après avoir descendu quelques bières de trop, j'avais eu la connerie de lui confier que je devais revoir Ustinov.

Il a dit : « Je suis un type gentil. »

Comme moi, Sonny était encore en smoking. Le sien était impeccable. Dans la rue, il a serré la main à une demi-douzaine de flics. Sonny Lippert a beaucoup d'ambition, et un énorme réseau de copains qu'il entretient en parfait état de marche.

« Bon, faut que j'y aille, mon vieux, je suis sur le coup, et il n'y a pas intérêt à s'endormir. » Sonny est désormais au bureau du procureur fédéral, et il s'intéresse à tout ce qui est russe, mais il ne manque jamais de vous rappeler qu'il a été détective, avec l'air de dire, moi, je suis un vrai flic.

« Quelle nomination convoites-tu, Sonny ? » lui a un jour demandé un type, et j'ai bien cru que Lippert allait éclater.

« Sonny, où est le tueur ? »

Sonny m'a extrait du groupe de flics et m'a collé contre le mur de l'hôpital.

« Où est-il ?

– On l'a perdu.

– Vous l'avez perdu ? Vous avez perdu un Russe qui a tué un général du KGB en direct à la télévision au beau milieu de New York City ?

– Et comment sais-tu que le tireur était russe ?

– Grâce à ma brillante intelligence. » J'ai dévisagé Sonny. « Qu'est-ce qui est arrivé ? »

Sonny a fait disparaître un faux pli imaginaire sur

son smoking, il avait la commissure des lèvres humide. Il y avait peut-être un gros coup qui se préparait.

« On n'en sait rien. Les services de sécurité sont dépassés. Et puis c'était le bordel, tu comprends ? Les spectateurs qui hurlaient, les gens couchés par terre. Le type sort, quitte les studios, disparaît. Et toi, tu sais quelque chose, Art ?

– Rien de rien, Sonny. »

Sonny est entré, j'ai traversé la rue et je suis allé m'appuyer contre un mur d'immeuble. J'ai essayé d'attraper une cigarette, j'avais les doigts gourds.

À quelques mètres de là, il y avait une femme devant un de ces immeubles anciens en grès. Elle avait son sac à l'épaule, une cigarette au bec. Une femme-agent en uniforme l'observait du bord du trottoir. La femme a relevé sa lourde chevelure rousse et elle a regardé dans ma direction.

« Vous auriez pas du feu ?

– Certainement. »

J'ai sorti mes allumettes de la poche de mon pantalon et j'ai allumé nos cigarettes. Elle était presque aussi grande que moi.

On est restés là une minute à fumer, comme deux conspirateurs silencieux. C'était une nuit d'été étouffante, avec un roulement de tonnerre continuel, comme un gémissement au loin ; le genre de temps où des bagarres éclatent partout dans la ville, jaillissant du sol comme des tornades. De l'autre côté de la 7e Avenue, des dealers faisaient dans la China White, un lycéen fourguait du Prozac à un dollar le shoot. Tout autour de nous, les talkiewalkies, les radios de la police, les téléphones cellulaires s'affairaient dans la nuit urbaine comme des grillons dans la campagne. On a entendu une bouteille s'écraser sur la chaussée.

« Vous êtes un flic, a-t-elle dit, tout en relevant ses cheveux en chignon.

– Ça se voit ?

– Vous pourriez pas rappeler vos chiens de garde ? » Elle avait dit cela en hochant la tête en direction de la femme agent.

J'ai haussé les épaules. L'attente, la tension, la gueule de bois naissante consécutive à tout ce que j'avais avalé pendant la noce, tout cela rendait cette conversation bienvenue. « Je n'ai plus tellement d'influence.

– Je m'appelle Lily Hanes. C'était mon show. Vous comprenez ? Il est mort pendant mon show.

– Il n'est pas encore mort. »

Elle n'a rien répondu.

Ce soir-là, Lily Hanes était l'invitée de Teddy Flowers, et sans doute parlait-elle parce que je me trouvais là, et que j'étais l'auditeur parfait. Une veine bleue sautait sous la peau blanche de sa tempe, elle se mordait les lèvres, nous avons bavardé pendant que j'attendais la confirmation du décès de Gennadi.

« Ustinov m'a beaucoup plu. Il faisait une chaleur épouvantable et j'étais très nerveuse, et il a été très gentil. »

Je n'ai rien dit, elle n'attendait d'ailleurs pas de réponse.

« Vous comprenez, je suis reporter, pas présentatrice. J'étais seulement là comme garniture dans le show de Teddy. C'est la fin de la saison d'été, les taux d'écoute se ratatinent comme la peau de ma tante Martha au soleil de Boca Raton, vous comprenez ? Pour moi, c'était important, alors j'étais nerveuse. C'était le nouveau studio près du marché à la boucherie, je ne m'y retrouvais pas. "Dis-toi que c'est un dîner (c'est toujours ce que Teddy répète). Et toi, Lily, tu es la maîtresse de maison." Il m'a dit ça au téléphone. Il est à Bridgehampton à perdre son temps, et moi je suis censée être Ivana Trump. Ça m'étonne que personne ne lui ait encore mis sa main sur la gueule.

– Et le public ?

– Très nerveux. Ils viennent pour voir Teddy asticoter ses invités. C'est ce qui fait l'intérêt de son show, comme un truc japonais, il faut que ce soit cruel. Alors ils ont été déçus qu'il ne soit pas là.

– Ça l'air d'être un sale con.

– C'est un sale con. »

Elle a tiré sur sa cigarette. J'avais envie de la prendre par les épaules. Elle sentait l'amande, peut-être que c'était son shampooing.

Je lui ai demandé : « Vous croyez que quelqu'un a monté le coup à Teddy Flower ? »

Elle a répondu d'un ton las : « Oui. Moi.

– Comment cela ?

– Ustinov a écrit un livre. Toute la lumière sur le KGB. Il n'est ni O.J. Simpson, ni Chuck ni Lady Di, mais très convenable pour cette époque de l'année. Et puis il parle un anglais admirable. On était en train de se faire maquiller quand Babe –

c'est la maquilleuse – lui a demandé où il l'avait appris.

"À Harvard, naturellement." Naturellement, un échange universitaire. "Et naturellement, je n'étais pas le seul agent du KGB." C'est exactement ce qu'il a dit : "Je n'étais pas le seul agent du KGB."

– Je sais.

– Vous savez quoi ? a demandé Lily Hanes.

– Rien. Continuez. » Mais elle n'a rien ajouté.

Il était une heure du matin et j'étais planté devant St Vincent's à écouter une jolie rouquine tout en attendant la confirmation du décès de Gennadi Ustinov, je me sentais à la fois abruti et l'esprit en éveil. Elle a encore relevé ses cheveux et elle a fini par en faire une queue de cheval à l'aide d'un élastique.

« Il était vraiment charmant. » Elle a caché son visage dans ses mains. « On plaisantait. Je lui ai demandé s'il avait son uniforme du KGB sous son lit. Il a dit qu'il préférait les costumes de chez Brooks Brothers, mais qu'il avait bien une Aston Martin à siège éjectable, et un stylo Montblanc explosible. Naturellement. Nous avons ri. Et il est tombé raide mort. »

Elle s'est mise à trembler. Ça n'allait pas très fort, apparemment. Nous sommes entrés dans l'hôpital, nous nous sommes assis sur des chaises en plastique orange dans une salle d'attente. Une femme de ménage est venue pousser son seau dans notre direction et nous avons levé les pieds comme des enfants sages pour qu'elle puisse passer sa serpillère dessous. Son désinfectant sentait la pomme pourrie et m'a son levé le cœur. C'était l'odeur des petits matins moscovites, et de ce truc qu'ils utilisent pour nettoyer les vomissures des poivrots.

« Essayez de vous rappeler qui d'autre il y avait, s'il vous plaît.

– Il y avait au premier rang une Russe très irritée qui attendait de voler dans les plumes du général. Elle portait une sorte de blouse paysanne. Elle avait dans le cou des tendons qui ressortaient, comme sur un cou de poulet, je m'en souviens. Elle avait l'air complètement cinglé.

– Mais parmi les invités ? »

Lily s'est frotté le nez. « Quoi ?

– Parmi les autres invités ?

– Il y avait un disc-jockey russe, ou un producteur de disques, quelque chose comme ça. Un nommé Sverdloff. Un grand type. OK, apparemment. Élégant. Une stripteaseuse d'un night-club de Brighton Beach, du nom d'Olga. Elle se fait appeler Anna K. » Lily a ri bêtement. « C'est Teddy qui l'a dénichée. Ou moi. Je ne me souviens plus. Elle a fait toutes sortes d'histoires. Elle voulait sa loge à elle. Tomas Saroyan. Il a fait fortune dans les trucs de santé, et d'autres choses, peut-être bien les diamants. Et puis Leonid Zalenko.

– Le fasciste ?

– Dans le temps, je croyais que les flics de New York étaient fascistes. Et aussi Richard Nixon. J'étais conne. »

Elle était nerveuse. Elle est allée poser une fesse sur une table où il y avait un gobelet à café en carton, solitaire et vide. La jupe de Lily montrait ses cuisses, bronzées et soyeuses. Elle avait comme du mal à avaler. « Je boirais bien un Coca. »

On entendait en bruit de fond des gens qui jacassaient à voix basse en poireautant. Ustinov allait faire les gros titres. Ç'avait été une grosse légume, dans le temps, un député au parlement sous Eltsine, un grand dignitaire du régime. Dans la salle d'attente, des officiels s'entretenaient à voix basse en russe et en anglais pendant qu'on lavait par terre. J'ai fini par découvrir un distributeur de Coca-Cola.

« Zalenko puait. Vraiment. Il mâchait de l'ail, m'a dit Lily.

– Pourquoi ?

– Peut-être pour éloigner les loups-garous de Gorky Park. »

Elle s'est caressée le cou avec la boîte de Coca glacée, et elle en a avalé le contenu en deux gorgées. Elle a fouillé dans son sac et elle en a extrait un paquet de Juicy Fruit fossilisé. Elle en prit une tablette dont, à la façon d'une écolière, elle m'a offert la moitié.

« Zalenko avait une liste. Vitupérations contre notre mère la Russie. Les puissances occidentales. Ustinov restait réservé. Il n'aimait guère Crowe, non plus.

– Crowe ?

– Gavin Crowe. C'est un écrivain britannique qui habite Moscou. Le genre qui connaît tout le monde. Petit, avec de vilaines dents. »

Elle semblait oppressée et transpirait énormément. « Il s'est écroulé sur moi.

– Ça va ? »

Elle avait l'air d'une petite fille timide.

« Seigneur, je suis tellement fatiguée. » Elle a renversé la tête en arrière et elle a fermé les yeux.

« Qui s'est écroulé sur vous ?

– Le show a commencé, quelqu'un s'est levé et a braqué un revolver.

– Un seul tireur ?

– Je crois, mais je n'en suis pas sûre. J'étais paralysée. Comme dans ces rêves où l'on ne peut pas empêcher quelqu'un de choir. Quelque chose de lourd est tombé sur moi. Couvert de sang. C'était Ustinov.

– Et ensuite ?

– Ce qu'on raconte à propos des guerres. Les gens qui hurlent. » Elle a serré la veste rose qu'elle avait à la main. Cette veste était pleine de sang. Elle était venue directement à l'hôpital sans se changer. « J'ai seulement pensé au tailleur de Jackie Kennedy à Dallas. » Finalement, Lily a pris sa tête dans ses mains et elle s'est mise à pleurer. « Vous savez ce qu'il a dit ?

– Allez-y.

– Ustinov savait que j'étais nerveuse. Pendant la pub, nous n'étions pas encore à l'écran, il m'a regardée, il avait des yeux bleus splendides, et il m'a posé la main sur le bras. Il m'a dit : "Ils se préparent. Je crois que tout cela va être très amusant." Oui, ça allait être très amusant. »

Vers cinq heures du matin, l'agent du FBI est venu dans la salle d'attente m'annoncer qu'Ustinov était officiellement décédé.

J'ai quitté l'hôpital en compagnie de Lily Hanes. Il faisait un vilain petit jour. Et, même à l'aube, une chaleur à crever. La femme reporter attendait toujours, l'œil vif et l'humeur enjouée, demandant qui pouvait bien vouloir assassiner un général du KGB.

Je ne voulais pas quitter Lily, je la tenais par le bras, elle s'appuyait contre moi d'un air las. C'était ce que je voulais. Je l'ai prise par les épaules.

Soudain elle s'est dégagée, comme si j'étais un type avec qui elle avait couché et qu'elle ne reconnaissait pas au réveil.

« Voilà à quoi je suis parvenue. Vous le connaissiez, n'est-ce pas ? Je veux dire, vous le connaissiez bien. Avant. Non ?

– Oui, je le connaissais. »

La sueur qui lui coulait dans le cou et elle serrait son sac contre elle, comme pour se protéger de moi. Elle s'est approchée de la chaussée. Je me suis fait l'effet d'un criminel. Je l'ai suivie.

D'un air idiot, je lui ai dit : « Laissez-moi vous raccompagner. Il ne faut pas rester toute seule.

– Vous le connaissiez, a-t-elle répété.

– Allez, venez. »

L'air excédé, elle m'a dit : « J'y arriverai bien toute seule. Je suis née ici. »

J'ai essayé de la prendre par le bras, mais elle s'est sauvée et a descendu la 12e Rue en courant. Avant qu'elle ne parte, j'ai vu dans ses yeux quelque chose que j'évitais depuis longtemps : mon propre passé.

D'une voix glaciale, elle m'a crié : « Qui diable êtes-vous ? »

Il était cinq heures du matin, je me suis traîné jusque chez moi, et je ne savais plus très bien qui j'étais. J'avais peur, j'étais en colère. J'ai mis en marche le répondeur, j'ai entendu une voix que je n'ai pas reconnue, qui parlait en russe avec un accent affecté; il m'a semblé qu'on lisait dans mon âme. J'ai stoppé. Je ne voulais plus entendre parler des Russes.

Aux nouvelles du matin, les commentateurs ont fait des quantités d'analyses d'un ton important. Sur ABC, Vladimir Posner est venu dire des choses sensées. Il en ressortait qu'Ustinov était mort. Je n'avais donc pas rêvé. Il était bien mort.

Il régnait encore une odeur de femme dans mon appartement, mais cela n'avait rien de joyeux. D'un geste automatique, j'ai introduit le nom de Lily Hanes et l'adresse des studios de TV dans mon ordinateur. Il faisait grand jour. Dans l'immeuble, on entendait les gosses qui criaient, les chiens qui aboyaient, les postes de télé qui fonctionnaient, la plomberie, les gens qui baisaient. On était au début de septembre, c'était encore l'été, toutes les fenêtres étaient ouvertes. D'habitude, j'adore les bruits de l'immeuble lorsqu'il se réveille. Là, ça m'a laissé froid.

Ramolli, avec une solide gueule de bois, je suis resté assis devant la télé, et c'est à peine si j'ai entendu Ricky entrer. Il avait une cigarette aux lèvres et il portait une cafetière sur un plateau. Il était en survêtement gris. Il a posé le plateau sur la table, m'a tendu une tasse de café, s'est assis dans le fauteuil de metteur en scène, passant une jambe par-dessus l'accoudoir.

« OK, man ? m'a-t-il demandé d'une voix placide.

– Je suis fatigué.

– Tu as mangé ? Tu veux quelque chose ?

– Non, merci. Tu sais la nouvelle ? »

Ricky a montré le poste. « J'ai écouté les nouvelles. Je suis désolé, mon vieux, vraiment désolé. » Il m'a lancé un paquet de cigarettes. « Tu as envie d'en parler ?

– Tu crois que c'est un accident ? »

Ricky m'a jeté un coup d'œil : « Foutaises.

– Ce salaud survit à toute la guerre froide et il se fait descendre en direct à la télé. » J'avais envie de dormir. « Laisse-moi me reposer un peu. » Ricky a hoché la tête. C'est un gamin, mais il a énormément de tact.

« Je te laisse dormir ? Mais je suis là, on est tous là. OK ? »

J'ai été me prendre une bière dans le frigo. Il fallait que je mette un peu d'ordre dans ma tête. Je suis sorti par la fenêtre pour aller dans l'escalier d'incendie, j'ai arraché des feuilles mortes aux géraniums que j'avais mis dans des pots et que la chaleur était en train de faire crever. Ils dégageaient une sale odeur.

Le téléphone a sonné, je suis revenu à fond de train. Une voix d'homme qui parlait russe. Une voix mielleuse, attentionnée, impérative. Je me suis senti comme arrosé de napalm.

« Faux numéro. » J'ai raccroché violemment.

Ça a encore sonné. J'ai laissé sonner. J'ai entendu la voix de Sonny Lippert sur le répondeur : « Il faut que je te voie.

– Pas maintenant, Sonny.

– Aujourd'hui, *detective*. Aujourd'hui. Avant cinq heures. À mon bureau. Tu m'entends ? Tu m'écoutes ? »

Je me serais bien traîné jusqu'aux studios de télévision où il avait été assassiné, mais il y aurait plein de monde ; et il faudrait toute la journée aux flics rien que pour interroger tous ceux qui avaient assisté au *Flowers Show*.

J'étais officiellement en congé pour un mois, mais j'ai quand même appelé mon commissariat pour expliquer à mon patron qu'il faudrait peut-être que j'offre mon aide à la Sixième qui menait l'enquête. Il a dit qu'il était d'accord, et que Sonny Lippert l'avait appelé pour demander mon aide. Sonny est un vieux copain du patron.

Je me suis déshabillé, j'ai enfilé un short et je suis monté par l'escalier d'incendie jusqu'au toit où il y a une petite remise où je range mon vélo. Le dos appuyé aux planches, j'ai regardé le fleuve. La ville sortait de sa torpeur, les gratte-ciel semblaient se préparer à l'action, malgré la chaleur épouvantable. J'ai fini ma bière. Je somnolais.

À moitié endormi, je me suis souvenu que pendant le siège de Leningrad, quand il n'y avait plus rien à manger, la grand-mère de Gennadi lui avait donné de la colle à affiches. « Ça n'était pas mauvais, tu sais, m'avait-il raconté un jour quand j'étais petit. Pas mauvais du tout. »

Il avait survécu à tout ça, à la guerre, à la guerre froide, aux colères de Staline, à la corruption de Brejnev, aux soûleries d'Eltsine, pour se faire assassiner en direct à la télé un soir d'été, dans son costume de Brooks Brothers. Il y avait mille raisons à cela ou bien, comme on était à New York, aucune. Hypothèse à laquelle je ne croyais pas.

Ustinov avait écrit un livre où il révélait le fonctionnement du KGB, mais la moitié des habitants de l'ancienne Union soviétique en avait fait autant. Il devait donc y avoir quelque chose d'autre. Et je sentais que la réponse devait se trouver à Moscou. Ce qui m'a fait froid dans le dos. On y penserait plus tard.

Je suis rentré et je me suis installé à mon bureau en face de la fenêtre ouverte. La veille au soir, Dawn avait mis des roses abricot dans un vase et elles luisaient au soleil. Sur mon bureau, il y avait un transistor en forme de balle de baseball que Gennadi m'avait offert quand j'étais petit. Je l'ai pris et je l'ai fait tourner entre mes mains. « Dis, oncle Gennadi, c'est quoi, les Mets ? C'est quoi, les Mets ? »

Quand on a grandi à Moscou, il y a des choses dont on a du mal à se souvenir. Quand mon père s'est fait virer par le KGB, personne ne m'en a parlé. Personne n'a rien dit. C'était un sujet réservé aux adultes. Mais, le soir, je voyais mon père assis, le visage ravagé, à la table de la cuisine, et il faisait des additions sur des petits bouts de papier, combien il nous restait, qu'est-ce qu'on pouvait se permettre ; si on allait l'emmener. Gennadi Ustinov a disparu de nos existences, mais personne n'a rien dit.

Quand mon père est mort, j'ai trouvé ses petits bouts de papier dans sa commode avec ses chaussettes, tous ses petits calculs calligraphiés de son écriture irréprochable, témoins d'une vie gâchée.

Les années ont passé, cette angoisse au fond de mon ventre s'est effacée. Je me suis dit que c'était fini, que j'étais débarrassé du passé, que jamais je ne retournerai à Moscou, que ce serait comme la mort.

III

« Non, je ne vais pas faire ça, sûrement pas. » C'est ce que j'ai dit à Sonny Lippert en arrivant.

« Artie, je suis content de te voir, mon garçon », s'est exclamé Sonny en me serrant la main comme s'il n'avait rien entendu, dans la salle d'attente du Federal Building de Brooklyn où il travaille. Il était venu m'accueillir personnellement, comme un VIP.

Sonny Lippert est petit et trapu, dur comme une balle de revolver. Ses cheveux bruns bouclés lui font comme un casque. Il doit avoir dans les cinquante-cinq ans, mais on lui donnerait dix ou quinze ans de moins. Il a des yeux qui brillent comme des cristaux, une expression rusée, une peau de jeune fille.

« Tu m'as entendu, Sonny, je ne vais pas faire ça.

– Je ne crois pas que tu aies le choix, Art. » Quand il m'appelle Art, sa voix a toujours quelque chose de menaçant.

« À Brighton Beach, ils assassinent les flics, et les familles des flics. »

Il a eu un petit sourire : « Tu n'as pas de famille, Art. »

Son enthousiasme est retombé comme une bite quand je lui ai dit qu'il n'était pas question que j'aille espionner pour son compte à Brighton Beach. Il était persuadé que le meurtrier d'Ustinov était un Russe. Moi aussi, mais je n'avais pas envie de faire son sale boulot. Il a dit qu'il avait des coups de téléphone à donner et il m'a demandé de l'attendre. Et j'ai attendu près d'une heure.

J'ai parcouru du regard la salle d'attente sinistre du bâtiment qui donne sur Cadman Plaza. Il y a une demi-douzaine de portes sans nom écrit dessus, une vilaine moquette bleue, des chaises en plastique gris. Derrière une vitre blindée, deux flics retraités montent la garde en buvant du café dans des tasses marquées Yankees.

« Ça va, *detective*? m'a lancé l'un d'eux après la sortie de Sonny.

– Et vous, Eddie, Joe, salut! Les petits enfants poussent bien? » Ils m'ont fait un sourire rayonnant et ont recommencé à comparer les photos de famille et à commenter les faits divers du *Post*.

Des comme eux, j'en connais plein la ville. Avec la date de leur anniversaire. Je leur envoie une carte. Je suis le chouchou de tout le monde.

« Dans cette ville, ce qui compte, c'est pas ce qu'on sait, mais qui on connaît », m'a dit Dan Guilfoyle quand j'ai rejoint sa brigade. Danny m'a montré comment ça fonctionnait, comment le New York Police Department notait les commissariats, quels étaient les spécialistes prêts à vous donner un coup de main, les réseaux, les gens à contacter même à Quantico ou Langley, les experts en armes, groupes sanguins, ADN, fibres, aliments, radios, même en plumes. Il existe des types spécialisés en conneries comme ça. Quand Danny a quitté le West Side de Manhattan pour aller prendre sa retraite à Sag Harbor, je l'ai bien regretté.

J'ai attendu en regardant les flics aller et venir, les agents fédéraux passer silencieusement. Le FBI a des bureaux ici, en plus de ceux d'Organized Crime, de l'Eastern District et d'autres services fédéraux, tout cela faisant partie du système extraordinairement compliqué de la justice à New York, avec ses rivalités internes secrètes. Le tout complètement saturé à cause de l'assassinat d'Ustinov.

D'ordinaire, le NYPD ne s'adresse au FBI que si on lui en donne l'ordre. Les procureurs fédéraux sont en rivalité avec l'Attorney Général, avec en plus le Département d'État, la CIA, etc.

Rien que pour la ville, il existe des divisions entières de spécialistes : renseignements, démineurs, colis suspects, brigades spéciales, public relations. Police Plaza, ça fait tant de monde que c'est quasi impossible de s'y retrouver, et c'est pour cela qu'un petit malin a baptisé l'endroit Puzzle Palace. Et puis il y a les agents de sécurité privés, aussi coriaces que des tueurs professionnels parce qu'ils ne sont pas astreints à des règlements, des agences de sécurité sous contrat comme Kroll, et qui sont de véritables États dans l'État. Un copain que j'ai dans ce secteur m'a fait des propositions. Ça paye bien, mais j'en ai marre de la hiérarchie et j'ai déjà fait une demande pour obtenir une licence de détective privé.

« Agent ou avocat ? » demandaient Joe ou Eddie à chaque fois que l'ascenseur déversait sa marchandise.

« Counselors », c'est le terme qu'utilisent les avocats entre eux. On dirait des chiens de race avec des fringues de luxe. Quant aux agents, ils portent des frusques minables dont le tissu bon marché leur moule les hanches.

J'attendais Sonny.

Comme disait Dan, ce qui compte, c'est pas ce qu'on sait, mais qui on connaît. Et il ajoutait : « Tout le reste n'est que littérature, mon garçon. C'est comme pour faire réparer les cabinets. On ne te demande pas de savoir comment ça marche. Ce qu'il faut savoir, c'est le nom d'un plombier, son numéro, et s'il te doit quelque chose. »

Et je devais quelque chose à Sonny.

« Vous pouvez y aller, *detective* », m'a finalement dit Joe. Je suis entré, je suis passé devant Rhonda, sa fidèle secrétaire.

Sonny Lippert était tout sourire : « Désolé de t'avoir fait attendre, Artie. Un café ? »

Sonny est radin comme tout et il était capable de me faire payer son café un dollar, mais je peux le battre à son propre jeu. Je lui ai rendu son sourire : « Avec plaisir. »

Rhonda a fait son apparition, porteuse d'une grosse cafetière rutilante comme un samovar tsariste. Sonny lui a fait signe de s'en aller : « Je vais m'en occuper, Yergacheffe. » Il a fourré son nez dans le pot à café : « C'est de l'éthiopien. Starbucks. Ça coûte la peau des fesses. Donc, d'après toi, il y aurait un lien entre la mort d'Ustinov et la mafia russe ? » Tout en parlant, Sonny préparait le café en question.

« Comment veux-tu que je le sache ? »

Le dada de Lippert, c'est la mafia russe de Brooklyn. Une véritable obsession. Le meurtre d'Ustinov n'était probablement pas de son ressort, ce qui ne l'empêchait pas de vouloir un morceau du gâteau. Il était persuadé que le démantèlement de cette mafia russe lui assurerait le poste d'attorney général, son rêve.

Dans son bureau, Sonny a tout le bazar rituel, le fauteuil de cuir, la vue panoramique, la photo de sa femme et des gosses et, sur sa table, dans une boîte en plexiglas, une balle de base-ball dédicacée par Jackie Robinson en personne, c'est du moins ce qu'il prétend. Cela lui vaut peut-être d'être crédible dans les rues de Brooklyn, à moins que cela ait vraiment de la valeur à ses yeux. Je ne lui ai jamais posé la question.

« Qu'est-ce qui leur arrive, aux Féds ? Et aux flics ? Et puis j'ai entendu dire qu'on envoyait une équipe spéciale ? »

Après avoir fait son café, Sonny a fait son discours.

« Tu sais bien ce qui cloche : depuis des années, le département classe Brighton Beach en zone résidentielle. Pratiquement aucun flic n'y parle russe. Notre pénétration de la communauté est égale à zéro. On n'est pas plus avancés qu'en 1986, et tu le sais bien. Le FBI lève Ivankov, ils se vantent de ne même pas savoir le russe comme si ça valait une médaille. Nous ignorons qui est le chef, comment on lui marque sa soumission. Tu entres dans une charcuterie de Brighton Beach, le tiroir-caisse est vide, il y a huit impacts de balles dans le mur, un type gît dans une mare de sang, tu demandes au Russe derrière le comptoir ce qui s'est passé, il te répond : “ Rien. ” »

Je lui ai dit : « Les choses changent. Je savais que c'était une connerie.

– Tu parles ! Personne ne veut témoigner. Ils préfèrent aller en prison plutôt que de moucharder un des leurs. En plus, ils tuent pour le plaisir.

– Et qu'est-ce que tu veux ?

– Je veux connaître l'organisation, les capos, les seconds couteaux. Comment je peux faire ça avec une poignée de flics qui baragouinent à peine le russe et dont certains sont cons comme des balais ? Si je mets le FBI dans le coup, les Juifs vont aller pousser les hauts cris devant le Justice Department. Ils ont horreur de la publicité, des fois que de mauvaises relations publiques ne nuisent à l'immigration. Brighton Beach est un quartier juif, avec une mafia juive. Moi aussi, je suis juif. Je ne peux pas m'en sortir.

– Ce n'est pas moi qui vais le faire.

– Il faudra bien. J'ai besoin de toi », m'a dit Sonny.

Le tonnerre grondait sur le fleuve. Après l'orage, il ferait peut-être plus frais.

« J'aime bien mon job. J'aime bien être un flic ordinaire.

– Laisse tomber, Artie. Tu es en congé pour un mois, et tu as pensé à démissionner. Tu crois que je l'ignore. D'ailleurs, tu n'as jamais été un flic ordinaire, mais un flic à moi. Mon flic. Vu ? »

Il y a bien longtemps, quand je suis arrivé à New

York, avant même d'aller à l'école de police, j'ai fait la connaissance de Sonny Lippert et il m'a beaucoup facilité les choses. D'abord, il m'a aidé à obtenir la citoyenneté américaine, ensuite le boulot qui me plaisait. Il m'a dit que New York avait toujours besoin de zigues dans mon genre. Je lui ai souvent été utile et réciproquement, ce qu'il n'oublie pas. J'ai fait des trucs pour lui, ça m'arrive encore de temps en temps. Et puis je parle russe et hébreu, j'ai des costumes convenables. Je peux m'occuper d'affaires concernant le corps diplomatique sans provoquer de scandale, calmer des diplomates à qui on a marché sur les pieds, enfin je sais tenir une fourchette et un couteau sans mettre en danger la vie de mes voisins de table.

« Sonny, je fais tes courses, je règle tes problèmes, j'empêche les minorités juives de nous emmerder, le FBI m'adore, la CIA également. Même ce bon Dieu de Mossad m'aime. Mais je n'irai pas, entends-tu bien, vivre à Brooklyn au milieu de ces cons de Russkis. Pourquoi ce serait moi ?

– Je te l'ai dit. J'ai besoin d'yeux et d'oreilles. Ustinov se fait assassiner en direct à la télé. Par qui ? Un Russe de base, un type qui veut se faire quelques dollars ? Ou alors un tueur à gages avec des intentions politiques ? De nos jours, les inspecteurs de l'immigration laissent entrer n'importe qui. Je me fous qu'il y ait un Russe en plus ou en moins. Ce que je veux, c'est un prétexte légitime pour écrabouiller ces salauds de Brighton Beach et que ça saigne. Je veux que les gens aient tellement la trouille de la mafia russe que, si je la faisais sauter avec une bombe atomique, ils m'enverraient leur contribution. »

J'étais debout devant la fenêtre. Des éclairs zébraient le ciel.

« Tu es dans les nuages, Cohen. On n'est pas dans une gentille petite ville, la ville merveilleuse de George Gershwin, ou un truc comme ça. C'est un véritable égout et la mafia de Brighton Beach veut y ajouter sa merde, et tout ce que je te demande c'est de m'aider.

– Leonard Bernstein.

– Quoi ?

– *Wonderful Town.* C'est de Leonard Bernstein. »

Sonny est venu se planter à côté de moi. Il aurait été assez grand, il m'aurait pris par les épaules.

« Écoute, mon petit, je comprends. Je sais que ce Ustinov était ton ami. Mais, moi aussi, je suis ton ami et, ce que je te demande, c'est très important. J'ai besoin de toi, mon vieux. Sérieusement. »

Lippert me faisait la grande scène, comme un producteur de Hollywood qui veut se faire faire un pompier par une starlette. Puis il a ajouté, plein de sollicitude : « Mais il y a peut-être là-dedans quelque chose qui te fait peur. »

Je n'ai rien répondu. Ça ne le regardait pas.

Sonny Lippert est allé s'asseoir dans son fauteuil et il a mis ses pieds sur la table. Il portait des mocassins luisants en veau noir, avec des glands, et des chaussettes de cachemire. Quand je suis arrivé à New York, je mourais d'envie d'avoir des chaussures comme ça. Je m'en suis offert, mais pendant des années elles sont restées dans un placard.

Il s'était mis à pleuvoir. Je voulais savoir pourquoi Ustinov était mort, mais j'en avais assez de faire les courses pour Sonny et je n'avais pas envie d'aller à Brighton Beach pour lui faire plaisir. Je lui ai dit : « Peut-être que Moscou pourrait t'aider ? »

Sonny a poussé un grognement : « Et puis on pourrait demander à Jane Fonda de branler Jesse Helms. Bonté divine !

– Tu es sûr que c'est la mafia ?

– J'ai vu les épreuves du bouquin d'Ustinov. On y voit un ancien du KGB faire la morale à la mafia. Ça n'a pas dû leur plaire. C'est peut-être pour en décourager d'autres. Ou alors c'est qu'ils n'aimaient pas ses cravates. Bref, je n'en sais rien. Il faut que tu m'aides.

– Désolé. »

Sonny a dégusté son café en me laissant là à barboter. Il a fini par m'adresser un petit sourire pincé, et il a dit : « OK.

– Juste OK ?

– Oui. C'était juste comme ça. Tu ne veux rien entendre. On laisse tomber. »

Il s'est levé. La séance était terminée. Qu'est-ce qu'il pensait ? Je l'ignorais. Dans son crâne, les circuits sont tellement engorgés qu'on s'y noierait.

« Je n'ai pas dit que je me désintéressais complètement de l'affaire. J'ai même offert mes services à la Sixième.

– Si tu ne te sens pas capable de m'aider, tu ferais mieux de laisser tomber. Peut-être que tout ça, c'est trop lourd pour toi. Le passé qu'on traîne derrière soi. »

Est-ce qu'il allait m'en repasser encore une couche ?

« Qu'est-ce que tu vas faire ? Y envoyer un Italien ?

– À part toi, j'ai d'autres atouts en main, Cohen.

– Et le revolver ?

– On le retrouvera. C'est généralement le cas.

– Et le tireur ?

– Un truand. Un cow-boy. Envoyé de Moscou, pour deux mille dollars. Un de ces paumés qui traînent dans Moscou à respirer du dissolvant. Ça ne m'intéresse pas tellement. Ni Ustinov, je te l'ai déjà dit. Ce que je veux trouver, ce sont ceux qui engagent des tueurs, les racketteurs, les dealers, les maquereaux, tous ces Russes qui foutent la merde dans ma ville.

– Je peux voir la bande ?

– Quelle bande ?

– Il a été tué pendant un show à la télé. Il doit bien y avoir une bande vidéo ? »

Lippert a haussé les épaules. Et puis il est devenu très agité. « Tu as besoin de vacances, Artie. Va donc voir Danny Guilfoyle.

– Mon congé est presque fini. Je vais retourner au boulot.

– Ce que je veux dire, c'est que tu devrais finir ce congé et demander une rallonge. Je te trouve tendu. J'en ai parlé à ton lieutenant. Salut, Art. » Il m'a tourné le dos et il a décroché son téléphone.

En sortant, j'ai vu sur le bureau de Rhonda un dossier avec USTINOV écrit dessus, mais Rhonda me regardait. Je suis allé jusqu'à l'ascenseur.

« *Detective* Cohen ? »

Le ton officiel de cette voix laconique m'a fait sursauter. C'était l'agent que j'avais vu à l'hôpital la veille et dont j'avais oublié le nom.

Il m'a tendu la main : « Agent Roy Pettus. »

J'ai eu l'impression que cette rencontre n'était pas due au hasard. Pettus était un gros type un peu chauve, l'air assez content de lui. Il pouvait avoir dans les quarante-cinq ans, le visage d'un bébé d'un certain âge, avec une jolie peau rose, des yeux bleus tout ronds et pas de cils. Les cheveux qui lui restaient étaient jaune paille. Il faisait une chaleur à crever, mais il portait un gros complet marron dont la veste faisait des plis.

« Si je peux faire quelque chose, m'a-t-il dit tranquillement en me tendant sa carte.

– Merci.

– Restez en contact, *detective.* Je peux peut-être vous trouver quelque chose que vous cherchez. »

Là-dessus, il a disparu par une des portes qui ne portaient pas de nom.

IV

Ce que je voulais, c'était rentrer chez moi. Je voulais retourner au travail. Je voulais qu'il cesse de faire si chaud, et je voulais que Lily Hanes me réponde. En bas de l'immeuble de Sonny, il y avait des salles d'audience et, sur le mur, une série de portraits des Présidents, morts ou vivants. Cela sentait le renfermé, ça m'a rappelé Moscou.

J'ai appelé le bureau de Lily Hanes depuis mon téléphone de voiture. Tout ce que j'ai eu, c'est sa voix rauque sur un répondeur. Laissez votre message. Ce n'était pas mon message qu'elle attendait. J'étais l'ennemi. Inutile d'aller au boulot. J'y étais déjà passé. Tout le monde m'avait dit : « Salut, vieux, ravi de te voir. » Par cette chaleur épouvantable, ils étaient tous jusqu'au cou dans le meurtre, et je n'étais plus des leurs.

J'ai obtenu qu'une fille me dise le nom de l'agence de sécurité qui travaillait pour *The Flowers Show*, et le numéro de téléphone personnel de Lily. C'était trop facile. Et puis, comme malgré moi, j'ai fait demi-tour avec la voiture.

À cet endroit-là le long du fleuve, il y a les anciens chantiers navals de Brooklyn, où jadis débarquèrent des troupes d'invasion et où maintenant des hérons comme perchés sur des baguettes fouillent dans les immondices. Mais les hérons partaient. Tout le long du fleuve, les Témoins de Jéhovah rachètent les vieux immeubles en grès, les écoles, ils y installent leurs maisons d'édition, leurs gymnases, leurs hôtels. WATCHOVER, leur sigle, s'étale en lettres énormes, tandis que les adeptes à l'œil vide dévorent le quartier au nom de Dieu. Je connaissais une fille qui faisait de la peinture et qui vivait dans ce coin qu'on appelle DUMBO pour Down Under the Manhattan Bridge Overpass, parce que c'est là qu'on passe sous le pont de Manhattan. Elle avait une vue splendide.

J'adore ce fleuve.

Quand vous avez grandi dans une ville comme Moscou, à huit cents kilomètres de la mer, prisonnière au milieu des terres et terriblement provinciale, l'archipel de New York, avec son enchevêtrement de ponts, de fleuves, d'îles, de marais, a quelque chose de fascinant. J'aime l'imaginer comme un port immense bourré de navires et, quand je suis triste, je vais faire du vélo sur la rive du fleuve, ou bien je reste assis là; des fois je pêche. J'avais acheté un bateau à voile pour pouvoir contempler la ville du ras de l'eau, mais il est en pièces détachées à pourrir dans la remise sur le toit.

Sur Shore Parkway, j'ai vu un père et son fils en train de pêcher sous le même parapluie, et j'ai éprouvé un sentiment de jalousie. J'avais envie de m'allonger et de dormir. Mais j'ai continué ma route. Je devais peut-être cela à Ustinov. La vérité est peut-être moins redoutable que ce que l'on redoute. J'ai pris par Coney Island Avenue, direction Brighton Beach.

On appelle cela Little Odessa. Longeant l'océan, Brighton Beach Avenue quitte Coney Island par l'est, passe sous l'El, on entend le vacarme des trains au-dessus, et la lumière qui filtre entre les traverses donne à la rue un certain mystère. Ici, tout est russe, complètement russe, *The Black Sea Deli, The Kiev Bakery, The Chostakovitch Music School*, un ferrailleur s'intitule *The Cosmos Auto Supply. The Anchor Bank* accueille ses clients en russe, les pancartes sont en russe. Le 31 décembre, on fait la foire au *Café Arbat.*

À quinze kilomètres de Wall Street, on se retrouve hors du temps. La Russie provinciale croise le Brooklyn 1900, l'un monte comme l'autre descend. Quand le vent se lève, on sent l'océan, le sel, et parfois les ordures.

Il y avait sans doute plus d'un an que je n'avais mis les pieds à Brighton Beach. J'étais allé alors rendre visite à la cousine de ma mère. Genia m'a appelé quand elle est arrivée en Amérique et je suis allé la voir dans une bicoque à deux étages, assemblage de parpaings, de briques nues et de planches grisâtres. Devant, il y avait un vieux tricycle rouillé. Genia habitait là – j'imagine qu'elle y est toujours avec sa fille et son père, mais je n'y suis pas retourné. Pour joindre les deux bouts, ils louent une chambre à des gens de passage.

Au salon, les doubles rideaux marron étaient fermés. On m'a installé dans le beau fauteuil dont, pour l'économiser, on avait recouvert le brocart d'argent avec du plastique. Nous avons pris le thé pendant que la fille jouait de la flûte. C'était une gamine maigrelette et blafarde, et qui refusait d'apprendre l'anglais. Le vieux non plus ne parlait pas l'anglais, et il n'a cessé d'interrompre le récital par ses récits vengeurs sur les jours héroïques qu'il avait connus dans l'Armée rouge, moitié en russe, moitié en yiddish auquel je n'entendais goutte.

La tristesse dégagée par ce salon marron en plein Brooklyn les paralysait à mi-chemin entre la Russie et l'Amérique. Elle infectait toute leur existence, sauf l'étude de la flûte par la petite. Pendant un moment, j'ai été pris de panique : il me semblait que j'étais revenu à Moscou. J'ai bu mon thé, j'ai mangé mon gâteau aux pommes, j'ai regardé les photos de famille qui représentaient des gens que je ne reconnaissais pas. J'ai donné des sous à la gamine et je me suis sauvé en courant, et je n'y suis jamais retourné. C'était la fin de l'hiver, des vieillards se promenaient sur les planches, l'œil fixé sur l'océan, en se réchauffant les doigts aux pirojki qu'ils tenaient entre leurs mains.

Dans Brighton 6e Rue, pas loin de chez ma cousine, je suis tombé sur un parking. Il commençait à faire nuit. J'ignorais ce que je cherchais et je n'avais pas d'arme. J'aurais dû prendre mon revolver, mais j'étais en congé et j'avais quitté Sonny sans avoir vraiment l'intention de venir dans le coin.

Je déteste les armes à feu. Bien sûr, je sais m'en servir, c'est au moins une chose que l'armée israélienne m'a apprise, j'ai même eu des médailles à des concours de tir. Et puis j'étais habitué à me promener armé, c'était devenu comme une partie de moi-même. C'est peut-être une des raisons pour lesquelles je songeais à démissionner. N'empêche que dans ce quartier, sans revolver, je me sentais tout nu.

J'ai trouvé un tournevis dans le coffre, et je l'ai fourré dans ma poche. Comme arme, c'était mieux que rien.

La pluie a cessé. Les gens sortaient avec des chaises et des caisses et ils s'asseyaient devant les maisons. Ils s'éventaient avec des journaux russes et ils bavardaient en russe. Tout en marchant, je surprenais des bribes de conversation, où il n'était question que d'argent. Et j'entendais toujours des pas derrière moi, mais ce n'était que mes démons intimes. Démons que, jusqu'à la mort de Gennadi, j'avais crus exorcisés à jamais. Eh bien, je m'étais trompé.

« Artemy Maximovich ? »

Soudain j'ai entendu une voix douce derrière moi, à l'*Arena Café* où je m'étais arrêté pour manger un morceau. J'avais sur ma table des pelmeni dans un plat en fer, des sortes de beignets flasques qui ressemblaient à des couilles de vieillard. Qu'est-ce qu'il pouvait bien y avoir dedans ? Du cheval ? Du chien ? Allez savoir. J'ai planté ma fourchette dans l'un d'eux et ensuite j'ai levé les yeux.

C'était un homme au visage ascétique, soigneusement rasé, avec des lunettes à monture d'acier comme celles de Trotski. Il avait l'air d'un comptable. Il s'est assis en face de moi et il a posé un petit carnet sur la table.

Lorsque j'étais entré, une demi-heure auparavant, il était à une table avec des Russes. Tout le monde fumait. Le plus gros avait des épaules d'haltérophile et il engloutissait des pelletées de kasha et d'œufs frits sans ôter la cigarette de sa bouche. Personne ne m'avait regardé. On n'aime pas les étrangers. C'est là que Sonny Lippert s'était trompé. Je parle russe, mais j'étais un étranger, et le cercle était fermé.

« Je m'appelle Cohen.

– Peu importe. Artemy Ostalsky, Artie Cohen. Nous savons qui vous êtes.

– Alors ?

– Nous pensons que vous devriez cesser de faire la chasse aux fantômes. » Il était passé à l'anglais, comme si ç'avait été un code. « Nous savons qui a tué Gennadi Mikhailovich. Il sera bientôt mort lui aussi. Il n'y a pas de mystère.

– Tu parles.

– Je vous demande pardon ?

– Vous m'avez parfaitement entendu. » J'ai posé des sous sur la table et j'ai écrasé ma cigarette dans les beignets.

« Je vous dis cela parce que vous aussi vous vous intéressiez à Gennadi Mikhailovich. »

Il avait prononcé le nom d'oncle Gennadi avec respect. Les conversations s'étaient arrêtées. Il régnait un tel silence dans le restaurant qu'on entendait mastiquer l'homme qui bouffait son kasha.

« Nous comprenons ce que vous ressentez parce que votre oncle Gennadi, comme vous l'appeliez, était également notre ami. »

Je suis resté assis là où j'étais. Il a ôté ses lunettes, il s'est frotté l'arête du nez et c'est là que j'ai vu qu'il était borgne.

Il a remis ses lunettes et il m'a dévisagé : « Je crois que vous feriez mieux de rentrer chez vous. »

Je suis resté immobile, sans rien dire. Il est retourné à sa table et il a attendu pour voir ce que j'allais faire.

J'attendais quoi ? Que l'assassin de Gennadi entre dans le restaurant et commande une assiette de bortsch ? Chercher des traces de la mafia à Brighton Beach, c'est comme marcher sur les traces d'Elvis Presley à Memphis : elles sont partout et nulle part. Ils prétendent que la mafia, ce sont principalement les Tchétchènes de Moscou. On dit cela en crachant. Les Caucasiens, c'est comme de la crotte de chien, encore que, après Groznyï, on éprouve davantage de respect.

La serveuse faisait semblant de ne pas me voir. Elle avait de gros nichons, un gros derrière et plein de colliers dorés. Elle s'était d'abord montrée aguichante et, comme je n'avais pas réagi, elle m'avait classé dans la catégorie des snobs. Je me suis intéressé à deux femmes installées à la table voisine. Elles avaient une grande boîte de chocolats qu'elles avalaient en bavardant.

« Il m'a donné des boucles d'oreilles en diamants.

– Le mien, il m'a offert une Rolex, avec des diamants. Fausse, naturellement, comme lui.

– Sale con. »

À côté du bar, une babouchka traçait des cercles sur le comptoir à l'aide d'une serpillière crasseuse. Le climatiseur faisait voler un store en perles, découvrant des rayonnages où s'entassaient des vêtements de cuir, des fourrures, toutes sortes de trucs volés à l'aéroport.

J'ai refusé à Sonny d'aller à Brighton Beach, et m'y voici. L'avait-il prévu ? Était-ce ce qu'il voulait ? Avait-il senti que je me lancerais sur la piste de l'assassin d'Ustinov ?

Les deux autres étaient toujours le nez dans leur boîte de chocolats, elles les examinaient un à un, pour choisir ceux qu'elles préféraient, à rêver d'or et de diamants. Elles poussaient des petits cris et se mettaient soudain à brailler. Je veux des chocolats. Je veux une Rolex. Je veux, je veux. J'ai éprouvé comme du dégoût. Exactement ce que je détestais le plus, cette Russie de bande dessinée, que j'avais presque oubliée. Qu'est-ce que tout cela avait à voir avec l'oncle Gennadi ?

Je me suis tourné vers la serveuse maussade : « Je pourrais avoir une tasse de café ?

– Y'a plus de café », m'a-t-elle répondu en russe.

– Alors, du thé ? »

Elle m'a apporté du thé dans une grosse tasse épaisse.

« Je ne pourrais pas l'avoir dans un verre ? » Le thé dans un verre, cela me rappelle ma mère. Et puis j'avais envie d'embêter la serveuse.

« Y'a plus de verres. »

Les types m'observaient. J'ai fini mon thé. J'ai recompté ma monnaie. Je me suis essuyé les lèvres. J'ai pris un cure-dent et j'ai souri aux dames. Le restaurant suait l'angoisse. Personne ne parlait.

Je n'allais pas me sauver parce qu'un petit truand ramenard me l'avait conseillé, même s'il savait mon nom – et je me demandais bien comment. N'empêche que j'avais peur. J'ai essayé de me mettre en mémoire les têtes autour de moi, j'ai compté jusqu'à cent, puis j'ai allumé une cigarette que j'ai fumée jusqu'au bout, je me suis levé, j'ai enfilé ma veste, j'ai mis mon paquet de cigarettes dans ma poche, j'ai marché sans me presser jusqu'à la porte, puis je me suis tourné vers le comptable : « On se reverra. »

Il a souri, de ce petit sourire pincé qu'ont les Russes. Il m'a dit : « Artyom, comme disait ta chère maman, la vie n'est pas du cinéma. » Et, comme je franchissais le seuil, j'ai compris que quelqu'un m'avait guetté tout le temps que j'étais dans le restaurant. J'ai relevé mon col, car l'averse avait repris, apportant avec elle un violent parfum d'eau de Cologne, de celles qu'utilisent les fiers-à-bras avec des bijoux et des cols de cuir.

Cette odeur s'accrochait à moi. Le problème, c'est que la vie, c'est quand même parfois comme au cinéma. Je me disais ça en m'éloignant de l'*Arena*. J'essayais de dissimuler la frousse qui me paralysait. Je sentais la présence de types derrière mon dos, qui m'observaient depuis la vitrine du café.

Les lumières de *Fish Market* – c'est là que j'étais allé acheter le caviar pour le mariage de Dawn, j'avais déjà l'impression que ç'avait été dans une existence précédente – brillaient sur la chaussée mouillée. Dans les devantures, il y avait, amoncelés, d'épaisses tranches de poissons fumés, des saumons roses, des chevesnes piquetés d'or, des darnes d'esturgeon aussi chères que des manteaux de fourrure. Des barils de cornichons en saumure d'un vert vif voisinaient avec des miches de pain noir lourdes comme des obus.

Une Jaguar gris métallisé s'est arrêtée, un homme en manteau de cuir en est descendu, il est entré, il a pris une boîte bleue de caviar qu'il a fait sauter dans sa main. Il a payé avec une liasse de billets puis il est retourné à sa voiture.

« Ici, on règle tout en liquide, m'avait dit un flic. Les coffres-forts sont l'instrument financier du choix. »

Devant moi, une femme en sweat-shirt ninja a eu son talon pris dans le goudron. La valise marron qu'elle portait s'est ouverte et des provisions sont tombées, avec des pommes qui roulaient sur le sol. Un vieillard qui vendait des pirojki dans une voiture de quatre-saisons a éclaté de rire. Personne n'a bougé. Je me suis approché, elle a ramassé ce qu'elle pouvait et elle s'est sauvée. Dans le quartier, on ne s'occupe pas des affaires des autres.

Je sentais toujours cette odeur d'eau de Cologne. Je suis monté sur cette estacade qui longe Brighton Beach Avenue. J'aurais voulu pousser celui qui me suivait à l'action, pour en finir. J'ai avancé. On a continué à me suivre. Sur ma droite, il y avait un projet de lotissement en ruine, qu'on avait surnommé la Grande Muraille de Chine. Ça empêche les nègres de venir, disait-on dans le coin.

L'endroit était désert, avec les lumières des bateaux qui semblaient être à des millions de kilomètres. Derrière moi, sur les planches mouillées, les pas se sont faits plus rapides. On me suivait sans essayer de se cacher. J'ai accéléré.

J'avais le visage ruisselant de sueur. Il allait me rattraper. Je sentais toujours son eau de Cologne. J'ai respiré un grand coup et j'ai empoigné mon tournevis. J'avais son haleine dans le cou. Je me suis retourné d'un seul coup pour le prendre au dépourvu, ce monstre qui allait me sauter dessus.

V

« Salut. »

Celui qui m'avait ainsi hélé était un type gigantesque en blouson de cuir noir. Il portait une casquette de base-ball des Dodgers, la visière retournée. Il avait une tête comme une statue de l'île de Pâques, des cheveux noirs en queue de cheval, le visage grêlé et des yeux gris. Quand il souriait, ce qu'il était justement en train de faire, il avait au menton une fossette inattendue. Il devait être à peu près de mon âge. Je ne suis pas un poids coq, mais il devait bien mesurer près d'un mètre quatre-vingt-quinze et peser dans les cent cinquante kilos, et pas ramolli.

« Je vous ai dit bonsoir, a-t-il ajouté en russe.

– Allez vous faire foutre. » Je commencais à prendre les manières du coin.

« Sverdloff, Sverdloff Anatoly. Tolya pour les amis. » Il avait dit cela en anglais. Avec une petite courbette. « Je n'ai pas l'intention d'aller me faire foutre, sauf si vous venez avec moi. Cela fait des heures que j'essaie de vous joindre. » Il avait une voix familière, bien élevée.

« Mais qui êtes-vous ? » En fait, je le savais. Je me souvenais de son nom. Lily Hanes me l'avait dit. Sverdloff, c'était le DJ sur *The Flowers Show.* Et c'était également le Russe sur mon répondeur. Je me suis remis à marcher en direction de Coney Island, où la grande roue tournait dans la nuit humide. Sverdloff marchait à mes côtés.

« Vous m'avez suivi.

– Oui, vous ne répondez pas au téléphone. J'ai des choses à vous dire. » Il avait un peu l'air d'un gangster, ou alors d'un haltérophile. Avec parfois une petite erreur, il parlait l'anglais distingué que l'on apprend dans les écoles de langues à Moscou. Il tirait sur un joint, et l'odeur douceâtre de la marijuana se répandait dans l'air nocturne.

« On va en faire un tour ? a-t-il demandé en désignant la grande roue.

– Vous vous croyez dans *Le Troisième Homme ?* Je suis très occupé. Dites ce que vous avez à dire et allez-vous-en. Et puis jetez ce joint. C'est illégal. » Je me sentais nerveux et j'avais dit cela sur un ton très digne.

Sverdloff a jeté son joint dans le sable, en le faisant tournoyer comme un galet sur une mare, tout en poursuivant sa route.

« Et alors ?

– L'autre soir, j'ai participé au *Teddy Flowers Show.*

– Je le savais.

– Je suis un Russe assez connu.

– Je n'en doute pas. »

Il a haussé les épaules, sans manifester d'émotion

particulière. Ce n'était pas le genre à vous menacer ou à tirer sur sa mèche comme le chauffeur de taxi.

« Vous voulez parler, OK. Vous voulez pas parler, OK. Mais il y a des choses que vous devriez savoir. »

Là-dessus, il a tiré un papier de sa poche, avec un numéro dessus.

« Si vous avez envie de parler, vous pouvez m'appeler. »

Il m'a fait au revoir, et il est parti, en allumant un autre joint.

J'ai senti le mal et la présence de la mort avant même que le froid de l'acier ne frôle ma joue. Il régnait un silence pesant sur Brighton 6ᵉ Rue où j'avais garé ma voiture. Pas de danger que quelqu'un intervienne.

Comme j'ouvrais la portière, quelqu'un m'a empoigné avec une telle force que je n'avais pas pu me dégager et que je suis tombé sur le siège. Il m'en a mis un coup, il a arraché le fil du téléphone, il m'a passé la ceinture de sécurité autour du cou et l'a tenue serrée. J'ai senti le goût du sang dans ma bouche, je suffoquais. De l'autre main, avec son couteau, il m'a passé la lame sur la joue, et j'ai senti le sang couler. Puis il s'en est pris à mon cou, à mon autre joue, au front. Il m'a empoigné les cheveux à la racine, en tirant de toutes ses forces. Tout ce que j'ai pu voir, ce sont des lunettes foncées, un bonnet de mer bleu rabattu sur les yeux. J'ai cru distinguer de hautes pommettes slaves, mais comme il m'a mis le couteau sur l'œil, je n'ai plus rien vu du tout. Et il a fait glisser la pointe sur la cornée.

J'avais le souffle coupé. J'ai entendu des pas qui s'éloignaient. Personne ne risquait de me porter secours. À Brighton Beach, vous pouvez commettre un meurtre en plein jour devant une demi-douzaine de témoins en train de boire leur thé, ils prétendront tous qu'ils n'ont rien vu que leur verre.

L'autre cinglé me tordait le cou, j'avais les oreilles qui tintaient. Il avait une haleine fétide. Il continuait à me promener sa lame sur le visage et les paupières. Il a murmuré quelque chose en russe, mais je suffoquais et je n'ai rien compris. J'ai pensé à cette photo d'un soldat blessé à Omaha Beach, et dont l'œil pendait. Il me serrait à la gorge. Puis j'ai entendu distinctement le son de sa voix :

« Je peux t'arranger de telle façon que tu ne voies plus jamais tes enfants. » Il avait dit cela en russe, d'une voix haut perchée.

Il n'avait pas un accent vulgaire. J'ai bien compris ce qu'il voulait dire : c'est une menace classique de la mafia. Ils ne vous tuent pas directement, ils commencent par vous vitrioler, si bien que vous ne risquez pas de revoir vos enfants, puisque vous êtes aveugle. Ou alors ils vous découpent les paupières, et vous ne pouvez ni ciller, ni dormir, ni pleurer.

Je ne sais comment, j'ai réussi à faire entrer de l'air dans mes poumons, assez pour dire : « Je n'ai pas d'enfants. »

Le sang me dégoulinait sur le visage. Avec ma salive, cela faisait un mélange visqueux, poisseux. J'ai entendu quelque chose rebondir sur le flanc de la voiture.

« Tâche de ne pas faire le malin », a dit quelqu'un

d'autre en russe, avec l'accent d'une personne bien élevée.

Je fus libéré de la ceinture de sécurité, le bras du type est retombé comme celui d'une poupée de chiffron, et celui qui le tenait l'a projeté dans le caniveau où il est retombé en tas, le souffle coupé.

« Sverdloff, Anatoly. » Il avait dit cela d'une voix sonore et amicale, avant d'ajouter en anglais : « Vous vous souvenez de moi ? »

Ce bon Dieu de Russe. J'avais besoin d'un autre Russe comme d'un troisième nichon.

« Je lui tords le cou ?

– Laissez tomber, je vais me débrouiller. » Mais mon téléphone était hors d'usage.

« Ça va aller ? »

Pendant la fraction de seconde où Sverdloff s'assurait que j'étais bien vivant, l'autre cinglé, dans un sursaut d'énergie, s'était tiré de son caniveau pour détaler dans le noir.

Sverdloff s'est lancé à sa poursuite, mais pas assez vite, et il est revenu, haletant.

« Eh bien, merci. Me voilà votre obligé. Que voulez-vous ? »

Mon visage me faisait un mal de chien.

« Ceci doit vous appartenir », et il m'a tendu une de mes dents dans la paume de son énorme main, comme un garçon de café avec un plateau. C'était un petit rigolo. Il a tiré sur son blouson.

« Le salaud ! Voulez-vous que je vous raccompagne chez vous ? Vous n'avez pas l'air trop en forme. »

Un couple s'est approché bras dessus bras dessous.

En nous voyant, ils ont compris qu'il y avait du grabuge et ils sont partis dans une autre direction.

« Non, merci. » Je ne voulais pas de Russes autour de moi. Bien sûr, il venait de me tirer d'un mauvais pas et j'étais son débiteur. Il m'a demandé :

« Qu'est-ce que vous cherchez ?

– Le meurtrier d'Ustinov. Et ce salaud qui m'a attaqué.

– C'est peut-être le même ?

– Comment voulez-vous que je le sache ? » En fait, je savais.

« C'est aussi mon avis. On peut parler ?

– Certainement. Parlez.

– Pas maintenant. Rentrez chez vous, faites un brin de toilette. Je vous appellerai. Vous connaissez le *Batumi* ?

– C'est une boîte de nuit ? Pourquoi là ?

– Je pourrai peut-être vous présenter quelqu'un d'intéressant. Et puis, j'aime bien les endroits où il y a du bruit. Quand on bavarde, on est plus sûr de pouvoir repérer l'ennemi.

– Ça fait des années que je n'avais pas entendu ce genre de truc parano. »

Sortant de sa poche un mouchoir immaculé, Sverdloff a délicatement ramassé le couteau et il me l'a tendu.

« Vous êtes absent depuis trop longtemps. » Là-dessus, il est reparti en direction de Brighton Beach. Son blouson de cuir lui faisait comme un costume de carnaval.

VI

Comme un vagabond, j'ai passé ce qui restait de la nuit à dormir dans ma voiture, enveloppé dans mon vieil imperméable, couché sur la banquette arrière. J'avais scotché mes estafilades avec des morceaux de Kleenex. J'entendais la pluie qui tombait sur le toit. Je ne me sentais pas du tout héroïque. Je n'avais pas la force de prendre le volant. Mais je ne voulais pas entendre ce gros Russe me parler de la mère patrie.

Instinctivement, il me semblait que ce type qui m'avait agressé devait être celui qui avait assassiné Ustinov, ou qu'il était à la solde des mêmes. Cela signifiait qu'il connaissait probablement les liens que j'avais avec Gennadi. Quand avait-il commencé à me suivre ? Au café ? Ou même à l'hôpital ?

Ce type avait agi à mains nues. Il y aurait donc des empreintes sur le couteau.

Allongé sur la banquette, je me suis dit que Brighton Beach pouvait vous avaler comme une pieuvre, pour vous recracher mort.

Pendant la nuit, la pluie a cessé de tomber.

Quand il a fait jour, je suis descendu jusqu'à l'océan, j'ai ôté ma chemise, je me suis lavé la figure dans l'eau salée ; ça m'a piqué. J'avais de la fièvre. J'ai trouvé des Bandaids dans la boîte à gants, je me suis fait des pansements sommaires. J'ai découvert un Taxiphone à côté de *Nathan's* à Coney Island. J'ai bu un café. J'avais l'impression d'avoir dormi dans les chiottes. J'avais besoin d'aide. Maxine Crabbe était chez elle et elle m'a dit OK, elle s'occuperait du couteau. Mais Maxie, une amie légiste, n'avait pas l'air tellement emballé. Elle croyait peut-être que je lui faisais des avances.

Je ne suis pas rentré par l'autoroute, je suis passé par Broadway. Des joggeurs hassidiques étaient déjà en train de trottiner pour la plus grande gloire de Dieu. Quand je suis arrivé devant le bâtiment fédéral désert, il n'y avait que quelques vieux clochards recroquevillés contre les statues.

« Qu'est-ce qui vous est arrivé ? » m'a aimablement demandé le gardien en me reconnaissant. Je lui ai répondu d'un air faussement embarrassé que j'étais tombé de vélo. Il m'a laissé passer.

C'était Eddie qui était de garde. Je lui ai dit que j'allais déposer ma serviette et il m'a laissé entrer dans le bureau de Sonny. Il ne m'a pas cru mais il déteste Sonny et puis j'avais deux places pour les Knicks pendant la saison à venir, et ses petits-fils sont des fans.

Près du bureau de Sonny, j'ai entendu une imprimante en marche. Il y avait déjà quelqu'un au travail. Rhonda a beaucoup d'ordre, et j'ai tout de suite trouvé le dossier marqué USTINOV à côté de son bureau. Avec la vidéo. Que j'ai prise. J'ai entendu des pas dans le couloir et j'ai reposé le dossier comme la porte s'ouvrait sans bruit.

« Hello, *detective.* » C'était Roy Pettus.

Une fois dans le couloir, j'ai refermé la porte derrière moi. J'avais la vidéo à la main. Pettus n'a rien dit.

« Vous avez vu un docteur ? m'a-t-il demandé en m'examinant.

– Ce ne sont que des égratignures.

– On m'a dit que vous étiez peut-être tombé de vélo », a-t-il dit avec un petit sourire. « Un café ? »

L'agent Pettus ne passe pas pour un personnage particulièrement sociable ou volubile, si bien que cette offre m'a plutôt surpris.

« Pas ici », a-t-il ajouté.

Nous sommes sortis en silence.

Nous sommes allés dans une cafétéria près de la Promenade. Des mouettes se livraient à des exercices de méditation transcendantale au-dessus du fleuve.

« Vous êtes en route de bonne heure. » J'ai dit cela avec un sourire idiot.

Pettus n'a pas répondu.

« Vous vous installez où vous voulez, j'arrive tout de suite », a dit la serveuse, dont le visage était aussi fané que sa chevelure.

La salle était presque vide, à l'exception d'un chauffeur de taxi enturbanné mangeant des crêpes et d'un couple d'un certain âge en train de se contempler amoureusement par-dessus le petit déjeuner à 99 cents. Peut-être manquaient-ils eux aussi de sommeil.

Roy Pettus a soigneusement plié sa veste et l'a posée à côté de lui sur la banquette. Je me suis assis en face.

Le café est arrivé, il s'est penché en avant. Sur un ton dénué de tout effet mélodramatique, il m'a déclaré :

« Ce que je voulais dire, c'est que nous pensons que quelqu'un est après vous.

– Qui ça ? » J'ai sorti une cigarette du paquet qui se trouvait dans ma poche.

« Ça vous ennuierait de ne pas fumer ? m'a demandé Pettus.

– Pas du tout.

– J'essaie d'arrêter. C'est pas facile. »

Pendant que nous étions là à nous faire des politesses, j'avais le cœur qui battait la chamade. J'avais envie de lui dire : venons-en aux faits, mais Pettus était le garçon à prendre son temps. Il a commandé un muffin grillé. J'ai bu un peu de café. Mes dents me faisaient drôlement mal.

« Pourrais-je avoir de la marmelade d'oranges plutôt que de la gelée de pamplemousse ? » a-t-il demandé à la serveuse.

On n'en sortira jamais !

« Vous avez un nom ?

– Non. »

J'ai essayé de rester calme. J'avais envie d'une cigarette. « Et vous auriez entendu ça avant l'assassinat d'Ustinov ?

– Peut-être. Il y a des gens qui fouinent. On a demandé à consulter votre dossier, au nom de la liberté de l'information. Vous croyez aux coïncidences ?

– Certainement. »

Pettus a eu un petit sourire : « Bien sûr, on ne communique pas les dossiers comme ça. Normalement, on traîne les pieds. Ensuite, quand on les envoie, on élimine les passages intéressants. Mais, cette fois-ci, on a eu la consigne de se grouiller, et les ordres émanaient d'une autorité contre laquelle on ne peut rien.

– C'était quand ?

– Il y a quinze jours, trois semaines. Ça recoupe les faits ?

– C'est au moment où j'ai eu cette lettre annonçant l'arrivée d'Ustinov.

– Il vous a écrit ?

– Par l'entremise de l'éditeur. Un certain Frye.

– Phillip Frye ?

– Oui. » Je n'ai pas parlé de ma tante Birdie. « Vous croyez que ça a un rapport avec Ustinov ?

– Quelqu'un qui n'aimait pas Ustinov. Quelqu'un qui trouvait qu'il en savait trop. Quelqu'un qui pensait que s'il disait à quelqu'un ici ce qu'il sait il aurait pu vous le dire aussi.

– Et comment saurait-il que je connais Ustinov ?

– On est à New York. Les rumeurs circulent vite. Lippert sait. Je le sais.

– On a des indices sur le meurtrier ?

– Le NYPD ne partage pas ses informations avec nous, sauf s'ils ont des ordres. » Son ton était vaguement sarcastique.

« Quelque chose sur la vidéo ?

– Non. On en a des kilomètres, mais c'est trompeur.

– C'est un Russe ? Un tueur ? Un tueur à gages ?

– Ça en a tout l'air.

– Mais pourquoi le tuer maintenant ? Et en direct à la télé ? »

Pettus a haussé les épaules. « Ça pourrait être un avertissement. Ou alors une vengeance. Et ces coupures sur votre figure, *detective* ? Vous pourriez pas me mettre au courant ? »

Je suis resté silencieux.

« Vous savez qu'à une certaine époque j'ai dû étudier votre cas ? m'a demandé Pettus.

– Ah oui ?

– Je travaillais alors également pour les services d'immigration. Je me suis intéressé à vous. Vous parliez plusieurs langues. Vous étiez pas con. On s'est demandé si vous étiez pas une taupe du KGB.

– Vous rigolez.

– Pas du tout. Quand vous avez été déclaré OK, il y a eu plein de mecs qui vous voulaient, mais Sonny Lippert était le premier sur la liste. Et il a dû vous donner ce que vous vouliez, non ?

– Et qu'est-ce que je voulais, d'après vous ?

– Une existence bien réglée. Pas de passé. Un peu d'aventure, mais pas trop. Enfin, j'imagine. » Pettus s'est mis à touiller son café pour y faire un tourbillon, comme s'il rêvait du Wyoming d'où il était originaire.

« Je sais que vous êtes officiellement en congé, et que vous songez à démissionner. Ce qui ne me regarde pas. Je sais aussi que vous êtes directement concerné dans cette affaire. J'aimerais bien que vous me teniez au courant. Je vous donne mon numéro personnel.

– OK. »

Pettus devait être un type régulier et, indiscutablement, j'avais besoin d'aide. Mais il voudrait quelque chose en échange. Je lui ai parlé du cinglé de Brighton Beach.

« Où est le couteau ?

– Dans ma voiture. Je vais le confier à Maxie Crabbe. Vous la connaissez ?

– Je connais Maxine. Vous voulez que je l'envoie pour vous ? » Il me demandait de lui faire confiance. J'ai dit oui.

« Je vais être franc avec vous, *detective*. Le meurtre d'Ustinov n'est pas exactement de mon ressort. Ce genre d'affaire va directement en haut, et ne relève pas de moi. Mais je m'occupe de cette mafia de Brighton Beach depuis des années. Dans le temps, c'était pépère. Vous vous en souvenez, la CIA passait des petites annonces dans les journaux en russe. Un moyen pour toutes les petites frappes de se faire quelques dollars. Mais alors on contrôlait les choses. Maintenant on distribue les visas comme les cacahuètes à bord des avions. Vous savez qu'on a ouvert un bureau à Moscou ?

– J'ai entendu dire ça. » Je commençais à ne plus tenir en place. Il traînait les pieds.

« À mon avis, ça vaut pas le coup. Rentrez chez vous. Faites gaffe. Ces Russes sont cinglés. J'ai fait parler un type, ils lui ont fait se couper l'oreille et la bouffer devant eux.

– Merci.

– J'ai quelque chose pour vous. »

Pettus a posé sur la table sa vieille serviette de cuir

marron. Il a ouvert les fermoirs de laiton à l'ancienne mode, il en a tiré un paquet enveloppé dans du plastique et il me l'a tendu. C'était marqué DUTY FREE SHEREMETYOVO AIRPORT.

« On a trouvé ça dans les affaires du général Ustinov, et ça vous est destiné.

– Qu'est-ce que c'est ? »

Pettus a eu un petit sourire, il a pris l'addition et il a sorti de sa poche un billet de cinq dollars. De temps en temps, il se jouait un rôle. Là, il était Gary Cooper dans *Le train sifflera trois fois.*

« Des caramels.

– Des caramels ?

– Oui. Des caramels. Et des photos. Vous avez une tante du nom de Mme Birdie Golden ?

– Oui.

– C'est le genre de personne à demander à un général du KGB d'emporter des caramels jusqu'à New York ?

– Oui.

– On pourra vous joindre ?

– Bien sûr. Est-ce que Sonny sait que vous m'avez donné ça ?

– Non.

– Alors, pourquoi le faites-vous ?

– Vous auriez dû être un petit New-yorkais, avec l'éducation et les fringues assorties. Ça n'a pas été le cas. »

Il est difficile de résister à Pettus ; j'ai toujours été sensible aux flatteries des hommes puissants, peut-être à cause de mon père, ou de Gennadi, ou du système dans lequel j'ai grandi.

« Rien d'autre ?

– Qui est le tueur. Pourquoi il s'en est pris à Ustinov. Est-ce que quelqu'un d'autre est dans le coup. La signification du sexe, de la mort, du rock and roll. »

Je l'ai regardé d'un air surpris.

« Bon Dieu, je suis allé à Woodstock, a-t-il dit.

– Pourquoi est-ce que Lippert veut me mettre sur la touche ?

– Peut-être qu'il veut l'affaire pour lui.

– Vous le détestez.

– Non. C'est seulement que je déteste l'ambition ; ça a les mêmes effets que la cataracte, ça brouille la vision. Et puis dans le temps il a baisé deux de mes types. Bon, faut que je m'en aille. Au fait, *detective*...

– Oui ?

– Vous me direz ce que vous pensez de cette vidéo. »

Roy Pettus m'avait foutu la trouille. Ce n'était pas un adepte de la conspiration mondiale renfourchant son dada, ni un type à se lancer dans des trucs pour rien. Gennadi Ustinov était mort à la télé en direct, et j'avais quelqu'un lancé à mes trousses.

Il était encore tôt, Broadway était à peu près vide. Il faisait déjà chaud, mais je me suis mis à frissonner, j'ai couru jusqu'à ma voiture, j'ai posé sur le siège avant le paquet que Pettus venait de me donner. J'ai fait cela délicatement, comme si ç'avait été une bombe. J'ai mis le contact. Calé. Bon Dieu d'antiquité de Mustang. La prochaine fois j'achèterai une voiture neuve plutôt que ce tas de ferraille qui m'empoisonnait l'existence. J'ignorais d'où venait la panne et je n'avais pas envie de chercher. Un taxi vide arrivait des Heights, je lui ai couru après, mon paquet à la main.

Le chauffeur était russe. Au milieu du pont, le voilà qui ralentit, alors qu'il n'y a pas la moindre circulation. Et un silence terrible.

« Qu'est-ce qui se passe ?

– Le moteur qui chauffe. » Il a dit ça d'une voix neutre. Je me suis souvenu que c'était l'endroit exact où Zilber, le célèbre gangster de Brighton Beach, avait été abattu par quelqu'un qui passait en voiture, et il avait pris la balle en plein dans l'œil.

VII

Gennadi Ustinov me sourit, il a les yeux bleus, le menton entre les mains, les coudes sur la table. Même à travers cette vidéo merdeuse que j'ai volée dans le bureau de Sonny, il est encore très bel homme. Je me souviens de son visage et c'est une vraie souffrance. Élégant, séduisant, il donne envie qu'on lui parle, qu'on se confie à lui. Il se penche en avant, il donne une impression de franchise, comme s'il ne regardait que vous, à attendre vos confidences. C'était son métier.

Gennadi portait toujours des vêtements américains, qui satisfaisaient sa vanité, le costume d'été Brooks Brothers, la chemise bleue à col boutonné, la cravate de soie rouge. Il adorait l'Amérique.

Il était fait pour la télévision : la caméra adorait ses hautes pommettes, les yeux bleu clair, la bouche slave, avec ce sourire voluptueux qui réchauffait son visage. Il se penche en avant comme s'il a quelque chose à me confier.

À côté de lui dans ce *Teddy Flowers Show*, il y a Lily Hanes. Il lui parle, mais je n'entends pas ce qu'il dit. La caméra se braque sur la table, puis sur les autres invités, ensuite sur le public. Il y a un homme debout, les bras tendus. Il a un revolver à la main, il se tourne, il place sa main libre devant son visage comme s'il savait qu'il allait être dans le champ.

Dans l'assistance, les gens se mettent à hurler, à courir dans tous les sens, ils s'aplatissent à terre. Gennadi tente de se lever, il bascule et tombe de son fauteuil. Je me repasse la scène je ne sais combien de fois, pour le revoir tomber. Il s'écroule sur Lily Hanes dans sa veste rose. Ils dégringolent tous les deux sur le plancher.

J'arrête la bande. La figure me fait mal. J'ai de la fièvre, à cause des coupures, ou de ma gencive infectée, ou de la peur. En revenant de Brooklyn, je me suis arrêté chez le dentiste, il m'a fait un pansement, il m'a donné des antibiotiques, mais je n'ai pas pu dormir.

Je suis resté assis à mon bureau à fumer, il y a de la cendre de cigarette partout sur les papiers, les photocopies, les fax, les rapports, les formulaires d'immigration, les cartes vertes, tout ce que j'ai pu me procurer auprès de copains dans toute la ville. Le fax débite sans arrêt. Un ami qui travaille au *Times* a réussi à entrer dans une banque de données et il me refile sur mon fax tout ce qui concerne la mafia russe. Je n'ai pas appris grand-chose de neuf. Il ne s'agit d'ailleurs pas d'informations, mais d'interprétations et de recherches de preuves.

Maxie a bien reçu le couteau, mais il va falloir

qu'elle l'étudie en dehors des heures de service, parce qu'elle n'est pas sur le coup, et moi non plus.

J'arrête la bande sur Gennadi.

C'étaient les enfants chéris du régime, mon papa et lui, quand ils étaient des gamins, ensuite des hommes jeunes, les espoirs de Khrouchtchev. Ils allaient réformer le socialisme. Le meilleur ami, le tonton gâteau, le fascinant oncle Gennadi de retour d'Amérique avec des disques de jazz, des chaussures mirifiques, des radios en forme de balles de baseball.

Petit à petit mon père s'est retrouvé sur la touche. Le KGB n'aimait pas trop que ses gros bonnets épousent des youpines ramenardes qui remettaient le régime en question et, ma maman, c'est ce qu'elle était à leurs yeux. Les Juifs tranquilles, OK, les juifs raisonneurs, c'était une autre chanson. Gennadi lui a-t-il été fidèle, l'a-t-il trahi ? On n'en a jamais parlé. Quand j'ai eu quinze ans, nous avons émigré en Israël. Point à la ligne.

J'ai remis la bande en marche, les personnages ont recommencé à s'agiter. Lily Hanes leur a demandé de s'aligner comme les personnages d'un de ces romans policiers anglais que maman adorait – les suspects à un grand dîner : Sverdloff ; la strip-teaseuse ; le yuppie, Saroyan ; le fasciste ; Crowe, l'Anglais. Le mystère russe ; le camarade communiste au salon.

J'ai arrêté sur Zalenko. Un chauve avec une barbe – on aurait dit sa tête à l'envers. Zalenko parlait bien l'anglais, il avait l'œil étincelant de l'illuminé. On prétendait qu'il était le successeur de Jirinovsky, l'idole des nationalistes, en excellents termes avec la droite américaine et la coalition chrétienne.

Je rêvassais. J'ai encore regardé Gennadi Ustinov mourir en direct. Plus je regardais, plus j'étais convaincu que le type de Brighton Beach la nuit précédente devait être le meurtrier. J'allais faire faire un agrandissement à partir de la vidéo, mais avec ce qu'on en voyait, ça ne pouvait être qu'un Russe, le visage anguleux, les pommettes saillantes, la bouche mince. Peut-être un Ukrainien. Il avait dû être joli garçon, mais il avait l'air maladif, avec des mèches d'un blond pâle qui lui barraient le front. Et j'ai fixé l'écran, en murmurant en russe : « Parle-moi, sale con. Dis-moi pourquoi tu as fait ça. »

J'ai mis les nouvelles. Augmentation du nombre des meurtres. Des terroristes d'extrême droite avaient amené en ville un camion bourré de fertilisant venu du nord de l'État. Le meurtre de Gennadi. Les commentateurs étaient déjà là à pontifier à propos de la signification d'un meurtre en direct à la télévision.

C'était le genre de truc que Gennadi aurait pu débiter au cours d'une conférence de propagande : un homme abattu en direct à la télévision montrait à l'évidence les dangers de la liberté incontrôlable et dangereuse qui régnait aux États-Unis. À Moscou, assise à la table de sa cuisine, ma mère se serait tordue de rire en ridiculisant ces propos.

C'était il y a si longtemps. Le mauvais côté s'était estompé, comme s'il appartenait à un autre dont l'image pâlie apparaît sur une photographie ancienne et dont on se demande : qui cela pouvait-il bien être ?

Après tout, quel était le problème ? Ce n'était pas la première fois que les gens souffraient dans ce pays abandonné des dieux, on ne m'avait pas expédié au goulag et je n'étais pas mort de faim. Ce qu'il y avait eu d'affreux, c'était la peur de ne jamais savoir puis, plus tard, les choses dont on ne parlait pas.

Quand j'ai eu quinze ans, ç'a été fini. À dix-neuf ans, j'étais à New York. Méthodiquement, comme les millions d'autres immigrants qui voulaient se débarrasser de leur passé, j'ai mis cela derrière moi. Je n'ai pas fréquenté de Russes, je n'ai plus lu le russe, je ne l'ai plus parlé sauf quand il le fallait pour mon travail où là, ironiquement, cela s'est révélé utile. Même enfant, j'avais un don pour les langues comme le reste de ma famille, mais c'était seulement un truc comme le karaoké.

À New York, tout le monde se moquait bien de savoir d'où je venais. New York, c'était l'air que je respirais ; c'était tout ce que je voulais.

J'ai remis la bande en marche. À côté de Lily, il y avait cet Anglais, Gavin Crowe. Lily Hanes était épatante, avec un visage amical et attirant. Elle avait des jambes splendides, elle était très élégante.

Je me suis dit : « T'es qu'un cochon. Le meilleur ami de ton père se fait flinguer devant toi et t'es là à bander à cause d'une rouquine aux longues jambes. »

Je mourais de soif. Je suis allé me chercher une

Corona glacée dans le frigo. J'ai appelé un type à qui j'avais rendu service et je lui ai demandé d'aller chercher ma voiture à Brooklyn et de la dépanner. Puis j'ai dû somnoler dans mon fauteuil. J'étais complètement esquinté. Quand je me suis réveillé, il était deux heures du matin et je suis allé me coucher. Le matin, j'ai téléphoné à des gens du *Flowers Show* et j'ai découvert que Gavin Crowe devait être au *Chelsea Hotel*.

À mon avis, le *Chelsea Hotel*, qui se trouve à côté d'une gargote où l'on débite des homards et des plats espagnols sur la 23e Rue, est un trou merdeux. Un certain nombre d'artistes et d'écrivains qui ne pouvaient pas s'offrir mieux en ont fait un mausolée. C'est là que Sid Vicious a cassé sa pipe, et peut-être bien Dylan Thomas.

Quand j'y suis arrivé, Crowe était dans sa chambre en train de fumer des cigarettes russes.

« Salut.

– Salut. On a fait la fête ? » Il a dit ça en montrant du doigt ma figure rafistolée.

Crowe paraissait plus petit que sur la vidéo. Peut-être un mètre cinquante-cinq, moins en chaussettes. Il portait des bottes de cow-boy à talons hauts, avec des talonnettes dedans, un pantalon pattes d'éléphant. Dans les années soixante, d'après le dossier que j'avais consulté, il avait appartenu un temps à un groupe britannique dont personne n'avait jamais entendu parler. Il se prétendait vaguement écrivain. Crowe, qui avait les dents pourries et une peau grêlée due à la mauvaise bouffe et à l'alcool, était anglais, ça lui servait de fonds de commerce.

« On peut parler ? » J'ai pris ça en douceur. Il était répugnant, mais j'étais bien décidé à n'en rien laisser paraître. Pour ce qui est des Anglais, j'ai une hérédité chargée. À la maison, papa les appelait toujours les sacs à thé. La perfide Albion, ajoutait-il. C'était ce qui en faisait de bons espoirs pour commencer, des vrais désastres ensuite. Et puis ils ont écrit de grands livres.

Bien sûr, il y a aussi le whisky. Quand ils parlent, ils en font des paragraphes entiers, je le sais ; un certain temps je suis sorti avec pas mal de petites Anglaises, pour les écouter parler – mais je n'ai pas trop confiance.

« Et de quoi va-t-on parler ? m'a demandé Crowe.

– De choses et d'autres. De Gennadi Ustinov. Du show. Du meurtre. De la Russie. De vous. De moi.

– J'ai un avion à prendre. Mais vous pouvez toujours m'inviter à dîner.

– Vous partez déjà ?

– Eh bien, des policiers m'ont posé déjà pas mal de questions dénuées d'intérêt. Leur conclusion est que ce n'est pas moi. Ennuyeux.

– Alors, c'est qui ?

– Le maître d'hôtel. »

Je ne suis pas particulièrement susceptible, mais j'ai horreur des petits malins. J'ai traîné le gringalet jusqu'à la fenêtre et je l'ai ouverte.

« Tu vois le trottoir, en bas ? Tu veux finir en pizza ? » C'était pas gentil, mais il me tapait sur les nerfs.

« Finir en pizza ! » Il rayonnait. « Il faut que je

note ça. Finir en pizza, c'est charmant. Ainsi, vous êtes de Moscou ? »

Je n'ai rien dit pendant un moment.

« Détendez-vous, chéri. J'ai fait de la linguistique dans le temps. Je suis le Henry Higgins de ma génération. Je peux toujours dire d'où sont les gens ; surtout les émigrés russes comme vous. Mais n'importe qui vous prendrait pour un New-yorkais authentique. »

Ce n'était pas la modestie qui l'étouffait.

« Seulement j'ai faim et j'aimerais bien manger quelque chose avant de regagner la Sainte Russie et la révolution qui gronde, alors il va falloir me donner à manger.

– Au fait, quelle révolution ?

– Peu importe. » Crowe avait déjà filé.

Dans la rue, il a arrêté un taxi et il a donné une adresse dans Little Italy. C'était un restaurant tarte et vide, car il était encore tôt. Crowe a commandé du chianti, des linguines avec une sauce rouge aux palourdes.

« Ce truc était sur le mur quand ils ont abattu Joey Gallo à l'*Umberto's Clam House*, a-t-il déclaré en entortillant la pasta autour de sa fourchette. Vous saviez ça ? J'ai connu un cousin de Gallo. Intéressante famille, qui obéissait au code. »

Impossible de croire qu'il existait des gens pour parler comme ça en dehors de *Masterpiece Theater*, que je regardais en compagnie de Dorothy Tae, une inconditionnelle de *Brideshead Revisited*.

« Qui est-ce qui a monté le coup ?

– Facile. »

Crowe a pris une tranche de pain, il y a étalé du beurre, il l'a trempée dans l'huile d'olive, il a commandé un veau parmigiana et il s'est mis à manger. Il parlait la bouche pleine.

J'ai pris les antipasti et j'ai commencé à taper dans le salami.

« Racontez-moi.

– Zalenko. Inévitable. Il a engagé votre Russe. Vous voyez pourquoi ? Ustinov, c'était la vieille garde. La vieille garde du KGB. Il n'aimait pas les coups fourrés. Il croyait au système. Un type très convenable dans son genre. Trop pour que mon vieux lui plaise, naturellement. Il voulait tout raconter. Plus qu'il n'était sain pour lui.

– Votre vieux ?

– Un espion. » Crowe bavait légèrement. « Mon vieux était un espion. Un espion modeste. Il a fini à Moscou. Pas dans la bande à Philby, bien sûr. Personne n'a songé à nommer mon vieux général du KGB. Il aurait même dû être reconnaissant qu'on veuille bien de lui. »

Crowe se trouvait très bien au centre de son propre film.

« Revenons-en à Zalenko.

– Eh bien, d'après Ustinov, ce sont les nationalistes comme Zalenko qui sont en train de détruire le pays.

– Et comment vous savez ça ?

– Demandez à mon ami Phillip Frye. Il m'a pris dans le show. Il sait où les corps sont enterrés. On a laissé des petits papiers.

– Et ?

– Les informations, ça coûte. » Il continuait de s'empiffrer. « Vous avez des fonds ?

– J'y réfléchirai. Pourquoi le tuer ici ?

– Zalenko couche avec la mafia. Ils s'utilisent mutuellement. Quand les fascistes prendront le pouvoir, la mafia sera officiellement en place. Les nouveaux Cosaques. »

J'ai avalé un rond de saucisse et j'ai bu un verre d'eau.

« Vous trouvez que Jirinovsky est un salaud ? Attendez la prochaine génération. Des jeunes gens très comme il faut. Habillés chez Gap. Excellent anglais. Copains avec la droite américaine. Chrétiens pratiquants, par-dessus le marché. Ils détestent Clinton. Il veut leur ôter leur arsenal nucléaire.

– Quoi ?

– Les Russes adorent leurs armes nucléaires. Les Russes croient que les Américains veulent leur faire abandonner leur plutonium, ce qui ferait d'eux une nation du tiers-monde : pas de nucléaire, pas de puissance. Moi, j'aurai plus qu'à filer. Ils vont me courir après.

– Vous ?

– Je suis un démocrate, avec pour vous un petit d, naturellement. À ma façon, j'étais dans le coup.

– Ah tiens, et de quel côté ? » Il est resté imperturbable. « Alors, comment Zalenko s'y est-il pris pour faire assassiner Ustinov ?

– Facile. Vous contactez un tueur à gages, que vous avez déniché à Brighton Beach. L'assassiner pendant le show, ça en fait un crime politique. C'est comme ça qu'ils opèrent. Je peux vous présenter.

J'habite Moscou, mais je connais bien Brighton Beach, et tous les gangs de la ville, Gum Sing dans Crown Heights, les Coréens à Queens. Et les Russes sont en relation avec tous. »

C'était un groupie de la mafia. Le crime, ça le branchait.

« Dites-moi quelque chose que je ne sais pas. »

Il m'a piqué une de mes cigarettes.

« Tout le monde dans ce show télévisé avait une dent contre Ustinov. Zalenko pensait qu'il trahissait la Sainte Russie. Saroyan croyait qu'il voulait étouffer le capitalisme, comprenez l'extorsion. L'administration détestait l'espèce de la petite Olga, pauvre conne.

– Ustinov était un ancien du KGB. C'étaient tous des Russes hostiles. Qu'est-ce qu'il y a de neuf dans tout ça ?

– Personnellement, je ne ferais pas confiance à Anatoly Sverdloff.

– Et pourquoi cela ?

– Une fois, Ustinov l'a bouclé. Il l'a fait parler. Ustinov avait du charme. Il pouvait faire parler n'importe qui.

– Quoi d'autre ?

– J'ai remarqué que Lily Hanes en pinçait pour Ustinov. » Crowe a eu un sourire obscène. Je lui ai resservi du vin.

« Lily Hanes est une amie à vous ?

– Tous les gens sont mes amis, chéri.

– C'était peut-être vous. Après tout, vous aussi vous lui en vouliez. Ustinov avait traité votre papa comme le détritus qu'il était, non ? »

Crowe m'a lancé un regard chargé de haine. J'ai ajouté : « Restez dans le coin. »

J'ai réglé l'addition.

« C'est officiel ?

– Assez officiel pour vous.

– Encore une chose, m'a-t-il lancé comme je partais.

– Je suis pressé.

– Interrogez donc Phil Frye à propos du bouquin d'Ustinov. Demandez-lui où sont les pages manquantes. »

VIII

Je me suis dit qu'il y avait là quelque chose, et quand j'ai commencé à essayer de joindre Phillip Frye, j'en ai été convaincu. Après avoir quitté Crowe, j'ai passé le reste de la journée à essayer de joindre Frye. Il s'était fait très discret. À son bureau, sa secrétaire disait qu'il était sorti, qu'il était en réunion, qu'il était rentré chez lui, n'importe quoi.

Encore tout secoué par ce qui était arrivé à ma figure et la mort obsédante de Gennadi, je suis rentré chez moi, avec en plus cette affaire Frye qui me tracassait. Ça ne s'est pas arrangé quand j'ai appelé le *Chelsea* et que j'ai appris que Crowe avait quitté la ville. Et Ustinov qui jadis avait bouclé Sverdloff! Et le borgne à lunettes de Brighton Beach! Il savait mon nom. Il devait y avoir un lien entre lui et le cinglé qui m'avait sauté dessus, et qui avait peut-être bien tiré sur Ustinov. Sonny était indisponible et c'était bien de ma faute. Comment trouver de l'aide? Je n'étais plus dans le circuit.

L'aspirateur était appuyé contre le mur, je me suis levé du canapé, j'ai déroulé le fil que j'ai branché. La machine s'est mise à rugir comme un chasseur à réaction. L'appartement était un vrai bordel.

C'étaient les Tae qui avaient fait le gros œuvre, mais c'était moi qui avais fait les peintures et poncé les parquets que j'avais cirés jusqu'à ce qu'ils soient comme des miroirs. Quand j'avais emménagé, dix ans auparavant, Benny On régnait encore sur Chinatown, et il fallait qu'un flic soit fou pour aller s'installer dans un loft au sud de Canal Street.

J'avais mis un CD de Chet Baker, *It Never Entered My Mind*. Comment un Blanc pouvait-il jouer comme ça ? « Il y a ce petit Blanc sur la Côte qui va tous vous bouffer vivants », aurait dit Charlie Parker après avoir entendu Chet pour la première fois. Je suis même allé en pèlerinage au *Lighthouse*, le club d'Hermosa Beach où jouait Chet. Et Shortie Rogers.

Passer l'aspirateur m'a requinqué. Je suis monté sur une échelle, j'ai épousseté les appuis de fenêtres, j'ai mis le linge sale dans un sac, j'ai nettoyé la baignoire, j'ai fait la vaisselle. Le ménage, j'adore ça. Je suis un homme d'ordre.

Jusqu'à la mort d'Ustinov, j'étais un type heureux. Avec une existence à moi, des voyages, un boulot qui souvent me plaisait beaucoup.

À New York, je suis chez moi. Les Tae, c'est ma famille. Il y a les amis. La musique. Les parties de softball avec les copains. Les filles. Toutes les semaines, je vais manger une côte de bœuf au *Tennessee Moutain* avec Lois et Louise. Ils habitent sur le même palier que moi, et je serais prêt à épouser l'un ou l'autre, ou les deux ensemble, s'ils n'étaient pas déjà amoureux l'un de l'autre. J'ai même de l'argent en banque parce que, à cette époque dans les années quatre-vingt où il était facile de bricoler dans les junk bonds, Dawn Tae, qui possède un diplôme de Master of Business Administration et sait faire jouer à l'argent des tours dont je n'aurais pas rêvé, m'a montré comment m'y prendre. J'en ai dépensé une bonne partie à me meubler, j'ai acheté des tableaux qui me plaisaient, la Mustang, je suis allé à La Nouvelle-Orléans écouter de la musique et voir les bayous. Et ce qui restait, je l'ai mis à gauche.

Le jour où j'ai compris que je ne devais plus d'argent à personne, je me suis senti libéré. J'ai même un agent de change du nom de Stephanie. Elle ne me laisse pas y toucher. On vit très bien à New York si l'on n'est ni malade ni pauvre. Je n'ai pas eu à m'hypothéquer dans la corruption comme pas mal de gens sont tentés de le faire, mais comment le leur reprocher ?

De temps en temps, je reçois une lettre de ma tante Birdie, et je me fais du souci pour ma mère. Après la mort de mon père dans un attentat à la bombe contre un car de touristes en Galilée, elle s'est retirée dans une sorte de monde yiddish à elle, avec l'idée de vivre dans le monde de ses grands-parents. Je vais la voir à Haïfa une fois par an, quand je peux. La maladie d'Alzheimer lui laisse des périodes de lucidité, mais de plus en plus courtes.

J'étais en train de me faire un sandwich à la mozzarella quand la porte d'entrée s'est violemment ouverte. J'ai sauté sur mon revolver.

« Qu'est-ce qui se passe, c'est OK Corral ? Seigneur ! s'est écrié Rick. On est à New York, Artie. La civilisation, non ? »

Il transportait tout un chargement de boîtes de bière. « Regarde ce que j'ai déniché. Une brasserie artisanale sensationnelle à New Haven.

– Tu deviens un connaisseur, Ricky. Et les connaisseurs m'ennuient. Je préfère la Bud Lite. Qu'est-ce qui se passe ?

– La Bud Lite, c'est de la pisse d'âne. » Il s'est assis en tailleur sur le comptoir de la cuisine et il a bu avec beaucoup d'entrain.

« J'ai lu dans le journal quelque chose qui est peut-être important. À qui appartient *The Teddy Flowers Show* ?

– Qu'est-ce que tu veux dire par “ appartient ” ?

– Quelle chaîne ? Quel câble ? Quel réseau ? »

À côté, un gosse se passait un album de Nine Inch Nails. « Arrête ça ! » J'ai donné des coups dans le mur.

« Dis donc, t'es remonté, m'a dit Ricky tranquillement. Alors c'est à qui ?

– Fais-moi la surprise.

– CBM.

– OK. »

Ricky adore ce gag, et faire ses révélations avec l'habileté d'un prestidigitateur. Il avait même songé à en devenir un, mais sa mère en a eu assez de trouver partout des lapins morts et elle a fini par en faire cuire un.

« CBM est une grosse boîte de médias, et ils sont en train de tout racheter, les talk shows, les tabloids. Ils montent des petits réseaux, comme Fox.

– Résultat ?

– J'ai lu aujourd'hui que CBM possède aussi Madison House. Alors je me suis demandé pourquoi des médias qui fricotent avec les tabloids veulent également un éditeur établi. »

J'ai pris des oignons dans le frigo et j'ai commencé à les hacher pour les faire avec des œufs.

« Tu veux que je le fasse ?

– Non, merci. Dis-moi plutôt où tu veux en venir.

– Madison House publie les mémoires d'un ancien général du KGB. Intéressant ? Et est-ce que c'est important que le général Ustinov et Teddy Flowers appartiennent tous les deux aux mêmes ?

– Sans doute. Tu as vu la bande du show que je t'ai laissée ?

– Oui. Et le gros avec des nichons à nourrir tout un orphelinat ?

– Sverdloff. Un DJ. Le genre rock and roll.

– Je l'ai déjà vu quelque part. Je vais me renseigner. J'ai des cousins en relations avec les vieux circuits de rock communistes. »

Comme la plupart des Chinois, Ricky Tae a des cousins un peu partout. J'ai dix ans de plus et je mesure quinze centimètres de plus que lui, mais il est plus coriace et plus malin que moi, un vrai génie quand il s'en donne la peine. Il est diplômé de la Bronx Science High, du MIT, puis finalement il a décidé de s'occuper de l'entreprise familiale. « Un plat de bons beignets vaut toutes les expériences religieuses. » Voilà sa doctrine.

Ricky aussi a un loft dans cet immeuble, et quand

j'ai emménagé, nous avons tout de suite sympathisé. Parfois, quand les Tae vont à Riverdale, nous restons tard dans le restaurant à parler politique, à fumer ou à jouer aux échecs. C'est Ricky qui a poussé ses parents pour qu'ils changent le nom du restaurant, qui de *China Host* est devenu *The Tiananmen Cafe*. C'est le fils unique, ils font tout ce qu'il veut, et ils ont changé l'enseigne.

« Artie ? T'es là, bébé ? » La voix qui hurlait derrière la porte était celle du directeur de casting qui habite deux étages en dessous. Elle s'appelle Irma mais préfère Oxygen.

Je lui ai crié : « Plus tard !

– Seigneur ! a dit Ricky d'un air exaspéré. Oxygen ne paie jamais son loyer à l'heure et ça a le don d'exaspérer la famille Tae. Qu'est-ce que tu lui trouves ? Elle est vraiment tarte, mon vieux. »

Ricky m'amuse et je l'adore. Il y a des années de ça, je m'étais imaginé que, sexuellement, il devait marcher à la voile et à la vapeur, et il le sait, mais tout le monde s'en fout, sauf M. Tae. Je peux dire à peu près n'importe quoi à Ricky, mais une fois je suis allé trop loin. On parlait femmes, et comme il s'étonnait de mon côté volage, je lui ai dit : « Tu me prendrais pas pour un pédé ? » Il m'a jeté un œil noir et j'ai compris que je venais de dire une connerie.

« Elle est pas si moche que ça.

– À vérifier sur pièces, Artie. » Ricky a regardé par la fenêtre.

« Encore de la visite, on va finir par se croire à Grand Central Station. Bon, je m'en vais. »

Je me suis penché à la fenêtre et j'ai lancé les clefs

à Maxine Crabbe qui descendait d'un taxi. Elle m'a fait un geste et elle est montée.

« Salut, Artie. » Max m'a embrassé, mais elle était nerveuse.

Elle est comme un haricot vert, trop grande pour sa longueur de buste, elle est coiffée punk, avec un visage d'ange, le cœur à l'avenant et des membres dégingandés. Son ambition était de devenir chanteuse de jazz, elle a fini dans la médecine légale. Un moment, on est sortis ensemble, mais finalement elle m'a laissé tomber pour épouser un beau capitaine de pompiers du nom de Mark, elle est allée s'installer à Staten Island et, de leur cour, on peut pratiquement pêcher dans l'Arthur Kill River. Ils ont des jumelles.

Elle avait appelé plus tôt, en disant qu'elle allait venir, elle ne voulait pas parler au téléphone. Maxie a accepté une bière. Elle a tripoté son sac. Avec ses deux gamines, elle est toujours sans un.

« Je vais te donner quelque chose pour ton taxi, Max, OK ?

– S'agit pas de ça. On est amis, n'est-ce pas, Artie ?

– Tu le sais bien. Je ne suis pas en train de te faire du gringue. D'ailleurs, j'aime beaucoup Mark. »

Elle a bu à sa bouteille. « Voilà. Je ne suis pas censée être ici. Où as-tu trouvé le couteau que tu m'as envoyé ? Qu'est-ce que c'est que cette histoire entre toi et l'agent Pettus ? »

Je lui en ai raconté une partie.

« Écoute, poussin, l'affaire Ustinov prend des proportions. Elle est maintenant pratiquement entre les mains du FBI. Roy Pettus m'a dit que je pouvais te mettre au courant à propos de ce couteau parce que tu étais dans la merde et qu'il a de la sympathie pour toi, mais désormais ça devient sérieux et tout le monde s'affole. Et je ne relève même pas directement de la juridiction de Pettus. » Elle a marqué un temps d'hésitation.

« Vas-y, Max. Raconte.

– Sonny Lippert a appelé mon patron. Il a prolongé ton congé, tu le sais ? Il lui a dit de ne rien avoir affaire avec Artie Cohen. Comme si tu avais la peste. Pourquoi ça, Artie ? » Elle a fixé le comptoir qui sépare la cuisine du reste de la pièce. « Tu n'as rien à manger ? Je meurs de faim. »

Je lui ai fait un sandwich avec de la saucisse italienne et de la mozzarella sur une focaccia.

« Merci. » Elle s'est assise sur un tabouret et elle a posé les coudes sur le comptoir. « OK. D'abord, les préliminaires. J'ai trouvé des empreintes. Et du sang. Le sang, j'adore ça. » Elle a dit ça béatement, la bouche pleine. Maxime, c'est une fan du sang. Et le sang, depuis O.J. Simpson et l'ADN, c'est devenu les empreintes digitales des années quatre-vingt-dix.

« Explique, Max.

– Ce couteau est de la variété couteau à désosser. On ne trouve ça que dans trois ou quatre magasins. C'est le truc de luxe pour chef. Et puis ça coûte la peau des fesses, plus de cent dollars. » Elle a sorti un papier de son sac : « Voici la liste des magasins.

– C'est pas tout ? »

Elle a secoué la tête.

« Quoi ?

– Donne-moi une cigarette. »

Je lui en ai allumé une.

« On raconte des trucs incroyables.

– Oui ?

– Mets la stéréo. OK. On ne sais jamais.

– Bien sûr. Mais personne n'écoute ». J'ai mis Peggy Lee.

Maxie a baissé la voix.

« Le truc curieux, et ce n'est pas de mon ressort, c'est qu'ils ont envoyé des légistes de Washington que je n'avais jamais vus. Il se passe de drôles de choses qui me dépassent complètement. Je crois que tu devrais être extrêmement prudent, Artie. Extrêmement prudent.

– Mais c'est quoi ?

– Rien. Je ne sais pas. » Elle ne me disait pas tout. Et elle était verte de peur.

« Raconte-moi.

– Il faut que je parte, Artie. Il faut que je parte. »

Bien sûr, on racontait plein de conneries à propos de cette affaire, et Maxie était probablement tombé sur l'une d'elles. Conséquence, elle me cachait quelque chose et elle était morte de trouille mais, après tout, elle devait penser à ses filles. Je l'ai rappelée plusieurs fois, mais elle n'a pas réagi. J'ai laissé des messages à son patron. *Nada.* Les magasins où l'on peut se procurer ce genre de couteau à cent dollars n'ont rien donné. J'ai contacté la plupart sans résultat.

Pour la troisième fois depuis que Roy Pettus me

l'avait donné, j'ai ouvert le sac en plastique. J'en connaissais le contenu par cœur : les caramels de Birdie ; un livre écrit par un gamin avec qui j'étais allé à l'école ; quelques photographies, y compris une de moi avec mes parents et Gennadi au bord d'une rivière ; un mot amusant rédigé de la merveilleuse écriture de Birdie. Jésus ! Comme je me sentais coupable à l'égard de Birdie, mais la culpabilité ne l'avait pas emporté sur la peur, si bien que je n'étais pas retourné la voir. Il y avait aussi dans ce sac quelque chose que Roy Pettus y avait ajouté, le Xerox d'une double page de l'agenda d'Ustinov, la veille et le jour de sa mort. Le petit cadeau de Roy Pettus.

Tout concordait. L'hôtel où était descendu Gennadi, les restaurants où il était allé, les gens qu'il avait vus. Tout cela noté de son élégante écriture, y compris moi. Il avait noté, Breakfast, Artyom. Nous devions nous voir le lendemain matin, après le *Teddy Flowers Show.*

Dans un coin, Gennadi avait écrit CB en tout petits caractères. CB, c'était quoi, ou qui ?

Le téléphone a sonné. C'était Sverdloff. Il me rappelait ma promesse de le revoir. Le lendemain soir lui convenait. J'étais son obligé. Il n'y avait plus qu'à s'exécuter. Je suis allé prendre une douche. Brûlante avec le jet au maximum. J'ai fermé le robinet et j'ai cherché une serviette à tâtons. Ma figure avait recommencé à saigner.

« Artie ? Bébé ? Chéri ? T'es là ? » Oxygen avait recommencé à hurler à travers la porte. « Je m'ennuie. Ouvre ! » De temps en temps, elle m'offre un rôle. J'adore ça. J'aurais eu du talent, j'aurais été acteur.

« Tu veux une séquence de nuit ? » Elle braille ça, en avançant sur ses semelles compensées de douze centimètres. « J'ai des dissidents, le KGB, des uniformes terribles. – Je pourrais pas jouer un Américain ? » C'est toujours ce que je lui demande. « Des Américains, j'en ai. Tu en veux ou tu n'en veux pas ? J'ai le metteur en scène au bout du fil. Mike Newell en personne. »

Il n'était pas tard. Il faisait chaud. Ne pas faire confiance à Sverdloff, m'avait dit Crowe, mais je devais une fière chandelle à Sverdloff et Crowe ne m'inspirait aucune confiance. Et le gars qui avait remorqué ma voiture depuis Brooklyn dont j'étais également le débiteur. J'étais l'obligé de tout le monde. Merde, la vie est courte. Je me suis noué une serviette autour des reins et j'ai crié en direction de la porte : « On y va ! »

Au beau milieu de la nuit, Oxygen s'est assise toute droite, comme pétrifiée, sur le lit, et son chapeau, qu'elle n'avait pas ôté, est tombé par terre.

« Qu'est-ce qu'il y a ?

– Dehors. Il y a quelqu'un.

– Dors

– Non, écoute. »

L'immeuble était silencieux. Tous les chiens dormaient. Les bébés du 4B aussi. Aucun bruit dans la rue. Il devait être quatre heures du matin, le seul moment où à New York on n'entend rien.

Dans l'obscurité, avec dans ma main celle de la femme qui dormait dans mon lit, je suis resté l'oreille tendue, à ausculter les craquements de la vieille bâtisse. Dans ces immeubles à armature de fonte, les murs ont trente centimètres d'épaisseur, mais ce sont les parquets qui grincent par les nuits de grand vent, comme un phare dans la tempête. Cette nuit-là tout était tranquille et l'on n'entendait que le ronronnement du frigo.

C'est là que moi aussi j'ai entendu quelque chose.

« Ne bouge pas ». Assis sur le bord du lit, j'ai cherché mes tennis et mon pantalon de survêtement, puis j'ai pris mon calibre 38 dans le placard. J'ai ôté le cran de sûreté en essayant de ne pas faire de bruit. Sur le palier, où donnent les deux autres appartements et l'ascenseur, la minuterie était éteinte. J'ai entendu comme des rats qui couraient. Mais dans la maison, il n'y a pas de rats. Mme Tae y veille.

Le revolver à la main, j'ai descendu l'escalier à la recherche du bruit. J'ai senti dans le noir cette odeur de chair pourrie que j'avais déjà repérée à Brighton Beach.

J'ai deviné une ombre dans l'entrée. J'avais la bouche sèche. J'ai entendu une porte se refermer violemment. C'était peut-être Oxygen qui allait s'enfermer chez elle. J'ai senti quelque chose de visqueux sur ma cheville. C'était peut-être le rat. Non, c'était un pansement qui avait glissé de ma figure.

L'ombre s'est agitée dans le noir. Une lumière s'est allumée. Je me tenais sur la défensive.

« Ricky ! Qu'est-ce tu fiches ici ? »

Ricky avait ôté son T-shirt pour l'enrouler autour de sa tête en sang. Ricky n'est pas épais mais il ne manque pas de cran.

« Donne-moi une cigarette. »

Ce que j'ai fait.

« J'ai entendu quelque chose. Je me suis dit que tu aurais peut-être besoin de moi.

– Merci, mon vieux. » Je ne trouvais rien à dire. C'était Ricky qui avait reçu le coup à ma place. « Tu veux que j'appelle un médecin ?

– Penses-tu. J'ai dû me taper la tête contre la porte.

– Eh bien, merci.

– Merci de quoi ? Je me suis dit que pendant que tu baisais la fille, tu n'entendrais pas une bombe atomique. » Il a relevé ses cheveux en arrière. « Bon, je vais aller me laver.

– Je viens avec toi.

– C'est OK, je vais m'en tirer. » On n'entre pas comme ça chez Ricky. Bien sûr, j'y suis déjà allé, mais seulement sur invitation. C'est un endroit très chic, avec de beaux fauteuils de cuir et quelques magnifiques tapis chinois. Il avait peut-être de la visite, et il ne voulait pas que je le sache.

« Qu'est-ce que je deviendrais sans toi ?

– Laisse béton. Et tâche de dormir. » Et là-dessus, Ricky est rentré chez lui.

J'ai encore entendu un bruit de porte, puis l'immeuble a retrouvé son calme inquiétant, mais quand je suis retourné chez moi, j'ai senti que l'autre timbré y était venu avant moi. Et mon ordinateur portable avait disparu, mais rien d'autre. Ce type n'avait laissé aucune trace, sauf ce sentiment de crainte.

IX

La crainte, c'est ce que j'éprouvais le lendemain, en venant me garer à côté du *Batumi Nightclub* de Brighton Beach. J'avais passé la journée en ville à essayer de récolter des renseignements, mais avec le FBI dans le coup c'était bouche cousue et je n'avais pas trouvé grand-chose. En arrivant à Brooklyn, j'étais mort de fatigue. Le ciel était couleur bronze de guerre, huileux, et il tombait un petit crachin qui sentait le varech. Devant la porte, sa grosse tête éclairée par les néons de l'*Odessa Deli*, se tenait Tolya Sverdloff, entouré de Russes qui semblaient le vénérer comme une sorte de grand prêtre.

La nuit, Brighton Beach se ferme comme une huître. Le *Batumi*, comme la plupart des nightclubs, n'a pas de fenêtres. La rue était encombrée de taxis et de limousines. On était samedi soir. Il y avait quatre jours que Gennadi était mort. J'avais l'impression que cela faisait un an.

À quelques mètres de Tolya, il y avait deux flics que je connaissais. Ils portaient des tenues fantaisie, et ils ont eu l'air un peu gêné en me voyant, vu qu'ils faisaient de la perruque comme videurs.

Crowe m'avait conseillé de ne pas faire confiance à Sverdloff parce que Ustinov, jadis, l'avait bouclé.

Des gorilles du coin, le genre cuir, et certains avaient également le cerveau en cuir, faisaient les mariolles sous les voies de l'El. Tous étaient armés. À Brighton Beach, ce que l'on préfère, c'est les couteaux, mais il y a aussi des amateurs de lampes à souder. Les Russes laissent toujours leur signature et j'avais déjà vu des spécimens de leur travail.

La famille et l'honneur, ça ne les concerne pas. Ils vaquent à leurs affaires en clans et en gangs qui se font et se défont en fonction de la géographie et des spécialités. Il y a les Tchétchènes, les Ukrainiens, les Géorgiens, les trafics, la drogue, la prostitution. Ce qui compte, c'est l'argent, mais ils ont un faible pour le meurtre.

Des hommes descendaient des limousines et saluaient Sverdloff, qui bavardait comme un guide touristique dans un mélange coloré d'anglais et de russe, articulé, intarissable. Il est entré dans le club, suivi de sa cour. Vu de près sous la lumière, il paraissait gigantesque. Je ne suis pas précisément rachitique, mais Sverdloff me dominait de la tête et des épaules.

« Tolya ! Tol ! » s'exclamaient les gens en lui tapant dans le dos, en lui pinçant l'épaule, en l'embrassant trois fois sur chaque joue.

Le *Batumi* était l'un des derniers endroits à la mode. L'entrée était dallée de marbre vert. Deux femmes nues en plâtre doré encadraient la boutique où l'on débitait homards, crabes, caviar. Sverdloff paradait devant son public. Un petit bonhomme en smoking s'est mis sur la pointe des pieds pour lui donner l'accolade, et Sverdloff l'a littéralement soulevé de terre.

Tolya Sverdloff m'a soufflé à l'oreille : « Regardez sur le mur. » En anglais. Il aimait bien étaler son anglais. Plus il avait bu, moins son anglais était bon. Et il avait déjà dû pas mal écluser.

Un homme en veste de soie, debout dans un coin, hurlait dans un téléphone portable. De l'autre main, il caressait une photographie affichée au mur et qui représentait une femme nue avec, en russe :

DANSE ARTISTIQUE – L'INIMITABLE ANNA K.

« C'est la stripteaseuse du *Teddy Flowers Show* ? »

Tolya a fait oui de la tête.

« On va la voir dans son numéro, et puis, après, on lui fera une petite visite. OK ?

– Vous la connaissez ? »

Tolya a souri : « Je suis d'Odessa. Nous sommes à New York. Tout le monde connaît tout le monde. On va la rencontrer. Cela vous intéressera. »

J'ai monté l'escalier derrière lui. Il s'est retourné.

« Vous saviez qu'Ustinov m'avait bouclé ? » m'a-t-il demandé en souriant comme nous entrions dans la salle.

« Sans blague ? Vous parliez trop ?

– Je faisais comme si j'allais baiser ma guitare sur scène à un concert de rock à Tallin. J'étais une vraie vedette. Autant que Gribenshikov. Ça a duré un quart d'heure. C'était après votre époque. »

Le rire de Sverdloff s'est perdu dans le vacarme

qui régnait dans la salle. Il se déplaçait avec aisance dans la foule compacte.

Les murs du *Batumi* étaient recouverts de miroirs. À une extrémité il y avait le bar, à l'autre une estrade où un groupe en smoking argent interprétait des morceaux des Beatles.

Sur la piste, des hommes en costume de soie, le holster sous le bras, s'agitaient en cadence avec des filles le derrière moulé dans des jupes de cuir. Leurs chemises aussi étaient en soie, avec de grands cols qui dépassaient sur leurs revers et qu'ils ajustaient sans cesse. Ils portaient de lourdes bagues et ils avaient les ongles manucurés. Et ils dansaient bien.

La foule s'est écartée pour laisser la place aux meilleurs, qui manifestaient une grande agilité, et ils connaissaient tous les pas. Ce n'étaient ni des intellectuels moscovites ni des Juifs new-yorkais. C'étaient des individus sensuels venus de l'autre côté de l'Oural et qui adoraient la danse.

« Voulez-vous boire quelque chose ? » m'a cérémonieusement offert Tolya et nous sommes allés au bar.

Tout autour de la piste, les gens dînaient à de longues tables, couvertes de poisson fumé, de foie, de noix confites, de champignons à la grecque, de jambons, de salami, de fromages secs, de harengs, de caviar rouge ou noir, de pain noir, de salade russe, de carottes et de petits pois noyés dans la mayonnaise. Il y avait des montagnes de bouteilles de vodka et de boîtes de Coca. Les gens étaient accoudés aux tables, ils parlaient fort en russe, en ukrainien, en géorgien, en yiddish. Une femme d'un certain âge faisait des sandwichs au poisson qu'elle emballait dans des Kleenex avant de les empiler soigneusement dans un sac en plastique.

« La maman a un très grand sac à main ! » m'a crié Tolya en riant.

Dans les coins sombres, des hommes s'agitaient, leurs ombres se reflétaient dans les miroirs. Cela m'a rappelé la fois où, dans Crown Heights, j'étais allé dans une synagogue hassidique. Là aussi, les hommes se promenaient en bavardant, en priant, il y en avait même qui semblaient vendre des trucs mystérieux qu'ils extrayaient de leurs poches noires insondables. Cela m'avait semblé aussi étrange qu'une mosquée. C'était pareil ici. Les Russes que j'avais connus jadis à Moscou, qui appartenaient au milieu de mes parents, des intellectuels, dînaient chez eux à la table de la cuisine. Si, ici, je comprenais la langue, je ne saisissais pas le sens de ce qu'ils disaient.

Sverdloff a appelé le barman. Il m'a regardé, les yeux ronds.

« Qu'est-ce qu'il y a?

– Votre visage?

– Ça ne va pas trop fort.

– Attention, ce type reviendra.

– Même pour aller faire pipi, j'ai mon garde du corps. »

Sverdloff a commandé un cognac, moi une bière.

« Que savez-vous de Gavin Crowe? »

Sverdloff a haussé les épaules. « Sale type. Et son père aussi. J'ai connu le père. Il faisait des petits boulots pas très propres pour le KGB. Quand on le rencontrait après, on avait envie d'aller prendre un bain.

– Il est où, maintenant ?

– Il est mort. Vous savez combien cela coûte, un meurtre, de nos jours ? » m'a demandé Sverdloff. Pour descendre le cognac, il n'avait pas son pareil.

« C'est une devinette ?

– Quelqu'un de sérieux, deux cents. Un vrai professionnel, deux mille. Plus le billet de retour pour Moscou. Avec peut-être une nuit à se planquer à Miami. *Two thousand American smackers.* » Il avait ajouté cela avec satisfaction. Son argot datait un peu. J'ai dit quelque chose en russe.

« Non, en anglais, Artyom. Par ici, c'est plus sûr. Encore ceci, Artyom. Je n'ai pas l'impression que ce soit un coup de la mafia, l'affaire Ustinov. Non, je n'y crois pas. Il y a quelque chose qui ne colle pas. »

Il avait dit cela à mi-voix.

« Qu'est-ce qui ne colle pas ?

– Vous avez des renseignements que vous voulez partager ? Je peux vous aider ? »

Je n'ai pas répondu.

« Buvons. »

Sous mes pieds, le sol vibrait. À une table devant nous, des messieurs et des dames bien habillés observaient le spectacle. Sverdloff a remarqué que je les regardais.

« Des touristes. Ils viennent de l'autre côté du pont. Des Juifs Armani. Pour voir comment ils dépensent leurs dollars.

– Quoi ?

– D'où sortez-vous ? Écoutez, je ne suis pas antisémite. Ma femme est juive. Par conséquent, mes enfants sont juifs. Mais un Russki arrive dans ce pays, il est juif, il a des amis. Première fois dans histoire russe gens ont envie d'être juifs. Pourquoi pas? Nouveaux juifs arrivent en Amérique ils ont des sous, soins médicaux, facilités de logement. Petits malins.

– Ce qui ne signifie pas que ce sont des gangsters. »

Sverdloff devait être drôlement soûl pour se mettre à parler comme un Russe de bande dessinée.

« Bien sûr. Mais un gangster russe arrive avec JUIF sur son passeport il est comme autres Juifs. Dit je suis ingénieur juif. Trouve pas de travail. Je dis j'ai peur de ce qui se passe dans mon pays – retour du communisme, départ d'Eltsine, arrivée des fascistes, des nationalistes, junte militaire, antisémites. Je veux aller en Amérique. Passons sur mon réseau de racketteurs à Kiev. J'arrive. Je travaille dur. J'apprends l'anglais. Quelques années plus tard, me voilà installé. On me cherche des histoires, les organisations juives poussent les hauts cris. À Brighton Beach, personne ne parle. Qui parlerait? Tout le monde craint représailles. Comme avant. Rien de changé.

– Racontez-moi quelque chose que je ne sais pas déjà. » Je me sentais déprimé. L'orchestre s'est lancé dans un pot-pourri de Stevie Wonder.

Le bar avec ses glaces faisait toute la longueur de la salle. Des douzaines de consommateurs y étaient accoudés. Tolya Sverdloff y semblait parfaitement chez lui. Il buvait du vrai cognac français, il connaissait tous les VSOP. D'une main, il grappillait dans une assiette de poissons et de caviar posée sur le bar, de l'autre il me tenait familièrement par l'épaule. J'aurais voulu qu'il me lâche, mais chez lui ce devait être un rite.

« Il a fallu aux Italiens trois ou quatre générations pour s'intégrer. Avec ceux-ci, c'est déjà en train de se faire. C'est des petits malins. Diplômés. Nous autres Russes sommes très doués pour les paperasseries – et le papier-monnaie ! » Il a ri très fort de son excellente plaisanterie.

« Et qui fait le sale boulot ?

– Regardez autour de vous. Ils ont d'anciens haltérophiles de l'équipe olympique d'URSS, des commandos israéliens en activité, le KGB donne son soutien. L'orchestre infernal. » Sverdloff débitait ça tout en s'admirant dans la glace.

« J'ai lu ça dans *Vanity Fair.* »

Les lumières se sont éteintes. Il y a eu un roulement de batterie. J'ai bu ma bière. Des acrobates en collants ont jailli de l'obscurité dans un faisceau de projecteur. Le show avait commencé.

Est apparu un clone de Tom Jones, puis des cages à oiseaux dorées sont descendues du plafond et trois filles avec des trucs en plumes en sont sorties. Il y avait des jongleurs, mais je ne voyais pas avec quoi ils jonglaient.

Sverdloff a jeté un coup d'œil. « Des oiseaux empaillés », a-t-il dit.

J'ai demandé un scotch.

« Ainsi, vous étiez le filleul du général, m'a dit Tolya. Écoutez-moi, et observez la table dans le coin. »

Et il a bruyamment avalé une gorgée de cognac.

À une table ronde sur une estrade étaient assis huit messieurs en costume sombre et chemise blanche. Ils bavardaient tranquillement entre eux.

« L'essence, a dit Tolya. *Gas scams*, comme vous dites. Les fraudes sur l'assurance médicale. Vous savez ce que ça leur rapporte ? Des millions. Ils préfèrent dévaliser les petits. Comme on dit, mieux vaut voler un dollar chacun à des millions de gens, qu'un million à une seule personne. »

Ils touchaient à peine à leur vodka. À leur table, il y avait une seule femme, une grande blonde en chemisier de soie, avec un chignon bas sur la nuque et l'attitude élégante d'une danseuse de flamenco. Ceux qui s'arrêtaient pour saluer les messieurs lui baisaient la main.

« Inaccessible. C'est Marina, la cousine de la femme d'Elem Zeitsev. Vous connaissez Zeitsev ? »

L'odeur des corps, de l'alcool renversé, des parfums, de la corruption, était si forte que c'en était oppressant, tout comme ces accents russes vulgaires. Bien sûr que je savais qui était Zeitsev, mais j'ai laissé Sverdloff continuer, et insister qu'il n'y avait pas d'endroit plus sûr pour bavarder tranquillement. Il aimait le risque. Les conspirations, ça le branchait.

Je transpirais. J'ai ôté ma veste, j'ai demandé un Coca. Sverdloff était incapable de se taire. Pendant qu'il continuait, des cracheurs de feu ont succédé aux jongleurs, puis sont arrivés des nains à claquettes. Il m'a fait l'historique de Brighton Beach, ainsi nommée dans les années 1870 en référence à la station balnéaire anglaise, et qui, selon Sverdloff, était devenue un pauvre ghetto juif. Dans les années 1970, quand Nixon et Brejnev avaient inventé la détente, quarante mille immigrants y avaient débarqué, avec parmi eux tous les gibiers de potence. La grosse plaisanterie du KGB avait été : “ Vous les voulez ? Prenez-les ! ” Et il avait ouvert les prisons et envoyé toute la lie de la société corrompre le sang de l'Amérique.

Bien sûr, il y avait aussi de vrais immigrants, de vrais dissidents, mais aussi les voleurs, les satyres, les assassins, comme cela s'était produit quand Fidel Castro avait fait pareil à Cuba.

L'orchestre a joué *Born in the USA*. Sverdloff m'a parlé des rackets, des trafics de devises, de matières premières, de couches pour bébés, de papier journal. Il prétendait avoir bien connu Agron, le premier parrain, un vieux gangster qui planquait son revolver dans les bains publics du Lower East Side puis qui convoquait les journalistes pour qu'ils aillent le raconter. Sverdloff a précisé qu'Agron avait finalement été abattu juste en face du *Batumi*. Il prétendait avoir également connu Balagula. Je me suis mis à bâiller. Il m'a demandé :

« Ça ne vous plaît pas ici ? Vous préféreriez un autre endroit ? » Je lui répondis que j'aimais mieux un bar dans Broome Street, mais c'était juste histoire de causer.

Perdant le fil du discours de Sverdloff dans le vacarme ambiant, j'ai pensé à ce Russe qui avait tué Gennadi Ustinov. Qui pouvait-il bien être ? Se cachait-il dans la foule du *Batumi* ?

« Bon », a dit Tolya en prenant une poignée

d'œufs durs dans une coupe sur le comptoir, « il faut que je mange quelque chose pendant le clou du spectacle ».

Il est allé s'installer à une table vide, il a fait signe à un serveur qui lui a apporté une brochette de chiche-kebab. L'orchestre s'est lancé dans une version de *I Just Called to Say I Love You.*

Un chœur de boys en uniformes tsaristes, tous armés de téléphones, s'est mis à manœuvrer sur la scène. Ils avaient rembourré leurs collants avec des chaussettes pour se faire des grosses queues. Un chœur de Vronskys, c'est ce que je me suis dit quand sur les haut-parleurs a retenti un fracas de chemin de fer et qu'une femme enveloppée d'une mante a fait son entrée. L'inimitable Anna K.

« Vous croyez que Tolstoï aurait été d'accord ? » Mais Sverdloff ne m'a pas entendu. Il se tordait de rire.

Anna K., dont le vrai nom était Olga Gross, a commencé son numéro. Elle était vraiment très douée. De nos jours, dans la plupart des *topless clubs*, même des boîtes chic comme *Stringfellox's,* les filles se foutent à poil sans façon, comme si elles étaient dans leur salle de bains. Elles vous collent leurs nichons sous le nez, le cul en l'air, ça fait vingt dollars. Sourire. Le temps, c'est de l'argent. Olga, elle, prenait son temps. Elle m'a beaucoup impressionné.

Elle a commencé par ôter sa cape, puis ses longs gants blancs, l'un après l'autre, son chapeau, sa voilette. Elle allait vraiment très lentement – l'écharpe, la veste moulante qui devait bien avoir un million de boutons, qu'elle a défaits un à un. Puis la jupe, un jupon, la guêpière, un sein à la fois. Elle se caressait doucement. Dans l'assistance, les messieurs avaient la langue pendante. Moi aussi. Le visage était quelconque, avec une expression boudeuse, mais son corps était sensationnel. Quand elle n'a plus eu sur elle qu'un G-string, ses bas de soie et des talons hauts, elle s'est drapée dans sa cape et elle est venue dans notre direction. Tolya transpirait à grosses gouttes et il était resté la fourchette en l'air.

Anna K. s'est penchée en avant, elle lui a essuyé le visage avec ses longs cheveux en l'effleurant de ses gros seins à la pointe dressée. La musique est devenue tonitruante. Elle a jeté son cache-sexe, les lumières stroboscopiques se sont allumées. Frénétique, elle s'est jetée à ses pieds, les jambes écartées, comme si elle voulait l'attirer sur elle.

Toutes les lumières se sont allumées. Olga avait disparu. Tolya s'est essuyé le visage, il a fini de dîner, puis il a dit : « Allons-y. »

Au fond du club se trouvaient les loges des artistes. Sverdloff est entré dans la première qui se présentait. Une femme toute nue était assise par terre en tailleur, elle était en train de manger un hamburger avec une serviette en papier étalé sur les seins pour les protéger de la graisse. Elles étaient une douzaine, à différents degrés de déshabillage. Celle au hamburger nous a regardés, impassible, et elle a continué à manger.

Deux ampoules nues éclairaient le couloir, cela puait l'alcool, il y avait des bonshommes qui se baladaient.

On a entendu des cris qui venaient de la quatrième loge. Un homme en costume gris est sorti et a disparu. La porte était restée ouverte. Nous sommes entrés.

Olga Gross était en jeans Jordache passés et soutien-gorge rose douteux.

En voyant Sverdloff, elle s'est levée du canapé et elle s'est jetée dans ses bras, collée à lui comme un aimant.

« Ô Tolya ! Tu m'aideras ? » Elle avait dit cela en russe.

« Bien sûr, bien sûr ! Mais tu vas nous aider d'abord. »

Elle a enfilé un sweater, puis elle a cherché ses lunettes sur la table parmi les mégots et les pots de maquillage. Quand elle n'était pas en scène, Olga était plutôt tarte.

« Raconte à mon ami ce qui est arrivé pendant le show à la télé.

– Je peux parler russe ?

– Certainement. »

Elle a semblé hésiter.

Tolya lui a dit : « Olga, n'oublie pas ce que je t'ai promis. »

Elle a fait oui en se grattant la figure. Elle présentait un sévère cas d'herpès avec des éruptions autour des lèvres. « J'ai vu le meurtrier du général. Je l'avais vu avant.

– Où ? »

Pourquoi diable racontait-elle cela ?

« Je vous dis ça, parce que, comme Ustinov, mon père était général. » Elle avait parlé en rejetant en arrière ses longs cheveux ternes. Général, comme George Patton et Charles de Gaulle – mais j'ai gardé ces réflexions pour moi.

« Il était ici, au *Batumi Club*, il y a quelques semaines. À m'enquiquiner. Mais il avait l'air paumé. En jeans délavés. Deux jours avant le show, il fait sa réapparition, en costume de soie signé Versace. Versace.

– Vous êtes très observatrice.

– Merci, m'a-t-elle répondu.

– De quelle couleur était-il, ce costume ?

– Bleu. Vert. Je ne suis pas sûre.

– Où trouverait-il un costume comme ça dans le coin ? »

Elle a jeté un coup d'œil inquiet en direction de la porte : « Il y a deux ou trois tailleurs. Je pourrais vous donner les noms, mais demain.

– Comment puis-je vous croire ? »

Elle s'est tournée vers Tolya, le regard implorant :

– Tu m'avais dit.

– Pourquoi avez-vous été invitée à ce show télévisé, Olga ? »

Elle a haussé les épaules : « C'est cette femme rousse. Miss Hanes. Et son ami. Mais elle n'a pas été très gentille. Elle n'a pas voulu me donner de loge.

– Quel ami ?

– L'Anglais. » Crowe. Lily & Crowe !

Sverdloff m'a pris le bras : « Laissez-moi cinq minutes seul avec elle. »

J'ai parlé à Tolya pour qu'elle puisse entendre. Je ne me souciais pas d'Olga, je me comportais en vrai Russe. J'avais un goût amer dans la bouche.

« Je veux le nom du tailleur. Ce soir. Vous lui dites ça. Je veux ce nom. Je veux savoir tout ce qu'elle sait. Ce que vous lui avez promis pour qu'elle parle, ça peut attendre jusqu'à ce qu'elle m'ait donné quelque chose. » J'étais furieux contre Lily et par conséquent je m'en prenais à cette pauvre créature. « Et puis je veux l'assurance qu'elle viendra témoigner au tribunal si c'est nécessaire. » La femme était effondrée devant sa glace.

Elle semblait terrorisée, avec un côté faux jeton. Elle avait sur les lèvres des traces de sang séché. Et sur le front une plaie mal dissimulée par le fond de teint. Elle s'est emparée d'une bouteille de vodka et elle a bu au goulot, en faisant la grimace comme si ç'avait été un médicament. Elle avait l'œil larmoyant.

« Vous demandez beaucoup. »

J'ai menti : « Son visa expire la semaine prochaine. Si elle veut rester, elle doit parler. Témoigner. OK ?

– Vous avez la photo ? » m'a demandé Tolya.

Je lui ai donné la photo que j'avais fait faire d'après la vidéo du *Flowers Show*. On y voyait l'homme au revolver, mais l'image était floue. Sverdloff a pris Olga par les épaules et s'est assis avec elle sur le canapé. Il lui a montré la photo et il a essayé de l'amadouer : « Allons, Olga, mon chou, je vais t'aider. On va t'aider. » Il lui a parlé à l'oreille en russe, avec ce ton qu'il avait dans mon répondeur. « Dis-nous. Tu le connais, ce type, n'est-ce pas ? Qui est-ce ? »

Tolya savait être efficace. Il s'est montré gentil.

C'était un interrogateur épatant, convaincant comme un prêtre. Serré contre elle, il semblait la protéger de ses épaules épaisses. « C'est promis, on t'aidera. Raconte à Tolya. Raconte tout. »

Elle s'est dégagée et elle s'est sauvée dans les cabinets d'à côté où je l'ai entendu vomir.

Elle est revenue. Elle a pris la photo des mains de Tolya. « Je le connaissais », a-t-elle dit.

Elle le connaissait. J'ai soudain compris.

« Vous l'avez connu à Moscou ? »

Elle a fait oui.

« Sous quel nom ?

– Il en avait plusieurs.

– Mais son vrai nom ? Dites-le-moi, bon Dieu !

– Laissez-moi le temps. » Elle avait la main de Tolya sur la poitrine.

J'ai tourné la tête : « Je veux le nom. Et qu'elle témoigne. »

Sans attendre sa réponse, je les ai plantés là. Elle était pendue au cou de Tolya comme s'il y allait de sa vie.

X

Le dimanche matin j'étais à Brighton Beach quand ils ont retrouvé les bouts des doigts d'Olga enfermés dans un pot en plastique, sous la jetée. J'étais venu voir ma cousine Genia, mais je m'étais d'abord arrêté dans Church Avenue.

Dans une laverie automatique, je l'ai trouvé endormi sur une chaise appuyée contre la cloison en face d'une rangée de séchoirs. Les yeux fermés, le chapeau sur le nez, il ne bougeait pas. Il s'appelait Brunel Dieudonné. Un cocker était couché à ses pieds.

« Y'a quelqu'un ?

– Inutile de brailler comme ça, mon vieux », m'a-t-il dit, en homme que l'on tire d'un sommeil paisible. C'était un gros Haïtien au visage serein, avec les manières sans équivoque du filou. « Qu'est-ce qui se passe ?

– Faut qu'on cause. » Je l'ai appuyé contre l'une des machines à laver.

« Causer », a-t-il répété en tirant du linge de la machine à côté de moi pour le fourrer dans un séchoir. « Vous auriez pas des pièces de 25 cents, mon vieux ? »

J'en ai sorti de ma poche pour les lui donner. Il a répété « Causer » tout en introduisant les pièces dans la fente. Nous nous sommes assis sur un banc branlant et nous avons regardé le linge qui tournait. Il y avait des femmes qui faisaient leur lessive, et l'odeur de buanderie se mêlait à celle des bonbons à la violette que suçait Dieudonné. On entendait une radio et quelqu'un qui lisait les nouvelles en français.

« Vous travaillez pour les agents de sécurité qui s'occupent du *Flowers Show* ?

– Oui. Vous êtes flic ?

– Oui. » Inutile de dire que je n'étais plus dans le coup.

« Vous voulez un bonbon ?

– Non, merci.

– Qu'est-ce que vous voulez que je vous dise ? J'ai déjà vu dix flics.

– Vous étiez de service pour le *Teddy Flowers* l'autre soir. Vous faites régulièrement ce show ?

– Quel soir c'était ? » Il m'a souri, il avait l'air d'un faux jeton, et il a mis dans sa bouche un autre bonbon à la violette.

« S'il vous plaît. On fait ça gentiment, ou vous préférez qu'un autre prenne la suite ? Je suis le brave type, moi. »

Il a haussé les épaules. Pour beaucoup d'Haïtiens, les flics, ça fait partie de l'existence. « Personne ne nous a jamais demandé de regarder les gens qui quittent le studio. À quoi bon une fois qu'ils sont entrés ? Ils arrivent, on dit salut, on prend les billets. Après, moi, je regarde la télé avec mon chien. On a un portable dans le hall. Ça fait passer le temps.

– Vous regardez *The Flowers Show* ?

– En général, on regarde plutôt Letterman. C'est meilleur. » Il a éclaté d'un grand rire. C'était un rigolo. Ses joues faisaient comme de la crème au chocolat.

« Il y a des détecteurs de métal ?

– On s'en sert pas. Ils prétendent que c'est trop cher.

– Si je vous montrais des photos, vous pourriez faire un petit effort ? »

Il a encore haussé les épaules. Il faisait une chaleur à crever dans cette laverie et l'odeur de lessive me suffoquait.

J'ai sorti les photos d'Ustinov et une du Russe. Je savais déjà mais je voulais davantage de preuves.

Il les a tournées vers la lumière pour les examiner.

Il a indiqué Ustinov. « C'est celui-ci qui a été tué. Celle-ci n'est pas très bonne. Vous avez fait ça d'après la bande vidéo ?

– Tout le monde est metteur en scène.

– Qu'est-ce que vous voulez que je vous dise ? Je vois beaucoup de gens. J'ai peut-être vu ce type. Je sais pas.

– OK. Vous entendez n'importe quoi, n'importe quoi, vous m'appelez. OK ? » Je lui ai tendu ma carte avec mon numéro privé : « OK ?

– OK. OK. Peut-être que j'apprendrai quelque chose. J'ai un copain qui travaille à Brighton Beach. Il aime la cuisine. »

De l'autre côté de Beverly Road, j'ai quitté la zone urbaine pour pénétrer dans le quartier des grandes maisons au milieu de pelouses verdoyantes où les gens boivent du thé glacé à l'ombre, et je suis arrivé à Ocean Parkway. C'était l'été indien, des femmes en robe longue et perruque, la plupart enceintes, bavardaient à l'ombre tandis que des hommes en noir se hâtaient vers les synagogues orthodoxes. On aurait dit une scène du temps passé. J'ai eu envie de m'y glisser, de garer ma voiture, de m'asseoir sous une véranda à regarder les femmes et les enfants, fumer une cigarette avec les hommes, plaisanter, déchiffrer dans les nombres et les codes de la Kabbale le sens de l'existence, me perdre dans un univers cohérent.

Au lieu de cela, je suis allé voir Genia. Ma cousine n'a pas eu l'air surpris de ma visite, même si je ne suis pas venu la voir depuis au moins un an. Quand elle a ouvert la porte, j'ai compris que c'était une femme que depuis longtemps rien ne pouvait plus surprendre.

« Bonjour, Artyom. Attends, je viens. »

À l'intérieur, je pouvais voir son vieux père.

« Quelque chose qui ne va pas ?

– Nous allons marcher un peu, a-t-elle dit.

– Il ne m'aime pas parce que je suis flic ? »

Elle a fait oui. Dans ce coin, personne n'aime les flics.

Nous avons marché et j'ai dit à Genia que je cherchais un nouvel emploi. Je l'ai emmenée dans un magasin de jouets et je l'ai laissée choisir quelque chose pour la petite, une poupée Barbie en robe de mariée. Le vieux pouvait pas me piffer, mais Genia lui répéterait ce que je lui avais dit et il irait s'asseoir sur la jetée avec les autres vieillards, la communauté était très liée, et tout le monde saurait que j'étais un ex-flic à la recherche d'un boulot bien payé.

« Ne perds pas le contact. » Et je lui ai glissé quelques billets.

À l'extrémité de Coney Island, pas loin du *Cyclone*, une petite foule s'était formée. De loin, on distinguait des voitures de police et des barrières blanches. J'ai avancé lentement, surpris soudain par un envol de mouettes qui a fait comme le bruit d'un coup de fusil. Attirée par l'odeur de viande grillée, l'une d'elles est partie en piqué vers le gril qu'une femme avait allumé sur la plage et elle est repartie avec un hamburger dans son bec.

Roy Pettus était derrière la foule. « *Detective*!

– Qu'est-ce qui se passe?

– Les salauds. » Il n'était pas content. « Ils lui ont coupé le bout des doigts et ils les ont mis dans un pot. Pour se débarrasser des empreintes. »

J'ai demandé : « Qui était-ce? » mais je le savais déjà.

« On a trouvé le corps sous la jetée dans un sac poubelle. Ils voulaient qu'on la trouve. C'est un avertissement.

– Je voudrais voir. »

Pettus a regardé autour de lui : « Venez. »

Deux cents mètres plus loin, on chargeait une civière dans une ambulance. J'avais mes chaussures pleines de sable.

« Je voudrais y jeter un coup d'œil, a dit Pettus au détective.

– Certainement, Roy. Comme vous voudrez. »

Pettus a ouvert la fermeture Éclair du sac. « Vous la connaissez ?

– Je l'ai vue hier soir. »

Pettus a hoché la tête.

Quelqu'un avait dû se dire qu'elle allait tout raconter à Tolya Sverdloff et l'avait tuée. Olga, avec ses gros nichons et son soutien-gorge crasseux, avait eu peur parce que je l'avais menacée. J'ai parlé de Sverdloff à Roy Pettus parce que je voulais quelque chose en échange. Je lui ai dit :

« Vous pouvez faire quelque chose pour moi ? Avant que Sonny Lippert ne soit au courant ? »

Il a attendu la suite.

« Maxine Crabbe. Montrez-lui le pot, celui où il y a les doigts de la fille.

– C'est pas très régulier. OK. Moi aussi, j'ai envie de savoir. Je voudrais bien voir les salauds qui ont fait ça griller en enfer. J'espère qu'ils ont fait disparaître les empreintes de la fille seulement après l'avoir tuée. »

Après la découverte du corps d'Olga, j'ai passé quarante-huit heures dans le cirage. J'avais la grippe, mal partout, et j'étais presque incapable de me bouger. J'ai réussi à me traîner à des rendez-vous que j'avais au consulat russe, pour essayer de leur tirer quelque chose sur Gennadi, mais j'étais bon à rien.

Le mardi, ça allait un peu mieux. J'ai commencé par foncer chez le dentiste pour qu'il finisse d'arranger ma dent. Pendant que j'étais dans le fauteuil, le Dr Pelton Crane en a profité pour me charmer du récit de ses dernières vacances de ski à Taos, et je me suis dit que la vie continuait pendant que les gens se faisaient assassiner à Brighton Beach ou ailleurs. On a la grippe. Les dentistes vous escroquent. Les bonnes femmes vous emmerdent. Les amis font la gueule parce que vous avez oublié l'anniversaire du petit dernier. On est affamé, fatigué, à bout.

À New York, les gens n'arrêtent pas de mourir et, ce mardi-là, mon lieutenant m'a mis à pied parce qu'il y avait eu six meurtres en vingt-quatre heures pendant que, prétendait-il, je me la coulais douce en congé. Il faisait toujours cette même chaleur insupportable qui finit par rendre les gens cinglés. Près du fleuve, un gang de moutards avait grimpé au troisième étage d'un immeuble pour assassiner une mémé qui leur gueulait après parce qu'ils jouaient Tupak à fond dans l'escalier pendant qu'elle essayait de regarder la rediffusion de vieux Mary Tyler Moore. L'un d'eux avait dix ans. À deux rues de là, un type sous l'emprise du crack avait jeté par la fenêtre son bébé âgé de trois semaines dans la poubelle de l'immeuble.

Le lieutenant m'avait appelé pour me dire qu'il avait besoin de moi, mais j'ai répondu que j'avais autre chose à faire. Je l'ai presque entendu hausser les épaules. De trop bonnes excuses. Il savait que je songeais à démissionner. J'avais près de quarante ans. J'avais envie de changer de vie. Mais rien que d'y penser, ça me faisait l'effet d'une amputation.

Olga était morte. Crowe était parti. Idem pour Zalenko. Saroyan s'était défilé. Ce qui laissait Sverdloff, en supposant que les autres invités du *Flowers Show* aient jamais présenté le moindre intérêt. C'était tout ce que j'avais. Comme éléments, j'avais un couteau et une photo faite d'après une vidéo. Et tout ce que je savais de sûr une semaine après le crime, c'était que celui qui avait tué Ustinov aurait bien voulu que je sois mort aussi. Ça n'avançait pas vite. Je craignais qu'avec le temps, l'éventuelle piste refroidisse. Et, maintenant, je ne pouvais plus forcer les portes comme quand j'étais en service. Si je ne faisais pas gaffe, Sonny me tomberait dessus comme une tonne de briques. Et, ce soir-là, comble de bonheur, au Garden, je suis tombé sur Sonny Lippert, justement.

J'avais promis aux oncles de Ricky d'assister à un match des Knicks. Avec Rick, ils y ont renoncé depuis des années, alors des fois ils tentent le coup avec moi, dans le domaine des sports. Le Garden dégage toujours les mêmes relents de hot dogs et de vieillards surexcités. Ça a quelque chose de contagieux.

« Mon oncle Liu a eu une attaque au Garden et il est tombé raide mort pendant un match de barrage de la NBA, m'a raconté Ricky. Au moins a-t-il eu la dignité d'attendre d'être près du stand des hot-dogs au lieu de faire ça à sa place. »

Sonny Lippert m'a vu au bout de son rang avant que je ne le repère, et il a changé de place avec l'un des oncles. Pendant toute une mi-temps, il ne m'a pas lâché, tout en ne quittant pas des yeux les stars, faisant de grands gestes à Woody et Spike et à tous les autres qui meurent d'envie qu'un de ces nègres de deux mètres dix avec des chaînes en or autour du cou daigne leur faire un sourire. J'ai horreur de ça, les entraîneurs qui posent pour la télé, saluent, font des sauts en bordure du terrain en Armani. C'est comme dans les arènes, on veut le sang des gladiateurs.

« Qu'est-ce que tu fiches ici, Art ? m'a demandé Sonny en posant le bras sur le dossier de mon siège.

– Comme toi, Sonny, je regarde le match. » Après la Novocaine du dentiste, j'avais encore la bouche comme un cadavre en état de *rigor mortis*. J'ai bu une gorgée de bière en essayant de ne pas baver devant Sonny.

« Je veux que tu cesses de fourrer ton nez dans l'affaire Ustinov. Compris ? Nous approchons de la solution. Nous avons des empreintes. Nous avons l'arme. Tu n'as pas voulu être dans le coup, je ne veux plus te voir t'en occuper, ou je te passe en conseil de discipline, vu ? Je ne veux pas que tu viennes tout foutre en l'air, toi, ou Roy Pettus. Parce que je suis au courant. » Il m'a fait un sourire pincé, et il est allé congratuler Spike ou Woody ou quelque autre célébrité.

« J'ai entendu dire que l'affaire t'avait échappé, Sonny. Des gens haut placés s'en occuperaient », lui ai-je lancé, mais il n'a pas dû m'entendre. J'étais vexé et, le lendemain matin, rien que pour l'embêter, j'ai encore une fois fait le tour de la ville à la poursuite du fantôme d'Ustinov. Il restait une seule surprise.

XI

Pendant vingt ans, le général Gennadi Mikhailovich Ustinov avait eu un compte ouvert chez Brooks Brothers. Tous les rendez-vous qu'il avait notés dans son agenda pour ce jour où il était mort, il y était allé : l'*Union Square Café* où il devait retrouver son éditeur (un des garçons se rappelait qu'il avait pris le sandwich steak fumé) ; la mission des Nations unies où il devait voir un vieil ami ; la radio publique ; deux autres interviews ; Brooks Brothers. Il avait noté qu'il devait aller chez Brooks Brothers, et, de fait, il y était allé.

« J'ai servi M. Ustinov pendant des années. Souvent, nous lui expédiions des chemises à Moscou par le consulat. Ce qu'il préférait, c'étaient celles en Oxford à col boutonné. Leur bleu allait très bien avec ses yeux. » Le vendeur m'a dit cela sur un ton attristé. « Il m'a aimablement envoyé un exemplaire dédicacé de son livre. » Oui, bien sûr, il se souvenait de sa visite, il était venu acheter un cadeau.

« Quel genre ?

– Pour un jeune homme. Son neveu, je crois. »

J'ai demandé ce que c'était mais, au même moment, le téléphone a sonné et, au bout de quelques minutes, j'ai laissé tomber.

J'ai été très ému d'apprendre que Gennadi m'avait acheté un cadeau. Je suis parti sans savoir de quoi il s'agissait. On m'avait volé même ça. Je me fichais de savoir ce que voulait Sonny ou sur quels gangsters j'allais tomber, ce que je voulais savoir, c'était pourquoi Gennadi était mort.

Je suis allé au bureau de Phillip Frye. On m'a dit qu'il n'était pas en ville, alors je suis allé aux studios de télé près des abattoirs, et j'ai réussi à m'introduire dans le bureau de Teddy Flowers en racontant des histoires. Teddy était au téléphone occupé à essayer de se faire inviter à la Maison Blanche. Il semblait parfaitement serein. En général, je n'ai rien contre les gens mais, Flowers, dès le premier coup d'œil, je n'ai pas pu le piffer.

Vous savez, le genre d'individu que vous aimeriez bien utiliser comme sac à vomi dans un avion. Rien que de le voir, ça m'a fait grincer des dents, il était si lisse qu'on aurait pu déraper dessus. Le velours des médias. Avec ça, une réputation d'intransigeance qu'il avait dû s'inventer.

Sans y être invité, je me suis installé dans un fauteuil de bureau dont le cuir vert était fendu. *The Flowers Show* essayait de se donner le style du journalisme pur et dur, on s'attendait presque à voir les gens porter des visières, comme dans les vieilles salles de rédaction. J'ai sorti mon paquet de cigarettes.

« Non, s'il vous plaît, n'intoxiquez pas les autres », m'a dit Flowers avant de se lancer dans une conférence sur le sujet. Les cons sont fréquents dans ce métier, mais Teddy c'est un cas.

« Je n'ai pas beaucoup de temps à vous consacrer, mais, naturellement, je suis prêt à vous aider. » Teddy Flowers a gonflé les pectoraux. Il portait un T-shirt blanc moulant, des Topsiders et pas de chaussettes, il avait une serviette éponge autour du cou comme un boxeur après un combat. Avant que j'aie pu dire un mot, il a avalé une grande gorgée d'Évian puis il a craché dans la corbeille à papiers et a repris son discours, je ne sais plus sur quoi, l'hygiène de vie, Mike Ovitz ou la Chine. Il se voyait comme le champion de la vérité. Je me suis appuyé au dossier, j'ai allumé une cigarette dont je lui ai soufflé la fumée dans le nez. Je ne quittais pas la porte des yeux, au cas où Lily Hanes viendrait à passer.

« Je n'ai jamais rencontré le général. J'étais dans les Hamptons. On l'a mis dans ce show parce que j'ai senti que la Russie, ça revenait. Et puis aussi pour faire plaisir à un ami.

– Quel ami ?

– Un ami dans l'édition.

– Ce ne serait pas Phillip Frye ? Vous êtes copains ? Vous vous rendez de petits services ?

– Ce n'est pas un secret, Phil a dépensé énormément pour le livre d'Ustinov et c'est un bide. Alors il avait besoin d'un peu de pub et j'ai voulu l'aider.

– Quel genre de bide ?

– Phil a payé le bouquin très cher, puis il a fallu faire des coupures, d'après ce que j'ai entendu. Et ce que j'entends est généralement exact.

– Et pourquoi ces coupures ? »

Flowers a haussé les épaules.

« Teddy ! » Une voix impatiente est venue du couloir. Teddy a dit : « C'est mon coach. Faut que je me dépêche.

– Dommage que vous ayez manqué le grand soir. Taux d'écoute record, à ce qu'on dit.

– Je n'ai rien manqué. Je ne manque jamais rien. Bon, je vous l'ai dit, je suis très pris. Je sais tout sur vous, Sonny Lippert m'a tout raconté. J'essaie de vous aider, mais vous n'écoutez pas.

– Ça fait une demi-heure que je ne fais que ça. Je veux savoir comment vous utilisez ces gardes de sécurité à la gomme.

– Ça ne dépend pas de moi, mais de la chaîne. Ce sont eux qui s'en occupent.

– Et votre propre équipe ?

– Je m'en charge. Je donne à chacun sa chance. J'ai donné sa chance à Lily Hanes de faire un grand show. Elle a tout raté.

– Parce qu'un type s'est fait tuer ?

– Exact. C'était son show. C'est ça, la réalité du monde. Bon, je file. Si vous voulez me voir, prenez un rendez-vous. Téléphonez à mon agent. » Il est parti en courant.

« Grouillez-vous, Teddy ! » a dit la voix.

« Salut », a dit Lily Hanes, mais sans chaleur. Elle était assise dans un box, les lunettes sur le nez et la cigarette aux lèvres, l'œil fixé sur un écran de télévision au-dessus d'elle, le son coupé. CNN débitait à jet continu. L'image de Lily Hanes est apparue sur l'écran.

« J'ai besoin d'aide.

– Désolée de vous avoir planté là. OK? Mais je suis submergée. »

Elle a de nouveau regardé l'écran avant de l'éteindre. « Je suis devenue la coqueluche du mois. Tout le monde veut m'avoir. Le *New York Magazine* veut me mettre en première page. Devinez ce qu'ils m'ont demandé : si j'avais donné mon tailleur au teinturier, ou est-ce que le sang était encore dessus ? Avec le sang, ce serait mieux pour la photo. Un type me tombe mort sur les genoux, et me voilà lancée ! » Elle semblait plus étonnée qu'irritée.

Je lui ai dit :

« Je vous ai appelée, vous n'avez pas répondu.

– Je ne sais rien. Je vous ai dit tout ce que je savais. Et puis aussi, j'ai reçu des appels bizarres. Alors je ne décroche plus trop le téléphone.

– Quel genre ?

– Une respiration lourde. Au beau milieu de la nuit. Le truc habituel. C'est pas grave. »

Je ne lui ai pas raconté que mon ordinateur avait disparu, avec son nom mis en mémoire. J'aurais dû, peut-être. Mais je lui ai dit que le studio m'avait donné son numéro personnel.

« Merde. La sécurité, ici, ils sont vraiment cons. » Elle a haussé les épaules, elle avait l'air contrarié. « Ustinov, il m'avait bien plu. Je le mets à côté de moi. On le tue. Je me sens coupable. OK? Ça m'a vraiment fait un coup. Et puis c'était mon anniversaire.

– Désolé.

– Bah. Qu'est-ce qu'une femme de quarante-cinq

ans peut demander de mieux pour son anniversaire qu'un général russe sur les genoux ? »

Après toutes ces années, je n'ai toujours pas pu m'habituer à ces New-yorkaises intelligentes lorsqu'elles s'expriment comme des paysans ou des mineurs de fond. Encore qu'il m'arrive d'employer un vocabulaire assez corsé pour transformer ma bouche en trou de cabinets.

« Mais on a déjà dit tout ça l'autre soir, non ? » Elle a ôté ses lunettes, elle s'est frotté l'arête du nez, et soudain, pendant une minute, elle a bien fait son âge.

« Et Teddy ?

– Teddy ? C'est un pro. Il a fait son trou dans ce métier avant beaucoup d'autres. Il est branché. Sur les chaînes non cryptées, on ne fait pas dans les astrologues tout nus. Teddy fait l'objet d'un culte auprès des gens qui achètent, peut-être sans jamais les ouvrir, les romans de Salman Rushdie. Ils regardent son show parce que ça leur donne l'impression d'être intelligents. La télé débite principalement des conneries, Teddy est OK, il sait parler à son public.

– Il n'était pas présent ce soir-là.

– Écoutez, j'étais drôlement contente d'avoir cette occasion. Excellente publicité. Et Teddy est furieux d'avoir manqué ça.

– Vous croyez que Teddy Flowers pourrait avoir un rapport avec ce meurtre ?

– Honnêtement ?

– Honnêtement.

– Moi, je voudrais bien. Et lui aussi s'il le pouvait. Mais c'est pas le cas, il est pas si con.

– Qu'est-ce que vous savez sur Gavin Crowe ?

– Je ne l'ai rencontré qu'une fois, *detective*, si c'est ça votre grade.

– Appelez-moi Artie. Vous n'êtes pas allée dans un night-club de Brighton Beach avec Gavin Crowe ? »

Elle m'a lancé un drôle de coup d'œil : « Non, bien sûr que non. »

Le téléphone a sonné. Elle a décroché. « Phil, je suis occupée. » Elle a couvert le micro avec sa main, elle m'a regardé : « On se revoit, OK ? Demain après le show ?

– Pourquoi pas ce soir ?

– D'accord. Venez prendre un verre. OK, Artie ? »

Teddie Flowers était dans le hall quand je suis sorti du bureau de Lily et il m'a pris par le bras.

« Vous êtes encore ici ? m'a-t-il dit.

– Je m'en vais. Au fait, dites-moi un truc.

– Quoi ?

– C'est qui, Phil ? »

Il a regardé vers la porte de Lily : « Phil ? C'est Phil Frye, je vous en ai parlé, c'est l'éditeur d'Ustinov. Et c'est aussi celui qui généralement grimpe Lily Hanes. » Il a ajouté cela avec un vilain petit gloussement.

Pour tuer le temps en attendant d'aller voir Lily, je suis resté avec les Tae et j'ai mangé une assiettée de coquilles Saint-Jacques aux haricots noirs que Dorothy Tae m'a posée sous le nez. Par la fenêtre du restaurant, j'ai vu une femme noire en boubou et dreadlocks qui vendait, dans une voiture de quatre-saisons, des ustensiles propres à l'aromathérapie, des potions, des huiles. La fille en patins à roulettes, qui était là tous les jours, décrivait des cercles autour d'elle. En face, dans la cafétéria, George, le patron, mangeait une part de gâteau au citron.

Le crépuscule était comme délavé, lourd, le ciel bouché. Lily Hanes m'avait caché ses liens avec Frye, l'éditeur du livre d'Ustinov. Elle avait été la meneuse de jeu du *Flowers Show*, le soir où Ustinov avait été assassiné. Ce show télévisé et la maison d'édition appartenaient aux mêmes personnes. J'ai joué au trictrac avec M. Tae, qui m'a laissé gagner. J'avais Ricky qui nous regardait, ce qui ne m'aidait pas.

Quand le téléphone a sonné, c'est M. Tae qui a répondu. Il m'a tendu le combiné : « Il a dit qu'il s'attendait à vous trouver chez nous. » C'était Sonny Lippert.

« Tiens, Sonny ! À quoi dois-je le plaisir ?

– Laisse tomber. Tu ferais mieux de rappliquer à Brooklyn en vitesse.

– C'est que je suis occupé.

– Quelqu'un a agressé ta cousine. Elle a la figure comme un coucher de soleil sur l'Oural en Technicolor, le poignet cassé. Le vieux fait tout un foin, il veut intenter un procès à la police parce que le 911 n'a pas réagi assez vite, il est prêt à tuer quelqu'un, la gamine est sous le choc. Et leur locataire a disparu. »

Quand je suis arrivé à Brooklyn, le père de Genia et ses copains montaient la garde autour de la chambre de Genia au Coney Island Hospital.

« Taille-toi ! m'a-t-il crié en russe. Laisse-nous

tranquilles. On veut pas entendre parler de la police ! »

Je me suis fait l'effet d'un punching-ball. J'ai appelé Lily d'un Taxiphone. Une dame au studio m'a dit qu'elle était rentrée chez elle. Elle m'avait dit d'aller la voir, elle était partie, j'étais furieux. J'avais bien l'intention de le lui dire. J'ai appelé chez elle, m'attendant à tomber sur le répondeur.

« Est-ce que vous pouvez venir ? » Lily a dit cela d'une voix calme. « S'il vous plaît. J'ai besoin de quelqu'un. » Elle m'a murmuré son adresse. Elle semblait avoir singulièrement la frousse. Et je suis parti à fond la caisse.

Dans l'immeuble de Lily, sur la 10e Rue, on avait renforcé la garde. Il y avait un vigile plus un flic. Je me suis demandé pourquoi. J'ai montré ma plaque et je suis monté.

Elle est venue ouvrir en vieux peignoir de bain et en tennis. Elle s'était fait des nattes. Elle faisait jeune. Elle avait l'air apeuré et content de me voir.

« Désolée de vous déranger à cette heure-ci, mais je passe un sale moment. » Les yeux fixés sur le mur, elle s'est affalée sur une chaise.

« Qu'est-ce qui se passe ? Je sais que ça n'a pas été facile. Pour moi non plus d'ailleurs. Je peux vous laisser. Je reviendrai. Dites-moi ce que vous voulez que je fasse. »

Le living-room de Lily était tapissé de jaune. Il y avait de grands canapés, d'assez beaux dessins et des quantités de livres. Sur la table basse s'entassaient les cassettes, les Kleenex, les bouteilles de vin. Sur un piano droit, on voyait des photographies de Lily avec Gorbatchev et d'un couple posant avec Pete Seeger ; longs et minces, ils avaient cette ossature solide des indigènes de la Nouvelle-Angleterre, que l'on retrouvait chez Lily.

« Ne faites pas attention au foutoir. Vous voulez boire quelque chose ? Un verre de vin ?

– Oui, merci. »

Lily est revenue en jeans avec un sweater, et une bouteille de vin rouge sous le bras. Elle a rempli deux verres et elle s'est assise. Elle m'a fait un petit sourire : « OK. Je me sens un peu mieux. Je suis bien contente que vous soyez venu.

– Lily, racontez-moi ça.

– Un type est entré avec un couteau. » Elle a bu une gorgée de vin et elle a commencé son histoire. « Il savait qui j'étais. Il savait où j'habitais. Il savait comment me trouver. »

XII

Lily était rentrée de bonne heure, vers sept heures, avant même que le show ne passe à l'antenne. Elle ne se sentait pas bien. Elle avait des battements de cœur, et mal à la tête. Elle avait envie de planter là le show, Teddy et tout le reste. Son amie Babe lui avait proposé d'apporter le dîner, mais elle avait répondu non, merci, elle avait envie de dormir.

« Tu devrais manger quelque chose, lui avait dit Babe au téléphone.

– Je n'ai pas faim.

– Tu te sentirais mieux. Promets-le-moi, OK ? » Donc, Lily avait promis et elle avait téléphoné au chinois. Puis elle avait appelé José, le concierge, comme elle le faisait toujours quand elle attendait un livreur et elle lui avait dit de le laisser monter. Erreur capitale. José obéissait toujours aux ordres de Lily parce qu'il rêvait de faire carrière à la télé, et il croyait qu'il valait mieux pour cela parier sur Lily que sur Richard Gere qui habitait en face. José était un garçon avec beaucoup de sens pratique.

Lily avait mis un disque et elle s'était à moitié

endormie. La sonnette de la porte l'avait réveillée. Elle était allée ouvrir mais avait d'abord regardé par le judas. L'homme disparaissait derrière un énorme sac.

« Qui est là ? »

Pas de réponse.

« Qui est-ce ? » avait-elle demandé d'un ton sec qu'elle s'était immédiatement reproché. Beaucoup de ces jeunes Chinois venaient juste de débarquer et ils ne savaient pas un seul mot d'anglais.

Il lui avait crié quelque chose d'inintelligible. Lily s'était demandé si elle n'était pas en train de succomber à la paranoïa et de virer à l'extrême droite. Bref, elle avait tendu la main pour ôter la chaîne de sûreté.

C'est alors que l'homme avait reculé et qu'elle avait vu ses chaussures, pas le genre de celles que porte un livreur de restaurant chinois. Il avait tapé à la porte, doucement, avec insistance. Par le judas, elle ne voyait que le sac en papier. Impossible de distinguer le visage. Elle avait la chair de poule.

« Posez ça devant la porte. » Bien sûr, il n'en ferait rien. Il attendrait patiemment les sous. Elle n'avait qu'une carte de crédit et, même s'il avait une machine, elle ne pourrait pas passer sous la porte. Et si elle ne le payait pas, il perdrait son emploi. Ils risquaient même de retenir le prix du dîner sur son misérable salaire. Tout cela tournoyait dans la tête de Lily. Elle a appelé José. Pas de réponse. José dîne à huit heures. On pourrait régler sa montre là-dessus.

« Assez ! » Elle a compris qu'elle avait parlé tout

haut, elle est allée à la porte, mais en laissant la chaîne. Dehors, l'autre n'attendait que cela.

Il a lâché le sac, il a glissé la main à l'intérieur pour essayer de tourner le bouton. Elle a vu cette main comme si ç'avait été dans un cauchemar. L'homme a marmonné quelque chose dans une langue qu'elle n'a pas comprise. Elle a vu qu'il portait une casquette bleue et des lunettes de soleil. Lily a hurlé :

« Tirez-vous ! »

Il a poussé un juron, elle s'est arc-boutée contre la porte, mais il était le plus fort. La poignée de la porte a tourné. Elle a senti qu'elle vacillait, comme si c'était le corps du général qui pesait sur elle. Elle avait les oreilles qui tintaient, elle était prise de vertige.

Et cette main qui essayait de tourner le bouton, comme dans un cauchemar.

Elle a réussi à prendre de l'élan et à donner un grand coup d'épaule dans la porte, qui a frappé violemment contre la main de l'homme. Elle a entendu le craquement des os, comme lorsqu'on fend une volaille en deux à l'aide d'un grand hachoir. Il a poussé un cri de douleur, quelque chose est tombé sur le sol, l'homme a retiré sa main écrabouillée. Lily a vu une lame qui luisait. Elle a refermé la porte, mis les verrous et composé le 911 pour appeler police secours. Mais il avait filé par le sous-sol et disparu dans l'obscurité de la nuit.

José devait raconter à la police qu'il n'avait pas trop fait attention à l'homme. Il l'avait bien vu qui traînait là, mais ç'avait l'air d'être un personnage respectable, le genre à venir en visite dans l'immeuble. Il était donc là quand le livreur était arrivé avec la commande de Lily. José était en train de dîner. Le type avait sauté sur l'occasion, suivi le livreur dans l'ascenseur avant de l'assommer pour le débarquer au deuxième étage. Il avait pris le sac et il était allé sonner chez Lily. On avait retrouvé le livreur dans l'escalier avec un coquard. Lily songeait à déménager, maintenant que l'autre connaissait son adresse.

XIII

« Il a juré en russe. » Nous étions au *Bradley's*. Lily n'avait pas voulu rester chez elle, et nous étions venus manger quelque chose. Je buvais de la bière, et elle du vin rouge. Je lui ai demandé :

« Vous parlez russe ?

– Ce que j'ai appris à l'école. J'ai faim.

– Bizarre que ça ne vous ait pas coupé l'appétit.

– C'est ce que je me suis dit. »

Chez *Bradley's*, il faisait sombre, frais, il y avait seulement quelques noctambules au bar.

« J'ai peur. Quelqu'un sait où j'habite. Où je commande mon dîner. Quelque chose de maléfique est après moi. Est-ce qu'il rôdait là à attendre une occasion ? Avait-il un plan ? J'ai presque toujours vécu ici. Je suis partie, mais quand mes parents sont morts, je suis revenue. Je connais chaque dalle du trottoir ; quand j'étais petite, je déjouais le sort en marchant entre elles.

– Quel âge aviez-vous ?

– Six ans.

– Où est le couteau ?

– Il a dû le reprendre. » Lily a fini son verre de vin : « Merci d'être venu.

– Merci de m'avoir appelé.

– C'est une avance ?

– Autant le dire maintenant avant que ça ne prenne un tour embarrassant. J'ai besoin de votre aide pour découvrir qui a tué le général Ustinov, et pourquoi, mais il y a autre chose que vous devez savoir. » Je transpirais comme un gamin de quatorze ans.

« Allez-y.

– Je ne suis plus exactement un flic. Mais je l'ai été. J'étais flic, pas chirurgien du cerveau. Si j'avais été capable d'être chirurgien du cerveau, je n'aurais probablement pas été flic. OK ? Mais il ne faudrait pas en conclure que je suis une espèce de brute fasciste néandertalienne.

– Donc ?

– J'aimerais bien qu'on dîne ensemble.

– C'est un euphémisme ?

– Si vous voulez. Mais je n'en parlerai plus. On pourra se voir pour parler du crime, se rencontrer dans des lieux publics. Et puis le jour où vous voudrez dîner avec moi, ou voir si c'est bien un euphémisme, vous n'aurez qu'à me le dire.

– Pas mal tourné.

– Merci. Vous avez faim ?

– C'est une invitation ?

– Non, vous pouvez payer si vous voulez. »

Lily a commandé un cheese-burger au bacon avec des frites, et moi aussi.

Quand les burgers sont arrivés, elle a pris dans le

sien une énorme bouchée, qui lui a dégouliné sur le menton et sur le T-shirt. Elle a ri, moi aussi.

« Vous connaissez l'éditeur d'Ustinov ? lui ai-je demandé.

– Je connais Phillip Frye.

– Vous ne me l'aviez pas dit.

– C'est personnel. »

Il m'est soudain venu une idée : « Il est anglais ?

– Oui. » J'ai compris que j'avais raison. C'était avec Phillip Frye qu'elle avait été au *Batumi* le jour où Olga l'avait vue, pas avec Gavin Crowe. Mais j'ai gardé cela pour moi : « Pardon. Ça ne me regarde pas.

– Le show, c'était une idée à moi. Mon sujet.

– Vous êtes allée en Russie ?

– Un peu. Je voulais voir par moi-même.

– Voir ?

– Voir ce qui séduisait tant mes parents. » Elle avait dit cela avec une certaine amertume. « Vous comprenez, mes parents étaient de vrais croyants. Ils ne croyaient pas exactement en Staline, mais en Trotski et en Pete Seeger. Finalement, je suis allée à Moscou comme tout le monde quand Gorbatchev est arrivé. C'était le grand truc. »

Elle s'exprimait avec beaucoup d'aisance. C'était une personne amicale, qui ne suivait pas un programme, qui ne boudait pas. Il n'y avait pas de message codé. Elle s'est frotté les yeux comme une petite fille avec son poing. Un trio que je n'avais pas vu a joué *Desafinado*.

« Stan Getz s'en sort mieux, a-t-elle dit.

– Oui. Vous aimez Getz ?

– C'est le meilleur. » Ça y était, j'étais conquis.

« Mes parents, c'étaient des gens de gauche à l'ancienne, qui n'avaient de passion que pour la cause. Ces vertueux habitants de la Nouvelle-Angleterre. Tout y est passé. Les sympathisants communistes. Les hippies. Les Black Panthers. Seigneur, ce que j'ai pu rêver d'un dîner, seule avec mes parents ! Tout ce qu'ils avaient de sentiments, ils le mettaient dans la défense des nobles causes. Et puis je crois que maman, ça lui foutait la trouille d'avoir une petite fille.

– Comment le savez-vous ?

– Après sa mort, j'ai découvert dans ses affaires une lettre de sa mère, ma grand-mère, qui disait : “ Tu devrais reprendre Baby Lily avec toi. ” Je devais avoir près de an. Elle avait dû m'abandonner à ma naissance.

– Vous ne vous en êtes pas mal tiré.

– Oui. J'ai même cessé d'être une bonne petite fille rien que pour attirer leur attention. » D'avoir bu du vin, elle était toute rose. Elle a posé les coudes sur la table : « En fin de compte, ç'a été OK. Ça vous endurcit. Je n'ai pas peur de grand-chose.

– Sauf de vous-même.

– Bien vu. Je me demande pourquoi je vous raconte tout ça. Vous devez m'être sympathique.

– Je l'espère bien.

– Il y a autre chose que je veux vous dire. » Elle s'est penchée en avant, j'espérais qu'elle était aussi émue que moi. Je sentais son haleine. « J'aime vraiment beaucoup Tony Bennett. Peut-être encore plus que Sinatra. À vous de jouer, maintenant. »

Elle a fait signe au garçon d'apporter à boire.

« Qu'est-ce que vous voulez savoir ?

– Où en est-on dans l'affaire ? »

Je lui ai dit presque tout ce que je savais. Ça ne faisait pas grand-chose.

« Vous croyez que c'est un coup de la mafia ?

– C'est la solution évidente, mais alors pourquoi ? Que savait Ustinov que les autres apparatchiks ignoraient ? »

Elle m'a regardé : « Ça vous turlupine ?

– Oui.

– C'est une grosse affaire.

– Surtout une affaire personnelle.

– Racontez-moi. » Elle a bu et elle s'est essuyé les lèvres d'un revers de main. Puis elle a posé la main sur mon bras, ça m'a fait comme un frisson.

J'ai bu une gorgée, j'ai respiré un grand coup, je l'ai regardée au fond de ses yeux gris bleu. Je savais qu'il y avait en elle quelque chose qui me resterait inaccessible mais, si je pouvais la surprendre, je pourrais peut-être la séduire. Je n'avais jamais parlé de Gennadi à personne, sauf un peu à Ricky.

« Dites-moi. »

Je lui ai parlé, de Gennadi et de mon père.

Lily a écouté, le menton dans la main, comme si ce que je lui racontais était la chose la plus intéressante du monde. Elle avait un vrai talent pour cela.

Je me suis appuyé au dossier et j'ai regardé Lily.

« Je l'appelais oncle Gennadi. Je n'en avais que pour l'oncle Gennadi. Gennadi rentrait d'Amérique comme une star de cinéma, avec des cadeaux magiques, des histoires, des disques, des nouvelles d'une autre planète, comme s'il était allé sur la lune. » J'ai bu une gorgée de vin. « Seigneur, comme j'aurais voulu être américain ! Pas un intellectuel. Un vrai Américain. » Il me semblait que je pouvais tout lui dire. « Ma mère disait que j'étais né pour être américain, parce que j'avais un heureux caractère. C'était la plaisanterie dans la famille. »

Lily a versé du vin dans mon verre.

« Et puis Gennadi a disparu. Peut-être nous avait-il trahis, qui sait. Mon père a perdu sa place. La vie est devenue très difficile. Je me suis mis à tout détester, même après mon arrivée ici. Tout ce qui était russe. Les jérémiades. L'idéologie. Les superstitions. Je déteste la morosité, l'inertie. Je déteste également le bortsch.

– Et vous avez choisi le rôle de flic new-yorkais.

– Oui, bien sûr. Ici à New York, on doit se choisir un rôle, et je ne sais pas jouer du saxophone ténor.

» Gennadi a essayé de me revoir. J'ai toujours refusé. Mais, un beau jour, je me suis dit... Et puis la barbe ! J'ai dit oui. J'avais dépassé le stade de la colère. Oubliée la Russie. J'étais devenu quelqu'un d'autre. J'ai eu envie de le revoir. Je suis allé à l'hôpital et tout ce que j'ai vu c'était un cadavre branché à toutes sortes de tubes.

– Je suis désolée.

– Moi aussi.

– Quel est votre vrai nom ?

– Artemy Ostalsky. Mais on m'a toujours appelé Artie. Et j'ai pris le nom de ma mère.

– Si bien qu'Artemy Ostalsky est devenu Artie Cohen. » Elle s'est essuyé la bouche avec sa serviette. Pour une femme si ramenarde, elle avait un petit sourire timide, à ce moment-là : « Vous voulez faire quelque chose pour moi ?

– Certainement.

– Tout ce que vous découvrirez sur cette affaire, vous voulez bien me le dire ? Parce que c'est une histoire sensationnelle, et je voudrais être la première sur le coup. »

Elle savait y faire avec les types.

« D'accord. Et si vous essayiez de retrouver les pages supprimées dans le livre d'Ustinov ?

– Vous êtes au courant ?

– Oui.

– Vous marquez un point. Marché conclu. »

Elle m'a tendu une main moite que j'ai serrée. Elle a ajouté :

« Il y a autre chose, non ? »

Je commençais à me sentir un peu soûl.

« Oui. J'ai comme l'impression que cette affaire se terminera à Moscou. Je le sens. Et je n'ai pas du tout l'intention d'y retourner. »

Lily s'est penchée et elle m'a pris par les épaules : « Aucune raison d'y retourner. OK ?

– Je suis censé m'occuper de vous.

– Et alors ? »

Le pianiste nous a fait un clin d'œil et a attaqué *Someone to Watch Over Me.*

Lily a souri : « Ils nous trouvent gentils.

– Moi aussi.

– Je me trouvais trop vieille pour ce genre de choses.

– Mais non.

– Vous me raccompagnez ? » Elle m'a demandé cela en posant la main sur ma nuque. Puis elle s'est penchée et elle m'a embrassé.

« C'est un euphémisme ?

– Oui. » Et elle m'a encore embrassé.

En partant de chez Lily le lendemain matin, je me sentais plus euphorique que je ne l'avais jamais été depuis le début de cette affaire, une semaine auparavant. Il faisait une journée splendide, il soufflait une brise de mer qui avait chassé la moiteur de l'air. J'ai laissé la voiture où elle était et je suis parti à pied en sifflotant. En descendant Broadway, je me suis arrêté chez Dean & DeLuca. Ils étaient sur la liste de Maxine et j'y étais déjà allé, mais j'avais envie d'y retourner.

J'ai fini par dénicher un vendeur qui se souvenait du type qui avait acheté le « couteau à désosser extra » en question. Un couteau qui valait plus de cent dollars. Ce vendeur, je ne l'avais pas vu car il avait été en congé toute la semaine.

« Un Slave, à mon avis », a-t-il dit très poliment. Il était petit, propret, avec d'épaisses mains adroites de cuisinier, et l'œil pour repérer les détails. Parce que ce sont toujours par les détails et la routine que les cinglés se font pincer.

« Je m'en souviens parce que c'était la veille de mon petit congé. Il était encore tôt. J'avais l'intention de faire l'inventaire des livres de cuisine. Le magasin était vide. Je l'ai tout de suite repéré. Il marchait avec difficulté. Je me suis dit : " Il a dû être joli garçon, dans le temps ".

– Continuez.

– Je l'observais. Il vient parfois des étrangers. Celui-ci était comme fasciné. Il examinait tout, les fromages, les pains, il s'est arrêté là et il a montré cette vitrine du doigt. Il ne savait que quelques mots d'anglais. Il avait un petit dictionnaire de poche. Je lui ai demandé ce que je pouvais faire pour lui. Il m'a répondu : " Ma mère est, comment, cuisinière ? en Russie. " Je lui ai dit que c'était bien *cuisinière*, et il a montré les couteaux et je lui ai dit que tous les cuisiniers aimaient les bons couteaux, et j'ai ouvert la vitrine pour lui montrer ceux que nous avions. Nous nous exprimions surtout par gestes, mais j'ai cru comprendre qu'il voulait un couteau à désosser les poulets. Je lui ai d'abord montré quelque chose d'assez bon marché, mais c'était celui-ci qu'il voulait. »

Le vendeur a sorti de sa boîte le beau couteau en acier, identique à celui avec lequel le type m'avait attaqué à Brighton Beach.

« Il m'a fait de la peine. » Et sur ces mots il a remis le couteau dans la vitrine qu'il a fermée à clef.

« Et pourquoi cela ?

– Il ne devait pas être bien riche, mais il avait visiblement très envie de ce couteau pour sa mère. Cela se voyait à la façon dont il l'examinait. Je me suis dit que lui aussi devait être cuisinier. Alors il m'a fait de la peine.

– Parce qu'il était pauvre ?

– Non. Parce qu'il était malade. Pauvre malheureux. Il transpirait. Il s'est décoiffé – c'est pourquoi je m'en souviens si bien –, il avait de très vilaines lésions sur le front, les pires que j'aie jamais vues. Et j'ai compris que ce pauvre garçon avait le Sida. »

XIV

Dehors, il faisait grand soleil. Je l'ai à peine remarqué. J'ai appelé Roy Pettus d'une cabine.

« Demain, a dit Pettus.

– Non, maintenant.

– Pas ici. » Pettus avait un problème, mais ce n'était pas moi.

« Où ? » Je me sentais à bout.

« J'essaierai. Je ne peux rien promettre. J'ai du boulot. Plus tard. »

Vers cinq heures, j'étais assis sur un banc près du fleuve, après le World Financial Center. Je regardais les bateaux dans la marina en attendant Pettus.

Roy Pettus est arrivé, il a ôté sa veste, il l'a soigneusement pliée avant de la poser sur le banc, il a sorti deux timbales de café d'un sac en papier kraft et il m'en a tendu une. Il avait une chemise blanche et une cravate club.

« Qu'est-ce qui se passe ? » Alors je lui ai parlé de l'homme qui avait acheté le couteau et des lésions qu'il présentait. Il a dit :

« Je vois.

– Et vous voyez quoi, si ce n'est pas indiscret? Qu'y a-t-il d'autre? »

La main en visière, il a regardé le fleuve, puis il a posé son café et, les mains jointes, il s'est penché en avant : « Nous avons trouvé des empreintes sur le couteau. Le vendeur vous a donné sa description. Le sang, la boîte avec les empreintes d'Olga. Tout concorde. Je crois que nous avons une identification.

– Un Russe?

– Un Russe, ou peut-être un Polonais. Nous avons trouvé à JFK quelqu'un qui a l'air de se souvenir de lui. Vous savez pourquoi?

– Non.

– Le nom de l'homme, c'est Lev. Le père du type à la douane s'appelait Lev. Tous les deux des Polonais, m'a-t-il dit, avec le même nom, alors il l'a laissé passer sans faire d'histoires. À cause de ce nom de Lev.

– Et Olga?

– Les empreintes dans le pot sont celles d'Olga Gross. » Il a levé les yeux. Tout à trac, il m'a demandé : « Dites donc, *detective*, ça vous arrive de penser au nucléaire?

– Quoi?

– Aux armes nucléaires. »

Qu'est-ce qu'il me racontait là? Un type avec le Sida m'avait attaqué à coups de couteau, j'avais probablement de son sang sur moi, et Pettus qui débarquait d'une autre planète.

« Non, je ne sais pas. On en fabrique. Les Russes aussi. Et alors?

– Je parle de ce qu'on met dedans, la matière radioactive.

– Mon père prétendait que le strontium 90 provenant de retombées des bombes américaines passerait dans l'herbe, de l'herbe dans les vaches, etc. »

Ça n'a pas amusé Pettus : « Dans le Wyoming, on disait la même chose des Russes. Après la messe, on priait pour les âmes des pauvres petits enfants communistes. Je me faisais du souci pour leur conversion. Je ne prétends pas que des matières nucléaires traînent dans le pays, mais ça me fout quand même la trouille. Depuis des années, on en exporte en fraude de Russie, à destination de l'Europe, du Moyen-Orient. Des quantités énormes. Assez d'uranium pour faire des bombes atomiques. De plus en plus. »

J'ai attendu la suite.

« Un ancien général du KGB se fait assassiner en direct à la télé, en plein New York. Des bruits courent. Ça m'intéresse.

– Quels genres de bruits ? »

Pettus était très soucieux : « Je m'inquiète à propos de l'éventuelle arrivée de ces saloperies dans le pays, *detective.* »

J'ai attendu la suite.

« J'ai réfléchi à cette bombe dans le World Trade Center. Et à celle d'Oklahoma City. Et si la prochaine fois quelqu'un allait utiliser un système atomique. Les bruits qui courent, c'est le pire. Je pense à tous les imitateurs que ça pourrait inspirer, tous les terroristes en puissance. Imaginez la suite : un type téléphone au maire et lui dit : “ Salut Rudi, j'ai un engin radioactif que je vais faire éclater dans le Midtown Tunnel à l'heure de pointe. ”

– Pure hypothèse, non ? »

Pettus n'a pas répondu.

Il a jeté son gobelet dans une poubelle. Le café a tout éclaboussé en tombant.

« Disons que je me fais du souci, a-t-il fini par dire. Avez-vous jamais entendu parler du mercure rouge ? Non ? Eh bien, faites-moi penser à le faire un de ces jours. »

Son visage généralement paisible de bébé Cadum s'était illuminé d'une ferveur prophétique. On le sentait en proie à une idée fixe.

Je l'ai pris par l'épaule : « Écoutez. Qu'est-ce que j'ai à voir là-dedans ?

– Je l'ignore. Je vous ai raconté tout ça parce que vous avez été mêlé à cette affaire Ustinov et que maintenant vous me faites l'effet d'être dans la merde et que ça m'embête beaucoup parce que vous m'êtes sympathique. »

Ce cow-boy avec son côté jésuite était en train de me rendre cinglé avec ses discours. Peut-être qu'il en avait un coup. Je me suis mis à trembler si fort que j'ai renversé mon café sur ma manche. Je lui ai rappelé comment j'avais été attaqué, probablement par ce type avec ses lésions cutanées.

« Je vous ai écouté, *detective*, désolé si j'avais la tête ailleurs. Je vous ai bien compris mais je n'ai pas de réponse. L'identité judiciaire est sur la piste, on essaie de le pincer. En attendant, vous feriez mieux de subir un examen. Ce con vous a tailladé avec son couteau, et vous avez peut-être du sang à lui sur vous. »

DEUXIÈME PARTIE

NEW YORK

I

« Il s'appelle Lev. Le gars qui vous a attaqué s'appelle Lev. C'est un passeur de matières radioactives. »

Sverdloff s'est hissé sur le tabouret de bar à côté du mien, il m'a saisi le poignet avec une main aussi grosse que ma tête, et il m'a dit : « Écoutez-moi bien. OK ? Vous devez le traquer et le tuer. »

C'était le lendemain soir de ma rencontre avec Roy Pettus au bord du fleuve. J'avais les bras tout marbrés de bleu et de noir, là où ce bon Dieu d'interne m'avait enfoncé ses aiguilles pour faire des prélèvements de sang. Au bar de Broome Street que je fréquente d'ordinaire, j'étais d'une humeur de dogue devant mon verre de bière, à manger des chips. Je songeais à aller manger un hachis au *Club Room Café*, mais je n'arrivais pas à me décider. Dans le juke-box, j'ai choisi l'enregistrement que Tony Bennett avait fait avec Bill Evans. Ça ne m'a fait aucun bien.

J'étais fatigué. Je sentais mes yeux se fermer. Vivre à mon propre compte m'épuisait. Je m'ennuyais du commissariat, des copains, du bruit des armoires métalliques, même des relents de pizzas fossilisées et de rôti de porc à emporter. Mon boulot et les gens me manquaient. Dans le juke-box, quelqu'un a mis Harry Connick, j'ai marmonné : « On pourrait pas baisser ça ? »

Ustinov n'était mort que depuis dix jours et déjà on n'en parlait plus qu'en dernière page. Il y avait eu un autre meurtre en direct à la télé, au cours d'une émission sur la diététique, et les reporters étaient avides de nouveauté. Les Féds étaient ravis, ça leur évitait de montrer qu'ils pataugaient dans l'affaire Ustinov-Brighton Beach. Ce que je comprenais fort bien, car Brighton Beach m'avait moi-même entièrement phagocyté. Mon vieux ressentiment à l'égard des Russes me submergeait. J'ai frotté mon bras endolori. Le toubib qui m'avait fait les tests du Sida espérait avoir les résultats pour le lundi, peut-être même avant, mais il ne savait plus où donner de la tête. Il m'a tenu des propos très encourageants sur l'état des recherches, etc. Je l'en ai chaudement remercié et je me suis mis à picoler plus tôt qu'à l'ordinaire.

« Vous en avez une tête », m'a dit Bob, en me tendant une autre Bud à travers le comptoir. J'ai bu la bière, puis j'ai commandé un scotch.

C'est alors que Sverdloff a fait son apparition et qu'il s'est mis à parler de ce Lev. Le même nom que Pettus avait tiré des services d'immigration, mais j'ai gardé cela pour moi.

« Comment m'avez-vous déniché ici ? » J'ai dit cela sans amabilité excessive.

« Vous m'avez dit que vous aimiez bien cette boîte. »

Fallait-il que je sois con pour lui indiquer mon point d'eau favori. J'ai bu une gorgée de mon scotch en faisant comme s'il n'était pas là.

Il m'a empoigné l'épaule. « Il faut absolument que vous m'écoutiez. Connaissez-vous cette nouvelle de Borges sur la course de prisonniers ? »

C'est la façon qu'ont les intellectuels russes de montrer qu'ils sont des braves types ; ils vous assomment avec leurs histoires.

« On organise une course entre des prisonniers qui doivent se trancher la gorge. Le dernier à mourir a gagné. Tout le monde participe à la course. C'est l'histoire des passeurs de matières nucléaires. »

J'ai fini mon scotch, j'ai demandé à Bob de m'en servir un autre et j'ai fait signe à Tolya de continuer.

« Ce type est malade et dangereux. Il vous a attaqué. Il a cambriolé votre appartement. Il a besoin d'argent. Il veut me vendre sa merde.

– Quelle merde ? De quoi parlez-vous ?

– Je viens de vous le dire : ce Lev est un passeur.

– De matières nucléaires, j'ai compris.

– Oui. Un passeur. Un représentant. Il transporte des échantillons radioactifs. Il dit qu'il a du plutonium, planqué dans des palets de hockey. De l'uranium. Des sels solubles de césium. Il a tous les certificats d'authenticité des instituts de recherche soviétiques. Il dit qu'il a aussi du mercure rouge.

– Où ça ?

– Dans sa valise.

– Sans doute sous son lit ?

– Exactement. Sous son lit. »

J'ai jeté un coup d'œil à Tolya Sverdloff, dont je connaissais maintenant le goût pour la plaisanterie. Mais là, il ne rigolait plus du tout.

« Vous les avez vus, ces échantillons ?

– J'en ai vu suffisamment comme ça. » Je commençais à l'agacer. Il s'est penché en avant, faisant disparaître le comptoir sous son énorme carcasse. Puis il s'est levé, il a fait signe au barman de renouveler les consommations et il m'a poussé vers la salle du fond, où nous nous sommes installés près de la fenêtre, sous des plantes suspendues.

« Bon, vous allez m'écouter ? »

Je me suis cogné la tête contre une plante. Par la fenêtre, j'ai vu la fille blanche en patins qui évolue parfois devant chez moi. Elle décrivait des huit sous un réverbère au milieu de la chaussée.

« Pourquoi vous a-t-il fait confiance ?

– Après Olga, j'ai eu des remords. Je l'ai laissée tomber. Je voulais trouver celui qui l'avait tuée. Alors, je l'ai cherché.

– Il a buté Olga ?

– Oui. Ça m'a fait de la peine. Alors j'ai parlé aux gens de Brighton Beach, aux gangsters, aux flics, aux vieux sur la jetée, avec des miettes dans leur barbe. C'est là que je l'ai vu. Surgi de nulle part. On a bavardé.

– Il vous a fait confiance ?

– On est devenus amis. » Sverdloff a eu un rire amer. « Comme disait le KGB, il a trouvé une place dans mon cœur. Oui, il a fini par avoir confiance en moi. »

II

« Les services d'immigration n'ont pas rendu Lev nerveux, m'a dit Tolya. Ç'a été du gâteau.

– Du gâteau ?

– Parfaitement. » Là-dessus, je me suis tu et Tolya m'a raconté tout ce qu'il avait appris de celui qui se faisait appeler Lev Ivanov.

Lev Ivanov, c'était le nom qu'il avait sur ses papiers, des faux très bien imités – il avait maquillé la photo lui-même, à l'en croire, ce dont il n'était pas peu fier. Il avait une vraie lettre d'un cousin à Buffalo qui l'invitait, ce qui était encore nécessaire pour les Russes, mais facile à obtenir, pour quelques dollars ici et là. Les Américains étaient tout prêts à accueillir un étranger bien habillé, blanc, un Polonais comme lui, avec de respectables chaussures de cuir gris et une veste sport à carreaux.

Quand Lev avait récupéré sa valise sur le tapis roulant, il savait qu'il avait l'air d'un de ces nouveaux hommes d'affaires capitalistes. Il a attendu derrière une femme en manteau de fourrure. Le douanier l'a enquiquinée pendant vingt bonnes minutes, puis ç'a été au tour de Lev.

« Il vous a raconté tout ça ?

– Oui. Il m'a également raconté qu'il avait un roman d'Agatha Christie et deux valises dans le genre Samsonite. D'excellentes imitations fabriquées par une entreprise russo-polonaise. Il m'a montré comment il les avait posées sur le comptoir des douanes. Un douanier avec un gros ventre, très gentil, lui a dit : " Vous en avez, de belles valises. J'aime bien ces Sammies. " »

Sverdloff interprétait les différents rôles avec un réel talent d'acteur. J'ai compris qu'il fallait le laisser faire, alors je l'ai bouclée et je l'ai écouté en mangeant des bretzels.

« Le douanier a jeté un coup d'œil dans la grande valise, il a glissé une main dans les sous-vêtements de Lev. Il a montré du doigt l'autre valise plus petite et son fourre-tout, mais il ne les a pas ouverts. Il a jeté un coup d'œil aux papiers de Lev. " Échantillons ? " " Oui ", a fait Lev. Son visa précisait qu'il était, arrivant de Moscou, représentant pour une usine qui espérait établir des contacts avec des firmes américaines, et que ces valises étaient des échantillons.

» Le douanier lui a souri et l'a laissé passer, en disant : " Lev, c'était le nom de mon père ", et il a ajouté en polonais, avec l'accent de Brooklyn : " Bienvenue en Amérique, Lev. " »

J'avais la bouche sèche : « Il trimbale des matières nucléaires dans ses valises ?

– Parfaitement. On s'est revus. On a mangé des beignets. Alors, Lev a craché le morceau. Il m'a dit qu'il avait décidé de me faire confiance, parce que j'étais un vrai Russe, pas un de ces youpins, je vous demande pardon, comme il y en a des quantités à Brighton Beach.

– Arrivons-en aux faits.

– De l'aéroport, il est venu à Brighton Beach.

– Quand ça ?

– Il y a quelques semaines, peut-être davantage. Il fait le mort. Il entre en contact avec un type dont il prétend qu'il ressemble à Trotski – le même lorgnon –, qui lui donne de l'argent pour ses menus frais. Et qui lui en donnera davantage. On établira un contrat. Lev se commande un costume. Il loue une chambre. Au bout d'un moment il s'ennuie. Devant le *Batumi* il voit la photo d'Olga. Il va la voir pour dire bonjour.

– Tu parles.

– Il découvre qu'elle parle à un flic.

– Il m'a vu au *Batumi* ?

– C'est possible. Possible qu'il m'utilise pour parvenir jusqu'à vous.

– Seigneur !

– Oui. L'argent le tracasse. Il reste assis sur la jetée à contempler l'océan, il envoie des cartes postales à son père. Une de la Statue de la Liberté. Ce garçon ne manque pas d'humour. Son père a perdu une jambe dans la guerre d'Afghanistan. Il vend ses chaussures devant la gare de Biélorussie : " À quoi me serviraient de bonnes chaussures ? " dit-il à son fils. Il ajoute : " Ma famille y a cru pendant trois générations, et que reste-t-il de tout cela ? Juste la merde occidentale, les Occidentaux qui nous méprisent, des traîtres comme Elstine pour leur lécher les bottes. ”

» Il fallait que je sois prudent. Il déménage tout le temps. Quand je l'ai revu après qu'il eut tué Olga, il avait une chambre à Brighton Beach. Il ne s'y plaisait pas, à cause d'une fille qui jouait de la musique triste.

– Quel genre de musique ? » J'ai posé la question, mais je connaissais la réponse.

« De la flûte. »

Mon estomac s'est noué.

« Son idée, c'était d'être le premier à apporter ce genre d'échantillon en Amérique. Il a lu cette histoire de gaz toxique lâché dans le métro de Tokyo, vous vous rappelez ? Ça lui a donné une idée : si l'on s'était servi de gaz toxique à Tokyo, pourquoi pas du plutonium à New York ? Lev est dénué d'idéologie, il ne connaît que la haine, et il veut de l'argent.

– Et l'acheteur ?

– La mafia de Brighton Beach, probablement. Ils veulent entrer dans la combine. Lev s'amène, il rencontre des gangsters, puis soudain les contacts sont rompus. Lev reste sur le sable. Ils l'ont laissé tomber.

– Où est-il maintenant ?

– Il traîne. Hier, je l'ai vu dans une chambre qu'il avait prise près de l'aéroport. Le *Palace Hotel*. Le nom l'a amusé, a-t-il prétendu. “ C'est un hôtel pour les pauvres. Les mutants comme moi ”, a dit Lev.

– Il a dû déménager après avoir attaqué Genia.

– Comment ? »

Il s'était introduit chez ma cousine pour l'agresser : le message m'était destiné. « Rien. Continuez. Et ces échantillons ?

– Lev a de l'entraînement. Il en a trimbalé dans toute l'Europe de l'Est. Il connaît la troisième division des gangsters atomiques. Il connaît les ficelles. Il a conduit des camions jusqu'à Varna, il a passé des marchandises d'Ukraine en Croatie. L'importance du trafic fait que les contrôles sont inexistants, et l'on peut acheter les gardes.

» La plupart des trafiquants d'échantillons s'arrêtent aux villes frontalières, d'après lui, et livrent leurs marchandises, mais Lev est différent. Il veut davantage. Il détestait les dimanches dans les bourgs commerçants boueux de la frontière croate, avec ces paysans mal lavés, à prétendre faire le commerce des pneus de rechange et des légumes poussiéreux.

» Une fois, Lev est allé encore plus loin. Il est descendu jusqu'à la Méditerranée, et de là la Sierra Leone. Ça ne lui a pas plu du tout. Il fallait traiter avec les Libanais qui contrôlent les ports et qui, prétend-on, travaillent avec le Hezbollah, que Lev déteste encore plus que les Juifs. Une fois en Afrique, il a livré ses échantillons, que quelqu'un d'autre devait convoyer par mer jusqu'au Mexique. Ç'a été la plus grande aventure de Lev. » Tolya s'est léché les lèvres. « Je boirais bien quelque chose.

– Vous croyez à tout ça ?

– Oui. »

Tolya a appelé le barman. En vain. Il s'est levé et il est allé chercher une bouteille de vin rouge au bar.

« Lev a eu une idée. Il a décidé qu'il serait le premier à apporter des échantillons à New York.

– Il est cinglé.

– Probablement. Il est venu directement. Aucun problème à l'aéroport de Moscou, d'après lui. Quelques dollars aux gens qu'il fallait, ses bagages ont filé directement en soute. Une jolie femme l'a escorté jusqu'au salon des VIP où il n'y a pas de détecteur de métaux, elle lui a offert une coupe de champagne français, mais il a demandé du russe.

– Du russe ?

– Oui. Il affirme que le champagne russe est supérieur.

– Seigneur !

– Il a décidé de passer par Francfort. Vous savez pourquoi ? »

Je n'ai rien dit.

« Il s'est souvenu que l'avion de la Pan Am qui s'est écrasé à Lockerbie avait fait escale à Francfort, et que les bagages des passagers en transit y sont rarement contrôlés. Ce qui d'ailleurs n'était pas très important pour Lev, car la plus grande partie de ce qu'il transporte ne se voit pas aux rayons X, et qu'il a le reste dans son fourre-tout. À bord, il boit tranquillement son champagne, en se disant que si jamais l'avion s'écrase, ça va faire une bien plus belle explosion qu'à Lockerbie.

– Ce type est vraiment cinglé.

– Oui, a dit Tolya, mais je me suis demandé s'il savait à quel point. Et il est malin. À JFK, il n'y a pas de détecteur pour les passagers qui débarquent. »

J'étais en sueur. La maison avec la gamine qui joue de la flûte. Olga. Les matières radioactives dans une fausse Samsonite.

« Lev s'installe. Il va faire des courses.

– Des courses ?

– Oui. Il m'a raconté que New York est plein de couteaux, on en trouve partout de très beaux. Il en perd un. Il en achète un autre. C'est alors qu'il m'a confié qu'il voulait s'en servir contre un Juif qui le filait. Il voulait savoir ce que j'allais dire.

– Vous avez passé l'examen, et vous avez été reçu.

– Exactement. Dans sa chambre du *Palace Hotel*, j'ai remarqué un bel ordinateur portable. " Je l'ai piqué à un flic juif ", m'a-t-il déclaré, tout fier de lui. Il m'a raconté comment parfois il allait s'installer en face de chez le Juif pour le regarder comme s'il était au cinéma. Il dit que les Juifs sont mous, les Juifs américains qui se laissent vivre. Il aimerait bien en tuer un.

– Comment a-t-il découvert que j'étais dans le coup ? »

Tolya a eu un geste d'ignorance : « Peut-être l'homme au lorgnon ? Un gangster, un de vos types qui travaillent des deux côtés de la rue ?

– Vous croyez que tous les flics sont comme en Russie ? » J'étais furieux, parce qu'il avait probablement raison. « Vous l'avez vue, cette valise qui lui sert d'arsenal ?

– On y arrive », a dit Tolya sans relever le ton sarcastique. « La petite a un double fond. Dedans, il y a des boîtes avec des pastilles d'uranium enrichi. Des fragments de plutonium dans des disques d'acier qui ressemblent à des palets de hockey. Des sels de césium dans une boîte en plomb. Dans le fourre-tout, trois fioles de verre avec une suspension de mercure rouge. Peut-être davantage. » En me dressant la liste, Tolya aussi avait le visage en sueur. Cet attirail finissait par flanquer la frousse même à Anatoly Sverdloff.

« Il m'a montré les certificats. Tout cela est parfaitement authentique.

– Et qui pourrait en vouloir ?

– Celui qui voudrait fabriquer une bombe. Pour des terroristes, ces échantillons sont la preuve que leur détenteur peut se procurer la camelote. Pour des gangsters au petit pied, ça peut faire l'objet d'un chantage, d'une rançon. J'ai laissé voir à Lev que j'étais très impressionné.

– Il vous a montré tout ça ?

– Oui. » Tolya n'avait pas l'air de se sentir trop bien. Il a avalé un grand coup de vin. « Je n'avais pas le choix, si je voulais qu'il ait confiance en moi. »

Le bar était presque vide. Tolya s'est enfilé deux grands verres de vin.

« Et ceux qu'il avait contactés ?

– Je vous l'ai dit, ils ont laissé tomber.

– Pourquoi cela ?

– J'y arrive. Les amis de Zeitsev ne sont pas idiots. Ils ont laissé tomber parce que Lev a commis une très grosse erreur. » Et, là-dessus, Tolya a fini la bouteille.

« Quelle erreur ?

– Il a tué le général Ustinov. »

III

C'était comme les morceaux d'un puzzle que je ne parvenais pas à assembler. Il y avait le couteau, la conversation de Roy Pettus avec le douanier d'origine polonaise, ses remarques sur le nucléaire, les réticences de Maxine, ce cinglé qui me suivait, peut-être depuis le début, qui s'en était pris à Lily à cause de moi, et maintenant ça. J'ai demandé à Tolya : « Vous croyez vraiment qu'il a tué Ustinov ?

– Oui. Mais ce n'est pas l'essentiel. Sauf que ça vous a embringué dans l'histoire.

– Et Lily aussi.

– Quoi ?

– Rien. »

Sverdloff a mis des sous sur la table, puis il a dit : « Bon, on s'en va !

– Mais où est-il ? Où est-il ? » J'ai empoigné Sverdloff mais il m'a chassé comme un moustique. « Il attend que je collecte l'argent pour lui. Il est à Brighton Beach à attendre son fric.

– Je vais avec vous.

– Et vous faites tout foirer. »

Nous avons descendu Broadway en silence. Il refusait de partager avec moi.

« Mais pourquoi a-t-il eu confiance en vous ? » Je n'arrivais pas à m'y faire. Sverdloff s'est alors arrêté devant un brocanteur qui était encore ouvert, éclairé par une rangée de loupiotes.

« Il veut vendre son stock. Je lui ai promis de l'argent pour son père. Je l'ai amené à avoir confiance en moi. Lev, c'est un type qui a besoin de croire. Les gens dans son genre n'y renoncent jamais. Il veut croire. Il n'a personne d'autre. Alors, c'est moi qu'il croit.

– Et comment savez-vous qu'il va vous le donner ?

– Il a besoin de l'argent. » Se frayant un chemin parmi les insomniaques qui fréquentent à minuit un brocanteur sur Broadway, Tolya a pris sur l'étal une matrioshka de bois peint et il l'a examinée avec amusement. Parmi les fausses Rolex, les copies de sacs Louis Vuitton, les T-shirts Jimmy Hendrix, les poupées russes étaient devenues incontournables. J'ai regardé les gens qui déambulaient autour de moi. Lev pouvait être parmi eux. Il pouvait être n'importe où.

Il avait fait confiance à Tolya Sverdloff pour la même raison que moi : il n'avait pas le choix. Tolya était un manipulateur. Il marchandait, il vous roulait dans la farine, avec l'expression bonasse de sa grosse figure blafarde comme un clair de lune.

Il y avait deux ou trois vieux albums " Blue Note ", mais les disques étaient rayés. Tolya a essayé un bonnet nigérien. Le marchand bavardait en souriant, faisait des prix. Dans le temps, Tolya aurait fait un excellent agent pour Ustinov.

« Vous souvenez-vous de la première fois où vous avez lu *1984*? m'a soudain demandé Tolya. Ç'a été la plus grande expérience de ma vie, jusqu'à ce que j'entende les Beatles pour la première fois, ou que je tire mon premier coup, peut-être. C'était dans une édition Penguin, avec la couverture orange et blanc. Un copain de classe qui me l'avait passé. C'était dans les cabinets de l'école. Peut-être une provocation. Pour avoir lu Orwell, on pouvait se retrouver en prison. Ce copain – on l'avait appelé Patrice en souvenir de Lumumba – l'avait tiré de sa ceinture. "Tu veux lire ça, Tol?" Bang! Ç'avait été comme un coup de fusil. Comme des photos porno. Je l'ai lu. Le lendemain, j'avais compris que tout était truqué.

– Je l'avais toujours su. Déjà dans mes livres de classe, je dessinais des perruques aux portraits de Lénine. Et j'écoutais *la Voix de l'Amérique* sur les ondes courtes.

– *Willis Conover's Jazz Hour?* a demandé Tolya avec un sourire nostalgique.

– Bon, c'est extra de parler avec vous des mauvais jours anciens, mais pourriez-vous me dire pourquoi vous ne lui avez pas sauté dessus, ce Lev que vous avez concocté?

– Et comment? Il ne m'a montré qu'une partie de ce qu'il a. Il nous faut cette valise, et pour ça il me faut de l'argent. » Tolya était en train d'examiner un Nikon d'occasion. « Et enfin, je ne suis qu'un touriste russe et qui est-ce qui me croirait? » Il a reposé le Nikon, il a payé le bonnet et nous sommes repartis. Il soufflait une bise glacée.

« C'est quoi, ce mercure rouge ? »

Sverdloff s'est arrêté sous un réverbère. « La pire saleté qu'on ait jamais fabriquée. Pire que le plutonium. Plus dangereux. Plus lourd. Avec seulement quelques dizaines de grammes de ce truc, on peut faire une bombe nucléaire capable de détruire une ville entière.

– Et ça fait repousser les cheveux sur une boule de billard.

– Parce que vous pensez que tout ça c'est des conneries de Russe ? De la science-fiction ? Et que je ne suis jamais qu'un con de Russe ? Et que si ça éclate, vous, vous ne risquez rien, et qu'on ne peut pas fabriquer ça avec de la merde très ordinaire, littéralement, alors, et la bombe d'Oklahoma City, c'est quoi ? Et vous vous dites que des passeurs à la mie de pain comme Lev avec sa petite valise, c'est de la blague ? Pour vous foutre la trouille, il vous faut des missiles géants, avec plein de technologie et de personnel ? OK. Boum ! » Il a fait Boum ! si fort que les gens dans la rue se sont retournés. « Boum ! » Il m'a agrippé par la manche : « Vous êtes parti depuis trop longtemps pour croire qu'il existe des gens capables de ça ? Vous avez vécu la tête dans les nuages, Mister American Policeman ! »

Exactement ce que pensait Sonny Lippert.

« Et ce n'est que le début. Laissez celui-ci filer et bientôt ils se seront multipliés. Vous croyez que c'est impossible ? Vous croyez qu'un physicien dont les enfants claquent du bec dans un trou merdeux au fin fond du Caucase hésitera à bazarder quelques grammes de plutonium pour leur acheter à manger ?

Venez donc voir ce qui se passe à Moscou, ça vous donnera la foi.

– J'aimerais mieux crever. » Le temps était frais, mais je suais à grosses gouttes. Je paniquais.

« Comme vous voudrez. Mais regardez derrière vous. OK? Il vous guette. Et il est dangereux.

– Seigneur! C'est tout?

– C'est un malade. Et très atteint. Il se fout pas mal des dégâts éventuels. C'est un danger public lâché dans la nature. Et en plus, il va claquer.

– Combien veut-il?

– Seulement dix mille. Vous voulez que j'arrange ça? Vous trouvez les sous, je règle tout.

– Je vais y penser.

– Pensez vite.

– Sinon?

– Mettez-lui la main dessus et tuez-le. »

Le lendemain, je me suis levé à dix heures. Je suis allé ouvrir la fenêtre et il est entré un grand coup de vent glacé. Par la fenêtre de l'atelier d'en face, j'ai vu deux femmes asiatiques en train de coudre des voiles de mariée. La plus jeune m'a souri et m'a fait bonjour. Donc, elle pouvait parfaitement voir ce qui se passait chez moi. Ça devait être de là que Lev m'observait la nuit.

Il connaissait mon adresse. Il m'avait piqué mon ordinateur. Il connaissait mon nom, mon visage, mes amis. Il m'avait vu avec Olga, avec Genia, Lily. La nuit, il me regardait par la fenêtre. Je lui servais de show télévisé.

En plus, il était malade. Il l'avait dit à Tolya et il

m'avait saigné dessus. J'ai décroché le téléphone, mais qui appeler ? Je n'étais plus rien, Sonny Lippert m'avait mis à pied, même Roy Pettus se montrait réticent à mon égard. Chez Danny Guilfoyle, personne n'a répondu. Dan devait être sur son bateau. Si seulement je pouvais contacter Danny. J'ai mis *Kind of Blue* de Miles Davis. J'aurais dû manger quelque chose, mais j'ai pris une bière et je me suis assis sur un tabouret de cuisine.

« Ça ne peut pas continuer comme ça, mon vieux ! » a dit Ricky. J'avais oublié qu'il venait pour le petit déjeuner. Il m'a arraché ma bière et il a éteint la stéréo. « Miles Davis, c'est très mauvais à jeun.

– Ma petite geisha ! » Dieu bénisse Ricky !

« Concubine.

– Quoi ?

– Ce sont les Japonais qui ont des geishas. Nous, ce sont des concubines. Au fait, ne serais-tu pas en train de mettre en cause mes orientations sexuelles, stupide androgyne ? Donne-moi les œufs. »

Les Tae allaient fermer pendant plusieurs semaines. Ils allaient à Hong Kong rendre visite aux nouveaux beaux-parents. J'aurais voulu leur demander de rester. J'ai raconté à Ricky une partie de ce que Sverdloff m'avait dit. Il a eu l'air sceptique. Ricky devait être un peu jaloux de Sverdloff.

« Tu prétends que ces matières nucléaires pénètrent dans Manhattan, le Bronx, Staten Island ? » Ricky a reniflé ma bouteille d'huile d'olive et il a fait la grimace. « Ce n'est pas de l'huile d'olive vierge. » Il a jeté la bouteille dans la poubelle et en a décapsulé une autre. « T'apprêterais-tu à faire quelque chose de stupide, Artie ?

– Je ne sais pas, Rick. À quoi suis-je en train de penser ? » J'ai mis Stan Getz sur la stéréo.

« Arrête-toi. Ou laisse-moi venir avec toi. Non seulement je suis beau, mais costaud. » Il a jeté sa cigarette dans l'évier, où elle s'est éteinte en grésillant.

Il est en effet très costaud. Ses oncles lui ont enseigné les arts martiaux quand il était petit, il peut traverser la pièce d'un bond pour vous planter son pied dans les couilles et vous faire tordre de douleur. Une fois, je l'ai vu en action contre un petit con qui s'en était pris à Dawn, et ça n'a pas traîné.

« Je vais prendre des vacances. » Je mentais. « Va à Hong Kong avec la famille, Rick. Régale-toi. »

Ricky a écrit un numéro sur un bloc. « Laisse-moi un message s'il se passe quelque chose. » C'était un numéro du coin.

« Où est-ce ?

– Quelle différence ça fait ? » Il a regardé par la fenêtre.

« Dorothy sait où tu vas ?

– J'ai recontré quelqu'un, OK ? Vaut peut-être mieux que papa ne le sache pas. OK ?

– OK. »

Il a versé de l'huile d'olive dans la poêle, il y a cassé les œufs et quand ç'a été cuit, il les a posés sur une assiette : « Mange !

– Merci.

– C'est un nageur. Un pro. » Ricky m'a fait un petit sourire. Il avait l'air ravi. Sur un ton dégagé, je lui ai demandé : « Il est ici pour des Gay Games ? »

Ricky a bien voulu en rire. « Tu crois que je vais passer mes vacances à regarder une bande de pédés jouer au volley-ball ? Artie, j'ai juste envie de baiser ce type. » C'était bien la première fois que je voyais Ricky en adulte, s'acceptant comme il était. Enfin libre, Ricky était sorti de son placard.

« Comment s'appelle-t-il ? »

Ricky a changé de sujet. « J'ai téléphoné à mon cousin.

– Quoi ?

– Je t'avais dit qu'il y avait quelque chose qui me tracassait à propos de ce Sverdloff, et cela depuis le début. Alors j'ai appelé mon cousin Don à Shanghai.

– Tu as un cousin Don à Shanghai ?

– Parfaitement. Don Ho II. C'est son nom de scène. Il possède dix night-clubs. À thème hawaïen. Eh bien, il se souvient de Sverdloff. Il y a des années, ils étaient très copains dans le monde du rock communiste. Sverdloff avait un programme radiodiffusé de Russie vers Shanghai. Avant la place Tienanmen, à la grande époque du rock. Il parle chinois, et toutes sortes de dialectes, et il mettait tout le monde dans sa poche, parce que le chinois des Russes est lamentable, et que les Chinois en musique, c'était nada. C'était, et tu me passeras l'expression, un véritable artiste. Et devine quel était son indicatif.

– Je donne ma langue au chat. » Je mangeais mes œufs, tout ragaillardi par Stan Getz, et je voulais faire plaisir à Ricky.

« Mercure rouge », a déclaré Ricky triomphalement. « Tu n'aurais pas deviné ça tout seul !

– Et tu crois vraiment à cette connerie, le mercure rouge ?

– C'est parfaitement réel, bébé. Le mercure rouge, c'est ce que les Russes fourrent dans leurs armes nucléaires pour qu'elles soient plus petites et plus efficaces. Un truc très rare. Mortel. Insaisissable.

– Tu sais pourquoi ces romans sur la guerre froide marchent si bien ? Parce qu'on risque pas d'imaginer des trucs plus tordus que ce que font les Russes.

– Et c'est parfaitement plausible, Artie. N'oublie pas que j'ai fait de la physique. Au fait !

– Oui ?

– Si ton Polonais a tué Ustinov par erreur, qui visait-il ? »

Comme si ça ne suffisait pas comme ça, j'ai appelé le toubib, et il m'a dit qu'il n'avait pas encore les résultats. Lundi, avait-il promis. Et rien de Lily. Je suis allé voir chez elle sur la 10e Rue. José, le concierge, m'a dit qu'elle était sortie. Il se souvenait bien de moi. Ça et cinquante dollars l'ont convaincu de me confier qu'à son avis Lily avait dû aller à sa salle de gym, à quelques rues de là vers l'est, car il l'avait vue partir avec son sac de sport.

Dans une salle aux murs couverts de miroirs, deux douzaines de femmes blanches en collants faisaient des exercices, harcelées par les directives d'un individu qui ne semblait pas tellement plus musclé que moi. Il fallait donc qu'il eût autre chose. Lily m'a vu, elle a tout planté là et elle est venue vers moi en courant.

« Je ne savais pas que vous étiez une fana de gym. » Elle avait les cheveux noués d'un foulard jaune, et le front en sueur. À la différence de ces autres dames, elle portait un short et n'avait pas de maquillage. Avec des cernes violets sous les yeux, elle faisait bien son âge. Comme ça, elle me plaisait davantage : elle avait quelque chose de vulnérable.

Elle m'a entraîné dans un coin, où il y avait une table avec un pichet de plastique plein d'un jus vert.

D'un air las, Lily m'a dit : « Ç'a été une erreur, je suis désolée. Je n'avais pas à vous faire des avances pour rien.

– Ça n'a pas été pour rien. » Je me suis mis entre elle et la salle de gym, les filles, les miroirs, le prof. J'ai jeté un coup d'œil par-dessus mon épaule : « C'est qui, ce zigue ?

– Kickbox.

– Il s'appelle comme ça ?

– Non, c'est Jamie. Mais il est prof de kick-boxing, c'est la grande mode. » Elle a fait la grimace : « J'ai horreur de la gym, mais quelqu'un au bureau m'a offert un cours, un cadeau, en quelque sorte. Le lot de consolation. Parce que Teddy est en colère contre moi. Il veut me virer à cause de toute cette histoire. On peut dire que je passe un sale quart d'heure. Et puis j'essaie de cesser de fumer sans me transformer en baleine. »

Il fallait que je lui parle du sang, bien sûr, mais je me suis dégonflé, et j'ai dit : « On se revoit ?

– Ç'a été un soir sans lendemain. Point à la ligne. J'ignore ce que vous êtes et je ne veux pas le savoir. Tout ce que je sais des flics, c'est Mel Gibson et

Morse. Quant à la politique, j'en ai soupé. Je veux oublier tout ça. Au fait, pour les pages manquantes d'Ustinov, je me suis renseignée. J'ai demandé à Phil.

– Je ne suis pas Mel Gibson et vous ne me devez rien, vous savez.

– Je crois que les pages manquantes sont à la banque dans le coffre de Phil. Je ne sais pas pourquoi il les a supprimées, mais il doit bien y avoir une raison. Et puis je vais m'absenter.

– Où ça?

– Loin d'ici. OK?

– On vous a encore ennuyée?

– Je ne suis pas sûre. Des coups de téléphone. Et une voiture que je vois devant ma porte. Je ne sais pas.

– Je vous emmène. Venez avec moi.

– C'est de vous que je veux m'éloigner. » Elle a essuyé la sueur qui lui dégoulinait dans les yeux.

Au fond, M. Kickbox s'admirait dans la glace.

« Vous voyez pas le problème, vous êtes en plein dedans. Je ne suis pas froussarde, mais il y a ce cinglé qui sait où j'habite, et je ne veux pas finir comme cette fille de Brighton Beach avec les doigts dans un bocal. » Elle a tendu les mains devant elle dans un geste désespéré et elle s'est laissée tomber sur une chaise. Je me suis accroupi à côté d'elle, elle a posé la main sur mon bras comme pour s'empêcher de trembler. « J'ai peur, Artie. Les gens s'imaginent que les énigmes ont toujours une solution, comme dans les romans. Ou alors vous reliez les points, et ça fait un dessin. Mais c'est pas toujours comme ça, des fois ça continue, les gens meurent, et il n'y a pas de logique. »

Lily Hanes était vraiment épatante. C'était cette intelligence qui me séduisait en elle, et puis son entrain, sa curiosité, son sang-froid, son absence d'artifice. OK, et puis aussi les jambes.

« Vous avez dit que ça ferait un reportage formidable : je pourrais vous aider. » Voilà que je mendiais.

« N'essayez pas de m'avoir. La dernière fois que j'ai eu un grand reportage, je me suis retrouvée dans une prison de Berlin-Est, et ça n'avait rien de génial.

– Est-ce que Frye est au courant pour nous ?

– Il y a des chances.

– Alors, c'est à cause de Frye ? C'est avec lui que vous partez ?

– Pas exactement. » Elle s'est levée péniblement et elle a regardé les silhouettes devant les miroirs. Je lui ai dit :

« Je peux vous demander quelque chose ?

– Certainement.

– Il est marié ?

– Vous avez vérifié ?

– Je me suis renseigné. Qu'est-ce que vous lui trouvez ?

– Dans le temps, il m'amusait. Il m'a présentée à des gens. Il connaît tout le monde. Il lit tout. Il est comme cet Australien que j'ai rencontré et dont je m'étais dit qu'il serait mon Wonderbra : il allait me mettre terriblement en valeur. Eh bien, ça n'a pas marché.

– Il y a autre chose.

– Oui, il me fait un peu peur.

– Comment cela ?

– C'est un manipulateur. Quand j'essaie de le lâcher, il a besoin de moi. Bon, il faut que j'y aille. Désolée. Je suis vraiment désolée. »

Je sentais sa sueur et son parfum. Je lui ai pris la main : « Lily, comment se fait-il qu'une fille comme vous ne soit pas mariée ? »

Elle a éclaté de rire : « En voilà une question démodée ! » Elle m'a embrassé sur la joue. « Je l'ignore, Artie. Vraiment. Bon, à un de ces jours. »

Je suis rentré chez moi.

Sur le trottoir devant l'immeuble, la petite fille de Genia contemplait avec admiration une poupée aux cheveux roses sur un éventaire. Je lui ai parlé en russe. Elle m'a glissé un papier dans la main. Quand je me suis tourné pour lui acheter la poupée, la petite avait disparu.

Genia m'invitait à venir prendre le thé ce dimanche-là à Brighton Beach. Son vieux père ne pouvait pas me voir en peinture, aussi cette invitation devait-elle dissimuler quelque chose. Il avait dû bavarder sur les planches, et se dire qu'on pourrait m'avoir pour pas cher. Je me suis demandé qui cela pouvait bien intéresser.

IV

« M. Cohen, je suis Elem Zeitsev. » La voix avait dit cela en anglais.

Devant la maison de ma cousine, appuyé contre un élégant cabriolet BMW noir, se tenait un monsieur fort élégant, qui pouvait avoir une quarantaine d'années. Il portait une chemise sport de coton bleu de chez Gap, des jeans délavés, des mocassins sans chaussettes. Il manifestait une politesse extrême et il m'a tendu une main parfaitement manucurée :

« Votre cousine m'a dit que vous voudriez peut-être travailler pour notre firme. » Il n'y allait pas par quatre chemins.

« C'est une invitation pour la prochaine valse ? » Il m'a simplement ouvert la porte en souriant, je me suis glissé sur le siège tendu de cuir chamois, et il est allé se mettre au volant :

« Si vous aimez la valse. »

Zeitsev nous a menés tout au bout de Brighton Beach Avenue, passé le Menorah Home pour les retraités, et au coin de l'Holocaust Memorial Mall, il a pris Emmons Avenue.

Là où commence Sheepshead Bay, la plupart des enseignes sont en italien. *Lundy's*, ses fresques soigneusement restaurées comme celles d'une église florentine, annonçait sa réouverture – le plus grand restaurant du monde. En face, sur le canal, des bateaux de pêche proposaient une demi-journée de pêche au filet. Les écriteaux précisaient que c'était la saison où le flet remonte. Derrière les villas qui bordent les canaux, dans les jardins, les antennes paraboliques faisaient comme des oreilles de Mickey.

Zeitsev a remonté l'allée de gravier d'une villa et il a coupé le contact. Trois messieurs en complet veston se promenaient dans le jardin. « Ce sont des amis à nous. » Il est resté assis dans sa voiture.

« Quel genre de travail avez-vous à me proposer ?

– Nous avons une organisation – parfaitement légale. Mais il y a toujours de la corruption, vous ne l'ignorez pas. J'imagine que vous avez entendu parler d'Agron, des mitraillettes, d'Ivankov, enfin, tout ce qui se raconte.

– Oui, on lit ça dans le journal. »

Il a examiné sa chevelure dans le rétroviseur : « Certains d'entre nous ont toujours compris la démocratie américaine. C'est cela que nous voulons. Vous savez, mes parents m'appelaient toujours Jack, parce qu'ils trouvaient que je ressemblais à JFK. Qu'en pensez-vous ?

– Bien sûr, Jack. Surtout les cheveux.

– La plupart des nôtres n'ont jamais rien fait pour s'en sortir. Ils ont peur. Pour réussir, il faut faire des combines, d'après eux, rouler la police ou l'État, être en marge. Ils voient la loi comme l'oppresseur. Alors, nous essayons de les aider auprès de la justice, de leur offrir un service. »

Je restais bouche cousue. À la différence des gangsters en complet de soie du *Batumi* et des types louches de l'*Arena Café*, Elem Zeitsev était un monsieur d'excellente compagnie, qui avait dû voir *Le Parrain*.

« Il y a de l'antisémitisme partout. Même en Amérique. Nous avons réussi, et comme nous sommes en Amérique, les autorités ne peuvent pas nous persécuter pour le fait d'être juifs. Alors, ils prétendent que nous sommes des gangsters ! » Cela l'a beaucoup fait rire : « Écoutez, ai-je l'air d'un gangster ?

– Tout dépend de l'interprète. »

Il a ouvert la boîte à gants : « Chocolat suisse ? Teuscher. » Il a posé la boîte à côté de lui, il a sorti des chaussettes de la boîte à gants, une cravate de sa poche, et il a rectifié sa tenue. Il s'est regardé dans le rétroviseur comme un gamin coquet qui va en visite dans la famille : « Mon oncle prétend que les garçons comme il faut portent une cravate et se montrent respectueux. J'ai quarante-six ans, je suis diplômé de la Columbia Law School, mais pour la famille, je suis toujours un gamin.

– On pourra sûrement travailler ensemble, Jack. »

Là-dessus, un des costards a fait signe à Zeitsev qui a bondi de la voiture, semblant se préparer à cette rencontre d'une façon qui m'échappait. J'ai compris ensuite qu'il ne s'agissait pas de respecter l'oncle, mais de prendre sa place.

« Certainement. Mais d'abord, il faut que vous fassiez la connaissance de la famille. »

Le salon était sombre, lambrissé en chêne, avec des miroirs aux cadres dorés. Sur la cheminée, il y avait des portraits de famille dans de lourds cadres d'argent.

Il y avait un vieux monsieur assis dans un fauteuil devant le feu. Zeitsev, enfin, le mien, Zeitsev le jeune, tripotait sa cravate en avançant précautionneusement sur les tapis d'Orient où l'on enfonçait jusqu'à la cheville. La douzaine de personnes qui bavardaient discrètement dans la pièce se sont tournées vers nous en silence.

Elem Zeitsev s'est penché sur son vieil oncle et l'a embrassé sur la bouche comme Brejnev avait coutume de le faire quand il rencontrait de vieux camarades communistes dans le genre de Ceausescu. La ventouse. On se serait cru au cinéma. J'ai failli éclater de rire.

Zeitsev s'est levé et il a tendu la main à une femme plutôt moche avec des cheveux ternes et une robe de daim fauve, avec des perles grosses comme des œufs. Elle avait au doigt un solitaire canari tourné vers la paume, comme si les diamants, ça ne l'amusait plus. Zeitsev l'a poussée dans ma direction, et de ses lèvres minces, elle a esquissé un sourire.

« M. Cohen, je vous présente ma femme, Yekaterina Alexandrovna. Parle en anglais », a-t-il ajouté à son intention.

Elle a répondu dans un anglais hésitant, tandis que je m'en tenais au russe. On a parlé de la pluie et du beau temps. C'était une fille de la nomenklatura, et Zeitsev l'avait sans doute épousée pour ses relations. Quant à elle, pourquoi avait-elle épousé ce gangster ? La passion se dicte ses propres lois.

« Ma femme élève des chiens », a dit Zeitsev en souriant, en ouvrant une porte derrière laquelle il y avait une demi-douzaine de petits clébards poilus qui pleurnichaient. On aurait dit des lavettes à vaisselle. « Elle a un chenil. Peut-être voudrez-vous le visiter.

– Certainement. »

Les autres femmes, ses cousines, étaient des créatures voyantes, avec des escarpins en alligator, et des bijoux Bulgari tape-à-l'œil ornés de pierres de couleur. J'ai remarqué une blonde tapageuse que j'avais déjà vue au *Batumi*.

La grande attraction, c'était Pavel Zeitsev. Il regardait une petite télévision posée à côté de lui sur une table, et il avait sur les genoux un chat rouquin qu'il semblait avoir entrepris d'étrangler. La bête s'est échappée, mais il est allé la récupérer d'un pas pesant, avec la détermination d'un bourreau obstiné.

Zeitsev, c'était le cerveau de Brighton Beach. Il avait été au goulag quand il était jeune, affirmait-on, il avait appartenu à l'empire noir du crime, il portait les tatouages qui le confirmait. Il était intouchable aux yeux de la loi, un des piliers de la communauté, et aussi un poète : il lisait des poèmes à la radio. Ce qui impressionnait fort les Russes.

Il a récité le petit couplet habituel sur la corruption en Amérique, les flics ripoux, la nécessité d'une discipline : « Nous ne sommes pas des Occidentaux. Nous avons essayé vos costumes, mais ils ne nous vont pas vraiment. Mets donc une autre cassette. » Il avait dit cela à Zeitsev le jeune, tout en jouant avec un palet de hockey comme si ç'avait été un rosaire. « Mon oncle possède plusieurs joueurs de hockey, a dit le jeune en question.

– Plusieurs équipes, tu veux dire. » Pas de réaction.

Nous sommes restés silencieux pendant une dizaine de minutes, puis je lui ai demandé de me parler de sa poésie et, avec le côté faux cul du pornographe, il m'a conduit devant une vitrine qui contenait des éditions originales de Robert Frost, de Walt Whitman, d'Emily Dickinson. C'était comme si j'avais passé avec succès un examen.

Ensuite, on a fait entrer les enfants et nous sommes allés déjeuner dans la grande salle à manger. On m'a placé entre le tonton et la belle blonde. Jamais de ma vie je n'avais vu tant de caviar, ni des œufs si gros, puis après le bortsch et les beignets, deux babouchkas ont hissé sur la table une énorme pièce de bœuf. La conversation était inexistante. Plus ces gens buvaient, moins ils parlaient. Quelques toasts ont été portés, puis le tonton est retourné devant sa télévision. J'ai entraîné Elem Zeitsev dans un coin :

« Jack, on peut parler ?

– Naturellement. » Je l'ai suivi sur la véranda derrière la maison : « Vous avez beaucoup plu à mon oncle. Il a dit que vous étiez un garçon cultivé.

– Parlons affaires, Jack. » J'ai pris une cigarette, qu'il a allumée avec un briquet en plastique à un dollar : Zeitsev savait qu'il n'était pas censé exhiber un briquet de caïd en or massif.

« Voilà. J'ai l'intention de m'intéresser aux substances radioactives, plutonium, uranium, mercure rouge. Pour des usages industriels, évidemment. La recherche médicale. Pour sauver des malades. » Je bluffais de mon mieux.

Il a eu l'air amusé, et il a dit en souriant : « Ce n'est pas du tout dans nos cordes.

– Je suis bien déçu.

– Nous avons de temps en temps affaire à des cow-boys, des porteurs d'échantillons, de petits trafiquants, avec ou sans certificats. Ils me font pitié. Ce sont souvent d'excellents physiciens, qui gagnent cinquante dollars par mois, et qui ont des familles à nourrir en Russie. Mais ce n'est pas notre rayon : c'est illégal. C'est pour les terroristes à la petite semaine qui font ça pour des queues de cerises. » Jack était vraiment un garçon bien sympathique.

« Et s'il s'agissait de très grosses quantités ?

Il a eu un petit mouvement :

« On ne vous a rien proposé récemment, Jack ? J'aurais besoin d'un coup de main. » Je me faisais l'effet d'un second couteau dans un polar de série B. Mais Jack souriait et semblait avaler ça tout rond :

« Je vous tiendrai au courant. Je suis ravi que vous fassiez désormais partie de la communauté. » Il avait dit cela sans ironie apparente.

Elem Zeitsev a proposé de me raccompagner chez moi, mais je l'ai remercié en disant que j'allais prendre le métro, ce qui l'a beaucoup amusé : « Vous êtes l'homme du peuple, hein ?

– Oui, j'aime bien les gens.

– On reste en contact ? » Il avait dit cela d'un ton aimable mais détaché.

« OK. J'adore les contacts. »

La porte de la véranda s'est ouverte et le tonton est sorti, avec un des cabots en laisse. Il était escorté d'un maigrichon en costard. J'ai reconnu Trotski.

J'avais besoin de prendre l'air. Cet après-midi surréaliste m'avait fait provisoirement oublier les examens de dépistage du Sida. D'ailleurs, il ne me restait qu'à attendre.

Pour Lev, Jack devait être au courant. Tolya ne s'était donc pas trompé : Lev avait dû montrer ses échantillons à Zeitsev, ça avait chauffé, si je puis dire, et Zeitsev l'avait viré. Avant d'arriver à Brighton Beach, j'ai appelé Genia. C'est la petite qui a répondu. Genia était chez le coiffeur, et je la trouverai au *Charming Lady Beauty Salon.* Je suis resté un moment à la porte. Malgré son visage tuméfié, Genia avait l'air tout content sous le casque d'acier et elle discutait avec d'autres dames. Leur animation s'accordait bien aux odeurs acides de lotions et de shampooings.

« Les trucs américains, ça ne vaut rien, tu devrais prendre le Sonny. » Genia a levé les yeux et elle m'a aperçu.

Je suis venu m'asseoir dans le fauteuil à côté d'elle. Je lui ai dit :

« Je suis allé voir les Zeitsev.

– Chut ! Oui, je sais.

– Tu crois que je devrais travailler avec eux ? »

Genia s'est cachée sous son séchoir. Elle avait sur les genoux un magazine féminin russe. Je lui ai demandé :

« Et la gamine ?

– M. Zeitsev a dit qu'il lui paierait ses leçons de musique. »

La porte s'est ouverte, Genia et les autres dames ont levé les yeux, le carillon a joué *Midnight in Moscow*, le flic en uniforme a ôté sa casquette et s'est efforcé de sourire. Les dames sont restées de marbre. Dans le coin, les flics, c'est pas trop bien vu.

« Parle-moi de ce type à qui tu as loué une chambre. Ce Polonais ? »

Elle a fait non.

« S'il te plaît.

– Je ne sais plus.

– Il t'a frappée.

– C'est une erreur. J'ai oublié. » Elle a dit cela à voix basse.

« Tu veux venir prendre un café ? Et puis on achètera quelque chose pour la petite. » Genia a fait non.

Dehors, il y avait foule. Je suis allé boire une bière à l'*Arbat Café*. J'ai observé deux zigues avec des queues de cheval et des T-shirts Calvin Klein, ils étaient en train de manger avec leurs meufs ; elles riaient comme des tordues. Il était question d'argent. Je suis resté un moment à respirer l'air d'automne, j'essayais de chasser la nausée que me donnait l'endroit, et ce sentiment de panique.

C'est alors que je l'ai vu.

Il était de dos, mais je l'ai tout de suite reconnu, l'inclinaison de la tête, la forme de la mâchoire. Je l'avais détaillé une douzaine de fois sur la vidéo, j'avais la description de Tolya, et cet instantané cracra qui ne me quittait plus. Je l'ai bien reconnu. C'était Lev.

J'étais venu, presque par hasard, voir si je ne tomberais pas dessus. Il avait peut-être fait pareil, à déambuler le long de Brighton Beach Avenue. Il est resté coincé entre deux énormes mémères qui l'ont propulsé à travers la foule, c'était comme s'il allait à sa noce.

Une fois de plus, j'étais sans arme. Jack ne m'aurait pas laissé entrer chez son tonton avec un soufflant. Je me suis quand même lancé sur la piste de Lev. Je me suis mis à courir.

Les badauds m'injuriaient, une mémé sur un pliant s'est étalée quand je l'ai bousculée, mais je courais toujours, je suis arrivé aux planches, puis à la plage. Je gonflais mes poumons d'air marin, je piétinais les tas de varech, les boîtes de bière, les seringues usagées. C'est là que les camés viennent se piquer quand ils n'ont plus nulle part où aller.

Je l'entendais haleter comme il courait entre les madriers qui soutiennent la jetée jusqu'à Coney Island.

J'ai vu quelque chose briller. Il avait un couteau à la main et il l'a levé sur moi et, par ce soir d'automne, pour la première fois, je l'ai vu en gros plan : Lev Ivanov, si toutefois c'était bien son vrai nom. Il avait dû être pas mal, dans le temps. Impossible maintenant de lui donner un âge. Il avait les joues creuses d'un vieillard, sa peau blafarde de Slave était couturée de lésions et de meurtrissures. Ses cheveux d'un blond terne, ce qui en restait, lui pendaient sur le front, ses yeux vides luisaient au soleil et n'avaient plus rien d'humain.

Je lui ai crié en russe : « Je vous achèterai votre

saloperie. Je veux les échantillons. J'ai l'argent. Lev! Lev Ivanov! »

Il a semblé hésiter, mais peut-être ne m'avait-il pas entendu, ou alors il n'avait pas confiance. Il a décrit un grand arc de cercle avec son couteau, dont la lame brillait dans la lumière qui filtrait entre les planches pourries de la jetée. Je me suis protégé le visage derrière mes bras et j'ai fait un bond de côté, et Lev a détalé dans l'ombre sous la jetée.

J'étais à bout de souffle. J'aurais dû le poursuivre, mais il avait déjà disparu. J'ai pris le métro jusqu'à Park Slope où Tolya m'avait dit qu'il était hébergé par un ami travaillant dans l'industrie du disque. J'ai sonné en bas d'un immeuble ancien très convenable, un type coiffé rasta avec une cotte en jean est apparu sur l'escalier d'incendie. Je lui ai dit que je cherchais Sverdloff. Il m'a répondu qu'il était producteur de disques, que c'était bien son adresse, que l'information était bien correcte, sauf sur un point : il n'avait pas revu Tolya Sverdloff et il n'en avait plus jamais entendu parler depuis son dernier voyage à Moscou il y avait dix ans de cela.

V

Aucun message de Tolya sur mon répondeur. Le salaud. Quel jeu jouait-il ?

J'ai crié attention à un gamin en planche à roulettes qui me fonçait dans les jambes pendant que j'appelais d'un taxiphone dont le récepteur était bouché avec du chewing-gum, et je me suis fait traiter d'enculé par ce moutard qui pouvait bien avoir dix ans.

Tolya avait disparu. Les Tae devaient déjà être à l'aéroport, j'ai quand même essayé. C'est Ricky qui a répondu : « Nous ne partons que tout à l'heure. Ma a noté un message pour toi. » Il avait dit cela d'une voix hésitante.

« Bon, crache le morceau.

– Ton amie Maxine a appelé. Elle a dit qu'elle avait quelque chose de son ami le médecin. Ça veut dire quelque chose pour toi ? Elle a dit que tu pouvais la voir si tu voulais.

– Où ?

– La jetée de la 23e Rue. À la patinoire. Elle y a conduit ses enfants. Artie, veux-tu que je vienne ? »

J'ai raccroché et j'ai pris le métro.

Je voulais voir tout cela avec ironie, en fait je gambergeais pas mal, comme le font les gamins : si je suis OK, tout ira bien. Lev m'obsédait, il restait devant mes yeux comme des taches solaires, impossible de l'effacer. La face cadavérique du Slave dans la lumière qui filtrait entre les planches de la jetée, l'expression du type au bout du rouleau, prêt à faire n'importe quoi rien que pour emmerder le monde. Et ces orbites vides dans une tête de mort.

Il avait dû dire la vérité à Tolya. Il possédait bien la camelote, planquée quelque part. Et ce mercure rouge, il fallait que je mette la main dessus. Mais jamais il ne voudrait traiter avec moi – un flic juif. Et Tolya qui avait disparu. Sverdloff m'avait menti. Ne faites pas confiance à Tolya Sverdloff, m'avait dit Gavin Crowe au *Chelsea Hotel*. Ne lui faites pas confiance.

Le métro s'est arrêté dans un grand bruit de ferraille. Je me sentais plutôt remonté, comme si j'avais eu des fourmis dans les jambes. Je ne voulais pas mourir, ni tomber malade. J'ai marché jusqu'à la jetée. J'essayais de me persuader que Dieu veillait sur Artie Cohen qui, en échange de bonnes nouvelles, aurait une conduite irréprochable.

Maxine était au bord de la patinoire et elle regardait ses enfants vaciller sur leurs patins à roulettes. Elle était en short, avec une chemise bleue cracra. Elle n'avait pas l'air au mieux de sa forme, elle avait une expression renfrognée, et elle tétait une bouteille de soda comme si ç'avait été sa sucette. Elle ne m'a pas embrassé. Elle s'est contentée de me regarder fixement en disant : « Il faut que tu arrêtes, Artie, absolument.

– Impossible. »

Elle semblait complètement bouleversée. Il y avait quelque chose qui la turlupinait. Elle tournait en rond au bord de la piste sur laquelle les patineurs filaient en riant et en criant, avant de se flanquer par terre. Maxie a regardé autour d'elle d'un air affolé. Quelque chose n'allait pas qu'elle ne voulait pas me dire. Étaient-ce les analyses ? Les résultats étaient-ils positifs ? Hésitait-elle à l'avouer, et même à me toucher ?

« Tu as les résultats ? Dis-moi. » Je lui ai pris le poignet, elle s'est violemment dégagéee :

« Oui, je les ai. »

Donc, c'était ça. J'ai frissonné et détourné le regard. J'ai cru que j'allais vomir.

« Non, Artie, ce n'est pas le SIDA. Les analyses sont négatives. »

J'ai éprouvé un tel soulagement que j'ai failli éclater en sanglots. Je l'ai prise dans mes bras, j'avais envie de l'embrasser, mais elle m'a repoussé avec énergie.

« Tu pourrais au moins être contente pour moi.

– Bien sûr, Artie. » Elle avait vraiment l'air complètement perdu. J'ai regardé dans la même direction qu'elle et je n'ai vu qu'un de ces travelos qui ont élu domicile sous West Side Highway. Il portait une culotte de cycliste avec une coquille, il était fardé comme une femme, avec des boucles d'or qui lui cascadaient dans le cou. Il a freiné d'un coup sec sur ses patins, puis d'un geste élégant il a tiré de son sac un pot de yaourt qu'il s'est mis à déguster.

« T'as vu le type ! » J'essayais de distraire Maxie, de la tirer de son marasme : « Ç'a l'air d'aller, les enfants. » À quelques mètres de là, les jumelles dégringolaient emmêlées, en proie au fou rire. Il y a des moments où je voudrais bien avoir sept ans. « Tu pourrais me dire ce qui te tracasse, Maxie, si ce ne sont pas les analyses ?

– C'est de te voir courir à travers la ville comme un rat empoisonné, pour que finalement ça me retombe dessus. Les gens savent que nous sommes amis, et que je t'ai aidé. » Ça m'a drôlement refroidi :

« Maxie, j'ai menti à ton profit un certain nombre de fois. Il y a quand même cette connerie que tu avais faite et pour laquelle je t'ai couverte.

– Artie, quand tu t'y mets, t'es vraiment le sale con. J'étais enceinte. J'étais pas dans le coup. Alors, c'est entendu, j'ai fait une connerie, et tu m'as tirée de la merde. Seulement là, tu attiges. Tu crois que tu n'as qu'à me faire ton numéro de charme, et je dis ce que tu veux. Eh bien, OK, je vais te dire deux-trois trucs et puis après je veux que tu me foutes la paix et que tu laisses les pros trouver qui a assassiné Ustinov et la fille sur la plage. Ils ont un revolver qui correspond à l'arme qui a tué Ustinov.

– Je sais. » J'ai pensé à Sonny pendant le match, au Garden. Il m'avait bien dit la vérité. « Quoi d'autre ? »

Elle a haussé les épaules. Était-elle au courant pour Lev ? Que savait-elle exactement ? Elle s'est tournée vers la patinoire, les patineurs qui tournaient. À voir tous ces cons insouciants qui s'amusaient, j'ai compris où je m'étais fourré :

« OK, Maxie. Désolé. Je te remercie pour les analyses. J'étais mort de peur. Maintenant, je te fous la paix.

– Très bien.

– Et les autres trucs ?

– Quoi ?

– Tu as dit que tu avais deux-trois trucs à me dire.

– Tu sais le couteau avec lequel le type t'a tailladé ? »

Je me suis passé le doigt sur la figure : « Oui. Là. Ça fait drôlement mal.

– Je t'ai déjà exprimé ma sympathie, non ? Eh bien, ce couteau, il était radioactif.

– Quoi ?

– Radioactif.

– Comment le sais-tu ?

– Roy Pettus m'a demandé de vérifier. Avec un compteur Geiger, tu vois ? On a vérifié. Le couteau était radioactif.

– Oui, je vois.

– Est-ce que ça éclaircit quelque chose pour toi ? » Donc, elle ignorait tout de Lev et de ses valises.

« Peut-être bien. Tu veux que je t'en parle ?

– Non. J'aime mieux ne pas savoir. Je ne veux pas être mêlée à tes affaires. Inutile que je sache, ça vaut mieux pour moi. Tu devrais fonder une famille, Artie, mener une existence véritable.

– Mais pourquoi te mettre dans cet état ? » J'ai demandé ça parce que d'habitude, Maxine est une amie, une fille agréable, et que là elle semblait bouleversée, comme s'il y avait quelque chose dont elle avait honte ou qu'elle voulait cacher. Une des jumelles, Annie, est arrivée à fond de train lui demander des sous pour acheter des Coca-Cola.

« Salut, Artie, m'a-t-elle dit en souriant.

– On dit M. Cohen », a dit Maxine, en donnant à sa fille les sous en question.

« Et tu n'avais rien d'autre à me dire encore ?

– Le bocal. Les doigts de la fille. Le bocal aussi était radioactif. Comme le couteau. » Elle a jeté un coup d'œil derrière elle.

« Tu attends quelqu'un, Max ? »

Elle a encore regardé par-dessus son épaule, mais il y avait seulement un jeune couple, le mari en patins, avec le bébé dans un sac à dos. « Non. Le bocal que Roy Pettus m'a envoyé. Avec les doigts de la fille. Ça aussi ça m'a beaucoup impressionnée. Jamais je n'y aurais pensé, mais tu sais que Roy a cette obsession.

– Max, que sais-tu sur les radiations ?

– Rien. De temps en temps, on a bien un appel, des gens de la recherche nucléaire à l'hôpital, mais généralement c'est le détecteur qui s'est mis en marche tout seul. On nous demande de faire un contrôle, mais il s'agit de linge sale, de gants en caoutchouc, de genre de trucs. Quand c'est sérieux, ils ont des spécialistes. La radioactivité, ce n'est pas vraiment le domaine de Brooklyn, tu sais.

– Peux-tu analyser la radioactivité d'un cadavre ? » Bien sûr, je pensais à Olga.

« Oui, probablement, mais je ne suis pas sûre. »

Elle a regardé sa montre, elle a fait signe aux

enfants, qui sont venues vers elles et l'ont suppliée de rester encore une demi-heure. Elle leur a dit d'ôter leurs patins tout de suite.

« Tu es si pressée ?

– Il faut que je rentre à la maison.

– Laisse-moi leur acheter une pizza, ou autre chose. »

Elle agissait un peu comme une marionnette et j'aurais voulu savoir qui pouvait bien tirer les ficelles ou alors, façon de parler, avais-je mauvaise haleine ?

« Art », a dit une voix derrière moi. C'était Sonny Lippert. Mais il n'était pas en patins à roulettes.

« Maxine, tu t'es foutue de moi. Tu lui as dit que je venais. »

Elle est devenue toute rouge : « Artie, j'étais bien obligée. Je ne pouvais plus continuer à mentir pour toi. Il va finir par t'arriver quelque chose. » Elle avait un air parfaitement lamentable.

« Bon, tu peux t'en aller, a dit Sonny à Maxine. Je prends la suite ». Elle m'a serré le bras et elle est vite allée chercher ses enfants.

« Oh, et merci encore, mon chou ! » lui a lancé Sonny, mais Maxine était déjà loin.

« Tu ne veux pas m'écouter, hein ? Il faut que je vienne te relancer jusqu'à cette bon Dieu de patinoire pour te répéter d'arrêter tes conneries. » Sonny et moi étions à la buvette devant deux cafés.

« Je ne vois pas ce que tu veux dire, Sonny.

– J'apprends des choses, on te voit à Brighton Beach, tu fréquentes les Zeitsev – tu travailles pour eux, Artie ? Tu ne cesseras donc jamais d'être russe ?

S'en sont-ils pris à toi ? Ça ne tardera pas. Ou à quelqu'un qui t'est cher, si toutefois ça existe, tu vois ce que je veux dire, bébé ? Fiche le camp. Va sur l'île. Va chez Danny. Ou alors... » Il a laissé sa phrase inachevée et il a mis le nez dans sa tasse.

« Ou alors quoi ?

– Dis-moi ce que tu sais.

– Je ne vois pas pourquoi je le ferais.

– Je pourrais te boucler.

– Demande à Roy Pettus.

– Oui, et puis je pourrais aussi me renseigner auprès de Saddam Hussein.

– Dis-moi ce que tu sais, toi, et je te dirai ce que j'ai appris. »

Sonny m'a jeté un coup d'œil, avec ce qui aurait pu passer pour un sourire : « Ça ne marche pas. Mais alors, pas du tout. On sait plein de trucs. Tout ce dont on a besoin. J'ai des as, à Brooklyn. Je pincerai le lascar que tu m'aides ou non, et ce qu'il y a derrière. »

Mais ce qui l'inquiétait vraiment, c'était de me voir démêler l'affaire et en tirer la gloire. Ça, il ne pouvait pas le supporter. Cela dit, Sonny pouvait m'attirer des quantités d'emmerdements. Où pouvait bien se terrer ce bon Bieu de Tolya ?

Je lui ai demandé : « Bon, je peux m'en aller ?

– Certainement. Où ça ?

– En vacances. Comme tu me l'as conseillé.

– OK. Je vérifierai. Au fait, Artie...

– Oui ?

– Fais attention avec qui tu baises. Des fois que tu attraperais quelque chose. »

Je suis rentré chez moi en taxi, et je suis arrivé juste à temps pour voir Ricky démarrer avec ses parents et les bagages, et je suis resté planté sur le trottoir à leur faire au revoir, avec un vif sentiment de solitude. C'était comme si je me retrouvais tout seul dans l'immeuble. J'entendais des bruits partout, j'ai regardé, de l'autre côté de la rue, la fenêtre d'où l'autre toqué m'avait observé, s'il l'avait fait. Enfin, je n'allais toujours pas mourir du Sida tout de suite. Sonny devait être au courant, et c'était pour cela qu'il m'avait recommandé de faire attention à celles avec qui je baisais.

J'ai pris un pack de bières et je suis allé m'installer sur le toit pour réfléchir à ce que Ricky m'avait dit avant de partir. Nous parlions de ces matières radioactives et du mercure rouge en particulier, et il m'avait dit : « Si j'étais toi, je me renseignerais auprès d'un Russe. »

VI

Sur la porte de la maison façon Tudor dans ce lotissement coquet, on pouvait lire : ANDY FEDER. Peut-être m'étais-je trompé. Mais le taxi avait déjà disparu.

Et ma bon Dieu de bagnole était de nouveau au garage. C'était bien fait pour moi de m'être amouraché de cette antiquité. J'avais adoré cette Mustang. Il ne faut jamais acheter quelque chose qui mange pendant que tu dors, m'avait dit Ricky. Et cette bagnole bouffait tout mon fric. Ce qu'il me fallait c'était une grosse Cadillac rouge, toute neuve et avec des sièges en cuir.

J'ai examiné la maison. Les choses se compliquaient : il y avait trop de pistes : Ustinov, Lev, Zeitsev. Et maintenant, je me retrouvais à Long Island. J'étais un peu comme un clochard qui fouille dans une poubelle, en espérant y dénicher des trucs intéressants. Mon bonhomme était quelque part, mais où ?

« Artyom ? C'est donc toi ! »

La porte s'est ouverte exactement comme je l'avais prévu, on devait me guetter.

« C'est donc bien toi, Artyom !

– Tu t'appelles Feder, maintenant ? »

Tout ce qui subsistait de ce petit gringalet que j'avais connu à l'école, c'était ces yeux marron humides de cocker. Andrei Melorovich Federov. Il avait toujours des culottes courtes trop grandes, avec plein de trucs mystérieux dans les poches. « Tu ne pourrais pas prendre modèle sur Andrei ? » me répétait mon père, quand les profs lui disaient que j'introduisais en douce des disques de rock and roll à l'école. C'était l'époque où papa espérait encore que tout allait s'arranger, le malheureux.

« Maintenant, je suis devenu Andy Melvin Feder. Et parfois même Mel. Toi, tu as toujours été Art, à l'américaine. Moi, je suis devenu Andy Feder. Ça fait un peu juif, non ? Vaut mieux ça, dans la communauté scientifique. » Il a regardé derrière moi : « Tu n'as pas de voiture ?

– En panne. J'ai pris le train. »

On s'est longuement tapé dans le dos, comme ça se fait, mais j'étais sincèrement heureux de le revoir. Quand il était arrivé en Amérique, nous nous étions revus un certain nombre de fois, mais je ne me sentais pas vraiment à l'aise, et puis il était parti dans l'ouest, et nous nous étions perdus de vue. C'est pourquoi je ne l'avais pas appelé. Il n'avait peut-être pas envie de me revoir.

Je l'ai suivi à l'intérieur. Federov m'a dit que ses parents étaient morts. Je me souvenais seulement de son père, une espèce de nain stalinien dont le propre père avait combattu dans la révolution et qui avait appelé son fils unique Melor, pour *Marx Engels*

Lenin Organization Revolution. De mon temps, les parents appelaient leurs gosses Gagarine ou Fidel. Comment les appelaient-ils maintenant ? Je l'ignore, Tiffany & Co., probablement. Je m'en foutais d'ailleurs complètement. Mais Ricky m'avait conseillé de me renseigner auprès d'un Russe. Et j'avais devant moi un physicien russe parfaitement authentique, et installé à Long Island, NY, USA.

Il m'a dit : « J'ai été triste quand tu n'es pas venu à mon mariage et que tu as cessé de répondre à mes appels. » Il allait falloir que je me fasse pardonner en causant voitures américaines et âme russe. Il m'a emmené dans une cuisine typique, un vrai Salon de l'électroménager.

« Regarde : une trancheuse électrique à lame multi-usage ! » Federov a versé du café dans deux tasses, puis il a ouvert son réfrigérateur : « Qu'est-ce que tu veux ?

– Merci, je n'ai pas faim.

– Ça doit bien faire quinze ans qu'on ne s'est pas vus. » Il avait dit ça d'un air pitoyable. Je lui ai demandé :

« C'est à toi, tout ça, Andrei ? » Une photo avec cinq gosses sur le frigo.

« Parfaitement. Et la grande blonde c'est ma femme. Ha, ha !

– Russe ?

– Oui, naturellement. Mais la classe. Une tranche de gâteau ? » Nous étions assis de chaque côté de la table. Il a tendu le bras vers le frigo et en a sorti un gâteau au café. Je lui ai dit :

« D'abord, parlons. Parle-moi du nucléaire.

– Du nucléaire ? s'est exclamé Feder. Mais quoi, exactement ?

– Eh bien, il y a vingt-cinq mille missiles nucléaires dans tous les trous de l'ancienne URSS, de l'Ukraine au Kazakhstan. Kim Il Sung Jr. Les retombées. Fais-moi un dessin. »

Il a bu son café d'un air songeur, et il a mangé des dragées pastel qu'il prenait dans une coupe de cristal taillé. « Donne-moi un point de départ, ou alors ça va ressembler au cours de physique amphithéâtre 101. Ce n'est pas ce que tu veux ?

– Non.

– Alors j'imagine que tu t'intéresses plutôt aux fuites d'éléments radioactifs, matériel, matières premières, etc. sortis en fraude d'Union soviétique ? Exact ? Qui sont les banquiers ? Qui sont les passeurs, les porteurs d'échantillons ?

– Et les marchands de matériaux radioactifs.

– De pauvres types qui en piquent des quantités insignifiantes pour essayer de les revendre. C'est vraiment le bas de gamme. Peut-être t'intéresserais-tu particulièrement à cette soudaine apparition de plutonium sur le marché mondial. L'uranium enrichi. Des types avec des échantillons à vendre ?

– Tu es au courant ?

– Des bruits circulent. Parfois, plus il y a de bruits, moins on sait de choses. Crois-tu que parce que je suis russe, je dois être idiot ? Ç'a toujours été ton problème, Artyom. » Il avait maintenant un ton hostile. Il me connaissait depuis longtemps.

Feder a ajouté : « Le FBI ouvre un bureau à Moscou. Où ça ? Au beau milieu des jardins de l'ambassade. Poste parfait pour un natif suicidaire de l'Indiana. Tout le monde sait qu'il existe un trafic de matières radioactives. Des trucs qui sortent en douce des cités soviétiques interdites : Arzamas, Tomsk. On retrouve ça en Europe. On le revend à des terroristes. Ou à l'Iran. Ou encore à la Libye. Tu n'en aurais pas découvert à Brighton Beach ? » Soudain, cela semblait l'intéresser.

« Peut-être.

– S'il te plaît. S'il te plaît ! » Il a ouvert un tiroir, empoigné un couteau, violemment refermé le tiroir. Il s'est taillé une tranche du gâteau qui était sur la table. « Pourquoi serais-tu venu me voir chez moi au bout de quinze ans, pour m'entretenir de matières radioactives ? À l'école, tu détestais la physique. Ce qui t'intéressait, c'était la musique de jazz. Le rock and roll. Si tu trouves de ce truc à New York, c'est le gros coup. »

Andrei baragouinait un mélange de russe et d'anglais. Un anglais pas terrible, d'ailleurs, cela montrait peut-être qu'il n'était pas vraiment dans le présent. À moins que ce sabir d'immigrant de fraîche date ne fût qu'une couverture – pour couvrir quoi, dans ce paradis pour classes moyennes !

« Andrei, Andy, Melvin, comme tu voudras, raconte-moi ! »

J'ai pensé qu'il allait éclater, mais il s'est vite calmé. « Nous savons tout cela depuis des années. Des années. Mais personne n'écoute.

– Tu me montreras ton laboratoire ? »

Il a fait des manières : « C'est mon jour de repos.

– Tu t'occupes de quoi ?

– Les problèmes d'environnement. Le stockage des matières nucléaires. La vitrification. Ça t'intéresse, la vitrification ? » Il avait dit cela sur un ton sarcastique.

« Ça fait longtemps que tu y es ?

– Dix ans. Avant, Los Alamos. Puis Brookhaven. Et maintenant ici.

– Réellement.

– Pourquoi pas ? Je suis un type bien. Mon papa était un dissident. » Il avait légèrement embelli sa biographie. « Je suis citoyen US. J'ai même été officier US. Le capitaine Feder. Toi aussi, tu es un citoyen ?

– Oui. Le citoyen Cohen. Je suis flic. Enfin, je l'étais.

– Nous autres, enfants de l'Union soviétique, semblons avoir du goût pour l'administration ! Qu'est-ce qui t'est arrivé ? Ils t'ont viré ? Une histoire de femmes ? Tu as toujours réussi auprès des filles. » Il a dit ça tout en finissant sa tranche de gâteau.

« En retraite, avec pension. » Ce Federov n'était qu'un petit con manipulateur. Seulement j'avais besoin de ce qu'il avait dans la tête, alors j'ai fait comme si je donnais dans le panneau. Il m'a demandé :

« Qui a tué Gennadi Ustinov ?

– Je l'ignore.

– Il meurt, et aussitôt on se met à découvrir des matières radioactives à New York.

– Il en faisait peut-être le commerce. »

Federov m'avait vu venir. Il a ricané : « Tu sais

parfaitement qu'Ustinov était un brave type, dans son genre. Mis à part le fait qu'étant membre du KGB, c'était de la merde. » Brusquement, je lui ai dit : « Sortons. »

Pour aller jusqu'à son labo tout proche, nous avons pris la Chevrolet Suburban d'Andrei. Nous nous sommes assis sur un banc dans un petit parc. J'ai allumé une cigarette. En bas de la colline, des employés débarquaient d'un autobus jaune dans le campus vert où étaient les laboratoires. Un jeune type manœuvrait une tondeuse à gazon aussi grosse qu'un char d'assaut. L'herbe coupée sentait bon.

Federov a tiré des friandises de ses poches. Il m'a offert un Baby Ruth, et il a avalé un Snickers tout rond, comme un serpent engloutit un lapin. Il était certainement beaucoup plus nerveux qu'il ne le prétendait. Est-ce que le capitaine Feder était encore d'active, et obligé de déclarer qui il rencontrait?

« OK. Ce qu'il faut pour fabriquer des bombes se présente sous diverses formes. Ça peut être des barres usées provenant de centrales nucléaires. Ça peut venir de centres spéciaux où l'on fabrique du plutonium seulement pour les bombes. Pendant des années, nous avons cru qu'il fallait pour les bombes un matériau d'une qualité spéciale. Erreur. Les Anglais nous ont vendu à nous autres Américains des produits de second choix qui ont tout aussi bien fait l'affaire. D'ailleurs, il n'en faut pas tellement. Pour ce qui est du terrorisme, on n'a pas besoin du tout de fabriquer une bombe. Il suffit de provoquer la terreur. Tu veux que je te fasse un dessin?

– Oui. »

Federov m'a pris au mot. Il a tiré de sa poche un bout de papier et un stylo à bille, et il s'est mis à gribouiller tout en parlant :

« OK. Pour une bombe au plutonium, il n'en faut pas beaucoup, mais c'est du travail de précision. Avec l'uranium, une douzaine de kilos, ça fait une bombe primitive mais qui fonctionne. OK ? Donc, je fabrique ma bombe. Je la mets dans une camionnette de location. Je la gare au parking du World Trade Center, et je prends mes jambes à mon cou. Boum ! L'explosion fait s'écrouler toute une tour. Elle tue tout le monde à l'intérieur. Et cent mille en plus sous l'effet du souffle et des radiations. Peut-être davantage, ça dépend de la contamination, de la météo, du système d'aération, des moyens d'évacuation. Manhattan est noyé sous les retombées.

» Elles produisent des nausées, des vomissements, des diarrhées, la chute des cheveux, des lésions, des cataractes, de l'anémie pernicieuse. Ça, c'est à court terme. À long terme, nous avons des cancers, des leucémies, tout dépend de la durée d'exposition. Le traumatisme d'avoir été soumis aux irradiations peut provoquer des symptômes analogues. Et les risques d'infections sont immenses. »

J'ai légèrement blêmi : « Comme avec le Sida ?

– Comme avec le Sida. »

Bingo ! Les conséquences des radiations ressemblent donc à celles du Sida. Lev n'avait pas le Sida, il était en train de claquer à cause de ce qu'il trimbalait dans sa valise. CQFD.

« Des brûlures terribles. La peau part en lambeaux. D'autres détails ? Forcément les terroristes, ça ne les tente pas. » Federov semblait enthousiasmé par son sujet.

« Dues au plutonium ?

– Le plutonium s'il brûle et se répand dans l'air. Si on le respire. Le strontium 90 remplace le calcium vite fait bien fait, c'est un cancer des os. Et le césium tue également très bien à l'air libre. Plein d'autres choses comme ça.

– Mais s'il n'y a pas de bombe ?

– Même de simples échantillons sont dangereux, et peuvent contaminer les systèmes d'aération, la distribution d'eau. »

J'ai allumé une autre cigarette, je me suis appuyé au dossier et j'ai fermé les yeux pendant une seconde. Il faisait bon au soleil. « Et que sais-tu sur le mercure rouge ?

– Pourquoi ? » Federov s'est levé brusquement, son corps flasque débordant soudain d'énergie sous l'effet de l'émotion. « Marchons un peu. Tu veux peut-être voir mon labo ? » Il marchait d'un pas vif : « Le mercure rouge... tu en as ? » Où courait-il si vite ?

« C'est possible.

– Tu ne sais pas ce que tu as ! Tu ne sais pas que le mercure rouge est une poudre toxique qui peut être irradiée pour former un liquide, puis implantée avec un isotope rare pour faire du mercure rouge 20 20. Il peut aider à exploiter les propriétés hydrodynamiques d'un liquide lourd pour concevoir un détonateur nucléaire. Ça peut éventuellement être un émetteur de neutrons.

– Ce qui veut dire, en anglais à ma portée.

– Que c'est très toxique, hautement radioactif. Sous sa forme liquide on peut en faire des bombes, des peintures pour rendre les avions invisibles – les avions furtifs. Bref, c'est un truc épouvantable. Bien plus que le plutonium. Je n'ai jamais entendu dire qu'il y en avait sur le marché international. Jamais. C'est le plus jalousement gardé de tous les secrets. »

Il a fouillé dans son vaste short, et il en a sorti deux balles de tennis qu'il a fait sauter dans sa main : « Regarde : gros comme deux balles de tennis dans une bombe nucléaire, disons de la taille d'un saladier, et bye-bye Long Island ! »

Il savait de quoi il parlait. Andy Feder appartenait certainement encore à l'armée. Il avançait vers le grillage qui entourait certains des laboratoires ; les mesures de sécurité étaient discrètes, mais j'étais conscient de leur existence.

« Quoi d'autre ? »

Il a eu un geste vague : « Je ne sais pas. » Il savait parfaitement. Et plein d'autres choses. Enfant, Federov avait été un très mauvais joueur d'échecs : on pouvait tout lire sur son visage. Il m'a demandé : « Tu retournes des fois chez toi, Artie ? » Je lui ai répondu d'un ton pincé :

« Chez moi, c'est New York.

– Tu ne changeras jamais. » Federov m'a posé la main sur l'épaule. « Allez, viens Artie. Je vais te faire voir les laboratoires. On tombera peut-être sur des gens qui pourront t'aider.

– Non, il faut que je me sauve. Mais tu m'as été d'un grand secours. »

Comme j'allais partir, Federov m'a rattrapé par la

manche : « Tu en as, de ce mercure rouge ? Il me faut ça, Artyom, s'il te plaît. Ça fait des années que j'attends ça. Des années ! »

C'était la vieille paranoïa qui recommençait. Je n'ai pas attendu de savoir pourquoi il voulait que j'entre dans le laboratoire. Il prétendait que nous autres, enfants de l'Union soviétique, adorions l'administration. Pour lui, c'était vrai, en tout cas. Je me suis demandé pour qui travaillait désormais Andy Feder.

« Et fais attention, m'a-t-il crié en russe comme je me dépêchais d'aller reprendre mon train. Ça peut te tuer ! »

VII

« Il a été littéralement rôti. Tu prendrais sa chaîne, elle brillerait dans le noir. » Le toubib a éteint le compteur Geiger, il a refermé la fermeture Éclair du sac qui contenait le corps, il a ôté ses gants de caoutchouc vert comme s'il venait juste de finir la vaisselle. J'ai regardé le sac posé sur le quai de Penn Station. « J'ignore ce que c'était qu'il avait, mais c'est terriblement radioactif », a-t-il ajouté. « Embarquez-moi ça », a-t-il dit à une équipe de types déguisés en cosmonautes qui ont emporté le sac. Une autre équipe est venue rincer le quai à la lance d'incendie. Ça m'a fait penser aux trains des camps de la mort.

Je n'ai pas vu le corps en entrant dans la gare. J'étais à bout de nerfs. Le train de Long Island était resté bloqué à Jamaica pendant une demi-heure. Après ma visite à Federov, j'étais nerveux, je m'attendais presque à être suivi, mais c'était seulement un chien mort qu'un abruti avait jeté sur la voie. Et nous sommes arrivés en pleine heure de pointe.

À la façon dont Penn Station est construite, je n'ai d'abord rien remarqué, ni l'affluence inhabituelle de flics, ni les services de sécurité en plein boulot. Pour accéder aux trains, il y a des escaliers séparés qui vont du hall aux différents quais. Pour passer d'un quai à un autre, il faut donc généralement monter puis redescendre. Je connais Penn assez bien, j'y ai eu une affaire à traiter, dans le temps.

Bref, quand de mon quai d'arrivée je me suis finalement retrouvé dans le hall, c'était une vraie cohue. Les gens se bousculaient, ils essayaient de fendre la foule, comme des nageurs qui se lanceraient dans des bancs de poissons hostiles. J'ai ramassé des coups de coude. Une femme m'a planté son talon haut dans le pied. Je lui ai dit de faire attention, elle m'a hurlé d'aller me faire enculer.

Ce hall, c'est l'enfer en permanence, il y a toujours des travaux en cours, avec des câbles électriques qui pendent comme des lianes vénéneuses. Je suffoquais, étouffé par tous ces corps surchauffés. Il y avait un vacarme effroyable, avec un grondement sourd comme celui qui annonce les grandes paniques collectives. Mais c'était peut-être seulement dans ma tête.

À un stand Dunkin' Donuts, je me suis arrêté pour prendre un Coca. Autour, il y avait toute une armée de flics. J'ai repéré un type de la circulation qui avait assez de graisse pour chauffer Times Square. On pouvait lire son nom sur son insigne : BRENNER.

« Qu'est-ce qui se passe ? » ai-je demandé à Brenner, qui m'a aimablement fait la conversation, mais sans quitter des yeux les beignets en train de rissoler. Je suis allé lui en acheter une demi-douzaine ; ça l'a relancé : il m'a montré l'accès à l'un des quais, à cent mètres de là :

« Il s'est passé quelque chose », a-t-il bafouillé, les lèvres barbouillées de sucre rose.

À l'entrée du quai, je suis tombé sur un autre flic que je connaissais vaguement. « Je ne sais pas ce qui se passe. On a interdit le secteur. On a eu toutes les peines du monde à dégager le quai. Peut-être qu'ils sont en train d'y mener une enquête. »

Dieu sait pourquoi ça m'a intéressé. Je n'avais peut-être pas envie de rentrer chez moi. Je me doutais peut-être déjà de quelque chose. Le flic m'a laissé passer. Dans le hall, le vacarme s'enflait en vagues successives. C'est alors que j'ai entendu le médecin dire : « Il a été littéralement rôti.

Le quai était presque désert. J'ai cligné des yeux dans la pénombre. À deux cent mètres de là, il y avait l'équipe de déminage en blousons bleu marine. Ceux des matières dangereuses étaient empaquetés dans des combinaisons étanches, certains portaient des masques à gaz. Je me suis souvenu du reportage à la télé de l'attentat dans le métro japonais, avec les voyageurs qui mouraient comme des mouches sous l'effet du Sarin, ce gaz qui attaque le système nerveux.

Je n'ai pas été très étonné de tomber sur Roy Pettus.

« Le pauvre malheureux », a dit Roy, son masque

à gaz à la main, en regardant le cadavre sur le sol. Un membre de l'équipe des matières dangereuses, le chef sans doute, a pris Roy à part. Ils m'ont laissé écouter :

« Je n'en suis pas sûr, et je ne formulerais pas d'hypothèse sauf devant vous, Roy, parce que je sais que c'est votre obsession, mais je crois que ce coup-ci vous avez raison : c'est bien un truc radioactif.

– Seigneur ! » Je crois bien avoir vu Roy faire un signe de croix.

« Le paquet qu'on a trouvé à côté du mort ? Ç'a failli faire péter le compteur. On ne saura rien de sûr avant les conclusions du labo, mais si j'avais à parier, je dirais qu'il a probablement été grillé par une substance extrêmement puissante et qui agit très vite. Comme le césium, mettons. Il faut faire évacuer le secteur. Et vite. Et vous devriez remettre votre masque.

– Attendons l'appel, a dit Roy.

– On ne peut pas attendre.

– Où est celui qui l'a découvert ? »

Pettus a fait signe à un petit Noir si jeune qu'il avait une ombre sur la lèvre supérieure. Il portait un bonnet tricoté surmonté d'un pompon.

« Vous vivez au Troisième niveau ? lui a poliment demandé Pettus.

– Oui, m'sieur. Au Trois. »

Les souterrains sous les voies de Penn Station constituent le terminus pour toute une tribu désorientée de sans-abri, de vagabonds qu'on chasse des parcs, des porches, même des toilettes publiques. Un copain qui était du commissariat local m'y avait emmené, une fois. On se serait cru dans un roman d'Orwell, avec des étages de cavernes numérotées.

« Vous le connaissiez ? a demandé Pettus en montrant le cadavre.

– Il venait régulièrement se servir de la machine à laver. On l'aimait bien. On lui gardait les mots croisés. »

Donc, ç'avait été un clochard, sans domicile fixe.

« Les mots croisés ?

– Il aimait bien faire les mots croisés du *Times*. Il savait plein de trucs.

– Il avait un nom ?

– Je ne sais pas. Il ne le disait pas. Il aimait boire et faire les mots croisés. Parfois, il allait en haut jeter un coup d'œil dans les consignes, il disait qu'on y trouvait des trucs intéressants. Quand il est arrivé à moitié mort, j'ai cru que c'était son cœur, et c'est pour ça que je suis allé chercher un contrôleur.

– Il y avait d'autres personnes ?

– C'était le milieu de la journée. La plupart étaient dans la rue à faire la manche. »

Pettus a hoché la tête. Il a demandé au chef des matières dangereuses : « Il n'y a plus personne ? »

Le chef m'a montré du doigt : « Et lui ? »

Pettus m'a tendu un masque : « Mettez ça, et dites-moi ce que vous fabriquez ici.

– Je passais. C'est qui, ce gosse ?

– Il vit au niveau Trois. Il a dit à un contrôleur sur le quai qu'un vieux bonhomme était mort. Il a parlé d'un paquet. Un flic plus malin que les autres s'est dit qu'il devait se passer quelque chose de bizarre. Ils ont fait évacuer le quai. Je me demande comment ils y sont arrivés, puis ils ont fait venir l'équipe de déminage. Vous avez entendu le reste. »

Le chef a parlé dans son téléphone portable. « Roy, c'est le labo. Je ne sais pas ce que c'est, mais c'est radioactif. C'est bien ce que je pensais. Je veux qu'on décontamine le coin et qu'on en interdise l'accès. Je veux que tout soit contrôlé, les gens aussi. Je veux savoir l'étendue exacte de la contamination. Les systèmes de ventilation. Si ça se répand dans l'atmosphère, on va avoir bonne mine.

– Au pire ?

– Des gens qui se trouvent mal. Quelques morts. La panique. Vous m'entendez, Roy ? Je veux qu'on décontamine le coin.

– Précisément ?

– Cette bon Dieu de gare, les trains aussi, si j'en avais les moyens. Si on a trouvé un paquet, il doit en exister un autre. Ils vont toujours par deux. »

Roy a dit : « Donnez-nous une demi-heure. Si la nouvelle se répand, la panique sera pire que le mal. Et si vous mettez dix mille voyageurs en quarantaine, ça va être la panique générale. Je dis bien générale. »

Le chef a parcouru le quai du regard. Ses hommes en combinaisons étanches arrosaient le quai au jet et prenaient des mesures avec des compteurs Geiger. « Quel choix me reste-t-il ? »

Lev était venu traîner dans le coin. M'avait-il suivi quand j'étais allé à Long Island ? J'ai dit à Pettus :

« Il faut que je voie.
– Que vous voyiez quoi ?
– Où ils l'ont trouvé.
– Non. »

J'ai tiré Roy à l'écart : « Il faut que je voie. Il faut que je sache. Je suis concerné. »

Il est allé parler au chef, il est revenu me dire : « Bon. Allons-y. » On nous a donné des combinaisons antiradiations – on aurait dit du papier-cul chiffonné – et des gants en caoutchouc. Les masques sentaient le camphre, et les masques à gaz qu'il a fallu mettre par-dessus sentaient le caoutchouc. Respirer à travers tout ça n'était pas évident.

Le petit Noir a dit : « Laissez-moi venir aussi. Je sais où le vieux cachait ses affaires.
– Non, a répondu Pettus.
– Mais c'était mon ami », a rétorqué le gamin avec simplicité.

Pettus m'a regardé et on a fourré le gosse dans une combinaison. Nous sommes restés là plantés au milieu du quai désert. Roy Pettus a pris son téléphone portable à l'un des techniciens : « Bon, on y va. »

Un des officiers de l'équipe s'est muni d'un compteur Geiger. Le chef a dit : « Dix minutes. Pas plus. OK ? »

Nous avons franchi une vieille porte de fer rouillée et nous nous sommes enfoncés dans un tunnel situé sous les voies. Pettus marchait en tête. Il régnait des relents de rouille, d'égout. On entendait les bruits compliqués de cette ville souterraine, avec les trains qui passaient dans toutes les directions.

« Attention, *detective.* » La voix de Pettus a fait écho dans le tunnel. J'ai compris qu'il m'appelait ainsi parce que c'était un timide un peu guindé, qui ne savait pas comment m'appeler autrement.

Nos pas résonnaient sur les traverses métalliques dans l'obscurité fétide. Nous avons traversé un certain nombre de magasins de stockage souterrain, avant d'entrer dans une gigantesque caverne, éclairée par deux ampoules qui pendaient d'une barre de fer. Des conduits de vapeur sifflaient dans l'air moite. On avait branché une machine à laver sur l'un d'eux et, au-dessus, il y avait une corde à linge, avec soigneusement alignés des jeans, des T-shirts, des slips et une paire de bas. Un rat a détalé à travers un grand carton qui devait servir de lit à quelqu'un. Les sans-abri s'étaient organisé un petit chez-eux. À travers le masque filtrait une odeur puissante : on songeait à Dickens. Le compteur Geiger grésillait.

« On l'a trouvé ici », a dit Pettus.

Nous avons fouillé l'endroit. « Rien ! Bon Dieu ! Il va falloir que je les laisse tout faire évacuer.

– Attendez. » Le gamin, à quatre pattes, s'est glissé sous l'un des lits en question et en a tiré une boîte plate. Dedans, il y avait des bouts de papier. Pettus les a examinés et m'a tendu une feuille :

« Lisez ça.

– OK.

– Alors ? » a demandé le chef quand nous sommes remontés sur le quai.

Roy lui a tendu le papier découvert par le gamin. Ils ont discuté à mi-voix.

« OK, Roy. Je vous crois sur parole. On va seulement boucler ce souterrain et le quai, mais c'est sous votre responsabilité. Et vous dites à vos types de la boucler. Et pas un mot aux médias. Rien. » Il m'a jeté un coup d'œil. Le gamin au bonnet ne savait sur quel pied danser, ni où aller.

« Venez avec moi, lui a dit Pettus. On va s'occuper de vous, désormais. »

Le gosse a demandé : « J'ai été bien ? » Il n'avait pas vingt ans, ce petit Noir maigrichon avec son ombre sur la lèvre, qui vivait terré dans un trou.

« Oui, lui a répondu Pettus. Un vrai héros. Merci. »

Une fois dans la rue, à cligner des yeux comme autant de chauves-souris, le chef nous a emmenés jusqu'à une camionnette garée là. On a ôté tout notre fourniment. Le chef a dit : « Tout le monde doit être contrôlé, OK? Je serai en contact téléphonique. » J'ai demandé à Pettus : « Je voudrais revoir le papier.

– Alors, gardez vos gants. » Et il m'a tendu la feuille.

Il fallait que je vérifie. La demande de rançon était en russe. Il y était précisé que le paquet à la consigne était un avertissement. Tout n'était pas là. Il était prêt à vendre. Il voulait de l'argent. C'était de Lev, je le savais depuis le début. J'ai dit :

« Dix mille dollars. Tout ce qu'il veut, c'est dix mille dollars dans une consigne de la gare, et alors il livrera le reste. Bon Dieu, Roy, donnez-lui son fric. Ou alors on ne le retrouvera jamais. Il disparaîtra. Il enterrera ses échantillons. Personne à Brighton

Beach ne parlera. Donnez-moi l'argent et laissez-moi m'en occuper.

– Ça ne marche pas, a dit Pettus. Si on cède, ça ne finira jamais. » Il me cachait quelque chose. « Au fait, *detective*, qu'est-ce que vous faisiez dans cette gare ? » Je le lui ai dit.

« Vous avez pris le train pour Long Island ?

– Oui.

– Quelqu'un savait que vous y alliez ? »

J'ai pensé à Ricky. « Non. Vous pensez qu'on m'a suivi ?

– C'est vraisemblable ?

– Bien sûr. Tout est vraisemblable. Pourquoi pas ?

– Pourquoi avez-vous pris le train ?

– Ma bagnole est encore en panne.

– Donnez-moi donc une cigarette, a dit Pettus.

– Je croyais que vous aviez arrêté. » Il a avalé la fumée avec volupté. Au bout d'un moment, je lui ai demandé : « Il y a quelque chose que vous voulez me dire ?

– Oui. Vous savez, le paquet qu'on a trouvé près du vieux ?

– Eh bien ? » J'ai ôté les gants de caoutchouc. « Il y avait votre nom dessus, *detective.*

– Comment cela ?

– Il vous était adressé. »

VIII

Considérant que le mort avait un paquet qui m'était destiné, je me suis dit qu'il serait convenable d'aller à ses funérailles. En quittant Penn Station, j'avais filé tout droit à la maison, et ça devait faire une heure que je traînais sous la douche. Je me faisais l'effet d'une pile électrique. J'avais une peur bleue. Un mois auparavant, je n'avais seulement jamais pensé au nucléaire. Maintenant, partout où j'allais, ça revenait – le clochard grillé, Federov. Tout ce que je pouvais faire, c'était continuer. J'ai envoyé toutes mes fringues au pressing.

Je me suis fait un sandwich au prosciutto, du café, j'ai mis Gerry Mulligan dans *Round Midnight* avec Monk, simplement pour me rappeler que la vie existait, puis j'ai décroché le téléphone et je me suis livré à un certain nombre de recherches parmi d'anciennes relations. Ce qui m'a permis de découvrir que le vieux de Penn Station allait se retrouver à la fosse commune dans les deux-trois jours.

Là, ce sont les clients des prisons municipales qui font office de croque-morts. J'ai offert une cigarette à l'un d'entre eux. Appuyé sur sa pelle à profiter du beau temps, il m'a confié : « C'est le deuxième qu'on enterre comme ça depuis deux mois, en collisimo comme s'il y avait le feu. D'habitude, quand c'est des inconnus, l'autopsie traîne à n'en plus finir. Il doit se passer quelque chose. »

Je n'ai rien répondu. Je suis remonté dans le break de Dorothy Tae que j'avais emprunté, parce que les trains j'en avais ma claque, et j'ai grillé toutes les limitations de vitesse sur la FDR pour rentrer à Brooklyn voir Roy Pettus à son bureau :

« Vous pouvez me dire ce qui se passe ? » J'étais passé en force devant Eddie le gardien et la secrétaire de Pettus.

Il y avait quatre agents installés dans le bureau avec lui, la veste soigneusement accrochée au dossier de la chaise, le derrière moulé dans leur falzar, le nez dans leurs paperasses. Ils avaient les cheveux en brosse et des tronches du Middle West comme des patates. Ils m'ont observé avec un dégoût non dissimulé, pensant sans doute : tiens, encore un de ces petits pédés de Juif new-yorkais, tendance libéral de gauche.

« On peut faire quelque chose pour vous ? » m'a demandé le plus ancien, qui en fait ressemblait plutôt à un potiron. Je ne lui ai pas répondu.

« Alors ?

– Asseyez-vous, asseyez-vous, m'a dit Pettus.

– Je n'ai pas envie de m'asseoir. Dites-moi seulement combien il y en a eu d'autres. Je viens d'assister à l'enterrement du type de Penn Station, et un croque-mort m'a dit qu'il y en avait eu d'autres.

– Qu'est-ce que vous êtes allé foutre là-bas ?

– Je me suis dit qu'il fallait que quelqu'un y aille, OK ? Roy, essayez pas de me laisser en dehors du coup.

– C'était avant que ça ne vous concerne.

– Et vous ne vous êtes pas donné la peine de me mettre au courant.

– Exact.

– Pourquoi ? »

Les agents se tortillaient sur leurs chaises en se donnant l'air de ne pas écouter. J'ai continué :

« Il faut absolument que vous me disiez si l'on a déjà introduit de cette saloperie avant à New York.

– Non. Et puis je n'en sais rien. Je n'en suis pas sûr. C'est ce que j'essaie de vous faire comprendre, *detective.* Ce ne sont que des rumeurs. Des hypothèses. Sauf pour vous, bien sûr, qui êtes là à fourrer votre nez dans des trucs auxquels vous ne comprenez rien. » Il s'est tourné vers l'un des agents : « Pat, on devrait peut-être appeler Sonny Lippert. Pour lui dire qui est venu nous rendre visite. »

Quand il était en colère, la figure de Roy se ratatinait comme celle d'un vieux bébé qui aurait mal sans réussir à pleurer. Il a pris une feuille de papier qu'il m'a agitée sous le nez avant de me la jeter : « Vous voulez savoir ? Eh bien, regardez ! Vous voulez vous en charger ? Faut que je vous dresse la liste de tous les cinglés qui ne rêvent que de nucléaire dans cette bonne ville de New York ? Tous les schizophrènes à la recherche d'une connerie à imiter ? Vous pouvez imaginer la panique générale vingt-quatre heures sur vingt-quatre, si les gens savent qu'il y a du nucléaire qui traîne ? Vous voulez savoir pourquoi j'essaie d'éviter ce qui est arrivé à Penn Station ?

» Et ce timbré que j'ai piqué qui voulait vendre du plutonium au *Penta Hotel* ? Et les militants des Black Muslims qui pourraient organiser un réseau depuis la Sierra Leone via le Mexique, avec leurs copains de Chicago. » J'ai pensé à ce que Lev avait dit à Tolya. « Et les Israéliens qui me répètent » : " Ah ! on vous l'avait bien dit ", avant d'aller vendre leur technologie nucléaire à l'Afrique du Sud. Et on ne peut jamais rien prouver. Vous croyez que c'est difficile de passer les frontières ? Entre Juarez et El Paso ? Vous n'avez qu'à vous pointer, un Blanc dans une voiture de location Hertz, aucun problème, salut, amigo ! Bienvenue aux USA ! »

Je me suis levé pour me dégourdir les jambes, en me demandant si Sonny allait venir.

« Asseyez-vous, *detective*. Je n'ai pas fini. Au moindre signe de terrorisme nucléaire, le gouvernement envoie ses spécialistes du Nuclear Emergency Search Team. Des types très forts, mais quoi ? Ils vont piquer un terroriste à la mie de pain, il en filera des quantités d'autres. Et le jour viendra où il n'y aura même plus besoin d'en importer, ils s'infiltreront dans les centres de stockage. Vous ignorez peut-être que ce pays regorge de déchets nucléaires ?

» Le gouvernement reste à ne rien faire, comme d'habitude. Ils prennent sous contrat des boîtes pour gérer l'industrie nucléaire qui ont des *public relations* exprès pour mentir. Non, pardon, souvent ils n'ont même pas besoin de mentir. Ils contrôlent eux-mêmes toute l'information. »

Je n'avais jamais vu Roy Pettus remonté comme ça. Quand Roy se lançait dans le nucléaire, il imaginait les bombes en Oklahoma, les gaz dans le métro de Tokyo, une explosion dans celui de Paris ou à Penn Station. Il voyait les gens mourir comme des mouches dans un tunnel, sur un pont, dans un gratte-ciel, avec lui, Roy Pettus, impuissant devant le désastre.

« D'ailleurs, tout le monde s'en fout. Les matières radioactives sont imprévisibles, instables, les statistiques peu fiables, et vous voulez que je vous dise pourquoi ? Parce que toute l'information est classée confidentielle, et cela depuis trop longtemps. Et les gens qui sont concernés, on s'en fout. Vous savez ce qu'ils ont fait à ma famille ? Ça fait cinq générations qu'on se bat pour ce pays, et comme récompense le gouvernement nous a planté un missile dans la cour à Chugwater, dans le Wyoming. Vous saisissez ? Sans prévenir, sans demander la permission. Ils sont simplement venus déposer ça. OK, vous avez compris, *detective* ?

– Pourquoi ne m'aviez-vous rien dit ?

– C'était pas vos oignons. Ni ceux de personne.

– Combien y a-t-il eu de cas comme ce clochard ?

– On ne sait pas au juste. Et il vaut mieux ne pas accréditer des rumeurs. » Pettus m'a regardé, l'œil mauvais.

« Qu'avait-il dans ce paquet qui l'a tué ?

– Sans doute un truc appelé césium.

– On en fait des bombes ?

– Ça sert principalement en médecine. Le césium 137. Il en faut pas beaucoup. Un médecin en Amérique du Sud a fait une fausse manœuvre en radiothérapie, huit jours après il était mort. Peu importe de quoi il s'agit, quand il est question de radiations, sauf s'il y a état d'urgence, le public ne veut pas vraiment y croire. J'ai affaire à un pays qui refuse de voir les faits, OK ? Maintenant, je vous écoute. »

J'ai raconté à Roy ce qu'à mon avis il devait savoir, quand un de ses agents l'a appelé : « Lippert pour vous au téléphone. »

J'ai dit :

« Dites-lui que je suis en vacances, OK ? Et faites-moi sortir d'ici sans qu'il me voie. Vous vous souvenez, la semaine dernière, près du fleuve ? Vous avez parlé du mercure rouge. »

Roy a fait oui. Nous sommes allés regarder par la fenêtre. J'ai ajouté :

« J'ai entendu dire qu'il y a un type qui en a à vendre. »

Pettus a dit à ses hommes d'aller prendre l'air, et après leur départ je lui ai raconté tout ce que je savais sur Lev.

« Qu'est-ce que vous attendez de moi, *detective* ?

– Aidez-moi à retrouver Anatoly Sverdloff. Je vous ai parlé de lui. C'est un Russe, sans doute avec un vrai visa. Et une fausse adresse à Park Slope. Tâchez de me le trouver, mais discrètement.

– OK, je vous appellerai. »

IX

Je rêvais que j'étais en avion à destination de Moscou et que l'on n'arrivait pas à atterrir, quand le téléphone a sonné. En cherchant la lumière j'ai renversé un verre d'eau qui est allé s'écraser sur le sol. J'ai regardé ma montre. Il était six heures du matin.

« Artie ? C'est Hillel. Ça fait quinze jours que j'essaie de vous joindre. Qu'est-ce qui se passe ? Vous êtes fâché ? »

Je savais que Hillel Abramsky m'avait appelé.

« Désolé. J'étais submergé. Vraiment.

– J'ai un client qui devrait vous intéresser. OK ? Venez à l'heure du déjeuner. Le vendredi, on ferme de bonne heure.

– Hilly, j'ai vraiment beaucoup à faire. » Encore une fausse piste, et je devenais dingue.

« Je vous attends. »

Hillel Abramsky est mon meilleur informateur dans le quartier des diamantaires. C'est un très brave type. Je l'ai entendu chanter avant même d'arriver à la pièce sur cour au deuxième étage de cet immeuble minable sur la 47e Rue. C'était l'heure du déjeuner, et Hillel était seul à son établi, le visage à demi caché par des lunettes de soudeur épaisses comme des culs de bouteilles de Coca-Cola, avec à la main un diamant aussi gros qu'une noix. Tout en chantant, il le mirait à la lumière.

Abramsky m'a vu, il a remonté ses lunettes sur son front, il m'a serré la main puis m'a présenté à un homme en mocassins de peau. Tomas Saroyan. Du *Teddy Flowers Show.* L'invité manquant.

« Splendide », a dit Hillel en regardant le diamant, et il s'est remis à chantonner. Saroyan essayait de se contenir, mais il était visiblement exaspéré. Saroyan n'avait pas fait fortune à attendre le bon plaisir de petits Juifs occupés à chantonner des airs folkloriques tout en contemplant le produit de leur art.

« Ça va prendre encore combien de temps ?

– Je ne sais pas. Une heure. Une journée. Une semaine. Il y en a pour des sous. Vous ne voudriez pas que j'en fasse sauter un éclat, pour en perdre peut-être la moitié ? C'est votre pierre, après tout, mister.

– Ça fait presque quinze jours.

– Écoutez, mister, allez manger. OK ? Vous vous sentirez mieux.

– J'attendrai. »

Je lui ai dit : « Je vous emmène déjeuner », tandis que les autres tailleurs de diamants en revenaient. J'aime beaucoup Hillel. Sa femme m'envoie des pâtés de foie extraordinaires, il a une splendide collection de disques de Klezmer et, malgré les gens, il est toujours de bonne humeur. Avec Hillel

Abramsky, la religion c'est plus efficace que le Prozac. J'ai ajouté :

« Je vous le ramène dans une heure. Comment va la famille ?

– Merveilleux. Le bébé est pour la semaine prochaine. Peut-être juste à temps pour les vacances. Vous viendrez à la circoncision ?

– Comment savez-vous que ce sera un garçon ? »

Hillel a haussé les épaules : « Je le sais.

– Qui êtes-vous ? a demandé Saroyan d'un air soupçonneux.

– Allez avec lui, allez », a dit Hillel Abramsky comme une ménagère essayant de se débarrasser de bestioles nuisibles.

Dans la rue, d'autres barbus faisaient sauter dans leurs poches de pantalon des diamants qui valaient des millions mélangés à des pièces de 25 cents pour le taxiphone. Grâce à Hillel, j'avais débusqué un certain nombre de gangsters qui se dissimulaient parmi les Hassidims. Ces mystiques considéraient que si un voyou débarqué de Russie était prêt à échanger un poitrail velu et des chaînes d'or pour un chapeau noir et des cadenettes, c'était toujours un pas de fait vers la foi. Il était plus facile de se cacher à Crown Heights qu'à Miami Beach.

Hillel n'était pas d'accord avec le principe. Dans la 47e Rue, c'était toujours la parole donnée qui avait régné, dans des transactions portant sur des millions, du temps de son père et de son grand-père. On topait là, on murmurait un mot. Affaire conclue. Par conséquent, il m'avait aidé. Et quand Tomas Saroyan s'était amené avec un diamant gros comme une noix, Hillel s'était dit que cela risquait de m'intéresser.

« Vous êtes un flic », m'a dit Saroyan, la mine renfrognée.

« Exact. Et j'aimerais évoquer avec vous la mort en direct de Gennadi Ustinov au cours d'une émission de télévision à laquelle il se trouve que vous participiez. Et peut-être d'autres choses. »

Les mocassins de Saroyan avaient dû lui coûter au moins cinq cents dollars. Ça devait être du serpent. Je lui ai dit : « Vous en avez des belles godasses. » Puis j'ai acheté deux hot-dogs au marchand ambulant au coin de la rue et je lui en ai tendu un, qu'il a pris du bout des doigts comme s'il était habitué à mieux.

« Je suis pressé. Je ne suis pas venu pour parler chaussures. Ça fait des semaines que ce type envisage d'entreprendre la taille du diamant.

– Détendez-vous. Je me fous de votre diamant. Pour le moment, en tout cas. Et aussi pas mal de savoir si vous êtes vraiment le petit con aux pompes hors de prix que vous semblez être. Tout ce que je veux savoir, c'est ce que vous avez vu pendant le show, le soir du crime, et ce que vous savez éventuellement sur Gennadi Ustinov. Racontez-moi ça. D'abord, pourquoi vous a-t-on invité ? »

Saroyan a mordu dans sa saucisse. « Un ami de Moscou. Un Anglais, Gavin Crowe. Il m'a dit que ça me ferait connaître des gens importants. Excellent pour les affaires.

– C'est quel genre, vos affaires ?

– Import-export.

– Quelle sorte ?
– J'aide les gens à trouver ce qu'ils cherchent.
– Une espèce d'intermédiaire. Vous connaissez Zeitsev ? » Je me suis acheté un soda.
« Pardon ?
– Laissez tomber. » Il avait compris. « Continuez.
– J'ai dit à la police tout ce que je savais.
– Dites-moi tout ce que vous savez, quelque chose que vous auriez oublié de leur dire. »

Saroyan m'a jaugé. Il était plutôt pas mal de sa personne, un peu enveloppé, dans les trente-cinq ans, mais le front bas sous des bouclettes graisseuses. Il avait tout du singe.

« Renforcer les relations internationales est une chose essentielle pour moi. » Le voilà qui baignait dans l'onctuosité diplomatique. « Vous vous appelez Cohen ?
– Oui.
– En tant que juif, vous me comprendrez. Je m'appelle Saroyan. Je suis arménien. Je déteste l'Union soviétique qui a détruit mon peuple.
– Je croyais que c'étaient les Turcs ?
– Ustinov appartenait au KGB. Quelqu'un l'aura tué par vengeance. Qu'est-ce que je peux faire pour vous ? »

Il devait se dire que c'était comme chez lui, et que tous les flics d'Amérique pouvaient être achetés. Je l'ai laissé gamberger :

« Qu'est-ce que vous savez ? »

Il est resté silencieux un moment. J'ai ajouté : « Écoutez. Un peu de bonne volonté, entre un Arménien et un Juif. Dites-moi où vous entreposez votre camelote. »

Il s'est crispé comme un gars qui va jouer son va-tout. J'ai continué : « Vous ne voudriez pas que votre visa expire avant que mon copain Hillel ait fini de tailler votre diamant ?

– Vous connaissez le *Helmsley Palace Hotel* ? »

Une demi-heure plus tard, Tomas Saroyan sortait précipitamment de l'hôtel : « J'ai votre parole, n'est-ce pas ? Cela restera entre nous, si je vous fais voir la marchandise ?

– Bien sûr. D'ailleurs, vous avez appelé Zeitsev, non ? Et il vous a confirmé que j'étais son ami ? »

Saroyan est monté dans le break, qu'il a considéré avec un certain mépris.

On a roulé en silence. Saroyan a sorti de la poche de son blazer Versace un agenda Gucci et un stylo à bille Montblanc, dont il s'est mis à faire jouer le ressort. Clic clic clic. Clic clic clic.

« Oui ?

– Belt Parkway, a dit Saroyan.

– Je sais aller à Brooklyn. »

Je me suis perdu dans un dédale de rues et de bretelles entre Brighton Beach et l'aéroport, et je me suis retrouvé dans un parc naturel près de Jamaica Bay. Une espèce de corbeau m'est tombé dessus en piqué et j'ai failli l'écraser. Saroyan avait pris un petit air satisfait et il m'a dirigé vers un garage dans une rue animée. Deux types étaient assis devant à s'empiffrer du contenu d'une barquette de Kentucky Fried Chicken. L'un d'eux a fait bonjour à Saroyan. Il m'a fait passer derrière où il y avait un autre hangar, avec une espèce de bâtard famélique qui servait de chien de garde.

J'ai donné au clébard un morceau de la barre chocolatée que j'avais au fond de ma poche : ses yeux ont exprimé une vive gratitude.

« J'espère que vous ne m'avez pas traîné jusqu'ici pour me montrer le chantier d'un ferrailleur merdeux.

– Ne vous inquiétez pas », m'a répondu Saroyan, l'air nerveux. Il allait me montrer sa camelotte pour que je lui foute la paix avec ses autres combines, mais s'il se trouvait mêlé au trafic des échantillons, je lui tordrais les couilles. Il s'imaginait sans doute qu'il pourrait m'acheter avec une paire de Rolex.

Saroyan a déverrouillé la porte et il a allumé la lumière. C'était la caverne d'Ali-Baba. Saroyan travaillait sur commande et savait acheter. Ce n'étaient que grandes marques, bijoux, diamants, Rolex, Cartier, Patek Philippe.

Le local était dépourvu de fenêtres. On entendait le ronflement d'une puissante climatisation. Il y avait des piles de caisses soigneusement alignées le long des cloisons, des choses sous des couvertures molletonnées et un énorme coffre-fort Chubb. « Faites voir ça. » Saroyan a jeté un coup d'œil pardessus son épaule puis il a commencé à ôter les couvertures.

Dessous, il y avait trois pianos à queue Steinway en ébène, des tapis persans soigneusement roulés, des douzaines de chaînes stéréo haut de gamme, des télévisions, Aiwa, Sony, Mitsubishi, des Macintosh empilés, des portables IBM, des logiciels Gameboys, Nintendo. Il y avait des caisses de porcelaines, de verrerie, d'argenterie, de jouets, de CD. Un plein container de vélos Specialized. Ensuite, il m'a montré des manteaux de fourrure dans des housses en plastique, des robes, des costumes. Armani, Chanel, Versace. Des sacs Gucci, Vuitton. Sur des rayons, des T-shirts Calvin Klein, des collants Hanes. Dans le coffre s'entassaient des bijoux en or, des porcelaines anciennes, des pierres sans montures, rubis, émeraudes, diamants.

« Il y a des voitures ?

– Pas ici. Vous voulez voir ?

– Je vous crois sur parole. Et tout ça ce sont des commandes ?

– Exactement. En quelque sorte, nous sommes une centrale d'achat pour la Russie. Il y en a plusieurs comme ça. L.A., La Nouvelle-Orléans. Vous passez votre commande à Moscou ou Saint-Pétersbourg, une Mercedes, noire, rouge, gris métallisé, neuve, de collection, une Rolls-Royce, une Lexus, achetées à New York, expédiées via Vladivostok, Odessa, la Baltique. Elles arrivent impeccables, avec des carrosseries sur mesure, si l'on préfère. Des modèles rares également : j'ai un client qui veut une MG 1947 pour l'anniversaire de son fils.

– Et vous gardez tout ce fourbi ici ?

– La rotation est rapide.

– Les flics sont pas idiots.

– Non, m'a répondu Saroyan. Mais les flics aussi adorent faire des courses.

– Précieux renseignement.

– Vous avez envie de quelque chose ? » Ce type était vraiment visqueux, je le voyais en chef de rayon, pantalon rayé, œillet à la boutonnière.

« Peut-être plus tard. Et ça, qu'est-ce que c'est? » Je lui ai montré une caisse près de la porte.

« Des pièces détachées. Vous voulez les voir?

– Non. » J'avais lu le nom. Parfois, c'est une simple caisse qui vous donne la réponse. Et je me demandais pourquoi Saroyan se fournissait en pièces détachées chez un ferrailleur du style Cosmos Auto Supply.

Saroyan a vraiment été vexé quand je l'ai déposé à une station de métro et quand, en descendant les marches, les semelles de ses tatanes de luxe se collèrent dans du chewing-gum. Ensuite, j'ai appelé Hillel Abramsky pour lui causer de Saroyan : ça allait être impossible que le diamant soit prêt avant au moins une quinzaine, avec l'approche du Nouvel An et la naissance du bébé. Là-dessus, je suis allé à Brighton Beach.

Cosmos Auto Supply était une couverture. L'affaire était gérée par un certain Johnny Farone, un Italien efflanqué fort aimable, avec des demi-lunettes, une chemise de nylon à manches courtes et une cravate club. Il affirmait que son slogan c'était : la porte est toujours ouverte.

Le magasin était petit et poussiéreux, avec aux fenêtres des toiles d'araignée qui masquaient la lumière. Il s'était mis à faire frais pour de bon, le soleil brillait, l'océan était bleu et calme. Le beau temps inexorable devenait monotone.

Il y avait des caisses de pièces détachées entassées partout. Farone vendait également des climatiseurs, des ventilateurs à l'ancienne qui se couvraient de poussière sur l'appui de fenêtre à côté de carnets de commande, de factures et de boîtes en carton. Il y avait des contacteurs, des soupapes, des vilebrequins, des pompes. Un pneu était appuyé contre le mur sous un calendrier avec la Sainte Vierge et un crucifix en plastique. J'avais parlé de Ferone à un copain que j'avais au 62e Secteur. Il m'avait dit que Ferone était OK. C'était un des rares habitants de Brighton Beach à ne pas être russe, et il dépendait beaucoup du commissariat pour son bien-être, et souvent rien que pour avoir un peu de compagnie.

Farone m'a offert un café, on est restés assis là à contempler le paysage, et j'ai fini par lui demander ce qu'il y avait de neuf dans le commerce.

Il a fait la moue. Les affaires marchaient bien. Il exportait pas mal en ce moment, des pièces détachées, des climatiseurs, etc. « Ça vous intéressera peut-être ? » a dit Johnny – Johnny, c'est le genre de type qui aime se montrer aimable, ça le valorise à ses propres yeux – et il m'a mis sous le nez un Xerox crasseux qu'il a extrait d'un dossier rangé dans son bureau. C'était une lettre officielle rédigée en russe. Pendant que j'examinais le document, Johnny est allé faire pipi.

« Vous savez lire ça ? » m'a-t-il demandé en revenant. Il doit penser que tout le monde dans le coin lit le russe.

J'ai lu et relu le papier. Le métro est passé dans un bruit de tonnerre, le crucifix en plastique beige a vibré sur le mur. Farone s'était installé à son bureau, les bras croisés. Cette feuille froissée, c'était une commande de mercure rouge.

« Qu'est-ce que c'est ? Est-ce que je sais, moi ? Des clients veulent quelque chose, je le trouve. Des gens ont quelque chose à vendre, je trouve les clients. Donc, le type entre ici, il est malade. Très malade. Je me dis en moi-même, ce gars, il est vraiment très malade. Le Sida ? Ça doit être le Sida. Il perd ses cheveux. Il a plus de dents. Des lésions à la bouche. Il a pas plus tôt posé son cul qu'il se précipite aux chiottes toutes les cinq minutes. Il est venu me vendre un truc. Vous voulez voir la vidéo ?

– Vous en avez fait une vidéo ?

– Toujours. C'est utile en cas de cambriolage. C'est mon gamin qui a installé ça. J'encaisse des chèques. Un type falsifie des cartes de sécurité sociale, une vidéo me donne un recours. »

Il m'a passé la bande : c'était bien Lev.

« Vous lui avez acheté son truc ? »

Farone a souri : « Bien sûr, bien sûr. J'avais des acheteurs russes. Je suis un courtier, moi, vous savez. Je fais des affaires avec des gens. Je sers d'intermédiaire. Je ne sais même pas de quoi il s'agit. Je me renseigne. J'apprends que Saddam en a acheté un kilo pour un million de dollars. J'en redemande. J'apprends qu'il y a quelqu'un dans le Middle West qui s'occupe de polymères, de lubrifiants et de techniques aérospatiales, il en veut à n'importe quel prix. Il me faut un échantillon. Moi, je n'en ai jamais entendu parler, de ce machin. On me propose de ce mercure rouge, à tout hasard. Je me dis, pourquoi pas ?

– Vous en avez vu ?

– Non, c'est pas mon affaire.

– J'ai appris que vous en aviez un échantillon. Vous faut un mandat ?

– Vous êtes flic ?

– Oui.

– Dites, moi je suis toujours prêt à coopérer. Tout le monde dans le coin sait que Johnny Farone est un ami de la police.

– Où est l'échantillon ?

– Y en a pas, parole d'honneur », m'a-t-il répondu, en faisant un signe de croix. « Vous pouvez tout fouiller, je vous en prie. »

J'ai encore relu la feuille. Du mercure rouge :

« Donnez-moi cette cassette.

– Certainement. » Il a glissé la cassette dans une enveloppe en papier kraft et il me l'a tendue. Puis il a extrait un autre papier du fouillis qui encombrait son bureau :

« Vous voyez, j'ai pas besoin d'un échantillon, regardez ça. » Et il m'a tendu une feuille, bien propre celle-là, et rédigée en anglais. C'était une commande émanant d'une firme de Los Angeles.

« Pourquoi est-ce que j'aurais besoin d'échantillon pour une commande passée le jour même où on m'a fait cette proposition ? Une commande pour quarante kilos de ce truc. »

Même les truands disent parfois la vérité, et Johnny Farone m'avait dit au moins ce qu'il savait.

X

Après avoir quitté Farone, j'ai passé le week-end tout seul dans mon loft à revoir mes informations, mes notes et mes dossiers. Le Nouvel An juif commençait au début de la semaine, l'activité en ville était arrêtée. J'ai repris le même itinéraire, je suis retourné à Brooklyn. Pas de Tolya. Rien. Roy Pettus, qui était d'une humeur de dogue et qui n'a pas répondu à mon premier appel, m'a dit qu'il n'avait rien non plus, mais j'ignorais s'il me disait la vérité. J'ai essayé Maxine, je suis tombé sur son mari qui m'a dit qu'elle était chez sa mère avec ses filles, mais je savais bien qu'il mentait. Jamais je ne m'étais senti si bas depuis notre dernière année à Moscou. J'avais cette brûlure au creux de l'estomac qui me rongeait.

Je décrivais des ronds qui me ramenaient immanquablement à Brighton Beach. Impossible d'y échapper. Je cherchais quoi ? L'autre cinglé, Tolya ? Je n'en savais rien.

J'ai fait la tournée des bars, des cafés, des night-clubs. Au *Batumi*, j'ai reconnu un certain nombre de clients dans la foule, et l'un des barmen m'a salué par mon nom. Quelqu'un m'a offert un verre, une fille m'a demandé de danser avec elle. Comme maintenant j'étais connu, on me parlait en russe. J'étais devenu l'un des leurs.

Au *Raspustin*, une nouvelle boîte chic qui donnait sur la jetée, des femmes dînaient en manteau de fourrure. C'était de la cuisine française. Je suis tombé sur Elem Zeitsev, ou alors c'est lui qui m'est tombé dessus. Il m'a présenté à deux avocats new-yorkais qui étaient de Wall Street, puis il m'a entraîné dans un salon particulier. Il n'a pas dit s'il était au courant de mes occupations. Peut-être n'en était-il rien, après tout. Tout en dégustant un martini avec un zeste, je lui ai aimablement demandé s'il avait envie que nous fassions des affaires ensemble :

« Avez-vous ce qui m'intéresse ? Ce dont nous avons parlé chez votre oncle ? Est-ce que je peux désormais compter sur vous ? »

Il m'a répondu : « Oui, je crois. » Bluffait-il ? Pouvait-il vraiment se procurer du plutonium, ou du mercure rouge ? « Cela signifie-t-il que vous êtes des nôtres, Artie – je peux vous appeler Artie ? – et que vous voulez travailler avec nous ?

– Certainement. » Et là-dessus, je l'ai laissé renouveler les consommations et me présenter à la blonde Marina, la cousine de sa femme. Marina s'est montrée très amicale. Elle a dansé avec moi, nous avons bavardé autour d'un verre : elle adorait Billy Joel et m'en a fredonné un passage.

J'ai fini par me soûler à l'Absolut. Je me suis fait une sacrée trouille. J'étais donc devenu l'un d'eux.

Lorsque je suis finalement sorti en titubant, Zeitsev m'a lancé : « Bonne année, Artie Cohen ! »

Si j'étais devenu l'ami de ces truands, comment m'en sortir ? Qui m'aiderait ? En qui avoir confiance ?

XI

« À moi vous pouvez faire confiance. »

Dans la cour de Dan Guilfoyle à Sag Harbor, on entendait au loin des voitures passer, la brume léchait la coque de la vedette amarrée à une petite jetée au bord de sa propriété. Il m'a posé la main sur le bras : « Désolé de ne pas avoir été disponible, Art, mais la pêche était trop bonne. »

Dan va sur ses soixante-dix ans, il est en retraite et en grande forme. Avec lui et Dinah, je pouvais me reposer et même passer une bonne nuit tranquille. Après deux nuits de beuveries à Brighton Beach, il fallait quitter la ville, ou craquer. Et puis Danny pourrait peut-être m'aider.

« Sonny Lippert a appelé. Il vous cherche. Je lui ai dit que vous filiez le parfait amour à Amagansett avec une petite brune.

– Merci, Danny. »

Il avait été mon premier patron. C'était un flic brillant, aussi à l'aise sur le terrain que dans les bureaux, et incorruptible. Nous étions assis dans sa cour, à boire le vin blanc frais d'une vigne qu'il avait à North Fork.

« Je pensais justement à vous, m'a dit Dan en changeant de position sur sa chaise.

– Oui ?

– Eh bien, quand Ustinov s'est fait buter, j'ai pensé à vous. Laissons tomber l'aspect politique, et parlons du meurtre, OK ? Et commençons par le commencement. Comment avez-vous appris le meurtre d'Ustinov ? »

Pendant deux heures ou plus, nous sommes restés assis dans cette cour de Sag Harbor et j'ai tout raconté à Dan, tout cet imbroglio qui avait entouré le meurtre en direct de Gennadi, et ce qui en était résulté. Il a écouté tranquillement en savourant son vin.

« Et je ne veux pas retourner à Moscou, Danny. Absolument pas. Pas question.

– Du calme, mon garçon. » Dan s'est levé et s'est étiré. « Vous dites que c'est un accident, la logique veut que ce soit un meurtre prémédité, l'enquête dit nada. Zéro. Quant à cette histoire nucléaire, je n'y crois pas trop.

» Reprenons au début. Si l'assassin visait quelqu'un d'autre, alors qui ? Qui à part Ustinov ? Zalenko ? Je l'ai vu à la télé avec Rush, je crois. Ce type est cinglé. Je le suis peut-être un peu, mais lui il est fou à lier. Zalenko ? La stripteaseuse ? On a fini par lui faire la peau, on pouvait donc lui en vouloir. Mais pourquoi en public ? Excusez-moi, Artie, mais faut que j'aille faire pipi. C'est l'âge. » Et il est parti en grommelant.

Par la fenêtre de leur vieille maison, je voyais Dinah, la femme de Dan. Elle a la soixantaine, mais elle est toujours épatante, café au lait avec des cheveux noirs et quelques fils d'argent. Dans le temps elle a chanté dans les night-clubs. Elle a apporté une assiette de crevettes grillées qu'elle a posée sur la table. Elle a dit : « Il faut que ce garçon se repose », puis elle est montée dans sa Mercedes gris métallisé pour aller voir sa sœur à Nineveh Beach.

Quand Dan est revenu, il m'a demandé : « Comment êtes-vous au courant pour cette histoire de nucléaire ?

– Il a fallu que je sois en bons termes avec le gars du FBI. Roy Pettus. Vous le connaissez ?

– Vous ne manquez pas d'amis », m'a dit Dan en souriant, avant d'ajouter : « On se prend, on se quitte...

– Bref, je suis une pute.

– Faut pas le prendre mal.

– C'est vous, Dan, qui m'avez appris qu'à New York ce qui importe ce sont les relations qu'on a.

– Il va falloir que je contacte un certain nombre de types de l'immigration. Maintenant, c'est le bordel, mais j'y ai encore des copains. Il faut que je retourne ça dans ma tête. Si on allait faire un tour avant l'extinction des feux ? »

Nous avons descendu Main Street jusqu'à la marina. Dan adore ce coin où son père et son grand-père sont nés. Quand il a pris sa retraite, il a passé un petit moment aux douanes et à l'immigration, puis il est venu s'installer ici à Long Island. Nous sommes passés devant le *Paradise Grill* où Dan prend généralement son petit déjeuner en compagnie de ses vieux copains, je me suis souvenu de son fils aîné en train de se demander s'il avait le droit de se joindre à cette tablée de vieux tout racornis, pour la plupart d'anciens flics...

« Assieds-toi ici, mon garçon, là où ton père s'est assis quand il était jeune marié, et son père avant lui », avait-il dit à Danny Jr. Et j'avais été jaloux de ces ancêtres qu'ils possédaient.

La nuit tombait vite, mais il faisait assez doux. La brume se levait, masquant par moments la lune jaune qui se reflétait dans l'eau moirée. À New York, j'étais chez moi, et je l'avais toujours été. La ville, c'était mon village. Ici, de l'autre côté du pont, je n'étais qu'un visiteur. Dan, lui, était d'ici. Je n'ai pas voulu qu'il voie à quel point je me sentais seul, alors j'ai débité des conneries et je suis allé m'acheter un cornet de glace.

« J'aime bien cette saison quand les filles ne mettent pas encore de manteau. » J'ai dit cela d'un air idiot.

Ce qui n'a pas dupé Danny : « Inutile de me faire du charme, Artie. »

Les gros bateaux étaient illuminés, il y avait un fond de musique, des rires étouffés, le bruit des glaçons dans les verres, qui venaient d'un élégant yacht au bout de la marina. Sur le pont, une blonde en sarong a fait bonjour de la main à des gamins qui contemplaient le spectacle en mangeant des gaufres. Ses ongles brillaient comme de l'or dans les lumières de la nuit.

J'aurais bien voulu partir sur ce grand bateau. J'ai demandé :

« À qui est-ce ?

– Je ne sais pas. Bon, allons nous coucher. »

Dan est allé se mettre au lit, et je suis resté dans le jardin à lire un roman terrible de Tony Hillerman, avec des Indiens, des dents humaines, le désert, des hommes-médecine – pas exactement le territoire familier à un petit Juif des villes comme moi, sauf en ce qui concerne le rôle des clans. Et si j'avais appartenu à une tribu ? Les Navajos auraient fait l'affaire. Eux aussi détestaient la mort. La danse avec Cohen. La danse avec les bombes.

J'ai fini les crevettes et le vin blanc, j'ai regardé la lune filer entre les arbres, j'ai écouté des oiseaux de nuit perchés dans un arbre mort du jardin d'à côté. J'ai entendu des grillons. La brume arrivait maintenant jusqu'à mes pieds. Il m'a semblé qu'on m'observait du bord de l'eau, mais c'était peut-être dans mon rêve. Je me suis réveillé une heure plus tard, je rêvais encore au yacht dans la marina. Impossible d'y échapper.

Le lendemain matin, Dinah dormait encore, Dan et moi nous sommes partis pour la plage dans sa Corvette bleu layette. C'est Dan qui m'a refilé ce goût pour les vieilles bagnoles. Je lui ai dit :

« Vous êtes trop grand pour ce genre de jouet.

– La ferme », m'a-t-il répondu affectueusement.

On a pris le petit déjeuner au *Candy Kitchen*, où nous avons rencontré un certain nombre de ses vieux copains.

Au comptoir, des fermiers tournaient leur cuiller dans leur café au lait, d'autres mangeaient leurs œufs sur le plat. L'été était fini, on continuait à négocier des contrats et les gars du coin évoquaient leurs conquêtes.

Deux femmes bien roulées à l'air vache sont entrées en collants Spandex ; leurs moutards prouvaient ce qu'avec des dollars on peut en une génération tirer d'un patrimoine génétique quelconque. Les gamines étaient en jodhpurs, elles ont bu leur lait avec l'expression désabusée de Bette Davis en train de descendre son verre de gin. Derrière le comptoir, des serveuses avenantes avec de grosses joues servaient les petits déjeuners en rêvant aux moyens de foutre le camp de Long Island. L'Amérique et l'esprit de classe. Gros nichons, au demeurant.

En me retournant, j'ai repéré un vieux monsieur au fond de la salle. Il faisait sauter en l'air des sachets de sucre à l'aide de sa petite cuiller, pour essayer d'amuser le petit garçon assis à côté de lui. Le monsieur en question exhibait un bronzage digne d'un cuir de Cordoue, une chemise de lin noir, un short blanc, des mocassins sans chaussettes, une montre en or sur un bracelet de cuir culotté. Il penchait sur l'enfant une chevelure blanche soigneusement coiffée.

C'était un beau petit garçon à l'air éveillé, et il souriait en regardant les sachets sauter comme les pions d'un jeu de puce. Le monsieur a coupé l'œuf au plat en petits carrés qu'il a essayé de faire manger à l'enfant, avant de s'en charger lui-même. J'ai tendu le cou pour mieux les voir. J'ignore s'il m'a remarqué : son attention était entièrement absorbée par l'enfant. « Mange, mon chéri, semblait-il lui dire. Regarde comme c'est bon. »

J'ai compris pourquoi le gros yacht m'avait intéressé. Il lui appartenait.

« Qu'est-ce qui se passe ? » m'a demandé Dan, toujours occupé avec ses œufs, mais j'avais déjà pris l'addition et je me levai, un billet de vingt dollars à la main.

« Allons-nous-en. »

Je suis sorti et j'ai attendu que Dan arrive avec un sac de muffins pour Dinah.

« C'est qui, ce type ? a demandé Dan.

– Chaim Brodsky. »

Dan a eu l'air intéressé. « Vous connaissez Chaim Brodsky ? »

XII

Chaim Brodsky vivait tranquille dans une maison au milieu d'un bosquet de buddleias près de Georgica Pond à East Hampton. La pelouse se déroulait comme un tapis jusqu'au bord des dunes.

La demeure principale, avec ses porches et ses portiques, avait été construite au XIXe siècle par Minard Lafaver. Le pavillon de la piscine, où nous étions, était moderne. Il y avait un Matisse au mur, énorme et surprenant, que l'on pouvait voir également du dehors. Les couleurs semblaient violentes à la lumière du jour, la nuit elles devenaient douces et mystérieuses. On entendait l'océan lécher la plage.

Tôt ou tard, il était écrit que je me retrouverais chez Brodsky. Je l'avais su dès que je l'avais vu au *Candy Kitchen.* On avait apporté un message chez *Danny.* Il m'invitait à venir nager dans sa piscine.

M'avait-il repéré ? S'agissait-il d'une coïncidence ? Peu importait. Il aurait fini par savoir que j'étais dans le coin, et on ne refusait pas ses invitations. Je ne sais pas trop pourquoi, mais ça ne me tentait pas, peut-être parce qu'il faisait partie de mon passé.

Brodsky et moi, nous avons un vague lien de parenté. La sœur cadette de ma grand-mère maternelle était partie pour l'Amérique en compagnie de son premier mari et plus tard elle avait épousé Brodsky. Elle était morte quelques années plus tard, ils n'avaient pas eu d'enfants, Brodsky s'était remarié, mais lors de nos rares rencontres, il me rappelait toujours ce lien entre nous.

« Venez nager avec moi, Artyom », m'avait dit Brodsky quand j'étais arrivé. Nous nous étions embrassés et je m'étais changé. « Venez nager avec moi. » Il avait ôté son peignoir de bain, sur lequel était brodé son monogramme, CB. Ses initiales. Son groupe de médias, c'était CBM. Il m'avait fallu tout ce temps-là pour comprendre : CB, c'étaient les initiales dans l'agenda d'Ustinov, à la page du jour où il était mort.

Chaim Brodsky avait soixante-quinze ans, mais il était très bien conservé et, pendant les chaleurs de l'été, il nageait religieusement dans l'eau glacée avec la régularité du métronome. Il faisait des longueurs de bassin tout l'après-midi.

Il a appuyé sur le bouton du compteur bleu de Fabergé qui sert à mesurer les longueurs, et il a commencé à nager. Les chiffres sur cette pendule étaient de minuscules poissons rouges en joaillerie. Ce machin avait été fabriqué pour une des filles du tsar – elle n'avait jamais eu l'occasion de s'en servir – quand, à l'époque très édouardienne de Saint-Pétersbourg, la natation était devenue la chose à la mode.

Chaim Brodsky nageait avec conviction, je le suivais. De temps en temps il me jetait un coup d'œil. À travers ses lunettes de plongée, il avait l'œil glacial et pâle de Gennadi. Ils avaient un faux air.

Au bout de quelques longueurs, il s'est arrêté du côté le moins profond.

« Comment va votre tante ? » Il parlait de Birdie. Il avait dit cela comme si nous venions de nous rencontrer à un thé après une courte absence.

« Birdie va bien.

– Et votre mère ?

– Elle est dans un monde à elle.

– Oui, j'ai appris cela, j'en suis désolé. C'était une très belle femme, votre mère. » Quelque chose dans son ton m'agaçait. Il parlait comme s'il avait vu ma mère à poil.

« À une certaine époque, je connaissais tout le monde à Moscou. Je connaissais tous les étrangers, naturellement. J'apportais des livres. Des films. Vous vous rappelez ? »

Je me rappelais. « J'étais un enfant. »

Le soleil brillait. On n'entendait que le bruit de l'eau et le bruissement des buddleias, avec au loin le ressac au-delà de la pelouse et des dunes.

« Je déteste quitter tout cela, même un seul jour, a dit Brodsky d'un ton lugubre.

– Vous partez ?

– Moscou. La semaine prochaine, je dois aller à Moscou. »

Il a poussé un profond soupir et nous sommes repartis nager. Il faisait des affaires avec les Russes depuis la mort de Staline. Son père avait été un des rares Juifs à faire fortune au Kazakhstan, après la révolution, et quand ils étaient partis d'Odessa pour l'Amérique, ils avaient fait la traversée en première classe.

Brodsky était né à Riverside Drive, et il avait eu l'enfance d'un petit garçon riche. Après Harvard, il avait repris les affaires de son père. Il avait des contrats privilégiés dans toute l'URSS. Il connaissait tous les gens importants des deux côtés : Brejnev, Gromyko, Andropov, plus tard Gorbatchev. Il connaissait Harriman, Armand Hammer était son meilleur ami. Je me suis rappelé les photos de Brodsky aux funérailles de Nixon. Nixon disparu, Brodsky avait eu la franchise pour la Russie, mais il n'en avait pas abusé, refusant la plupart des offres de la part des présidents de sociétés ou de pays.

Brodsky était le seul homme en Amérique à savoir vraiment comment les choses marchaient en Russie : les relations entre l'ancienne nomenklatura et les nouveaux politiciens, les mafias de Moscou, les clans ethniques, les gangsters atomiques et les capitalistes, le KGB et la CIA. Il savait tout des comptes en Suisse, des dépôts d'or, du pétrole. Il connaissait intimement les circuits mystérieux des devises étrangères à Moscou, qui avaient toujours signifié puissance occulte, influence intellectuelle. Il n'ignorait rien du négoce du bœuf, du blé, des diamants. Il avait des datchas à Nikolina Gora près de Moscou et sur la mer Noire – c'est du moins ce qu'on prétendait. Quand j'étais petit, il était tout le temps question de Chaim Arnoldovich Brodsky.

Un temps, il avait eu un appartement sur la rive de la Moskova en face Gorky Park. Birdie m'y avait mené quand j'étais enfant, pour dire bonjour et voir ses Chagall. Brodsky était le plus bel homme que j'eusse jamais vu. Son manteau de cachemire bleu marine était négligemment jeté sur un fauteuil, j'y avais enfoui mon nez – je devais avoir neuf ou dix ans –, je n'avais jamais rien touché de si doux. Brodsky et Birdie avaient dû coucher ensemble dans le temps, il y avait un million d'années de cela, mais c'était peut-être une idée à moi.

Le père de Brodsky avait fait fortune dans les pétroles russes. Il avait gagné encore davantage dans les minerais, plus tard dans l'électronique et les satellites. J'ignore combien il pesait, sans doute des milliards. C'est alors qu'il avait tout vendu pour se retirer à East Hampton.

« Nagez ! » m'a dit Brodsky pour m'encourager, comme je traînais derrière lui. Au loin on entendait une tondeuse à gazon, en contrepoint de sa voix douce. Il parlait encore l'anglais des classes cultivées du New York de son enfance. Il avait une voix jeune mais courtoise.

On prétendait que Brodsky s'était retiré pour se consacrer à sa collection d'éditions originales, à l'édition de ses lettres de Nabokov, car ils avaient été de grands amis, et à la rédaction de ses mémoires. Il avait dit à des reporters que c'était surtout pour jouir un peu de l'existence. Il croyait en la vie, affirmait-il, en portant le toast juif, « *le Chaim* ». Tout cela constituait un merveilleux numéro, et si je n'étais pas venu plus tôt, c'était parce que, ensuite, on n'avait plus envie de repartir. Après celui de Brodsky, le monde réel était singulièrement terne.

J'avais de la peine à le suivre, tant il filait dans l'eau. Il a fait demi-tour, il est revenu en nageant sur le dos, toujours la tête hors de l'eau, l'œil aux aguets, comme s'il avait une vision de 360°. Il n'avait pas une once de graisse. J'ai rentré le ventre et j'ai nagé avec toute mon énergie. Puis il s'est hissé hors de l'eau et il s'est assis au bord de la piscine.

« Vous devriez venir me voir plus souvent. » Il a dit cela d'une voix presque contrite. « Qu'est-ce qui vous a occupé ? »

L'air aussi détaché que possible, je lui ai demandé ce qu'il savait d'une substance connue sous le nom de mercure rouge. L'air pensif, il a agité ses pieds dans l'eau :

« Le mercure rouge, c'est l'un des derniers grands secrets soviétiques. Il y a peu de gens qui savent quelque chose à ce sujet. Cela faisait partie des métaux lourds et... mais l'aspect scientifique n'est pas le problème. D'ailleurs, je crains de ne pas y connaître grand-chose. Il y a des années de cela, quand la production des bombes s'est ralentie, une terrible paranoïa s'est développée au sujet de l'Occident. Des physiciens se sont imaginé que s'ils inventaient quelque chose d'extraordinaire, cela leur vaudrait l'admiration de Staline et l'immunité à l'égard des purges – les malheureux ! Ce qu'ils firent. Ils ont donc inventé une substance si puissante qu'une toute petite quantité pouvait provoquer d'énormes dégâts. Quelques grammes suffisaient à déclencher une explosion nucléaire. Le mercure rouge avait des propriétés critiques inconnues jusque-là. Il en est question dès 1950.

» Il y a eu quelques essais près du Cercle polaire arctique. Les retombées furent si toxiques, les mutations si horribles que, naturellement, on n'en parla pas. Staline a alors demandé aux physiciens s'ils pourraient, théoriquement au moins, fabriquer une autre substance aussi puissante, comme si Ivan le Terrible avait demandé à ses architectes de faire mieux que Saint-Basile. Pour lui faire plaisir, ils ont dit, “ Mais certainement. ” Et il les a tous fait exécuter, comme ennemis de l'État. »

Je suis resté silencieux.

« Si vous êtes tombé sur du mercure rouge c'est que la contrebande des matières atomiques a échappé à tout contrôle. Je connais un peu la question, et cela m'inquiète assez. Savez-vous que beaucoup d'isotopes radioactifs n'ont pratiquement ni signature, ni empreintes ? Les Russes n'ont aucune comptabilité sérieuse, si bien que personne ne peut dire si quelque chose disparaît. »

Il a voulu retourner nager, si bien que nous avons recommencé et, ensuite, il a parlé déchets nucléaires, armes, fuites, et il a évoqué les villes secrètes de Russie. Moi, je voyais tout ça sous l'angle de Brighton Beach. Brodsky avait une vision globale :

« Les Russes ne céderont jamais. Quand on démonte des ogives, il y a davantage de plutonium disponible, sous forme dégradée, instable. Cela leur est bien égal. Ils considèrent le plutonium comme un trésor national. Ils croient que nous encourageons les rumeurs concernant les gangsters atomiques pour faire une mauvaise réputation aux Russes, en les présentant comme des irresponsables.

Et les contraindre ainsi à abandonner tout leur programme. »

Brodsky s'est accoudé au bord de la piscine et il a remonté ses lunettes sur son front : « Et les choses vont empirer. Il y aura des détournements d'avions, des kidnappings, des explosions accidentelles. Le terrorisme va changer de visage. »

Exactement ce que m'avait dit Roy Pettus. Puis, à brûle-pourpoint, Brodsky m'a demandé : « À votre avis, Artyom, qui a tué Gennadi Mikhailovich ? Je veux dire, qui a monté le coup ?

– Je l'ignore.

– Je sais que ça a dû être épouvantable pour vous. Et pour moi également. Nous étions de vieux amis. Je l'aimais beaucoup. » Voilà un homme irréprochable, me suis-je dit. La corruption qu'il a approchée ne l'a pas touché. C'est peut-être tout son argent qui l'a protégé.

« Je suis bien content de vous avoir revu. Vous m'avez manqué. »

Quand il m'a dit ça, je me suis senti flatté. Je l'avais peut-être vu une douzaine de fois dans ma vie. Il a ajouté : « J'espère que vous viendrez dîner demain. » C'était un ordre.

Une fois sorti du bassin, Chaim Brodsky m'a permis de l'aider à se relever. Sur les dalles bleues de la terrase, j'ai vu des pieds qui avaient l'air de poissons couleur chair. On passa à Brodsky un peignoir de bain. Montrant du doigt le corps auquel ces pieds appartenaient, il m'a dit : « Artyom, j'ai le plaisir de vous présenter à mon invité Phillip Frye. »

Lily faisait partie des invités. Elle était venue avec Phillip Frye.

Au-dessus de la propriété de Brodsky s'étendait un ciel de première qualité fourmillant d'étoiles, comme c'est fréquent à Long Island en automne. J'avais demandé à Dinah Guilfoyle de m'accompagner ; je ne voulais pas arriver seul. J'avais dû deviner que Lily viendrait avec Frye, et Dinah ne passerait pas inaperçue dans son fourreau de Fortuny lamé d'argent.

Frye m'a chaleureusement serré la main. Il était grand, plutôt bien de sa personne, avec ce visage coloré et mobile des Anglais, qui pour moi était parfaitement impénétrable : il m'a fait songer à William Wilberforce dans mon livre d'histoire, toujours prêt à se battre contre l'esclavage ou l'élevage du mouton. C'était Frye qui devait publier les mémoires de Brodsky. Il parlait un anglais admirable, ses plaisanteries étaient excellentes, elles amusaient beaucoup Lily, qu'il tenait par les épaules. Je me sentais abandonné, en proie aux affres de la jalousie.

La propriété de Brodsky était éclairée par des lanternes, des torches et des bâtonnets à la citronnelle brûlaient en dégageant une odeur de citron. Des nuées de lucioles voletaient au-dessus des buddleias comme si elles attendaient la permission d'atterrir. À l'intérieur de la maison, un pianiste célèbre interprétait des airs de Gershwin et de la musique folklorique russe.

Il y avait là des gens du cinéma, un groupe de danseurs russes, des écrivains. Je n'aurais pas été surpris d'y rencontrer Sonny Lippert, mais il n'avait peut-être pas pu se dégoter une invitation. De l'autre côté de la pelouse, Teddy Flowers faisait sa cour à un millionnaire hongrois, tandis que tout seul dans son coin un poète célèbre se gavait de saumon fumé. Quant à moi, j'avais entrepris de noyer mes angoisses dans la vodka.

Accompagné de Paulette, son élégante femme française, Brodsky passait parmi ses hôtes, l'air heureux, le service étant assuré par un personnel en noir d'un naturel souriant.

J'étais en train de me soûler consciencieusement. Dinah m'a dit bonsoir en m'embrassant : elle avait demandé un taxi pour aller retrouver Dan. Je buvais toujours. Il y avait de grands vins, des vodkas parfumées qui provenaient d'une distillerie appartenant à Brodsky. Quant au caviar, il arrivait de ses propres pêcheries en mer Caspienne. Ustinov aurait dû être là, et cette soirée donnée à l'occasion de la sortie de son livre. Seulement voilà, il était mort.

Je me suis promené sur la pelouse. Des invités allaient vers les dunes. Ils marchaient entre les vieux chênes et les buddleias. Lily Hanes était assise toute seule sur un canapé de jardin en rotin. Elle s'était fait couper les cheveux comme un petit garçon, ça lui allait très bien. La femme déterminée aux propos affirmés m'avait beaucoup plu – il semblait maintenant qu'il y eût quelque chose de cassé :

« Bonsoir. »

Elle m'a répondu : « Bonsoir.

– Je peux m'asseoir ?

– Certainement.

– Cigarette ?

– J'ai arrêté – plus ou moins.

– Belle réception. » C'était tout ce que j'avais pu imaginer. Je la trouvais très désirable. Elle a étendu ses jambes, longues et dorées.

« J'ai eu la surprise de tomber sur Teddy Flowers. » Où est-ce que j'allais chercher tout ça ?

« Rien d'extraordinaire : Teddy Flowers appartient à Chaim Brodsky. Comme Phil. Comme moi. Mais d'une façon très civilisée, bien sûr. Comparé aux autres nababs des médias, Brodsky c'est le charme même : il lit des livres, il a du goût. D'ailleurs, tout le monde est là.

– Tout le monde ?

– Ses stars. Ses écrivains. Ses lèche-cul. Tous ceux qui ont affaire aux Russes. Il y a même quelques Russes.

– Auriez-vous par hasard fini par voir ces pages manquantes dans le bouquin d'Ustinov ?

– J'ai demandé à Phil. Il n'a rien voulu entendre. Il prétend qu'il n'y a rien d'intéressant dedans. » Elle m'a répondu cela en détournant les yeux.

« Vous ne pourriez pas vous les procurer ?

– Demandez à Phillip.

– Vous êtes toujours accro, hein ?

– Écoutez. » Elle s'est tournée vers moi en haussant les épaules, qu'elle a larges, pour une femme.

« J'écoute.

– Je ne veux vraiment pas être mêlée à cette histoire. Ça ne peut qu'attirer les gnons.

– C'est pour ça que vous ne voulez pas me revoir ?

– On en a déjà parlé à la salle de gym. C'était

une erreur. Vous valez mieux que ça, Artie. Dégotez-vous une gentille jeune fille. Vivez votre propre vie. »

Elle me plaisait vraiment. Nous deux, c'était fini, je le voyais bien. J'ai posé la main sur son bras, qui semblait avoir emmagasiné la chaleur du soleil. Elle s'est levée, elle s'est penchée vers moi et elle m'a embrassé.

« Bon, je me sauve. Phillip doit me chercher. »

Un peu plus tard, Brodsky m'a pris à part, il m'a emmené dans son bureau et il m'a proposé de travailler pour lui. Je lui ai demandé : « Quel genre ?

– Différentes choses. » Le seconder. L'aider dans la rédaction de ses mémoires. Grâce à ma connaissance des langues. Et puis j'étais de la famille.

« Je ne suis qu'un simple flic. » Il m'a répondu d'une voix douce : « Bien plus que ça. J'ai besoin de votre aide, Artyom. » Mon père prétendait que cela cachait toujours une tentative de corruption. Brodsky a ajouté : « Moi aussi j'aimerais bien savoir qui a tué Gennadi Mikhailovich. C'était un ami. Et si j'offrais une récompense ?

– Pourriez-vous me dire pourquoi votre nom figure dans l'agenda de Gennadi ? »

Brodsky a souri, l'air triste : « Bien sûr. Nous devions nous retrouver en ville ce jour-là. Je vous l'ai dit, nous étions de grands amis.

– Puis-je réfléchir à votre proposition ?

– Certainement. » Il m'a pris par les épaules un bref instant : ça n'était pas son style.

« À bientôt, Artyom. Venez me voir plus souvent. J'avais d'ailleurs promis jadis à votre grand-mère de m'occuper de vous. »

Je lui ai tendu la main. Son regard s'est durci. S'était-il dit que j'allais lui baiser la main ? Finalement, il m'a embrassé trois fois sur les joues, à la russe. Et pour lui faire plaisir, je lui ai demandé en russe :

« Chaim Arnoldovich, vous avez un yacht ancré à Sag Harbor ?

– Oui.

– Comment s'appelle-t-il ?

– *Mercury*. Comme le dieu aux pieds ailés. Le messager des dieux. Le dieu du commerce et des voleurs. » Il avait dit cela avec le sourire d'un vieux monsieur courtois.

Je suis resté encore. Par les fenêtres du pavillon, je voyais le groupe qui s'était formé autour de Teddy Flowers. Ils regardaient les dernières nouvelles. Sur l'écran, en Afrique, des gens mouraient dans une poussière brune toute biblique, on entassait les cadavres dans une fosse. La famine. Le choléra. D'autres étaient abattus à la machette. Sur le mur, le Matisse jetait tous ses feux.

Près de Georgia Pond, des invités riaient en mangeant et en buvant. Autant s'amuser tant qu'on le pouvait. Ou bien était-ce pour ennuyer Lily ? J'ai entraîné sous les buddleias une très jeune fille aux cheveux noirs tout mouillés.

XIII

Ricky Tae était mort.

Je l'ai trouvé dans mon loft face contre terre, une jambe repliée sous lui. Son pouls ne battait plus. Il gisait là comme un animal abattu. J'ai su que c'était à moi qu'on en voulait. Des tiroirs avaient été vidés, des livres jetés sur le sol. Le meurtrier s'était à peine donné le mal de simuler un cambriolage – ce désordre apparent était comme une provocation.

Quand j'avais quitté Long Island, Dan était au téléphone, en train de contacter les relations qu'il avait à l'immigration au sujet de Lev. L'Expressway était bloquée par des voitures qui chauffaient et empestaient l'atmosphère et quand j'ai finalement émergé du tunnel, j'étais à demi asphyxié. Avant de rentrer chez moi, je me suis arrêté en face prendre un café frappé. J'y suis resté peut-être une heure, à regarder mon immeuble d'un œil terne. Et c'est pendant ce temps-là qu'on lui a fait son affaire.

Ricky avait été très discret sur ses projets. Il avait rendez-vous avec un type – un nageur?

Il avait mes clefs. On avait probablement attaqué Ricky quand il m'avait monté mon courrier ou quand il était venu m'emprunter des disques, comme il le fait généralement. On lui était tombé dessus par surprise, pour lui faire le coup du lapin. Et c'est lui qu'on avait tué, au lieu de moi. J'ai appelé Hong Kong. J'ai réveillé Dawn au milieu de la nuit. Je lui ai laissé le sale boulot qui consistait à prévenir les parents.

Comme j'attendais l'ambulance, j'ai trouvé un sac de plastique avec dedans un gigot de mouton sanguinolent qui sentait le rance. Dans le temps, c'était souvent chez les bouchers russes que l'on recrutait les tueurs à gages et, en guise de carte de visite, ils laissaient une patte de bélier. J'ai compris quel était le salaud qui avait fait le coup et qui en plus se foutait de ma gueule.

Le SAMU est arrivé. Ils ont emmené Ricky sur une civière. Je suis monté avec lui et nous avons foncé vers St Vincent's. Je suis resté dans la même salle d'attente que celle où j'avais été la nuit où Gennadi était mort.

Un interne m'a dit que Ricky était toujours vivant : « C'est un miracle. »

Il était dans un coma profond – comme un légume, pire que mort – mais enfin, il était vivant. Il avait des quantités de tubes dans la bouche et dans les bras. Il était ainsi rélié à toute une machinerie qui simulait la vie. Pour le cerveau, on ne pouvait rien, tant qu'il ne réagirait pas de lui-même. En attendant, Ricky était exactement comme un chou-fleur.

C'est ce qui arrive. Les gens ne meurent pas. Ils entrent seulement dans une espèce de zone crépusculaire où je ne peux pas les joindre. En Israël, ma mère était restée assise là après avoir oublié qui elle était, dans la vie ralentie d'Alzheimer. Gennadi avait sombré dans le coma avant que j'aie pu lui dire ce que j'avais à lui dire. Maintenant, c'était le tour de Ricky.

Quelques années auparavant, ma tante Birdie m'avait écrit à propos de tous ces gens qu'elle connaissait à Moscou qui avaient eu des attaques. Et il y avait ainsi des quantités de vieillards qui, semblables à des fruits avariés (l'expression était de Birdie), encombraient les cliniques et les hôpitaux où auparavant on bouclait les dissidents. J'avais compris, à l'évocation de ce pays des morts vivants, pourquoi certains préféraient l'époque de Staline à celle de Brejnev : au moins on avait une certitude brutale.

Ça me fait rigoler, ces flics de roman qui vous débitent des vérités fondamentales sur le crime et la morale, la vie et la mort, avant d'aller foutre sur la gueule à quelqu'un pour se soulager. Tout ça, c'est des conneries. Tout n'est que conneries, à part être bien vivant.

Gennadi, et maintenant Ricky. Ils ne pouvaient plus parler. On ne pouvait pas les enterrer comme ça. Où était le cinglé ? Où était Lev ? Où pouvait-il bien se planquer ? Et Tolya ?

Je suis rentré chez moi. J'ai attendu le coup de téléphone de Dawn, pour qu'elle me dise quand les Tae allaient revenir. J'ai fouillé un peu partout en me demandant si l'autre toqué était venu en trimballant sa quincaillerie radioactive, si mon loft était contaminé et si j'allais y passer à mon tour. J'ai téléphoné à Roy Pettus chez lui et il m'a dit de me tirer en vitesse, en attendant qu'il envoie l'équipe de décontamination, mais il fallait d'abord que Dawn réponde.

« Nous prenons un vol demain matin », a dit Dawn d'une voix sourde, puis elle m'a donné les détails.

J'ai pris une douche, je me suis enveloppé dans une serviette, j'ai allumé un joint et j'ai pleuré comme une madeleine en pensant à Ricky. J'ai dû pleurer aussi sur mon propre sort.

Le lendemain soir, j'ai récupéré la famille Tae à JFK. Ils étaient partis tout joyeux et en pleine forme. C'étaient deux petits vieux ratatinés qui rentraient à New York. C'étaient comme des jouets mécaniques qu'on aurait oublié de remonter. Ils se sont dirigés vers moi à petits pas, parmi les vacanciers bronzés. Ils se tenaient les bras raides, comme perdus, pendant que Dawn récupérait les bagages. Ils s'appuyaient l'un contre l'autre, désespérés, avec leur fils à l'hôpital à ma place. En les voyant, j'ai compris que j'allais devoir ce qui m'effrayait le plus, retourner à Moscou.

« J'ai bien réfléchi, m'a dit Danny au téléphone. Je crois qu'il n'y a pas de doute et que c'est bien un coup de la mafia contre Ustinov. Et il s'est trouvé que leur tueur, ce Polonais, avait également un autre rendez-vous, ce qui a détourné l'attention du premier. »

Et c'était quoi, ce rendez-vous ?

XIV

Il y avait peut-être une centaine de photos d'elle, cachées sous une latte du plancher derrière la coiffeuse, soigneusement roulées dans des tubes en carton. Rien que des photos de Lily Hanes.

Des portraits. Des photos en pied. Des agrandissements tellement poussés que chaque pore de la peau apparaissait, et que le visage était horriblement déformé. Il y en avait dans des bulles de BD, en dessous coquins, en manteau de fourrure, devant la Tour Eiffel, sur la Place Rouge. Des photos de Lily en Playmate de *Playboy,* avec la typographie même du magazine. Tout cela réalisé avec un soin minutieux, artistement retouché, chaque épreuve roulée dans un tube ou glissée dans une enveloppe en plastique transparent. Du vrai travail de professionnel.

« C'est une amie ? » C'était bien la première fois que Genia me manifestait un intérêt personnel, et elle me tenait la main en sortant les photos qu'elle avait découvertes cachées dans la chambre qu'elle louait à des gens de passage. Elle ne l'avait pas relouée, et c'est seulement quand elle avait voulu faire faire des travaux qu'elle avait découvert cette cachette. Elle avait eu peur et elle m'avait appelé. Je lui ai demandé : « Ton dernier locataire était malade ?

– Oui. »

Je lui ai montré la photo : « C'est bien celui qui t'a agressée ?

– Oui. »

Quand il avait tué Ustinov, Lev visait Lily Hanes. Lev connaissait Lily Hanes. Il l'avait connue. Il avait prémédité le meurtre de Lily et il s'était trompé. La mort de Gennadi Ustinov était accidentelle, il avait ramassé une balle perdue, comme ces gamins qui sont tués chaque nuit à New York, par hasard. Lev avait dit la vérité à Tolya.

J'ai appelé Roy Pettus. Il a envoyé ses hommes chercher les photos. J'ai dormi dans le salon de Genia cette nuit-là, parce que le vieux n'était pas là et qu'elle avait peur. Avant l'aube, quelqu'un est venu frapper à la porte. C'était un des hommes de Pettus.

L'agent a dit : « Si vous voulez bien venir avec moi. » Il était jeune et il avait l'air terrifié.

J'ai pris mon revolver dans ma voiture puis l'agent – j'ignore son nom – est monté dans son minibus, et moi avec.

Le soleil se levait tout juste, les rues étaient désertes. Par ce jour de Yom Kippour, les gens étaient chez eux, à dormir, à prier ou à se la couler douce. En ce jour de l'Expiation à Brooklyn, tout était beau et silencieux. Un air pur et salin soufflait de l'océan. Le jeune agent s'est arrêté devant une maison bien tenue d'une rue secondaire de Sheepshead Bay. On distinguait juste les bateaux de pêche avec leurs pavillons qui claquaient au vent.

Il y avait une enseigne, KATYA'S KENNELS : cela appartenait à la femme de Zeitsev, celle qui élevait des chiens et qui était si tarte. La porte était décorée de silhouettes de chiens et de chats en bois peint. Roy Pettus était là à nous attendre.

Un brouhaha de voix, le ressac lointain, les pavillons dans le vent, rien d'autre. Des hommes de Pettus étaient là. Ils étaient en combinaison étanche. Sans rien dire, Roy m'a tendu un masque. Nous avons traversé la pelouse encore humide de rosée. J'avais une veine qui battait dans le cou et la bouche sèche.

« Je veux que vous voyiez ça, mais vous ne devez pas entrer, m'a dit Pettus en me montrant une échelle appuyée à une fenêtre.

– Vous êtes bien entré, vous.

– C'est différent.

– Je veux y aller aussi.

– Alors, pas plus de deux minutes, *detective.* Lev, donnez-lui une tenue et accompagnez-le », a-t-il dit à l'un de ses hommes, déjà équipé.

Dans la petite maison, c'était une vision d'enfer.

Je me suis souvenu d'une bande d'actualités que j'avais vue à propos de l'effet des radiations sur les cochons. Les cochons roses.

Je m'en souvenais parfaitement. Sept cents gorets avaient été enveloppés dans un truc argenté qui ressemblait à de la feuille d'aluminium, et on les avait enchaînés dans des parcs qui ressemblaient à des boîtes aux lettres. Ils ne pouvaient pas bouger, et ils étaient là sur le sable à quelques mètres du point zéro, quelque part au beau milieu du désert du Nevada.

Après l'explosion de la bombe et la formation du champignon atomique, les cochons avaient continué à couiner. On aurait dit qu'ils avaient été rôtis vivants, mais on continuait à entendre leurs cris de cochons qu'on égorge, au milieu d'un silence de mort. Les hurlements de sept cents cochons.

Dans le chenil, c'était le même vacarme épouvantable d'animaux aux abois. Les chiens dans leurs cages étaient mourants ou déjà morts, leur pelage accroché aux barreaux de fer contre lesquels ils s'étaient jetés. Par tere, il y avait des dents, des fragments d'os, avec ici et là des restes carbonisés. Un chat hurlait, il est apparu, sa peau pendait à sa colonne vertébrale, on aurait cru voir son squelette aux rayons X.

Pettus m'a arraché à cette vision d'horreur. On est restés plantés là sur le trottoir. Il a ôté le casque de son scaphandre. Je lui ai demandé : « Qu'est-ce qui s'est passé ?

– Nous pensons qu'il s'agit d'une très petite charge. Des engrais, des produits chimiques. Une bombe artisanale. Qui n'a pas éclaté.

– Alors, qu'est-ce qui les a tués ?

– Je ne sais pas. Quelque chose qui était dans la bombe, et qui aurait pu en faire une arme nucléaire primitive. Et de suffisamment toxique pour produire ce résultat même sans explosion. Ça peut être n'importe quoi, mais je parierais pour du césium. Peut-être des sels solubles. Vous ajoutez de l'eau et vous remuez.

– Et pourquoi ça n'a pas éclaté?

– Un accident. Une erreur. La veine. » Il avait l'air accablé.

La première personne de l'équipe de jour à arriver était à l'hôpital : elle avait ouvert la porte, et elle n'avait pas compris ce qu'elle voyait. Elle avait aspiré profondément, avec la conséquence que l'on imagine. Quant au veilleur de nuit, il gisait le nez dans son vomi.

C'était un message de l'autre cinglé. De Lev. Et qui signifiait : À vous de jouer. Message adressé à la mafia qui l'avait laissé tomber, aux autorités, à moi.

« Tout le monde dehors ! » a crié Pettus depuis la pelouse. Puis j'ai ôté ma combinaison.

« Pour votre appartement, *detective*, c'est OK. J'ai tout fait contrôler. Le compteur Geiger n'a pas bronché. »

J'ai demandé son téléphone cellulaire à l'un des hommes de Pettus et j'ai appelé Zeitsev. Il a semblé très calme. Il n'avait aucune information :

« Il est entré en contact avec nous. On l'a flanqué dehors. Je lui ai dit : " Qu'est-ce qu'on a besoin d'échantillons de votre connerie ? Nous sommes des hommes d'affaires respectables. " Vous avez vu ce qu'il a fait du commerce de ma femme ? Non mais, vous avez vu ça ? » Il a raccroché, en proie à une rage froide. J'ai senti une main sur mon épaule.

« Et si la bombe avait éclaté ? »

Pettus a répondu : « Tout le coin aurait été contaminé. Peut-être plus. Et ç'aurait suscité des imitateurs.

– Il est dans le coin, non ?

– Sûrement, a dit Pettus. Il me semble que je le sens. »

Quand nous l'avons découvert sur la plage, Lev saignait en abondance, et il essayait de se traîner sous la jetée, comme si elle allait le protéger. Il a tenté de se relever, il est retombé par terre. Il a recommencé plusieurs fois de suite, comme s'il s'agissait d'un rite. Il avait du sable plein la bouche, il a voulu l'essuyer, et il a eu la main couverte de sang.

Tout était plein de sang, sa veste, sa chemise à carreaux, son pantalon, ses mains. Sur son crâne décharné s'accrochaient encore des touffes de cheveux blonds. Il avait les joues creuses d'un vieillard, et plus une seule dent. Je lui ai demandé en russe : « Où sont les échantillons ?

– Je les ai », a dit une voix derrière moi. Je me suis retourné : c'était Tolya Sverdloff. Avec ses deux valises au bout des bras, on aurait dit un porteur. Il avait du sang sur son blouson de cuir, gonflé par le vent de l'océan. Pettus lui a crié : « Pour l'amour du ciel, posez ça ! » Puis il a ajouté en s'adressant à moi : « C'est lui, Sverdloff ?

– Où diable étiez-vous passé ? »

Sverdloff a montré Lev : « Il fallait bien que je récupère les valises.

– Je connais votre indicatif, Mercure rouge. Qu'est-ce que ça signifie ?

– J'étais le DJ nucléaire. Une plaisanterie. Il y a longtemps de ça !

– Une plaisanterie ?

– Oui. C'était comme ça qu'on réussissait à survivre. Avec des plaisanteries. L'auriez-vous oublié ? »

Les menottes dans le dos, Lev titubait et trébuchait contre les tas de détritus amoncelés sous la jetée.

Voilà l'homme qui avait tué Gennadi Ustinov. Olga Gross. Le vieux de Penn Station. Qui nous avait traqués, Lily et moi. Ricky était dans le coma à St. Vincent's à cause de lui. On le suivait à la trace. Or il était pathétique, apparemment incapable d'une telle violence. Mais qu'est-ce que je m'étais imaginé, qu'il allait se mettre à hurler " Top of the world " ! comme James Cagney dans *White Heat* ?

Lev s'est avancé vers moi en chancelant, il a essayé de me donner un coup de tête. Il est tombé la figure dans le sable.

Roy Pettus m'a empoigné par le bras. Je lui ai dit : « Lâchez-moi. » Roy a répondu : « Il me le faut. Je veux le faire parler. Je veux connaître toute l'histoire, demandez-lui. »

Je lui ai parlé en russe, mais il a ricané et il a essayé de se traîner hors de portée. Il me rappelait les gamins avec qui j'étais allé à l'école, des petits Russes avec des cheveux raides blond filasse et les pommettes hautes. Ils habitaient des appartements communautaires malodorants ; nous les méprisions parce que leurs parents étaient des paysans. Ils avaient des grand-mères qui psalmodiaient la litanie ancienne devant leurs icônes : Mort aux Juifs, mort aux Juifs.

J'ai regardé Lev : il était issu d'une lignée d'ivrognes antisémites. Ç'avaient été les grands fidèles du Parti. Les disciples fervents de Leonid Zalenko.

« Et Lily ? Lily Hanes ? » Mais il s'est contenté de grogner, comme les cochons aux actualités.

Lev a essayé de se relever. Je me suis dit, vas-y, approche. Je veux ta peau.

J'ai sorti mon revolver. Je lui ai crié :

« Salaud, tu as tué mon copain ! » Je me suis tourné vers les autres : « Il a essayé de tuer Ricky, vous comprenez ? » Lev a secoué la tête : « Non ! Non ! »

Tolya avait toujours ses valises : « Quand Ricky a-t-il été attaqué ? »

Je le lui ai dit. « Alors, c'est la vérité », a ajouté Tolya. Mais je ne voulais pas l'écouter.

« Non, arrêtez, *detective* ! » m'a crié Pettus. On entendait les sirènes qui se rapprochaient.

Avec une expression de haine comme je n'en avais jamais vu, avec un cri de chat enragé, ou comme les cochons enchaînés dans leurs parcs, de toutes les forces qui lui restaient, Lev s'est jeté sur Tolya et ses valises. Il a essayé d'y donner des coups de pied, de les éventrer pour nous entraîner dans sa mort.

Je ne sais pas trop si je l'ai abattu par pitié comme on achève un animal blessé, ou par simple haine. Il a basculé, il s'est tordu convulsivement sur le sable qui est devenu tout rouge, puis il n'a plus bougé. Tolya m'a dit :

« Il disait la vérité, au moins en ce qui concerne votre ami.

– Qu'en savez-vous ?

– J'étais avec lui. »

Était-ce vrai ? Était-ce pour cela que les hommes de Pettus n'avaient repéré aucune trace de radioactivité dans mon loft ? Alors, qui avait agressé Ricky ? J'ai demandé à Tolya :

« Ça aussi, c'est une plaisanterie ?

– Venez à Moscou. Ça rafraîchira vos souvenirs. »

TROISIÈME PARTIE

MOSCOU

I

Tolya m'attendait à l'aéroport de Sheremtyevo, derrière les barrières où se pressait une foule compacte. Il les dominait tous de sa haute taille.

J'avais dormi pendant presque tout le voyage. En franchissant la douane, j'ai eu l'impression d'avoir reçu un coup sur la tête. Vu de près, sous les lumières verdâtres de l'aéroport, Tolya m'a paru plus âgé que dans mes souvenirs, plus âgé que la dernière fois que je l'avais vu, à Brighton Beach, il y avait dix jours de cela. Il m'a dit : « Je suis venu vous accueillir au pays. » J'aurais voulu pouvoir me sauver en courant.

Ce matin-là dans la campagne, il faisait étrangement doux. À cinquante kilomètres de Moscou on entendait dans les bois les Russes qui cueillaient des champignons, ou alors c'était dans ma tête. Tout me revenait avec ces bruits, le craquement des feuilles, les cris de joie à la vue des champignons, les voix lugubres des vieillards déplorant la tristesse de la saison. On n'allait pas tarder à entendre des lamentations. Je ne savais pas s'il fallait rire ou pleurer.

Au bout d'un bosquet de bouleaux, dans un coude de la rivière, une femme en maillot de bain blanc était debout dans l'eau jusqu'aux genoux, pensive, en train de fumer une cigarette. Elle avait des cheveux bruns coupés très court. La lumière qui filtrait entre les branches dessinait sur sa peau bronzée comme une robe de dentelle. On n'entendait que les bruits qui venaient du bois et la musique d'une radio dans le café installé sur la plage étroite. Elle jouait *American Pie.*

« Svet ! Svet ! C'est moi. Tol. »

La voix de Tolya Sverdloff a retenti derrière moi, et il a dégringolé la berge comme un gosse ou un chien. La fille a levé les yeux, et elle a couru vers lui en souriant, avant de se jeter dans ses bras. C'était une grande belle fille, mais il n'a eu aucun mal à la porter jusqu'à la colline, et il me l'a tendue comme s'il s'agissait d'un cadeau. Il avait ôté son blouson et il l'avait enveloppée dedans.

« Tu es folle de te baigner à cette époque de l'année.

– Pose-moi, lui a-t-elle dit en russe.

– Pardon », et il l'a reposée délicatement sur un tas de feuilles. La boue lui faisait comme des chaussettes. Je me suis souvenu du sable sur la plage de Nikolina Gora, quand on y enfonçait, on se retrouvait avec le même genre de chaussettes. Et j'avais du sable dans mes chaussures quand j'avais regardé Lev mourir sur la plage de Brighton Beach. Et c'était moi qui lui avais tiré dessus.

« Je suis si contente que tu soi ici. » Ses yeux brillaient de plaisir.

« Je ne l'ai vue qu'hier. Elle s'emballe facilement, m'a dit Tolya. C'est ma cousine Svetlana Orlova. Souvent, on l'appelle Kitty.

– À cause d'*Anna Karenine* ? » J'ai dû dire ça d'un air idiot.

« Non. De *Gunsmoke.* » Son anglais était bon. Elle devait me prendre pour un Américain.

Jouant le jeu. Tolya lui a pris la main : « Quand nous étions petits, il y avait des westerns de contrebande. On les réinventait dans la cuisine : j'étais toujours Jesse James. Svet, c'était Miss Kitty. »

Pendant que Tolya parlait, j'avais le cœur qui battait très fort. Il s'est tourné vers moi : « Et voici mon ami Artyom. Dans les westerns, c'est Artie. »

Svetlana m'a regardé dans les yeux et m'a tendu la main. J'en suis tombé sur-le-champ amoureux.

II

« Ce n'est pas ce que j'aime, chéri », a dit Birdie en m'ouvrant la porte, un livre broché à la main. « Pas comme Arthur Hailey », a-t-elle ajouté, avec un soupir mélodramatique. « Ou Stephen King. Lui, il est formidable. »

Birdie Golden a soigneusement refermé son livre, et elle l'a remis à sa place dans la bibliothèque vitrée qu'elle avait apportée avec elle à Moscou il y avait plus de soixante ans de cela. Ses romans étaient méticuleusement rangés, avec son nom écrit sur la page de garde dans cette anglaise que l'on enseignait jadis dans les écoles de New York.

Tolya m'avait déposé et j'avais trouvé ma tante dans ce même appartement de la banlieue de Moscou où elle avait toujours vécu. Elle était assise une jambe repliée sous elle comme une écolière devant sa table de bridge. La porte d'entrée était ouverte ; elle m'attendait. Elle s'est levée pour m'embrasser, comme si j'étais parti le matin même, alors qu'il y avait vingt-cinq ans de cela.

Elle disait toujours : « Birdie connaît la valeur

d'un bon livre », et cela sans aucun snobisme. Ainsi considérait-elle Arthur Hailey comme un excellent conteur, encore qu'elle sût parfaitement que, sur le plan littéraire, ça ne valait pas un clou.

« Une bonne histoire, non ? C'est toujours ce que tu disais, quand je t'apprenais l'anglais, mais il fallait que ça ait un sens. Assieds-toi. Dans le beau fauteuil. Ne trouves-tu pas qu'il fait froid ? Non ? Comme tu as grandi, Artyom ! »

Elle est allée dans la cuisine préparer le thé. Elle était très vive :

« Ton anglais est bon. Mon enseignement a été efficace, non ? »

J'avais cinq ou six ans quand Birdie avait commencé à m'enseigner l'anglais avec l'accent de New York. Elle me « promenait » à travers la ville, en me lisant *Walker in the City* d'Alfred Kazin et le journal de Gorki. Ensuite, nous étions passés à Walt Whitman, Stephen Crane, Washington Irving. Nous admirions Thomas Paine. Elle m'a fait lire Fenimore Cooper et Edgar Poe, Henry James et Melville, Lincoln Steffens, O. Henry et Edith Wharton. Nous sommes venus à bout de Dos Passos, Hart Crane, Clifford Odets et Irwin Shaw. Nous avons visité Harlem avec James Baldwin et Long Island avec Fitzgerald. À quel prix Birdie s'était-elle procuré tous ces livres, je l'ignore, mais elle m'a fait aimer New York bien longtemps avant que je n'y arrive.

« Et puis il y a un gâteau. » Il n'y avait pas à discuter. J'ai vu qu'elle n'était pas encore prête à aborder la question Gennadi Ustinov. Le sujet était trop douloureux. Ils avaient été amis si longtemps. Il l'avait aidée dans les moments difficiles.

« J'en prendrai volontiers un morceau. »

À travers un rideau, je voyais sa minuscule cuisine où étaient entassées des choses que je lui avais envoyées et qu'elle emmagasinait précieusement : des boîtes de biscuits, des pots de café, des paquets de bas à varices, un salami, du chocolat, de l'aspirine, du fromage, tout cela empilé sans la moindre logique. En attendant que la bouilloire chante, elle a examiné une boîte de savons parfumés que je lui avais achetée à la boutique duty free. Elle les a reniflés, elle a lu soigneusement la composition d'un produit venu d'un pays presque oublié, en s'efforçant d'en décoder le sens. Elle est revenue de la cuisine, avec sur son plateau un gâteau, des aubergines au vinaigre, des petits gâteaux, du pain et du beurre, et la théière.

Elle n'avait pas changé, sauf qu'elle était toute ratatinée, avec la peau qui faisait des plis, comme une housse sur un cintre. Elle était toujours aussi entêtée, et n'avait rien perdu de sa vivacité d'esprit. Simplement, elle utilisait davantage les termes affectueux, elle y voyait peut-être le moyen de séduire qui convenait à une vieille dame. Birdie avait toujours gardé ses distances, mais elle s'était adoucie avec l'âge. Elle parsemait son discours d'expressions yiddish, comme si son enfance lui revenait.

« Installe-toi bien dans le bon fauteuil devant la fenêtre, mon chéri. » Et elle m'a indiqué le fauteuil de bridge qui faisait partie de son héritage : « Nous avions apporté nos meubles. Nous avions l'intention de rester. »

Par la fenêtre, soigneusement rafistolée avec des journaux, on voyait le terrain vague qui entourait l'immeuble de Birdie. Les bâtiments ressemblaient à des dents gâtées plantées dans des gencives malades. En bas, il y avait une coopérative devant laquelle des retraités faisaient la queue.

Birdie est venue s'appuyer contre mon bras :

« Ils viennent tous les jours. Rien que pour faire la queue. Tu sais ce que je crois ? Ils viennent par habitude. Par simple habitude. Et pour les restes qu'on leur vend bon marché. Tu sais, j'y suis allée pour la première fois il y a deux ans et j'y ai vu des choses que je n'avais pas vues depuis que j'étais petite. Des rôtis de porc. Des poulets gras. Il y avait des vieilles dames qui étaient venues voir cela. Jamais elles n'en mangeront avant que les vers ne les mangent elles-mêmes. Il y en a une qui a frappé le commerçant avec son sac à main. Mais tu sais ce qui arrive s'ils baissent leurs prix ?

– Non.

– N'essaie pas de m'amadouer. On les retrouve pendus à un croc de boucher dans la chambre froide. Tôt ou tard. La mafia veille. Non ? »

Birdie est retournée s'asseoir en face de moi. Je lui ai demandé : « Je peux fumer ?

– Non. » Elle a dit cela d'un ton irrité.

« La mafia ! On ne parle plus que de ça ! C'est parfait, dans cette capitale des jérémiades et des pleurnicheries, de la délation et des accusations. Il n'y a plus ni discipline, ni respect. Tu sais, Birdie est dégoûtée. La mafia ! Quand on n'est pas satisfait de son sort, on doit lutter pour l'améliorer, au lieu d'en rejeter la faute sur les autres.

» Pour ce qui est de la mafia, j'ai bien connu la vraie. » Celle de son enfance quand, encore petite fille dans leur belle maison de Flatbush, elle avait vu les vrais seigneurs de la mafia, des messieurs en pardessus d'alpaga et chapeau bordé. Ils saluaient cérémonieusement sa mère, et pour elle ils apportaient des sucettes en forme de fleurs ou d'animaux, qui arrivaient tout droit d'Italie. Le père de Birdie était un avocat éminent qui connaissait tout le monde en ville, et elle avait rencontré Lucky Luciano et Bugsy Siegel quand ils venaient pour affaires. Ça, c'était la mafia.

J'écoutais Birdie évoquer ses souvenirs : se souvenait-elle que j'avais quitté le pays ? Quand elle parlait, cela faisait un peu le même bruit qu'une tasse dans sa soucoupe : elle avait fini par se résoudre à porter un dentier, mais il lui allait mal. Jadis, Birdie avait été très fière de ses dents. Elle répétait volontiers : « Tu sais comment j'ai gagné l'argent pour venir à Moscou ? Avec le lait. J'avais des dents merveilleuses. Alors à New York, j'ai posé dans des réclames pour le lait. »

Birdie buvait son thé en bavardant. Les temps étaient durs, mais si cela signifiait qu'on n'avait plus les moyens de faire ressemeler ses chaussures, si l'on avait encore un peu de fierté, on n'allait pas les vendre dans la rue. On restait chez soi. Quand on n'avait pour vivre qu'une retraite en roubles, on restait chez soi, et l'on regardait les nouveaux millionnaires à la télévision.

Birdie, quant à elle, avait encore un petit quelque chose. Après soixante ans passés à Moscou, elle était toujours la fille d'Abe Golden, et pas absolument sans ressources. Elle a pris une photographie dans un cadre de bois peint et l'a tenue à la lumière : c'était Birdie Golden à vingt-deux ans, en robe d'été et sandales blanches, au milieu de la Place Rouge. Birdie était arrivée avec deux malles de cabine de chez Louis Vuitton pour participer à la révolution. La fille d'Abe Golden avait fait le voyage en première classe.

Birdie Golden voyagerait de nouveau en première classe. Elle pensait souvent à elle-même à la troisième personne, surtout quand elle envisageait l'avenir. Dans la glace au-dessus de la bibliothèque elle était souvent surprise de voir ce qu'elle était devenue. Les personnes jeunes ne comprennent pas qu'on ne se sent pas vieillir : on est toujours soi-même et, dans le cas de Birdie, pas belle mais séduisante, on a toujours vingt-deux ans, on est encore prête à prendre le monde à bras-le-corps. Tandis que le miroir ne renvoyait que l'image d'une vieille dame au chignon mal coiffé, avec des yeux gris que voilait la cataracte. « Mais n'allons pas nous apitoyer sur notre propre sort », a-t-elle ajouté, comme pour son propre compte.

« Aide-moi, mon chéri. » Elle s'est agenouillée devant la bibliothèque où ses livres étaient rangés par ordre de préférence – Arthur Hailey, Ross MacDonald, Robert B. Parker – elle adorait le détective Spenser avec ses recettes et sa délicieuse petite amie – et elle a tâtonné à la recherche d'un tiroir secret. Le panneau a tourné. Elle a sorti plusieurs carnets et un mince album de photographies. Birdie l'a posé sur le plateau couvert de cuir crème de la table de bridge.

J'ai demandé : « Je peux fumer ?

– Tu me l'as déjà demandé. Me croirais-tu gâteuse ? Non, tu ne peux pas. C'est mauvais pour toi. Et pour moi aussi, sans doute. »

Birdie a ouvert l'album. Les photographies étaient recouvertes de papier de soie : ma mère en costume de bohémienne, avec un large sourire ; mon père vers la trentaine, fort bien de sa personne, en compagnie de messieurs qui ne l'étaient pas moins, l'un avec un béret crânement ramené sur l'oreille, l'autre avec un cigare : Che Guevara, Fidel. Ses amis. Les idoles de ma jeunesse. Là, il faisait un clin d'œil à l'objectif, il tenait par la taille un autre camarade. Ils riaient, plantés sur la rive de la Moskova, comme Tolya et moi le matin même, mais eux tout fiers en maillot de bain. Birdie a dit :

« La plage diplomatique n° 3. Ils y rencontraient des étrangères. Je leur procurais des préservatifs. Ta grand-mère était furieuse. »

L'autre garçon, c'était Gennadi Ustinov.

Il y avait d'autres photos : me voilà en uniforme d'école, l'air idiot. Dans ma voiture, à New York, une photo que je lui avais envoyée peu après mon arrivée. Ma mère le jour de son mariage, dans un élégant tailleur avec un petit chapeau ; une photo craquelée, œuvre d'un grand photographe de Saint-Pétersbourg, représentant ses parents à la fin du siècle dernier avant leur départ pour l'Amérique.

Il y avait des photos de jeunes ouvriers du Komintern, à vélo, en pique-nique, sur la Place

Rouge, en train de faire bonjour ou de sourire joyeusement. Des petites jeunes filles effrontées souriaient à l'objectif. Des jeunes gens à vélo faisaient les acrobates. C'étaient les camarades de Birdie. Elle a dit brusquement :

« Ils sont tous morts, maintenant. »

J'ai demandé :

« Et Bela Nikolayovich ? » Ç'avait été le dernier soupirant de Birdie, un diplomate hongrois très distingué qui pendant les années soixante était un temps devenu maoïste, avant d'aller pratiquer le Zen dans un monastère bouddhiste dans la banlieue de Moscou, où régnait une forte odeur de pipi de chat.

« Il est mort. Ils sont tous morts. Il a connu son heure de gloire pendant la guerre quand il a cru qu'il était vertueux de travailler dans les services secrets. Nicky disait qu'il avait un champ de vision de 180°. Eh bien, il est mort. Comme les autres. Ou alors ils sont gâteux. Sais-tu, Artyom, ce que je déteste le plus ? Ce sont les vieux complètement abrutis.

» Nous ne sommes pas venus pour trouver ça. » Elle a montré la fenêtre rafistolée, les bonshommes à la télévision occupés à s'invectiver. Sur l'estrade, il y en avait un qui titubait et qui a failli se flanquer par terre : « Des ivrognes. Nous sommes venus ici pour trouver l'ordre. La discipline. Pour rester. » Birdie n'avait pas changé. Elle avait toujours la vraie foi.

Je connaissais l'histoire, mais c'était le morceau de bravoure de Birdie et je me suis carré dans mon fauteuil pour l'écouter. Birdie refusait de faire partie des déçus, encore que son aventure figurât parmi les plus tristes vécues dans ce bon Dieu de pays. Birdie faisait partie de ces étrangers qui, séduits par le grand rêve socialiste, sont partis pour l'URSS à la fin des années vingt et au début des années trente. Les espions, ç'a été plus tard – les Philby, les Blake –, ils ont fini à Moscou, mais c'étaient des professionnels égarés. « Nous étions venus pour rester », répétait-elle.

Cerux de la génération de Birdie étaient partis faire la révolution avec leurs tables de bridge, leurs machines à coudre Singer, leurs livres. « Nous sommes venus parce que nous y croyions. » L'égalité des hommes, la dignité du travail, ils y croyaient avec une sorte de ferveur ingénue. La plupart étaient des intellectuels venus de la ville, qui n'auraient pas su faire la différence entre un tracteur et un tank. C'est à Alexandrov que Birdie avait appris à conduire un tracteur, bien qu'elle fût venue par Bremen, avec les dollars de son papa plein les poches. Un temps, elle avait cousu des vêtements pour les travailleurs dans une communauté de vrais croyants occidentaux.

« Les années trente, ça n'était pas une époque de cyniques », a dit Birdie, pendant que je reprenais de son gâteau. « Il n'y en avait qu'un, Staline. Tu veux savoir qui a perdu ?

– Tu me l'as déjà raconté. »

Birdie avait travaillé comme dactylo au Komintern. L'organisation de Lénine pour la révolution mondiale attirait des gosses comme Birdie qui, dans ce bâtiment à côté du théâtre Bolchoï, avec aux pieds leurs bonnes sandales américaines, travaillaient à renverser le capitalisme. Les recrues comme Birdie lisaient les journaux étrangers, écoutaient le BBC World Service. « Nous étions là pour prendre le pouls. » Elle a ôté ses lunettes. Elle n'avait rien perdu de sa diction new-yorkaise rapide.

Pour Birdie, la solidarité était une notion attirante, et la société sans classe pleine de poésie. L'amour libre était dans l'air, avec la musique folklorique. C'était une culture séduisante. J'ai pensé à Lily Hanes et à ses parents qui avaient été de vrais croyants.

« Je les ai tous connus », a dit Birdie, évoquant les leaders du temps de sa jeunesse. Malgré les horreurs dont ils s'étaient rendus coupables, ç'avaient été des hommes fascinants dans une époque passionnante. Birdie prétendait même avoir fréquenté Paul Robeson, à une certaine époque, ce qui avait toujours le don de nous amuser. « C'étaient tous des poètes, ajoutait-elle.

– Comme le président Mao ?

– C'est bien l'esprit de ta mère. » Birdie m'a fait un clin d'œil, comme si j'avais réussi quelque examen.

Birdie avait donné son argent à la révolution et à son mari, Guram, un très bel homme, Géorgien et officier de l'Armée Rouge. Pour Guram et leur fils, et pour la cause, très tôt, comme les autres, Birdie avait pris la nationalité soviétique. Quand les purges avaient commencé, ces créatures hybrides s'étaient révélées doublement vulnérables à la xénophobie obsessionnelle de Staline. Et aux yeux de leurs ambassades, c'étaient désormais des étrangers dont personne ne se souciait.

En 1937, le mari de Birdie, qui était l'oncle par alliance de ma mère, fut arrêté. Il était marié à une Américaine, c'était par conséquent un « ennemi du peuple ». Il devait passer dix-huit ans aux travaux forcés. En 1939, Birdie, en tant que femme d'un « ennemi du peuple », fut arrêtée à son tour. Leur fils, Stefan, fut placé dans un orphelinat destiné aux « enfants des ennemis du peuple ».

Par peur, Stefan cessa de parler anglais. Parler anglais, cela signifiait que vous étiez un espion. À dix-neuf ans, il se noya. Mon père prétendit que c'était un suicide, ma mère un meurtre. Guram en mourut.

« Il avait le cœur brisé. » Birdie disait cela comme si ç'avait été une maladie, comme le cancer. « Tous les gens que je connaissais se sont terrés. Ils ont cessé de parler anglais, car c'était la mort assurée. Ils ont oublié qui ils étaient. On ne parlait plus qu'à voix basse. »

Mais pas Birdie. Car Birdie, c'était Birdie. Elle est sortie du camp. Elle s'est installée dans cet appartement de Moscou. La guerre est passée. Staline est mort. Joe McCarthy aussi. Pour Birdie, ils ne faisaient qu'un.

La résistance de Birdie, ce fut d'enseigner pour son propre compte l'anglais à tous les moutards qui avaient envie de l'apprendre. Elle nous a communiqué une véritable passion pour la langue, pour l'Amérique, pour New York. Nous étions mûrs pour cela. Nous n'étions que des gosses quand nous avons vu nos parents pleurer après l'assassinat de John Kennedy, un président si jeune et si beau. L'Amérique, c'était le pays de la liberté, des braves et d'Elvis. Tout le monde savait ça.

Et dans cet appartement où j'avais passé tant de temps, tout me revenait d'un coup, et j'aurais pu réciter les histoires de Birdie comme une liturgie. C'était tout mon passé.

Birdie m'a pris la main. La sienne était sèche comme de la peau de reptile.

« Tu dois te demander à quoi je crois aujourd'hui, hein ? Tu dois penser que je suis une de ces créatures pathétiques, qui après avoir cru des quantités de conneries, ne croient plus à rien. Comme Doreen, tu te souviens, cette Anglaise qui avait une si belle peau ? Elle a passé toute la guerre dans une pièce sans fenêtres ni miroirs. Elle a dormi pendant des années. Birdie, elle, ne dort pas. Birdie n'est pas pathétique. » Elle a continué d'une voix plus calme : « Birdie ne pleure pas Staline ou Gorbatchev qui parlait le russe des paysans. Ni sur elle-même. Ou sur Eltsine. Staline a assassiné la pensée soviétique. Nous n'avions pas à nous demander pourquoi. Nous n'avions qu'à obéir ou mourir. Aujourd'hui, je me pose des questions. Birdie Golden mourra enfin raisonnable. Mes histoires t'intéressent ? Tu veux que je continue ? Bientôt je serai morte, ce sera la fin de mes histoires.

– Et Gennadi Mikhailovich ? Tu ne m'as jamais rien raconté sur l'oncle Gennadi.

– Tu veux savoir s'il a trahi ton père. »

Birdie m'a montré une photo de mon père et d'Ustinov en uniforme de l'armée.

« Les malheureux qui devaient servir dans l'armée,

surtout en ce temps-là. » J'ai pensé aux jours pénibles que j'avais passés dans l'armée israélienne. Birdie s'est exclamée :

« Penses-tu ! Ils ont adoré ça ! Ils pouvaient jouer aux soldats. Ils voulaient être des héros. C'étaient les années cinquante. La mode était à la patrie. D'ailleurs, ils n'étaient pas de simples conscrits, mais des officiers. Ils adoraient ça. »

J'ai fait la grimace.

« Que croyais-tu qu'était ton père ? » a demandé Birdie.

J'avais le nez dans ma tasse.

« Il était au KGB. Il l'avait choisi. Il adorait ça. Tous les deux, comprends-tu ? Ils avaient ça dans le sang. Toi, tu es juste comme ta mère. Elle était bruyante, sans aucun réalisme. Savais-tu qu'elle avait été une excellente journaliste ? Mais elle reculait devant ce qu'il y avait à faire, elle ne savait pas refuser courtoisement tout en laissant entrevoir la possibilité d'une coopération. Impossible de la faire taire, c'est ce que j'aimais en elle. Elle a causé bien des ennuis à ton père, il l'aimait quand même. Au moins il a fait ça.

– Comment cela ?

– Quoi ? Tu croyais que c'était un saint ? Il était du KGB. Tout comme Gennadi. Ils ont fait des choses. »

Je n'ai rien dit, mais Birdie ne m'a pas lâché comme ça :

« Gennadi a-t-il trahi ton père ? A-t-il rapporté ce que disait ta mère, ses plaisanteries, son horreur du système, son effort pour faire passer des informations à ses amis étrangers ? Je l'ignore. Naturellement, Gennadi était amoureux d'elle. »

Je crois que je m'en étais toujours douté.

« Il a été amoureux d'elle avant que ton père ne le soit, et tu sais comment il savait parler, tu t'en souviens ? Il aurait pu charmer les oiseaux. Mais ta mère a préféré ton père.

– Je vois.

– Ne sois pas un enfant. Il n'a pas trahi ton père pour cela. S'il l'a fait, c'est qu'il croyait au système. Et quel bel homme ! Tous les ans, il venait me souhaiter mon anniversaire.

» Et toi, Artyom, il t'aimait beaucoup. Et quand tu n'as pas voulu aller le voir, cela lui a fait beaucoup de peine. À la fin, il en savait trop sur tout cela. » Birdie a eu un geste de la main, qui signifiait Moscou, la Russie, la vie. « Il en savait presque autant que Birdie. » Là, elle s'égarait. « Tu l'as revu, à New York ?

– Non.

– Tu as reçu mes caramels ?

– J'ai tout mangé.

– Artyom, il faut que tu m'aides. »

Je n'avais jamais entendu Birdie demander quelque chose. C'était devenu une légende, et une fois, ma mère m'avait dit : « Si jamais Birdie avait besoin de quelque chose, il faudrait deviner quoi, parce qu'elle ne demandera jamais rien. Elle a une fierté épaisse comme ça. »

« Qu'est-ce que je peux faire pour toi ?

– Tu es marié, Artyom chéri ?

– Ne joue pas les mères juives ! Je l'ai été. Jadis.

– Jadis ? Quand tu avais dix-huit ans, tu as été marié, pendant cinq minutes. Et qu'est-ce qui est arrivé ? Tu as été courir ailleurs, alors elle t'a plaqué. Pauvre idiot ! Bien sûr, cette petite Evita avait un gros derrière, mais pour une Israélienne, elle n'était pas si mal. » Elle a fixé sur moi ses yeux de vieil oiseau. J'ai fait une grimace :

« Oui, je me suis conduit comme un idiot. J'étais bien jeune.

– Marie-toi. Tu vivras plus vieux.

– Dis-moi ce que tu veux.

– Savoir qui a tué Gennadi Mikhailovich. »

Alors je lui ai parlé de Lev, du meurtre, de la mafia, et elle a fait la grimace.

« Foutaises. Qui a monté le coup ? Qui a envoyé un tueur ?

– C'est un accident.

– Ne sois pas ridicule. » Comme moi, elle n'arrivait pas à croire que cette mort fût accidentelle, sans signification spéciale. Birdie a fermé les yeux : « Je me sens lasse. Avant de partir, tu peux fumer si tu veux. » Elle ménageait son effet dramatique : « Devine qui j'ai vu. »

Elle avait vieilli : elle avait changé de sujet sans s'en apercevoir. Elle serrait ma main dans les siennes.

« Qui, chérie ?

– N'essaie pas de m'embobiner. Et ne me regarde pas avec cette expression. Mais je vais quand même te dire qui j'ai vu.

– Qui ?

– Chaim Brodsky. » Elle avait dit cela d'un air

triomphant. « Après tant d'années, voilà Chaim qui appelle Birdie. Quand était-ce ? Il y a quelques mois. Il veut venir me voir. Bavarder. Parler du bon vieux temps. Si je crois ça, pourquoi ne pas croire à un pape juif, tant qu'on y est ? J'émets des exigences : " Vous m'excuserez, Chaim Arnoldovich, vous êtes célèbre et respecté, mais je suis un peu plus âgée que vous, ce sera à vous de vous déranger pour voir Birdie. Je ne sors plus guère. " " Je vous enverrai une voiture ", dit Chaim. " Je vous emmènerais dîner au *Métropole.* " La voiture arrive. Pas n'importe quoi ! Il dit que c'est une Mercedes Benz. On dirait un corbillard. Et en plus, une voiture allemande.

– Puis-je te demander quelque chose, tante Birdie ?

– T'ai-je jamais dit non ? T'ai-je jamais menti ? Tout ce que tu me demandais, je te répondais. Qu'est-ce que c'est ?

– As-tu jamais couché avec Chaim Brodsky ? »

Birdie a fait la grimace, puis elle a éclaté de rire : « Eh bien, je t'aurai appris à poser des questions ! Une fois. Un week-end.

– Tu l'aimais ? »

Toute rougissante, Birdie a feuilleté son album. « Qu'est-ce qu'il voulait ?

– Mes carnets.

– Quels carnets ?

– Des carnets. J'ai noté des choses pendant trente, peut-être quarante ans. Comment Chaim le sait-il ? Les gens bavardent. La rumeur. Comme d'habitude. Tout le monde sait que Birdie note des choses dans un carnet. Mais seul Chaim est assez malin pour deviner que cela présente un intérêt. Représente des informations, toujours précieuses dans ce pays incroyable. Chaim sait cela mieux que personne. Il est partout. Il achète tout, les journaux, la télé, il a ces satellites. Mais jamais sous son nom : M. Chaim Brodsky est retraité, un vrai diplomate, le Monsieur je-sais-tout de la Russie. Mais moi aussi, je sais tout. » Elle a bu une gorgée de thé.

« Je connaissais des gens, je notais des choses. Certaines années, il n'y avait pas grand-chose à faire. Pendant la guerre. Pendant les purges. Birdie reste à la maison, reste tranquille, elle écrit dans ses carnets. Qui se soucie de ce que fait une vieille bonne femme ?

– Quel genre de choses ?

– Une autre tranche de gâteau ? Il était bon ? Allons, finis le dernier petit morceau.

– Merci. » Je finis le dernier petit morceau.

La nuit est tombée, je ne m'en étais pas aperçu. Des loupiotes jaunâtres s'allument dans les immeubles de l'autre côté de la cour. Je tire les rideaux cousus par Birdie, j'allume une lampe. À la lumière, je vois mieux combien elle a vieilli. Je tends la main vers mon sac :

« Un petit schnaps ?

– Pourquoi pas ? »

Je verse dans les tasses à thé deux doigts du scotch que j'ai acheté à l'aéroport.

« Quel genre de choses ? Un peu de tout. Les gens que je rencontrais. Ceux que je fréquentais. Ce que je savais. La politique. L'argent. Qui couchait avec qui. Les chaussettes d'Andropov. Tu savais qu'il portait des chaussettes de soie ? Paul Robeson. Quelle voix !

– Tu as donné tes carnets à Brodsky ?

– Crois-tu que je sois folle ? Bien sûr que non. Je ne donnerais pas à Chaim Brodsky un sparadrap même s'il glissait d'une lame de rasoir longue de quinze mètres dans une mare de teinture d'iode, si tu vois ce que je veux dire. Les carnets, ce sera pour toi. Il faut me promettre que tu les conserveras, quand je n'y serai plus. » Elle a souri comme un vieux chat : « Quand je n'y serai plus. Ce qui ne saurait tarder, mais pas tout de suite.

– Bien sûr. C'est promis. Tante Birdie ?

– Ce whisky est très bon, chéri. Comment ?

– As-tu jamais entendu parler de mercure rouge ? »

Birdie a pouffé : « Oh ! le mercure rouge ! On ne parle plus que de ça. C'est une passion chez les étrangers, on en fait des livres, des films. Bien sûr que j'en ai entendu parler. C'est pour les armes nucléaires. Mais aux reporters, tu sais ce que je leur dis ?

– Quoi ?

– Que j'ai des relations. Que je peux peut-être m'en procurer. Ils m'offrent même de l'argent. » Birdie s'étouffait de rire.

« Et c'est vrai ? »

Dans l'appartement d'à côté, c'était la bagarre. Le gamin pleurait, le chat miaulait. Birdie s'est frotté le front d'un air las.

« Pourquoi ne pas vendre les carnets à Chaim ? Il est pourri de fric, passe-moi l'expression.

– Laisse donc. Non, je ne veux pas de l'argent de

Chaim. Tu prends Chaim pour un grand homme ? OK. Mais il a fréquenté des gens peu recommandables. Qui ont détruit les syndicats. Qui ont volé les retraites des pauvres. Des hommes qui ont bombardé des bébés innocents au Cambodge. Au Viêt-nam. Il a été l'ami de Robert Maxwell, de Margaret Thatcher, même de Richard Nixon. Et il est aujourd'hui l'ami de fripouilles. Mais je suis fatiguée. » J'ai compris que cela la décourageait de parler d'un homme qu'elle avait jadis aimé, et qui avait trahi l'idéal pour lequel elle avait vécu.

« Je suis si fatiguée.

– Voudrais-tu rentrer en Amérique avec moi, tante Birdie ? Je pourrais certainement arranger ça. »

Elle m'a dit d'un ton sévère : « Et qu'irais-je faire en Amérique ? Ma place est ici. Simplement, je suis fatiguée.

– As-tu besoin de quelque chose ?

– Simplement de me reposer. Reviens me voir demain.

– Je peux amener quelqu'un ?

– Une jeune fille ?

– Une jeune fille.

– Jolie ?

– Très.

– Eh bien, amène-la, Artyom. Viens mercredi. D'ici là, je serai allée chez le coiffeur. »

Quand je l'ai embrassée, j'ai senti ses os – ils semblaient fragiles comme des baguettes. J'ai pris ma valise.

« Ces nouveaux amis de Brodsky sont-ils aussi pire que cela ? »

Elle m'a regardé : « Assez pour vouloir me tuer. »

III

De l'appartement de Birdie à l'hôtel où Tolya m'avait donné rendez-vous, on m'a suivi. Des fantômes ? Des espions ? Assis dans le taxi, j'avais la tête qui tournait, je respirais les gaz échappement des voitures, la puanteur de Moscou. J'avais les yeux fixés sur la nuque du chauffeur. Il avait les cheveux longs.

Birdie avait-elle raison ? Chaim Brodsky n'était-il qu'une crapule ? Avais-je été si flatté de le rencontrer que cela m'avait échappé ? Bien sûr, il ne m'avait pas dit qu'il l'avait vue à Moscou, et alors ?

Je n'ai pas cru Birdie. À son âge, elle vivait dans le passé. Elle était déçue parce qu'un homme qu'elle avait jadis aimé avait été l'ami de Nixon et parce que son monde à elle avait disparu.

Comment le lui reprocher ?

Moscou était devenu pour moi une ville inconnue. Pour Birdie, ç'aurait été l'enfer. Il y avait des affiches, des néons, des réclames pour Coca-Cola, Mars, Versace, Chevrolet, *Playboy*, des sex clubs. On avait changé les noms des rues. Elles étaient pleines de voitures, Alfa, BMW, Jeep, Buick, Range Rover. Une Mercedes aux vitres teintées a pris le sens interdit à fond de train dans de grands appels de phares, projetant autour d'elle gravier, pollution, corruption. Dans les *Izvestia*, il y avait une chronique financière, et des mendiants à côté du kiosque à journaux.

Bien sûr, je me souvenais de quantités de choses, mais principalement du vide des rues de Moscou comparées à celles de New York. Peu de voitures, peu de magasins, pas de publicité. Ce n'était plus le cas. J'avais la tête qui tournait. J'ai même cru voir des flics dans une chevrolet bleu et blanc.

J'ai dit au chauffeur de rouler encore. Près de la gare de Slaviannskaya, j'ai vu deux hommes déposer un corps enveloppé dans des journaux. Quelques secondes plus tard, deux gamins sont venus voir ce que c'était, avec des mouettes qui tournoyaient au-dessus en criant. Devant la gare de Belorus, des femmes qui devaient bien être aussi âgées que Birdie étaient plantées là immobiles, à essayer de vendre ce qu'elles possédaient encore, de vieux vêtements étalés devant elles. Je remarquais ce que les autres touristes avaient remarqué. Sans doute parce que j'étais moi aussi devenu un touriste.

Le taxi s'est arrêté à un feu rouge. Une petite fille, elle pouvait bien avoir cinq ans, a passé la tête par la vitre, elle a mendié quelques sous, en échange d'un numéro de *Cosmopolitan*. Elle était maquillée en clown. Elle a fait son petit numéro pour me remercier.

Pauvre Birdie.

J'aimais beaucoup Birdie, mais que pouvait-elle savoir ? Et comment ?

Tout le monde estimait Brodsky. Tout le monde. Si j'allais raconter qu'il avait des tueurs à gages qui travaillaient pour lui, on me collerait à l'asile. Je suis arrivé à l'hôtel, trop las pour rien remarquer, sauf le thème de *Chariots of Fire* dans la musique d'ambiance. C'était comme un mauvais rêve. J'ai pris une pilule de somnifère.

Quand je me suis réveillé le matin, Svetlana était assise au pied de mon lit, elle me souriait pendant que Joe Witte donnait le bulletin météo. J'avais l'impression d'être dans un rêve. Puis Kattie et Bryant au Rockfeller Center ont succédé à Witte.

« Vous les reconnaissez ? » m'a-t-elle demandé.

Oui, c'était *The Today Show* retransmis de New York sur Superchannel. J'étais de retour à Moscou au bout de vingt-cinq ans et je regardais *The Today Show*.

Encore tout abruti par le somnifère, je lui ai demandé : « Comment êtes-vous entrée ?

– J'ai demandé à la femme de chambre. J'ai dit que j'étais votre femme. J'ai été très gentille. elle s'appelle Irina.

– Vous êtes très gentille. » Elle s'est levée, elle a ôté sa veste. Elle a ôté son sweater et son jean sans faire de manières. Je me suis levé, je l'ai prise dans mes bras et nous nous sommes couchés. Il n'y a eu ni conversation, ni petites plaisanteries, ni fausse pudeur, ni préliminaires. Elle a été très directe : elle avait envie de moi.

Après, une fois rhabillés, nous sommes descendus

prendre notre petit déjeuner. Dans la salle à manger, une femme en noir jouait au piano Andrew Lloyd Webber pour le plaisir des hommes d'affaires. Avant de sortir de l'hôtel, j'ai demandé une autre clef pour Svetlana.

Sa petite auto jaune était devant la porte. Svetlana appelait sa Trabant jaune acide le citron. « C'est un ami de Berlin-Est qui me l'a vendue. Après la chute du mur. Je l'ai eue pour trois fois rien. »

Les Trabbie d'occasion étaient très prisées des nouveaux riches de Moscou, des rockers et des artistes, qui trouvaient que les Mercedes ou les Rolls ça faisait parvenu. Mon père n'aurait pas su s'il fallait en rire ou en pleurer. Ma mère aurait trouvé ça très rigolo.

Svetlana l'a flattée comme un cheval : « C'est ma petite tondeuse à gazon. Elle tombe tout le temps en panne, mais je l'aime bien.

– Très chic. » Je riais aux anges comme un idiot. Je trouvais Svet merveilleuse.

Elle a dit qu'elle avait des provisions à faire, et nous sommes allés à pied jusqu'au supermarché qui se trouvait derrière l'hôtel.

Devant l'entrée, un vieux monsieur a failli se flanquer par terre dans l'escalier. Il avait tout du vieux juif, le visage, la barbe, le chapeau. Deux morveux boutonneux s'en sont pris à lui, en hurlant : « Sale Juif! Fous le camp de chez nous! » L'un des moutards l'a fait tomber.

Svetlana a aidé le vieux monsieur à se relever puis, toujours souriante elle s'est tournée vers les petits voyous et leur a filé des taloches. On voyait que cela

lui était venu naturellement, ça n'était pas pour la galerie. Cela fait, elle est entrée dans le magasin et elle a examiné le rayon des fruits. Je lui ai dit :
« Ç'a été très bien.
– Qu'est-ce qui a été très bien ? » Elle est allée au rayon du poisson surgelé.

Qu'est-ce qui m'arrivait avec Svetlana ? Cela faisait un quart de siècle que j'appréhendais un retour à Moscou. À peine arrivé, je tombais sur cette fille qui était pour le moment en train de lire les étiquettes en riant. Je poussais son caddie qu'elle remplissait lentement pendant que nous bavardions. Je n'avais jamais autant désiré quelqu'un, mais ça ne pressait pas. Tout me semblait parfaitement naturel. Elle était à la fois placide et passionnée – et je me sentais excité et calme. Pendant qu'elle inspectait les différents parfums de crèmes glacées, je l'ai prise dans mes bras et je l'ai embrassée. Elle m'a dit : « Retournons dans ta chambre. » Et elle a planté là le caddie.

Après le départ de Svetlana, j'ai rangé mes affaires et je suis allé faire un tour. Sur l'Arbat un orchestre de clowns jouait *Hava Nagillah.* Puis *Putting on the Ritz.* Dans une devanture, six télés diffusaient des feuilletons mexicains et les passants s'aplatissaient le nez sur la vitrine pour regarder *The Rich Also Cry.*

Je suis allé jusqu'au vieil immeuble de Radio Moscou où Tolya travaillait.

Des kiosques avaient poussé partout. On pouvait tout acheter. J'ai acheté des journaux. Des tonnes. Je lisais en marchant. Les gros titres de la presse populaire affirmaient qu'Attila roi des Huns, Hitler et

Jeffrey Dahmer avaient débarqué de vaisseaux spatiaux ennemis dans l'intention de contaminer les populations de la Sainte Russie. J'ai appris comment les Tchétchènes avaient compris le réel intérêt des écoutes et des radios amateurs grâce aux aventures de Charles et de Lady Di.

Quand j'ai eu découvert Tolya, et comme nous prenions un café à la cafétéria, il m'a dit : « Imaginez cela ! Je vais en reportage au fin fond du Caucase. Je tombe sur une bande de montagnards, de véritables hors-la-loi tchétchènes. On est sous la hutte, avec ces manteaux en peau de mouton. Ils sont une demi-douzaine, complètement pétés. Ils me passent la bouteille. Nous sommes tous accroupis autour de ce radio amateur. Ils écoutent en riant. Quoi ? Le prince Charles et Lady Di. Il dit à sa maîtresse qu'il voudrait bien être son Tampax. Le chef tchétchène me demande : « C'est quoi, un Tampax ? » Ils ont les yeux qui leur sortent de la tête. Ils trouvent que c'est une idée épatante d'intercepter les conversations, les informations. Les voilà convertis à la radio amateur. »

Nous sommes sortis par le grand hall. Sur le mur, une photographie jaunie représentait un homme en cardigan et lunettes en train de lire un texte derrière un microphone à l'ancienne. C'était la première émission diffusée par Radio Moscou, précisait l'inscription. Le speaker était en train de dire : « Travailleurs de tous les pays, unissez-vous. » J'ai trouvé son expression triomphante particulièrement convaincante.

J'étais bien content de revoir Tolya. À vrai dire,

j'avais besoin de lui. Je pouvais me débrouiller, même avec les noms de rues et les changements de métro, mais j'avais peur.

Tolya m'a jeté un coup d'œil : « Ça va ? »

OK, OK, ça va vachement bien. Sauf que j'ai respiré un grand coup de ce qui s'échappait de cette valise sur la plage à Brooklyn il y a dix jours de ça et que je vais peut-être tomber raide empoisonné par les radiations, ou que je vais retrouver ma bite sur le plancher un beau matin. Seule consolation, la prise de sang faite sur le cadavre de Lev avait prouvé qu'il n'avait pas le Sida. C'était toujours ça. Et puis je n'arrivais pas à me faire à l'idée d'être revenu à Moscou.

Et en plus, j'étais tombé amoureux d'une Russe. À qui raconter ça ? Ce pauvre Ricky était dans le coma, entre la vie et la mort. Il semblait que tante Birdie possédât des archives supérieures à celles du KGB pour ces soixante dernières années, ce qui pouvait signifier sa perte. Et j'étais toujours incapable de trouver un lien entre la mort d'Ustinov, l'apparition de matières nucléaires à New York, la mort d'Olga et celle de Lev. Et qui avait bien pu agresser Ricky, si ce n'était pas Lev ? Ce qui semblait être le cas.

Ensuite, je ne comprenais rien à la façon dont les choses fonctionnaient à Moscou : le patron de Tolya avait encore sur son bureau sept téléphones à cadran tournant, et les feux rouges marchaient quand ils avaient le temps, parce que les fils étaient rongés par les rats.

Tolya m'a dit : « C'est parce que vous voyez tout avec des yeux d'Américain. Rien n'est logique ici. »

À Moscou, toutes sortes de rumeurs circulaient, sur la mafia, les parrains, les seigneurs du crime. Des rumeurs et des demi-vérités. Moscou regorgeait de jeunes Américains qui jouaient aux journalistes et répandaient les bobards. C'était du moins ce que prétendait Tolya. *Trenmos*, c'était là qu'ils allaient manger des hamburgers, ils se retrouvaient au *Raddison Hotel* pour le cappuccino, et devant le Bolchoï pour l'ecstasy. Et ils trafiquaient dans tout ce qui se trouvait, des jus de fruits en boîte aux matières radioactives. Ils répandaient les rumeurs histoire de rigoler. La boff génération.

« Parlez-moi encore de cet indicatif " Mercure rouge ". » Je l'ai mis au courant à propos de Rick et de son cousin à Shanghai.

« Sans blague, Don est le cousin de votre ami ? Le monde est petit. Le camarade Don était un type formidable, on a bien rigolé ensemble dans le temps, sur le circuit. Vraiment le type épatant. Il avait des albums pirates des Beatles fabuleux.

– Vous ne pourriez pas m'épargner la nostalgie du bon vieux temps des rockers communistes ? »

Il a pris un ton protecteur : « Bien sûr, mon vieux, vous êtes pour le jazz. Mercure rouge, j'en ai fait mon indicatif pour deux raisons. D'abord, je vous l'ai dit, j'étais le DJ nucléaire. La grande explosion. Pour les autorités, c'était le tout balistique. Les gens ne savaient rien du mercure rouge, je leur ai expliqué. En termes voilés. On rigolait bien. C'était ça ou la mort. Moi, j'étais Jésus le Cool. »

Je l'ai regardé avec admiration : « Vraiment le roi des cons ! Si on prenait un verre quelque part ? Une bière ?

– C'est urgent?
– Non.
– Bon. Alors on va d'abord s'arrêter aux *Izvestia.* Pour voir un ami. Mon ami Eduard est très branché sur le mercure rouge. Branché, ça se dit encore? »

« Mmm hmmm! J'adore cette odeur de napalm le soir. J'adore ce film. » Eduard Skolnik a regardé le poster d'*Apocalypse Now* sur le mur de son bureau des *Izvestia*? Skolnik avait vingt-cinq ans, c'était un jeune reporter brillant qui portait un blouson et une casquette de base-ball la visière dans le dos. Il travaillait dans un bureau décoré avec des posters de films et des bouteilles de bière.

J'ai dit : « Le matin.
– Quoi?
– L'odeur du napalm le matin. »

Eduard a souri. Il a tendu la main vers son bureau : « Vous en voulez? » C'était un paquet en papier sulfurisé plein d'une poudre blanche. « À Moscou, la cocaïne, c'est extrêmement chic. Si les années quatre-vingt c'était Gorby, les années quatre-vingt-dix, c'est ça. Vous voulez voir le Studio 54? Je peux vous y conduire. C'est terrible. Des filles. Des garçons. Des ventes d'esclaves. Un club où des Américaines se mettent à poil pour des gangsters russes. Tout ce que vous voulez. » Il a reniflé et il s'est frotté les gencives avec ostentation.

Eduard et Tolya ont bavardé un moment, puis Eduard a dit comme par hasard : « En ce moment, il y a quelqu'un qui achète plein de journaux. Des sociétés de télévision. Même Tass. Tass, vous vous rendez compte ! Tass annonce que des Arméniens en Sibérie enlèvent le fils d'un important trafiquant de mercure rouge, on essaie d'acheter Tass. Un reporter tchèque écrit qu'il achète du mercure rouge au marché noir à Vladivostok, on essaie d'acheter le reporter. Il faut que je vous fasse voir quelque chose. » L'anglais était nettement plus branché que celui de Tolya, qui datait un peu.

Il a mis une cassette vidéo, il a appuyé sur la commande à distance, Jimmy Swaggert est apparu, s'exprimant apparemment dans un russe impeccable. C'était impressionnant, comme une sorte de karaoké réligieux.

« Désolé », a dit Eduard, en faisant défiler la bande. Quand il l'a arrêtée, il était sur l'image, dans une pièce avec un gros bonhomme à un bureau. Il n'y avait rien d'autre sauf une radio d'amateur et une boîte métallique. « J'avais un copain pour enregistrer ça en douce. Regardez. »

Le bonhomme a ouvert la boîte et il en a sorti une barre d'acier. Il a pris un marteau dans le tiroir du bureau, il s'est agenouillé sur le sol et il a tapé sur la barre, avec une expression dégoûtée en direction de la caméra.

« Il me propose un échantillon. Il prétend que c'est du plutonium. C'est peut-être vrai. »

Il se dégage de la poussière. L'homme rigole.

« Il est en train de dire : " Ne craignez rien. " C'est seulement de la poudre à laver. Ils le mettent là-dedans pour neutraliser la radioactivité. Ce type était auparavant un physicien. Maintenant, il vend des échantillons de substances nucléaires, emballés dans de la poudre à laver. D'habitude à ce qu'on appelle des blanchisseurs, des types qui passent de petites sommes pour les gros banquiers. Dans de la poudre à laver ! » Et Eduard de pouffer en se fourrant de la cocaïne sur les gencives.

« Bien sûr, ça marche dans les deux sens. Vous voulez trafiquer de la cocaïne, vous inventez une histoire à propos d'uranium. Vous voulez du plutonium, vous parlez de came. Je connais des gens qui achètent de pleins champs de pavots autour de Tchernobyl, ça pousse très bien là-bas. Et l'opium, ça rapporte très gros. Des pavots radioactifs ? » Et de rire : « Autre chose ?

– Oui.

– Vous voulez une bière ?

– Oui. » Skolnik a sorti des boîtes de Bud de son tiroir :

« Écoutez, il n'y a plus aucun contrôle. Tout le monde le sait. Plus d'inventaire. Mais on voudrait faire plaisir. Si un nigaud du Département d'État US affirme que les fusées nucléaires du Kazakhstan seront en sûreté en Amérique, bravo, on va organiser un cocktail pour fêter ça. On adore les cocktails. Je connais un général russe qui avait un missile complet à vendre aux Libyens. Et ce n'est que le sommet d'un iceberg, alors qu'on parle du *Titanic.* Vous me prenez pour un adepte de la conspiration généralisée ? Évidemment ! La seule chose à faire serait de se débarrasser de tout le plutonium, mais les Russes ne voudront jamais. Eh bien, bingo, on assistera à la Fin Obligatoire de l'Univers : FOU, si vous préférez. Un monde fou. *Mad Max. Dr Stran-*

gelove. Avec des fuites nucléaires. Des attentats terroristes. La mort lente. Vraiment lente. Des cas de démence par millions. Des millions de mutants. Laissez-moi vous montrer autre chose. » Il a mis une autre vidéo dans sa machine.

Des champs couverts de neige. Des forêts de bouleaux. Une ville soviétique, des immeubles délabrés, comme celui de Birdie, la boue gelée, les statues cassées. Puis une nouvelle étendue de neige, une grille, une usine, des conduites de vapeur.

« Qu'est-ce que c'est ? »

Après avoir avalé sa bière, Skolnik a arrêté l'image :

« Tomsk 7. Vous voyez ? C'est une usine qui produit un combustible nucléaire pour l'armement. Et la même usine chauffe une ville de cinq cent mille habitants. Les Soviets ont lié économie civile et militaire de telle façon qu'il est impossible de les séparer. Impossible. Vous saisissez ? Vous voyez ces conduites ? Elles parcourent trente kilomètres à travers la forêt vierge – la seule vierge dans le coin. » Ce Skolnik était un rigolo, un Tolya en herbe. « Partout dans le pays, il y a des centrales nucléaires. Ce qui les alimente alimente également les villes, les usines, les appartements, les écoles. Vous voulez que je vous montre des enfants nés à Semipalatinsk ? Dans le genre film d'horreur ? » Il a pris d'autres cassettes sur son bureau. « Vous voulez la visite guidée ? Je peux aussi conclure des achats de plutonium. Organiser des excursions à Tchernobyl, la journée, la demi-journée. Faites votre choix.

– Je boirais bien un coup. » J'ai dit cela d'une voix faible.

– Vous êtes sûr ?

– Oui, je suis sûr. Vous êtes pas ma mère, non ? Vous venez ? » Mais Eduard était au téléphone.

« Attention » lui a dit Tolya. C'est des coups à se faire tuer. »

Eduard a eu un petit geste : « Bah ! ce ne serait pas cool, mon vieux.

– Allons au *Métropole*, a dit Tolya. On fera peut-être des rencontres intéressantes. Svetlana viendra sans doute.

– Vous ne rentrez donc jamais chez vous ? »

Tolya a haussé les épaules : « Ma femme m'a plaqué pour un Juif. Un type riche. Un malin. Comment l'en blâmer ? Je peux voir les enfants quand je veux. Nous sommes bons amis. »

C'était bien la première fois qu'il évoquait des ennuis personnels. J'ai ouvert la bouche pour dire quelque chose.

Tolya a tourné la tête : « C'est OK. »

Dans le métro, nous étions coincés les uns contre les autres. L'odeur de sueur, de parfum, de Russie, me suffoquait. Tolya me dominait de toute sa haute taille. Il m'a crié : « Ça devient sérieux avec ma cousine ?

– Ça vous regarde ?

– Parfaitement.

– Allez vous faire mettre. »

Il m'a empoigné le bras avec son énorme main : « Écoutez-moi bien, petit trou du cul d'Américain impérialiste : c'est ma cousine, et je l'aime beaucoup. Alors, il faudra être gentil avec elle, ou je vous arrache le cœur tout vivant.

– Descendons. » J'étouffais vraiment.

« D'ailleurs, c'est ici », a dit Tolya, et nous nous sommes glissés hors du wagon. Tolya m'a aplati contre le mur :

« Je suis tout ce qu'elle a. Vous avez l'air de lui plaire. Je suis sérieux. Promettez-moi, sur la tombe de votre mère.

– Ma mère n'est pas encore morte.

– Arrêtez de déconner. Je veux votre parole. »

Tout cela semblait bien démodé, mais ça ne me dérangeait pas du tout, puisque cela prouvait les sentiments de Svetlana.

J'ai regardé Tolya et je lui ai dit en russe : « Je promets. »

Nous avons marché jusqu'à l'extrémité de la rue Gorki, qui avait été rebaptisée Tverskaya. C'est extrêmement déroutant de découvrir que les rues de votre enfance ont changé de nom. En plus, il y avait des touristes, des mendiants, des boîtes de striptease avec des photos de danseuses nues, jambes écartées. Le vieil *Intourist Hotel* était toujours là. Je me souvenirs m'y être glissé jadis pour goûter l'expresso. Je ne voyais plus très bien le gamin que j'étais alors, mais je n'avais pas oublié l'amertume du café. Mais n'était-ce pas dans un autre hôtel ? Tout cela était devenu très vague. Maintenant, des hommes en chaussures italiennes parlaient sur le trottoir dans des téléphones cellulaires. Tolya a murmuré : « Bizinessmen. La dernière mode ici-bas. »

Sur la Place Rouge, les soldats avaient tout bonnement disparu. La garde qui paradait au pas de l'oie devant le mausolée de Lénine n'était plus là. Il y avait encore quelques touristes. Une équipe était en train de tourner un épisode de *NYPD Blue*.

La Place Rouge m'avait toujours fait peur, en particulier quand nous y défilions le 1er Mai, ou quand il fallait prêter serment à la révolution devant le tombeau de Lénine. J'allais toujours vomir avant de partir, mais mon père m'y expédiait quand même.

Le mausolée lui-même était terrifiant, avec la momie ratatinée de Vladimir Ilitch, l'éclairage indirect, le reflet orange syphilitique, l'angoisse à l'idée de rester prisonnier là-dedans.

L'année où nous étions dans la même classe, Andrei Federov avait remarqué qu'une des oreilles de Lénine était tombée. Il avait annoncé ça triomphalement, en vrai lèche-cul qu'il était. Aussitôt tout avait été bouclé, et les gardes, à quatre pattes le fusil à la main, avaient cherché la précieuse oreille.

Quand ma classe visitait la tombe, je me disais, tu n'es qu'un sale traître, tu es là devant celui qui a inventé un monde merveilleux pour les petits cons de ton espèce, et tu es là à te demander qu'est-ce qu'on a fait de son oreille, et si on lui a sorti les boyaux par le nez pour l'embaumer, comme faisaient les Égyptiens avec les momies des pharaons.

Tout cela avait disparu. Il ne restait plus que quelques touristes et le vent qui balayait les pavés.

Tolya m'a dit : « La Russie me fait toujours penser à ce pilote d'Air India capable de manœuvrer un jumbo jet tout en croyant fermement que le monde était posé sur le dos d'une tortue.

– C'est pas le moment de philosopher. » Je regardais les touristes, les nouveaux Russes avec leurs caméras vidéo et leurs montres en or. Un vieux bonhomme en costume luisant de crasse et décorations pendantes exhibait une pancarte avec le portrait de Staline. Quatre longues jeunes filles en minijupe filaient vers le GOUM.

« Il y a toujours eu autant de jolies filles ici ?

– C'est que vous ne regardiez pas, m'a répondu Tolya. Les choses changent et ne changent pas. Un instant peut être une petite bulle de réalité. »

Décidément, je ne comprenais rien à ces gens-là. Ricky me manquait.

Le vent s'est mis à souffler plus fort. Après l'automne viendrait l'hiver. Comme l'affirmait Tolya, ils résistaient à tout, ils survivraient à tout : « Dans ce pays, il y a mille ans que nous avons peur, si bien que personne ne croit à rien. »

Le *Métropole* ruisselait de fric. On avait restauré la façade Art nouveau. Les faïences or et vert étincelaient. À l'intérieur, ce n'était que marbre, cristal, bronze, palmiers en pots, vigiles dont l'artillerie gonflait le veston. Quand j'étais gosse, seuls les étrangers fréquentaient le *Métropole*, ou les gens qui avaient des relations, et l'entrée était étroitement surveillée. Rien n'avait vraiment changé, à part la distribution.

Au bar, au milieu de ceux qui essaient de dégoter une information, une affaire, un potin utilisable, nous sommes tombés sur Gavin Crowe. Ici au *Métropole*, Crowe était temporairement à la disposition du premier venu qui lui offrirait un whisky.

C'était là qu'il tenait sa cour. Il était présentement en train de consommer en compagnie d'un gangster new-yorkais en veste de soie. Ce type se prétendait syndicaliste professionnel, ou détective privé, je ne sais plus. En tout cas, il appartenait visiblement à la CIA, la génération Iran-Contra, tout gonflé de son importance, croyant encore à toutes ces conneries, alors qu'une taupe comme Aldrich Ames avait pu se foutre de leur gueule pendant des années. Et jamais un seul agent de la CIA n'avait été capable de deviner ce que le premier blanc-bec de la sécurité au NYPD aurait repéré en cinq minutes. J'ai regardé en direction de la porte : Svetlana était en retard, si toutefois elle avait décidé de venir.

Crowe a planté là son ami. « Qu'est-ce qui se passe ? » a-t-il demandé. Tolya a voulu me présenter. J'ai dit : « On se connaît. »

Alors Crowe nous a présentés à deux jeunes Américains qui avaient l'air de l'admirer comme s'il avait été le Saint-Graal. Je lui ai demandé en russe : « Ça fait longtemps que vous êtes ici ? »

Il m'a répondu en anglais : « Quelques jours seulement. »

Un barman m'a demandé en anglais ce que je voulais ? Je lui ai donc répondu en anglais. Tout le monde me prenait pour un étranger, autant les laisser faire. Quand je parlais russe, il me semblait avoir les inflexions bizarres de quelqu'un qui est resté trop longtemps absent. Et il fallait que je prête attention pour piger l'argot.

« Moi, ça fait une éternité. Huit ? Six ? Je crois, Tol. Je fais partie du décor. Je suis devenu un indigène. *Dasvedanya.* Etc. Au fait, savez-vous que les fascistes menacent d'organiser des pogroms ? Salauds d'antisémites.

– Et les Anglais, alors ? J'ai entendu des gens parler de l'arrogance des Juifs. Et c'était à Shepherds Bush, pas à Smolensk. » C'était Svetlana, qui était arrivée sans faire de bruit. Elle a posé la main sur l'épaule de son cousin Tolya, et elle m'a pris la main. Comme sa peau était douce.

« Chère Svetlana ! s'est écrié Crowe. Un peu de champagne ? »

Tolya a demandé à Crowe : « Que savez-vous sur le nucléaire ? »

Svetlana a jeté un rapide coup d'œil autour d'elle : « Je prendrai une bière, s'il vous plaît. » Tous les hommes au bar la regardaient. C'était comme si elle avait fait des étincelles. Crowe lui a dit :

« Mais, chéri, je sais tout sur le nucléaire. Que voulez-vous savoir, ou s'agit-il seulement d'aller à la pêche pour notre ami de New York, ici présent ?

– Qui est-ce qui trafique les matières radioactives ? » a demandé Tolya.

Je regardais Svetlana, tout en écoutant Crowe. Il a avalé une gorgée de son whisky : « Laissez-moi voir. Les soi-disant intellectuels bradent ce qu'ils peuvent, quand ils ne sont pas en train de pleurnicher sur la disparition des subventions de l'État. Naturellement, ils n'ont que mépris pour les choses matérielles, mais il faut bien qu'un poète mange. Il y a les Juifs, naturellement, racialement différents, avides d'argent, d'après mes amis russes – si bien qu'ils sont prêts à tout. Peut-être aussi quelqu'un qui n'aurait pas eu droit à la “ taxe sur les profits ” ?

» Les Azeris font dans la drogue, mais également les fleurs. Les fleurs, ça rapporte énormément. Aussi dans l'industrie cinématographique. J'y ai énormément d'amis. Les Géorgiens contrôlent les casinos, les Daghestanis font dans l'attaque à main armée, les militaires vont faire la guerre dans des endroits épouvantables comme Groznyï, parce que la mafia locale ne leur donne pas leur part, alors qui reste-t-il pour trafiquer dans l'atome ? »

Tolya m'a fait une grimace, et imitant l'accent de Crowe, il a dit : « Franchement Gavin, j'aurais trouvé tout ça sur Internet.

– Eh bien, voici la réponse à soixante-quatre mille dollars : tout le monde. Un million de camarades travaillaient dans l'industrie nucléaire. Et n'oublions pas les gens du coin qui refilent des bobards aux étrangers, en prétendant qu'en Russie, les rumeurs valent autant que les faits.

» Les nucléaire, c'est le filon. Voulez-vous que je vous mette en contact avec quelqu'un, ou est-ce que c'est vraiment pour acheter ?

– C'est pour acheter. Je veux savoir qui en a, qui en vend. Je ne suis pas intéressé par des frappes à la petite semaine. Je veux des caïds. » Tolya a commandé une bière.

« OK, a fait Crowe. Quoi d'autre ? Au fait, comment se porte votre délicieuse mama ? Et cette fabuleuse petite datcha qu'elle a ? »

Tolya a tout de suite saisi : « Gavin, trouvez-moi quelqu'un qui fait dans le mercure rouge.

– Oui, chéri.

– Et quand vous l'aurez, pourquoi ne viendriez-vous pas à notre petite datcha ? On pourrait fêter ça. »

Crowe a fait oui, et il a disparu en direction des toilettes.

Tolya a dit : « Il est pas idiot. Et il connaît beaucoup de monde. »

Gavin Crowe, qui était revenu se percher sur un tabouret de bar, était presque à ma hauteur. Il m'a pris par l'épaule, dans un grand geste d'amitié assez désagréable. Je me suis dégagé.

J'avais envie de m'en aller. J'ai dit que j'avais quelque chose à faire. « À bientôt. »

Svetlana avait un cours du soir. Elle apprenait le portugais parce qu'elle avait toujours eu envie d'aller à Rio. Elle m'a dit tranquillement : « Artie, je peux peut-être aider. » Nous étions encore dans le bar, et elle a baissé la voix pour ajouter : « J'ai été journaliste, je connais des gens. »

Je lui ai demandé tout ce qu'elle pourrait dénicher sur Ustinov et, éventuellement, Brodsky. Elle a fait oui.

« Pourquoi as-tu abandonné ?

– J'étais très jeune. Je ne supportais pas les mensonges que j'écrivais. » Elle a dit cela et elle m'a pris la main.

Gavin Crowe nous a suivis des yeux : « Salut, *detective.* » Il a crié cela en russe et tout le monde a entendu.

IV

« Bonsoir, M. Cohen », a dit la Tatiana qui était de service au bureau de l'hôtel, et elle m'a tendu la liasse de fax qu'il y avait dans mon casier.

La nuit précédente avait été la première que je passais dans un hôtel de Moscou. Et j'avais rarement fréquenté les restaurants de la ville. C'était seulement pour les anniversaires et les mariages, et si l'on appartenait à la classe ouvrière, la seule sortie c'était le samedi soir pour se soûler.

Si les Tatiana et les Natacha au bureau de l'hôtel faisaient figure d'imposteurs, à quelques kilomètres de la Place Rouge, c'était également mon cas. J'avais l'impression d'interpréter mon propre rôle, d'avoir quinze ans et de faire jeune pour mon âge. Je n'avais donc jamais séjourné dans un hôtel, je n'étais jamais arrivé à Moscou par avion : nous n'avions guère voyagé après la disgrâce de mon père. J'avais rarement quitté Moscou sauf de rares fois pour aller à la mer, et quand Birdie m'avait emmené à Varsovie en chemin de fer. J'avais été choqué de la haine que nous portaient les Polonais. Lorsque nous étions finalement partis pour de bon, nous étions allés en train jusqu'à Rome. J'avais honte. Nous partions comme des immigrants pauvres. Je m'étais juré de ne jamais revenir. Je l'avais dit à ma mère. Elle avait souri, mais j'avais vu qu'elle était à bout.

La demoiselle m'a demandé si elle pouvait faire quelque chose pour moi. Elle avait sans doute lu mon courrier et parlé de moi avec le directeur, un petit gros au front moite, qui avait surgi comme un diable hors d'une boîte. À son nom, il devait être libanais. Il m'a salué avec courtoisie et m'a proposé de venir à un cocktail pour VIP qui se tenait au bar des mezzanines. J'ai pris ma clef et j'ai grimpé l'escalier sous les regards curieux de la réceptionniste et du directeur.

Au bar, des hommes d'affaires, à l'air cafardeux, se léchaient les doigts après avoir mangé des cacahuètes salées. L'orchestre n'était pas mauvais. Un gros jeune homme aux longs cheveux noirs chantait *Worried Man Blues* en s'accompagnant sur une minuscule mandoline. Une jeune fille en gilet à franges maniait l'archet de son violon avec une rare énergie, en tapant du pied et en poussant des *hee haw* à tue-tête.

Je fonctionnais à la bière, aux cigarettes, à l'adrénaline et à la testostérone. Complètement vidé, je me suis assis sur un canapé en skaï caca, et j'ai demandé un scoth à la serveuse.

Une femme tout en cuir s'est approchée. « Vous permettez ? » m'a-t-elle demandé, et elle s'est assise à côté de moi. Elle jouait avec une croix en or qu'elle avait au cou. Elle a sorti de son sac un magazine sur papier glacé, *Domovoi.* Il y avait des articles sur la façon de traiter les domestiques, quand ils ont plus d'éducation que leurs maîtres, des adresses pour acheter des pianos faits main, et le new-look de Versace. La Nouvelle Russie. J'ai fourré les fax dans ma poche.

Elle a croisé les jambes. Elle a porté une cigarette à ses lèvres, puis elle a fouillé dans son sac avant d'en extraire un briquet en or qui devait bien peser une livre.

Elle me l'a fourré sous le nez : « C'est un modèle spécial de Cartier. J'attends ma fille. Je n'aime pas trop qu'elle fréquente ce genre d'endroit. » Elle a eu un geste large pour désigner le bar. « C'est tellement vulgaire. Ma fille est très brillante. Très cultivée. Nous ne savons pas encore si elle poursuivra ses études en Angleterre ou en Suisse. » La curiosité l'emportant sur la vanité, elle a sorti ses lunettes pour m'examiner de plus près :

« Vous ne m'êtes pas inconnu », a-t-elle déclaré. Je me suis dit qu'elle était en train de me faire des avances quand la fille en question est arrivée.

C'était une gamine renfrognée d'environ quatorze ans, munie d'une lèvre inférieure à laquelle on aurait pu accrocher son parapluie. Elle ressemblait à sa mère et elle m'a soudain rappelé une petite fille avec qui j'étais allé à l'école vingt-cinq ans auparavant, et qui se trouvait justement être sa mère. Je me suis sauvé précipitamment avant que la mère ne me reconnaisse pour de bon.

Avec les souvenirs de neige sur les bulbes dorés des églises, d'odeurs de désinfectant et de vomi, quand on a été enfant à Moscou, quelque part dans un coin du cerveau on conserve le souvenir d'une écolière prête à trahir n'importe qui pour avoir un bon bulletin scolaire. Des vraies petites nazies, avec une peau claire et des nattes blondes, le foulard des Jeunes Pionniers toujours soigneusement noué, elles allaient cafter, elle étaient bien obéissantes, leurs parents survivaient à force de faveurs et de contraintes.

Quand j'ai raconté la scène à Tolya, il m'a dit : « Ces gens-là sont nés avec leur sens moral dans le cul. C'est pour ça qu'on les appelait la culocratie. Je suis allé à l'école avec un gamin dont le papa était un favori de Brejnev. C'était lui qui nettoyait ses chiottes personnelles dans sa datcha. »

Dans l'ascenseur, il y avait une caméra qui semblait ne pas me quitter de l'œil. Dans l'hôtel, les mesures de sécurité étaient au maximum. Un homme d'affaires s'était fait flinguer au *Rossiya* dans sa baignoire peu de temps auparavant, et on l'avait retrouvé déjà bien décomposé en train de flotter dans l'eau. Quand je suis arrivé dans ma chambre, je suffoquais. La paranoïa me gagnait, j'étais comme un poisson hors de l'eau.

J'ai verrouillé la porte, j'ai vérifié qu'on n'avait touché à rien, je ne suis versé un double scotch et je me suis allongé sur le lit.

Les lits russes ont-ils toujours été aussi courts ? Et les couvertures ont-elles toujours eu des trous dans le milieu ? J'avais oublié.

J'ai sorti les fax et je les ai lus. Dan avait appris

des choses grâce à des amis qu'il avait aux services d'immigration. Pareil pour Roy Pettus.

Lev Ivanov, comme il se faisait appeler, était arrivé à New York par JFK, sous ce pseudonyme et avec sa propre photographie. Pettus m'envoyait aussi une note d'un policier de Munich. Les Allemands avaient coincé Lev quelques années plus tôt. On le soupçonnait de colporter des échantillons de plutonium, mais on n'avait rien pu prouver et il avait été relâché. Personne ne respecte les droits civiques des suspects comme ces bon Dieu d'Allemands.

Les Allemands avaient également envoyé à Roy une photo qu'il m'avait faxée. Elle représentait un garçon au physique avenant et à la chevelure épaisse qu'on aurait eu du mal à reconnaître dans l'épave morte à Brighton Beach.

Il s'appelait Ivan Borisovich Kowalski, alias Lev Ivanov, entre autres noms. Il était en partie polonais. Sa mère était morte, son père habitait Moscou. Notre homme était bien russe.

Par habitude, j'ai allumé la télé. Il y avait des chaînes allemandes, françaises, la BBC, NBC. Sur CNN, on m'a donné les noms de sept excellents hôtels à Malmö. Au-dessus du poste, il y avait une fenêtre. Ma chambre donnait sur une cour. Il pleuvait. En face, une secrétaire dans un bureau faisait des heures supplémentaires. Elle m'a vu et elle m'a fait bonjour.

J'ai appelé Roy Pettus. Il m'a semblé entendre la communication sauter de satellite en satellite. Avant de partir, j'avais dit à Roy que Birdie était malade à Moscou. Il ne m'avait pas cru, mais il voulait des réponses. Il acceptait de m'aider. Je lui ai demandé de faxer la vieille photo de Kowalski à Lily Hanes. C'était déjà fait. J'ai raccroché et j'ai composé le numéro personnel de l'agent du FBI à Moscou. Pas de réponse.

Sur mon lit, j'ai trouvé un sweater que Svetlana m'avait emprunté le matin même. J'y ai enfoui mon visage et j'ai senti son parfum, à la fois puissant et familier. Jamais je n'avais autant désiré quelqu'un de ma vie. Ce n'était pas seulement parce que j'avais été meurtri par l'attitude de Lily Hanes à mon égard. C'était autre chose. La sensualité ? Pas uniquement. Quelque chose de réfléchi. Comme dans les livres. Les opéras. Comme la façon dont Stan Getz interprète *Time After Time.*

Ce matin, comme si elle lisait dans mes pensées, elle m'avait demandé : « Tu me feras visiter New York ?

– Oui.

– Épatant. Je voudrais voir les rues qui sont pavées d'or et de slips Calvin Klein. » Elle avait dit cela en souriant comme un chat voluptueux. Je lui avais demandé : « Pars avec moi maintenant. » Elle avait répondu : « Impossible. » J'avais fait semblant de ne pas entendre.

Alerte nucléaire à l'hôtel. Fission accidentelle. Je sue de peur. Le haut-parleur m'a réveillé. La voix ordonne à tous les Juifs de se rassembler dans la cour. Au milieu il y a une immense piscine chauffée. La vapeur monte de la surface. Des gens nagent. Le haut-parleur leur ordonne d'évacuer les lieux. Une grue à l'ancienne descend un cheval dans le bassin. Quand on le ressort, il n'a plus de jambes de devant. Je me réveille tout tremblant.

En arrivant, Svetlana m'a dit que c'était un rêve très russe, puis elle a déclaré : « J'ai faim. » Nous avons étudié le menu comme des gosses : melon, jambon, glaces, fraises, et une bouteille de vin blanc. Elle a mangé le melon avec ses doigts, le jus lui dégoulinait sur le menton. Elle a souri :

« Tu sais ce qu'il y a de mieux dans la nouvelle Russie ?

– Moi.

– Les fruits. Des quantités de fruits. »

Svetlana était donc assise sur mon lit en train de manger du melon avec ses doigts quand Lily Hanes a appelé.

Roy Pettus avait mis Lily au courant de la découverte des photos laissées par le tueur dans la chambre de Brooklyn. Roy lui avait ensuite communiqué tous les renseignements nouveaux, et aussi cette photo venue de Munich représentant un Russe en excellent état, Ivan Kowalski. C'est alors qu'elle s'était rappelé.

S'était-elle rappelé avant ? Je l'ignore. C'était d'ailleurs sans importance. Elle semblait tendue, mais très maîtresse d'elle-même. Elle m'a parlé du Russe qu'elle avait connu jadis.

Quand elle avait rencontré Lev, il était russe, c'était l'ironie de la chose. Il se faisait appeler Johnny : il affirmait que c'était son nom occidental. Elle l'avait connu à Moscou, il y avait presque dix ans. J'ai demandé :

« Quoi d'autre ? »

Elle avait fait sa connaissance au bar du vieux *National Hotel*, en ces débuts exaltants de la glasnost. Lily l'avait trouvé beau gosse, juste histoire de tirer un coup.

La ligne était mauvaise, puis j'ai entendu Lily plus distinctement : « Il a parlé de venir en Amérique. De cartes vertes. J'ai reculé. il n'a pas insisté, mais ça m'a rendue nerveuse. J'ai quitté Moscou une semaine après. Je n'ai plus jamais pensé à lui. J'ai rencontré des quantités de Russes, et je n'ai jamais établi de lien entre le garçon du bar et ce tueur fou. Rideau. Banal, non ?

– C'est toujours comme ça. »

J'ai gribouillé des notes pendant que Lily parlait.

« Je ne l'ai reconnu si sur le show, ni sur la bande. Il avait complètement changé. Je n'ai compris que lorsque j'ai vu la vieille photo et que j'ai entendu son vrai nom. Je me suis dit, Seigneur ! Et tout ça pour une aventure sans lendemain. C'était à moi qu'il en avait.

– Ça va, Lily ? » Je caressais la jambe de Svetlana. Du genou vers la cuisse, elle avait un drôle de muscle en saillie, comme un coureur cycliste. Il faudrait que je demande à Svet si elle aimait beaucoup le vélo.

« Ça va mieux, depuis que j'ai décidé d'assumer au lieu de fuir en avant. » Lily avait dit cela d'une voix calme.

« Qu'est-ce qu'il faisait, je veux dire, comme boulot ?

– Qui ?

– Ce Russe.

– Je crois qu'il travaillait pour un magazine. Dans la photographie, peut-être. Je l'ai rencontré à une réception à Novosti. C'est important ?

– Excellent. Eh bien, merci. » J'ai perçu chez elle comme une hésitation.

« Artie, je vais essayer de trouver quelque chose. Je vais essayer. » Puis elle a brusquement changé de sujet : « Et comment c'est, maintenant, *Pitoshki* ? Et Moscou ? » Lily avait dit cela avec un manque évident de naturel. Elle semblait vouloir faire durer la communication.

Svetlana lisait tranquillement en me chatouillant le creux du coude.

« Intéressant. Il fait tiède. Presque chaud.

– Ici à New York, il fait froid.

– Et le petit copain ?

– Pas de nouvelles. Tenez-moi au courant, OK ?

– Bien sûr Lily. Oui. Prenez soin de vous.

– À propos de ce dîner – je n'ai pas été très gentille avec vous. Je pourrais peut-être essayer de me faire pardonner, quand vous rentrerez à New York ? »

Silence. Silence insupportable. J'ai fini par dire : « Eh bien, merci. » Nous savions tous les deux que c'était trop tard.

Je devais avoir quelque chose qui ne tournait pas rond : dix jours auparavant, j'étais amoureux de Lily Hanes, et voilà que j'étais fou de cette Russe. Complètement ensorcelé. Mais les choses étaient différentes, j'étais prêt à l'épouser, si elle voulait bien de moi. J'étais prêt également à rester à Moscou s'il le fallait. Je me sentais pris dans l'orbite. Quand elle me regardait, c'était comme si elle entortillait définitivement ses jambes autour de moi. Et si ç'avait été mon seul désir ? J'étais le vrai cornichon.

En raccrochant le téléphone, j'ai demandé à Svetlana : « Tu crois au synchronisme ?

– Peut-être bien. C'était ta petite amie ?

– Je n'ai pas de petite amie. Sauf toi. Si tu veux. Personne d'autre. »

Avant Svetlana, je n'avais jamais vraiment embrassé de femme russe. Elle avait un goût de melon.

V

Svetlana m'a embrassé une dernière fois, elle a ouvert la portière de sa petite auto jaune et je me suis retrouvé dans la nuit. Des ombres passaient dans la cour d'un immeuble en parpaings. Il y avait dans le ciel comme des lueurs d'incendie.

Elle a dit : « Je t'attends. Je t'attends ici, regarde, il y a un téléphone. S'il arrive quelque chose.

– Rentre. Il ne peut rien arriver. Je prendrai un taxi. » J'ai caressé ses cheveux noirs doux comme de la soie, et j'ai encore embrassé ses lèvres gonflées.

Je lui ai dit : « Épouse-moi », mais elle était déjà partie.

J'ai eu du mal à dénicher l'endroit. Une pancarte bricolée indiquait que les étages supérieurs constituaient une sorte d'auberge de jeunesse pour étudiants. J'ai allumé mon briquet pour m'éclairer, et j'ai vu passer silencieusement le fantôme d'un jeune Africain. Il avait un visage grave, crispé par la concentration, des lunettes à monture métallique. Je l'ai hélé, mais il avait disparu. Je me suis demandé s'il était bien réel. J'ai entendu un bruit de ferraille, renvoyé par le béton.

J'ai finalement dégringolé un escalier, et je me suis retrouvé devant le nommé Dubovsky qui m'a donné une poignée de main de catcheur et m'a délesté de cinquante dollars avant de m'indiquer une chaise. J'ai dit : « *New York Times.* » Il a murmuré quelque chose à un jeune homme qui se tenait dans l'ombre. Un certain nombre de types étaient assis les jambes croisées, à fumer.

Sur une petite scène improvisée, dans une lumière rose, une fille s'est levée et s'est mise à se tortiller tout en se foutant à poil. Elle se palpait lentement les seins pour notre édification. Le tout sur une chanson de Tina Turner. Puis elle a été remplacée par une collègue qui s'est livrée au même numéro aux accents d'Edith Piaf.

Nous étions cinq soi-disant journalistes, moi, un Suédois, deux Danois et Gavin Crowe. Nous avions chacun donné cinquante dollars à Dubovsky pour cette démonstration de ce qu'il appelait son école d'art érotique. La fille sur scène avait vingt ans, sensationnelle.

« Heureux de vous voir », m'a lancé Crowe, en me faisant signe de venir m'asseoir près de lui. J'étais venu parce que Crowe avait dit à Tolya qu'à en croire certaines rumeurs Dubovsky était en relations, par l'un des clans de la mafia, avec quelqu'un dans les affaires atomiques. Tolya m'avait dit, et je ne l'avais pas oublié : « Souvenez-vous, Artyom, à Moscou les rumeurs sont plus intéressantes que les faits. D'ailleurs, les faits n'existent pas, les informations sont peu sûres, les rumeurs il n'y a que ça. »

Une très jolie fille est montée sur scène à son tour. Elle avait de gros seins à la pointe dressée.

Crowe a demandé à Dubovsky : « Comment s'appelle-t-elle ?

– Dis-leur ton nom !

– Madonna.

– Ses nichons, c'est des vrais ? » a voulu savoir Crowe.

« Mes filles, toujours », a dit Dubovsky, le front moite.

Quand Madonna a eu fini son numéro, il y en a eu deux autres, puis Crowe s'est mis à brailler : « On voudrait revoir les gros nichons !

– Alors faut repayer », a déclaré Dubovsky.

Crowe a répondu : « Le *New York Times* paiera. »

Les lumières se sont estompées, le volume du son a augmenté, il y a eu de la musique classique, ensuite le sifflement d'un train. Madonna a fait son apparition, drapée dans une cape, avec un grand chapeau et de longs gants. À la fin de son numéro, elle a ôté son string et elle s'est retrouvée complètement à poil. Elle est venue balancer ses cheveux dans la figure de Crowe. Exactement le coup d'Olga Gross. J'ai pensé à cette pauvre Olga, à son soutien-gorge rose douteux, à la vodka bon marché, au corps mutilé dans un sac en plastique sur la plage de Brooklyn.

Crowe se tenait la queue. De l'autre main, il a jeté la cigarette qu'il tenait pour pincer le sein de la fille.

« Bon, ça ira comme ça », a dit Dubovsky. La fille a reculé, la lumière est revenue. Dubovsky m'a pris par le bras et m'a conduit dans une pièce en haut où il y avait des fauteuils en brocart, de la vodka et un plateau de zakouski.

« Vous boirez bien quelque chose. » Dubovsky avait une sale gueule et des yeux de cochon. Sa bouche restait entrouverte sur des dents en grille d'égout.

Il m'a dit : « Bienvenue à Eroticacademy. Que l'on appelle aussi École des arts érotiques et d'agrément. C'est de l'art. Le striptease sans art ne serait qu'un simple examen gynécologique en musique. »

J'ai allumé une cigarette, j'ai sorti un carnet et un crayon, et je lui ai demandé de me parler de son école.

Il recrutait les filles par des petites annonces dans des journaux de province. Par contrat, les filles étaient obligées d'habiter là, dans des dortoirs. Il s'arrangeait pour leur faire signer un contrat et payer pour leur formation. Tout cela assez vague, et l'on ne voyait pas très bien où était le bénéfice. Les filles payaient trois fois rien.

« Prenons le cas de Madonna », a commencé Dubovsky. Elle avait une existence sinistre qui ne menait à rien, à estamper des pièces d'automobile dans une usine de Rostov. Maintenant, elle " dansait " à Moscou. « On leur donne tout ce dont elles ont besoin. On les loge, on les nourrit. On s'occupe de tout, même du papier hygiénique. En échange, elles abandonnent leurs droits de l'homme. » Et de rire. Dans ses yeux de goret, on lisait le plus profond mépris.

« J'insiste sur la beauté physique et le sens artistique inné. »

Les pensionnaires ne devaient pas dépasser vingt-six ans, date d'expiration de leur contrat. À l'école, elle avaient des leçons de danse, de maintien, et de ce que Dubovsky appelait « la flexibilité et les arts orientaux ». Ça ne devait pas être le kung-fu. Il leur était interdit de sortir sans sa permission. Pareil pour les appels téléphoniques. Il a bu un doigt de vodka : « Moi, je comprends les femmes. Vous savez ce que j'étais, avant de devenir homme d'affaires ?

– Quoi ?

– Gynécologue. »

Dubovsky parlait un mélange d'anglais et de russe dialectal. « Le jour, les filles étudient. La nuit, elles font des représentations, pour des journalistes, des hommes d'affaires – d'éventuels employeurs.

– Pour quel genre de travail ? »

Dubovsky m'a versé un verre de vodka :

« Avec des voyages. On est très gentil avec elles. »

Vera, la femme de Dubovsky, a fait son apparition. C'était une blonde platinée en sweater de Lurex, avec une voix si aiguë qu'elle aurait fêlé des bouteilles de Coca-Cola. C'était Vera qui avait décidé que la profession médicale était trop corrompue pour un homme avec sa sensibilité – le terme exact qu'elle a employé – et qui avait songé à cette école.

« J'étais infirmière dans un cirque », a ajouté Vera.

« Quand les Soviets sont partis, le bouchon de la bouteille a sauté, m'avait dit Svetlana. Plop ! » – et elle s'était fourré le doigt dans la bouche pour imiter le bruit d'un bouchon de champagne. « Moscou, c'est devenu la cité du vice. Avec des sex clubs. Des discos gay sur l'eau. Toutes les formes de prostitution, à la recherche du riche bizinessman. »

Les hommes d'affaires, c'étaient les nouveaux camarades, la nouvelle nomenklatura, les nouveaux membres du Parti. Tout le monde à Moscou savait cela depuis longtemps, moi pas. Bien sûr, je l'avais lu, je l'avais vu à la télé. Mais j'avais quitté un pays bégueule, puritain, coincé dans l'idée que le capitalisme c'était l'œuvre du démon, et où le sexe était rarement évoqué. Pour le socialisme, les affaires c'était comme le péché pour l'église catholique. Et maintenant, tout cela s'étalait, les putes, les hommes d'affaires, les types de la Banque mondiale en mocassins à glands, avec qui je prenais mon petit déjeuner à l'hôtel. Les gangsters des multinationales roulaient en Rolls-Royce, Dubovsky avait son école. Ce que voulaient les nouveaux bizinessmen, ce n'étaient pas des soirées au Bolchoï, c'était le truc cochon. Et ça, Dubovsky pouvait l'arranger.

Et le bénéfice de Dubovsky ? La question continuait de me turlupiner. Il avait parlé d'investissement – et les filles lui payaient un pourcentage sur leur premier salaire.

Quel pourcentage ? J'avais griffonné fébrilement, comme j'avais vu les vrais reporters le faire. À côté Sting chantait en stéréo : « Où travaillent-elles ?

– Quelques-unes à Moscou, mais la plupart à l'étranger. Bons jobs. »

Et Vera d'acquiescer.

« Le showbiz, en Amérique du Sud et au Moyen-Orient. » Le sujet l'excitait :

« Avec les pays arabes, naturellement, j'évite. Ce ne sont pas de vrais gentlemen. Mais il faut courir le risque. Les affaires sont les affaires, et Dubovsky fournit une sorte de service à ses compatriotes, en mettant un peu d'ordre dans la tête des femmes. »

Il m'avait fallu du temps pour comprendre : Dubovsky tenait un bordel. La représentation, c'était la parade. On venait faire son choix.

« Je veux vous parler d'homme à homme. Vous comprenez. » Je lui ai fait voir une liasse de billets. « Sans la dame. »

Il a dit à sa bourgeoise de disparaître.

« Si je veux emmener une des filles, pour le show-biz, comme vous dites ?

– Pas de problèmes. Si le prix est convenable.

– Vous aviez une fille du nom d'Olga Gross ?

– Peut-être, peut-être pas. Qui se souvient ? Elle était bien ? Je n'ai que des Russes de premier choix. Vous voulez cette Olga Gross ?

– Oui. Cherchez. Je peux payer. Vous avez des filles qui voyagent avec des types comme moi ?

– Bien sûr, j'en ai partout, en Italie, en Roumanie, en Croatie. C'est un marché mondial, les filles russes, c'est extra.

– Aux USA ?

– Certainement. Brighton Beach. Los Angeles.

– Je voudrais une démonstration particulière.

– Laquelle ?

– Olga.

– Essayez-en une autre.

– La meilleure. Jeune. Saine. Avec de gros nichons.

– Combien de temps ?

– Deux heures.

– Pour le *New York Times*, ce sera deux cents dollars.

– Madonna. »

Je lui ai donné l'argent, en lui laissant voir que j'en avais davantage. « Et tâchez de me dénicher cette Olga. »

Gavin est arrivé tout guilleret en refermant sa braguette, une bouteille de scotch à la main.

« Elle est au fond du hall », m'a dit Dubovsky.

La fille qui se faisait appeler Madonna était allongée sur un dessus de lit en coton, avec sa propre version du sourire lascif. La musique était en sourdine. J'ai augmenté le volume. C'était Billie Holiday, mais la fille devait l'ignorer, c'était juste du bruit.

Elle était bien plus jeune que je ne l'avais cru. Peut-être dix-sept ans. Très bien faite. Mais enfin, c'était une gamine. Avec des traces de coups, qui faisaient sur son corps pâle comme des meurtrissures sur un fruit.

« Habille-toi. » Je lui ai jeté un peignoir qui traînait sur une chaise.

« Je ne te plais pas ? Tu veux une pipe ? »

J'ai mis le peignoir sur elle : « Tu peux me parler russe. Habille-toi. Je veux te parler. »

Elle s'est habillée sous son peignoir, comme une écolière. Avec un T-shirt et un short, elle avait vraiment l'air d'une petite fille.

« As-tu connu une certaine Olga Gross. Son nom d'artiste, c'était Anna. » J'ai allumé une cigarette et j'ai posé de l'argent sur la table.

« Anna était une amie. Comment va-t-elle ?

– Tu as travaillé à l'étranger ? » J'ai rajouté quelques dollars sur la table de nuit.

« Oui.

– Où ça ?

– En Allemagne. En Croatie. En Ukraine. En Roumanie. Tu ne diras pas que je t'ai parlé ?

– Non.

– J'ai besoin de l'argent pour me faire soigner. Je suis malade.

– Qu'est-ce que tu as ?

– Parle-moi d'Olga.

– Elle est morte. Je suis désolé. »

Elle s'est mordu les lèvres.

« Où es-tu allée ailleurs ?

– Je ne sais pas les noms. En Arabie.

– Dubaï ? Koweït ?

– Peut-être. Tu m'aideras ? »

Elle m'a saisi la main comme s'il y allait de sa vie. C'était ce qu'Olga Gross avait dit à Tolya au *Batumi* à Brooklyn. J'ai acquiescé. Elle a essayé de sourire, mais elle avait de vilaines lésions autour de la bouche. J'aurais pu le voir avant.

« Tu as transporté des échantillons ? »

Elle a fait oui.

« Tu le savais ?

– Non.

– Que croyais-tu que c'était ?

– On croyait qu'on allait à l'étranger pour travailler. On était danseuses.

– On t'a demandé de faire des livraisons ?

– Oui. Des fois.

– A qui ?

– A des hommes. Dans des villes frontière. En Croatie. En Allemagne. On faisait ce qu'on nous disait. On mettait les paquets avec notre maquillage. »

Comme Olga, comme Lev, elle avait transporté des échantillons radioactifs à travers les frontières, avant de disparaître à l'Ouest parmi les réfugiés dans le chaos.

« As-tu jamais su ce que tu transportais ?

– Au bout d'un certain temps.

– Du plutonium ? » J'ai murmuré cela à voix basse.

« D'autres choses ?

– Oui.

– Du mercure rouge ?

– Oui.

– Comment le sais-tu ?

– Une nuit, Olga et moi, on était dans une petite ville de Croatie. Un endroit dégoûtant, horrible, plein de soldats soûls. On était dans notre chambre. Olga était curieuse. Elle a voulu savoir. On pensait que c'était peut-être de la drogue. Olga a ouvert le paquet. Il y avait quelque chose de rouge. Comme du vernis à ongles. On a compris que ce n'était pas de la drogue. Et puis quelqu'un nous a dit. »

Je lui ai montré la photo d'Ivan Kowalski.

« Il servait d'escorte aux filles. »

La porte s'est ouverte violemment, la fille s'est blottie contre le mur, Dubovsky et sa femme sont entrés et elle a commencé à gifler la fille. Dubovsky avait à la main un pistolet de 9 mm, un Gluck. Il me l'a appuyé sur la tempe pendant que sa femme tabassait la fille. Ils m'ont obligé à regarder. Je n'étais ni Clint Eastwood ni Harrison Ford. J'étais juste un pauvre con impuissant. Je n'ai pas pu lui porter secours. C'était comme un saut à l'élastique où l'élastique aurait cassé. J'étais planté là avec le canon froid contre la tempe et Billie Holiday en bruit de fond et la fille qui hurlait de douleur. Si je faisais un geste on était morts tous les deux. Je crois que c'était ce que les bons Allemands disaient toujours.

« Tu veux qu'il arrive la même chose à ta petite amie ? » a dit Dubovsky en rigolant. « Parce qu'on peut arranger ça. » J'espérais qu'il bluffait, et que Svetlana avait eu le bons sens de filer. Et si elle m'attendait dehors ?

La femme a frappé Madonna du plat de la main, on a entendu quelque chose craquer et la fille s'est écroulée.

« Bon, ça suffit ! » a crié Dubovsky. Il les lui fallait vivantes. C'était ça, son bénéfice, ces filles, comme celle-ci en tas dans un coin à essayer d'arrêter le sang qui lui coulait de la bouche. Les filles de Dubovsky servaient de passeurs nucléaires.

VI

Svetlana m'attendait dans sa voiture, les pieds sur le tableau de bord, elle était en train de lire un livre de poche. Je suis sorti de cet enfer en titubant. Elle semblait n'avoir peur de rien, comme quand elle conduisait. Elle m'a emmené, elle m'a fait des œufs et a fait couler un bain. Pendant que je trempais dans l'eau chaude, elle a donné des coups de téléphone, elle s'est arrangée pour faire évacuer Madonna. Le lendemain matin quand je suis parti, elle était déjà au travail, à cajoler, supplier, tout en riant et en offrant des services en échange. « Fais attention à toi », m'a-t-elle lancé.

Le hall de Novosti, c'était une infection, avec cette odeur de pomme pourrie, de désinfectant et de vomi que j'avais déjà sentie au St Vincent's le soir où Ustinov était mort. L'odeur des petits matins à Moscou.

Quand j'étais gamin, Novosti était plein d'activité. Birdie y était secrétaire pour l'un des magazines de langue anglaise. J'allais la voir pour regarder les filles en photos et pour perfectionner mon anglais auprès des amis de Birdie, des étrangers qui se connaissaient tous.

On y avait publié des douzaines de magazines, qui servaient à répandre la propagande soviétique, mais en essayant de faire passer la pilule à l'intention de l'étranger. Aujourd'hui, une partie du bâtiment abritait le *Up and Down Club* dont Tolya prétendait que c'était le plus cracra des sex clubs de Moscou.

J'ai erré dans des couloirs qui n'auraient pas étonné Kafka, j'ai tapé à des portes, j'ai jeté un œil dans des pièces poussiéreuses où des plantes étaient mortes sur les appuis de fenêtres. J'ai buté sur des piles d'archives. Il y avait là en photos et en articles toute l'histoire des tentatives de relations publiques de l'URSS. J'ai demandé des renseignements sur Ivan Kowalski. Personne ne savait rien. Alors j'ai dit Lev Kowalski, dans l'idée que ses copains l'appelaient peut-être ainsi. Sans résultat.

Sur les murs, il y avait des photos en noir et blanc extraites de *Soviet Life* des années soixante. Un homme qui conduisait une voiture avec un ours à l'arrière. Khrouchtchev et JFK en train de se serrer la main. Je me suis dit que les anciens dirigeants avaient assez l'air d'animaux, et Brejnev d'un gros ours. Pas tout à fait humain, mais mû par un puissant mécanisme.

« Hello ? »

Dans un bureau tout au fond d'un couloir, deux bonshommes à lunettes en gilet tricoté étaient en train de trier des bouts de papier. Ils ont sauté en l'air en me voyant, tout heureux d'avoir de la compagnie. Ils m'ont chaleureusement serré la main, à l'européenne, en faisant une petite courbette, que j'avais oubliée. Je leur ai dit que j'étais un reporter du *New York Times*, en train de jeter un petit coup d'œil.

Celui qui s'appelait Rudi m'a demandé plein d'espoir : « Vous avez entendu parler de ce Nicolae Borescu ?

– Qui ça ? » Je leur ai offert des cigarettes qu'ils ont acceptées avec un enthousiasme qui m'a irrité. « C'est un magnat de presse roumain. On prétend qu'il va acheter nos magazines, pour sortir un nouveau *Russian Life Magazine.*

– Faut pas trop y croire. » L'anglais de Rudi était très limité, son collègue n'en savait pas un mot. Ça m'a fait de la peine pour eux. J'ai refait les présentations en russe.

« Mais peut-être que vous connaissez M. Chaim Brodsky. Lui aussi veut racheter des publications ; peut-être même tout Novosti.

– Vous êtes sûr ? Il y a quelqu'un qui pourrait confirmer ça ?

– Certainement. Va, Sasha. » Et Rudi a poussé son copain vers la porte. « Va ! » Il était au garde-à-vous : « Dites-moi, Artemy Maximovich, comment est-ce à New York ? » Il était avide de savoir, prononçant mon nom avec le respect dû à un visiteur de marque.

Je lui ai montré la photo de Lev. Il n'a pas hésité une seconde :

« Bien sûr. Ivan était notre ami. Il a disparu. La boisson. Ou la cocaïne. Ou alors il est tombé malade. C'est ce qu'on a pensé. Que lui est-il arrivé ?

– Je n'en sais rien. J'essaie de le joindre. Savez-vous quelque chose ? »

Enchanté de la présence d'un visiteur, Rudi ne tenait plus en place, il a libéré un vieux fauteuil de cuir, il me l'a offert tout en suçant sa cigarette : « Attendez ! »

Rudi a disparu dans un placard et il en est ressorti avec un grand classeur.

« Ivan était un spécialiste. Une espèce de génie. Ivan retouchait des photos. Il les refaisait complètement. Il pouvait faire disparaître quelqu'un. Regardez ! »

Il m'a montré des photos du présidium devant le mausolée de Lénine un 1er Mai. Sur l'une d'elles Andropov n'a pas de chapeau. Sur une autre, il en a un. Pour l'époque c'était un travail époustouflant. Aujourd'hui avec un ordinateur, c'est un jeu d'enfant. À l'époque, c'était un art extrêmement délicat. J'ai pensé aux photos de Lily sur lesquelles il avait travaillé.

« Le modèle original », a dit Rudi, en prenant un livre où l'on voyait une photo célèbre de Lénine faisant un discours avec Trotski montant sur l'estrade. Rudi a tourné la page : « Regardez bien. Trotski a disparu, mais ils ont oublié son coude. On taquinait Lev : " Surtout, n'oublie pas le coude ! " Mais il n'oubliait jamais !

Il m'a regardé.

« Savez-vous pourquoi les Soviets ont échoué. Il y avait toujours un cinglé comme moi ou Sasha pour pouvoir passer les faits à l'Ouest en ayant la photo originale. Il y a tellement de possibilités de publication là-bas. Arrivent alors Gorbatchev et la glasnost, et tout le monde se moque de savoir s'il a un chapeau ou pas. Tout le monde sait la vérité. Plus ou moins. Ivan a perdu son boulot.

– Il était furieux ?

– Non. C'était un garçon charmant. Il avait rencontré une Américaine. Il en était fou. Il disait qu'il l'épouserait et qu'il irait vivre en Amérique avec elle. Cela l'obsédait. Il est devenu un peu bizarre, mais c'était également une époque bizarre. Il nous a montré sa photo mais elle n'a jamais répondu à ses lettres. Un jour, il a disparu. Voulez-vous son numéro de téléphone ? » Rudi a ouvert un carnet, il a léché la mine de son crayon et m'a récopié un numéro de téléphone sur un bout de papier.

« J'essaie ?

– OK. »

Rudi a composé le numéro, il a attendu puis il a raccroché. Puis, il a fait un autre appel et il a quelque temps.

« Le père de Lev a déménagé. Il n'a pas le téléphone. Mais j'ai trouvé son adresse. Il sera certainement ravi de voir un ami de son fils, venant d'Amérique. »

Il a longuement tiré sur sa cigarette, avec sur le visage une expression de plaisir intense.

« Merci. »

Sasha est revenu, l'air satisfait. Il a parlé avec sérieux, comme s'il avait été à l'école : « J'ai le plaisir de vous confirmer que j'avais raison. M. Chaim Brodsky envisage bien d'acheter Novosti Press. » Il a eu un large sourire et nous avons allumé des cigarettes.

« Excellentes cigarettes, a dit Sasha. Beaucoup de goût. »

Ils m'ont fait pitié. J'aurais pu me trouver à leur place.

« Vous faites quoi en ce moment ? leur ai-je demandé.

– On attend. On va peut-être nous racheter. Nous essayons de classer les archives. Époque difficile. Croyez-vous que tout va s'arranger, Artemy Maximovich ?

– Je ne sais pas. » J'ai discrètement mis ce qui me restait de cigarettes dans le tiroir de Rudi : « On peut m'appeler simplement Artie. » Et là-dessus, je suis allé voir le père de l'homme que j'avais tué.

VII

L'homme a ouvert la porte à l'aide de ses ongles ébréchés et d'un tournevis. Il m'a dit : « J'ai vendu mes poignées de porte pour acheter du pain. Je m'appelle Kowalski, Boris. Qui êtes-vous ?

– Je m'appelle Cohen. » À la façon dont j'ai dit ça, on aurait pu croire que j'avais appris le russe à l'école. « Vous êtes le père d'Ivan Borisovich Kowalski, parfois connu sous le nom de Lev ?

– Oui, nous l'appelons parfois Lev. C'était le nom de mon père. Il m'a envoyé ça. » Il a passé sa main sur le cardigan marron qu'il portait comme si ç'avait été un beau chat. Je me suis dit qu'il en avait un coup, comme on fait avec les vieillards et les malades, particulièrement à Moscou. Mais quand ses yeux se sont fixés sur moi, j'y ai vu une indiscutable lueur d'intelligence.

« J'aimerais vous parler de votre fils.

– Il est mort. » Il s'agissait d'une affirmation.

« Oui.

– Bien. »

Il m'a fait entrer. Kowalski avait couvert les

fenêtres avec de vieilles feuilles de la *Pravda* et il ne filtrait qu'une faible lumière.

Comme Birdie, il vivait apparemment seul.

Il se déplaçait difficilement à l'aide d'une béquille improvisée et d'une prothèse primitive. J'ai remarqué sur son crâne un creux, comme si on l'avait enfoncé d'un coup de maillet. Il avait un cardigan de cachemire mais, dessous, son marcel était sale, avec des traces de nourriture. Il a répété : « Bien. Le voilà libre. »

Je me suis retrouvé dans une pièce encombrée de piles de papiers. La table était couverte de feuilles, de coupures de presse, de rapports, de lettres. Il y en avait partout. Je me suis dit qu'à Moscou les vieillards restaient prisonniers dans leurs misérables appartements à conserver des montagnes de documents, seules traces de leur passé. Au-dessus de la télévision était accrochée une icône. Il m'a dit :

« Asseyez-vous, je vais préparer du thé. »

Il devait être trop las pour éprouver de la haine. Jadis, son visage avait sans doute été modelé pour la haine : maigre, avec une mâchoire proéminente, des cheveux d'un blond passé, la peau tendue autour de la bouche, l'air d'un Polonais avec des petits yeux pâles et méchants. Mais la maladie avait rongé la chair et fait disparaître l'ambition.

« Je suis bien content qu'il soit mort. Ils en avaient fait un monstre. Vous l'avez connu ?

– Il a essayé de me tuer.

– Alors, pourquoi êtes-vous venu ?

– J'ai pensé que vous voudriez savoir.

– Vous êtes policier ?

– Oui, en Amérique. Il faut que je sache qui était votre fils et ce qu'il faisait. » Je lui ai tendu un paquet de cigarettes. Il en a pris une à contrecœur et je l'ai allumée. Il fumait avec trois doigts, les deux autres manquaient. J'avais envie de lui dire : Oui, j'ai tué votre fils.

Il a versé le thé et il a mis quatre biscuits dans une soucoupe. Il s'est assis dans un vieux fauteuil tendu d'une cretonne à fleurs en loques, puis il a ôté sa prothèse qu'il a posée à côté, et il s'est mis à masser un moignon garni d'une chaussette marron. Il a attendu que j'aie bu mon thé et mangé ma part des biscuits, puis il m'a dit cérémonieusement : « Je vous remercie d'être venu me mettre au courant. Que voulez-vous ?

– Comment Lev se procurait-il ses échantillons ?

– S'il vous plaît. » Et il a tendu la main vers un rideau de plastique. « Dans la cuisine. »

Derrière ce rideau, il y avait une table, avec une balance, une rangée de disques en acier inoxydable, de la taille de palets de hockey, des boîtes en métal et des pots à confiture propres. Sur une assiette jaune, il y avait une betterave rouge, avec encore de la terre sur les feuilles.

Il a dit que les gamelles de plomb servaient à transporter le césium ou le plutonium, les palets de hockey des fragments d'uranium. Tout cela constituant les échantillons.

« Et les certificats ? »

Il a ouvert un tiroir d'où il a tiré une liasse de documents officiels certifiant les caractéristiques des échantillons.

« Ce sont des faux ?

– Certains. Il y en a aussi d'authentiques. C'est facile d'en obtenir pour trois fois rien des instituts de recherches. »

Kowalski m'a expliqué que l'important, c'était les échantillons, et il m'a montré son matériel, où il y avait un épluche-légumes tordu.

« Ils ont fait de mon fils un passeur, m'a dit Kowalski. Ils lui ont fait transporter ces cochonneries. Au début, il ignorait même de quoi il s'agissait.

– Qui l'a forcé ?

– La mafia. Le KGB. Les chefs. Les parrains. Ils prétendaient que c'était pour escorter des filles, ou conduire des camions. Qu'importe qui, quoi, ou comment. Ce n'est pas de notre faute. Ça a commencé avec les Américains. À Brooklyn. » Il m'a montré une carte postale envoyée par son fils.

« Comment avait-il les échantillons qu'il emportait en Amérique ? Qui les lui donnait ? »

Le visage neutre, Kowalski a répondu : « Moi. » Il a changé de position en faisant une grimace : « Je ne faisais pas ça pour l'argent, comprenez-vous. Je ne suis pas un Juif avide d'argent. Vous me comprenez, M. Cohen ? »

Tout en parlant, il fouillait dans les papiers sur la table. « J'ai fait ça pour mon fils. Je n'avais rien à lui donner, je lui ai donné la mort. »

Pour le moment, Kowalski était concierge dans un institut de recherches nucléaires près de Moscou. Il parlait un russe châtié que je n'avais aucune peine à suivre. C'était la langue utilisée par la génération de mes grands-parents. Voilà son histoire :

Trop âgé pour être mobilisé, Kowalski avait été envoyé en Afghanistan dans le Génie pour étudier l'éventuel emploi d'armes non conventionnelles. Moins agile que les autres, il avait sauté sur une mine et il y avait laissé une jambe. On l'avait rapatrié. Il était déjà malade, car auparavant il avait travaillé à la fabrication de noyaux de plutonium dans une usine, la tête à côté d'un conduit de vapeur et les mains dans des gants de protection qui fuyaient.

À l'époque, Kowalski et sa femme, ils avaient divorcé depuis, n'avaient rien dit. Ils étaient des membres fidèles du Parti. Si l'État affirmait que la radioactivité était sans danger, était-ce à Boris Kowalski de mettre en doute la parole de ses supérieurs ?

Puis ç'avait été la glasnost, il avait commencé à lire des choses. À peu près à la même époque, Lev s'était fait virer. On n'avait plus besoin de photos retouchées. Il s'était mis à fréquenter un drôle de monde, des étrangers, la mafia.

Il avait travaillé pour eux. Un temps il avait conduit un camion de fruits sur la route de Varna. Il était bien payé. Il avait compris que ce n'était pas pour les fruits. Pour quoi, alors ? De la drogue ? Il escortait des filles jusqu'en Croatie, en Allemagne. Des danseuses, lui avait-on dit. Des putains, oui. Mais cela payait bien, le travail était facile et Lev aimait bien ces filles. Puis l'une d'elles était tombée malade, d'autres ensuite, et Lev en avait parlé à son père.

« J'ai alors compris ce qu'ils transportaient », a dit Kowalski.

Sur la route, Lev avait rencontré quelqu'un qui savait comment on pouvait gagner gros. Il lui fallait l'aide de son père. « Il disait qu'après nous irions vivre dans une jolie datcha à la campagne. J'ai accepté. Tout le monde le faisait. Après tout, c'était un peu une affaire de famille. »

Minatom, l'ancienne agence soviétique pour l'énergie atomique, avait été un véritable État dans l'État, qui avait encore un million d'employés. Personne n'avait plus le sou. Tout en bas de l'échelle, le trafic illégal était important : plutonium, uranium, lithium, césium, même des saloperies comme l'oxyde d'uranium, tout se vendait. Boris Kowalski n'avait qu'à se servir à l'institut.

« Nous sommes tous en colère. Beaucoup d'entre nous n'ont pas été payés depuis des mois. Depuis des années. Alors nous faisons des affaires. J'ai fait des affaires pour Lev. » Il a fait craquer ses phalanges.

« Comment ?

– Comment ? J'ai mis des matières, des échantillons, dans une casserole. Dans ma gamelle. Quelle différence cela fait-il ? »

Il s'est passé la main sur le visage. Mais un jour je me suis trompé, ou alors on m'a fait une farce. J'ai pris du césium et cela a rendu Lev très malade. Je le sais parce qu'un autre employé en a pris et a été exposé sur tout le corps. Deux semaines plus tard, il était mort. Mais j'avais déjà donné les échantillons à mon fils. »

Je ne savais que dire. J'ai fini le dernier biscuit.

« Je voulais que Lev arrête. Mais il ne pouvait plus

revenir en arrière, il était habitué au pouvoir, à l'argent. À la mort. Il était devenu un trafiquant. Un passeur. Un passeur atomique qui irait jusqu'au bout. Il a voulu faire un dernier voyage. Passer du plutonium en Amérique. Il aurait été le premier. Mais il devait avoir d'autres plans.

– Quelle genre ?

– Une femme. Qui l'avait trahi. »

Il a fouillé dans ses papiers et il a trouvé une photo de Lily Hanes, prise il y a dix ans, avec un bonnet blanc sur ses cheveux roux.

« Quoi d'autre ? »

Kowalski a haussé les épaules : « Connaissez-vous les effets des radiations ? Dois-je vous expliquer ce qui est arrivé à mon fils. Le sang meurt.

– Je sais. »

Kowalski a extrait d'un paquet rose une cigarette indienne à la fumée particulièrement malodorante. Il s'était remis à pleuvoir, puis il a grêlé. Une sirène de police s'est mise à hurler. Il fallait que j'avoue à Kowalski que c'était moi qui avais tué son fils.

« A qui pensait-il vendre sa camelote ?

– En Allemagne, en Bulgarie, dans ce genre d'endroits, il avait affaire à des intermédiaires. Des banquiers. Des Italiens qui nettoyaient l'argent – on dit *nettoyer* ?

– Blanchir.

– Oui. Des terroristes. Peut-être des Libyens. Sûrement des Iraniens. Qui le sait ? Qui s'en soucie ? De nos jours, tout s'achète.

– Tout ?

– Bien sûr.

– Du plutonium ?
– Des quantités.
– Du mercure rouge ?
– C'est plus difficile. Et plus cher. »
La pluie tambourinait sur la fenêtre.
« Lev était un bon fils. » Il s'est mis à pleurer. J'ai pensé à cette passion qu'avait son fils pour les couteaux.
« Qui a besoin de ça en Amérique ?
– Je ne sais pas.
– Moi, je ne suis personne. Rien. Peut-être les grands patrons d'un institut pourraient-ils vous renseigner.
– De votre institut ? Vous pourriez m'y conduire ?
– Cela coûtera cher.
– Combien ?
– Une jambe neuve. »
Quand il a frotté son moignon, j'ai compris. Boris Kowalski, après avoir trompé le système qui l'avait trahi, ce qui avait entraîné la mort de son fils, voulait, en guise de compensation, une jambe neuve.

VIII

« Donnez-moi quelques roubles », m'a dit Kowalski tard la nuit suivante quand nous sommes arrivés à l'institut. Je lui ai tendu quelques billets chiffonnés.

C'était à une heure de Moscou. Nous étions devant les grilles. Une vieille femme ronflait dans le poste de garde. Kowalski a tapé sur la grille de fer. Elle a ouvert un œil : « Oui ? Ah ! c'est vous !

– Oui, c'est moi, la mère. » Il lui a tendu des billets. « J'ai oublié quelque chose. Vous comprenez. » Elle est allée soulever la grille, et elle a craché dans la nuit.

« Donnez-lui quelques cigarettes », a dit Kowalski, et je lui en ai tendu un paquet par la fenêtre. La femme a eu un sourire servile. J'aurais bien voulu être chez moi. J'ai pris la main de Svetlana, qui nous avait conduits dans sa petite auto. Il ne faisait pas chaud.

L'endroit était désert. La cour boueuse était givrée. Une machine qui ressemblait à un vieux tracteur ronflait poussivement et lançait un jet de vapeur dans la nuit froide. « L'hélium, a dit Kowalski d'un ton méprisant. On en vend pour se faire de l'argent. Attendez-moi ici. »

Il nous a laissés dans la voiture, et il est allé vers un bâtiment de pierre jaunâtre, puis il nous a fait signe de le suivre.

« Reste dans la voiture, ai-je dit à Svetlana. Imagine qu'il y ait des radiations ou quelque chose.

– Tu as peur que je mette au monde des monstres ?

– Parfaitement.

– OK, je reste. » J'ai compris qu'elle avait bel et bien l'intention de m'épouser.

À l'intérieur, Kowalski m'a mené dans une salle qui ressemblait au laboratoire de sciences d'une école. Plutôt délabré. Il y avait des tableaux en loques indiquant les éléments transuraniens, d'antiques microscopes, un bec Bunsen avec une théière posée dessus, un tableau noir, quelques bureaux et des piles de papiers. Kowalski s'est assis lourdement, il a allumé une de ses cigarettes indiennes, il a regardé en direction des fenêtres :

« Il faut attendre.

– Attendre quoi ? »

Une porte s'est soudain ouverte derrière mon dos. Je me suis retourné. C'était une femme entre deux âges, enveloppée dans des châles comme une danseuse. Elle les a ôtés et elle s'est assise sur l'un des bureaux.

Kowalski me l'a présentée. C'était Valya Golitzine, une physicienne de haut rang.

Elle a demandé à Kowalski qui m'a regardé : « Combien ? »

J'ai ouvert mon portefeuille, je lui ai montré des billets.

« Ce n'est pas assez. Vous parlez russe ? »

J'ai fait oui, et je lui ai montré d'autres billets.

« OK. » Elle a fourré les billets dans sa poche, elle a parcouru la salle du regard, elle a sorti d'un cabas qu'elle avait une grande boîte de Nescafé, une bouteille de vodka, un saucisson et une petite miche de pain. Elle a aligné tout cela sur le bureau, elle a contemplé son œuvre en souriant : « Nous avons une demi-heure. » Elle a tripoté la bouteille.

J'étais assis sur une chaise en face d'elle, comme un collégien. Elle avait un visage fin, plutôt agréable, le nez romain, des yeux sombres, les bras gracieux d'une danseuse. Elle a ôté le couvercle du pot de Nescafé, elle s'est arrêtée pour allumer une cigarette, elle a pris un petit pot qui pouvait avoir quinze centimètres de haut. Il était en plomb. Elle a enfilé des gants de caoutchouc et elle a sorti une petite bouteille de verre pleine d'une substance visqueuse, rose, qui ressemblait à du vernis à ongles. Bien sûr, c'était du mercure rouge. C'est pour ça que j'avais fait tout ce voyage, cette bouteille. De quoi ? De mort ? Elle a dit :

« Voilà. Du mercure rouge.

– On peut faire une bombe avec ça?

– Naturellement.

– Je lui ai demandé : Il en faut combien ? »

Valya a montré un verre à eau : « La moitié.

– Comment est-ce que ça fonctionne ?

– Vous connaissez un peu de physique ?

– Non.

– OK. Le mercure rouge n'existe pas dans la nature. Comme le plutonium, il a été fabriqué par l'homme. Il sert de déclencheur nucléaire. Mettez-en autour du cœur du plutonium – les Américains disent *pit*, le noyau –, au centre du système nucléaire. Il agit comme compresseur. Il faut donc moins de plutonium. Beaucoup moins. Il permet de faire une bombe bien plus petite, qu'on pourrait lancer avec un lance-grenades. On pourrait même en faire des grenades. La bombe nucléaire de poche. Autre chose ?

– Oui.

– On en a fabriqué pour la première fois il y a de longues années de cela, dans une région reculée. On l'associe parfois au strontium. C'est extrêmement radioactif. Les éléments radioactifs rares lui donnent une signature différente de celle de tous les autres corps radioactifs. C'est très facile à passer en contrebande.

– Comment le transporte-t-on ?

– Il existe en poudre. En liquide. Le liquide plus certains isotopes donne le mercure rouge 20 20. Il faut un accélérateur de particules. Nous en avons un. Désormais, nous le louons à l'heure, comme une pute. » Elle s'était attaquée à la bouteille et avait déjà entamé le saucisson.

Elle a continué sa conférence pendant quelques minutes. Il en ressortait que le mercure rouge 20 20, c'était vraiment le truc terrible.

J'en avais déjà entendu parler par Andrei Federov. Il fallait que je sois sûr : « On s'en sert pour les techniques furtives ?

– Oui, comme peinture. Ou alors pour fabriquer des bombes minuscules. Faciles à transporter. Faciles à cacher. C'était le plus grand secret soviétique, le mercure et l'oxyde d'antimoine. À l'Ouest, peu de gens étaient au courant. Un rapport a été rédigé là-dessus pour Dupont de Nemours en 1968, puis plus rien. Même Los Alamos ne s'y est pas intéressé. » Je me suis rappelé que Federov avait travaillé à Los Alamos.

« Puis, vingt ans plus tard, Dupont dépose un brevet. L'aboutissement de vingt ans de recherches secrètes ? Comment savoir ? » Tout en surveillant plus fréquemment la fenêtre, Valya poursuivait ses ravages sur le saucisson : « On avait besoin d'ordinateurs extrêmement puissants. On n'a pas ça ici. » Et elle a jeté un regard méprisant au laboratoire minable. « On n'a rien du tout. »

Je lui ai demandé pourquoi dans les milieux officiels on en niait l'existence.

« La corruption. Le vice moral du secret. Un académicien, qui savait parfaitement que cela existait, a prétendu que ça ne pouvait pas exister, puisque c'était " en dehors de la nature ", alors que le KGB avait confirmé à Eltsine que cela existait bel et bien. Nous avons souffert d'un excès de secret. » D'une de ses poches, elle a tiré une lettre chiffonnée qu'elle m'a tendue : « Lisez ! »

C'était une lettre de Dubna à Iekaterinbourg, concernant une fourniture de mercure rouge. Avec un rire amer, elle a sorti un autre papier :

« Ce qui rend le mercure rouge merveilleux c'est la facilité de transport. » Elle a fouillé dans son sac et en a triomphalement sorti ce qui ressemblait fort à un tube de rouge à lèvres. « Comme le mercure ordinaire, le mercure rouge est ductile, très sensible à la chaleur. Dans les conditions convenables, on peut lui donner l'apparence d'un rouge à lèvres, comme celui-ci. » Elle me l'a fourré sous le nez en riant et, comme je me reculais, elle a sorti un petit miroir de son sac et elle s'est fait les lèvres.

« Allez chercher une balance », a-t-elle dit à Kowalski.

Valya a continué à trancher le saucisson avec une précision toute scientifique. Kowalski est revenu avec une balance rouillée. Elle y a déposé un morceau de saucisson.

« Regardez. Cent grammes. Avec ça de mercure rouge, on peut faire quelque chose de pas mal du tout. » Elle a rajouté un peu de saucisson sur la balance et un petit morceau de pain. Cela faisait déjà une assez belle artillerie. Et elle en parlait comme si le saucisson allait vraiment exploser.

« Le passer en contrebande n'est rien », a-t-elle ajouté en faisant descendre le saucisson en question avec un grand coup de vodka. « Aussi facile que pour le plutonium. Indétectable. Vous le mettez dans une boîte en fer au fond de votre sac à main, vous passez la douane. Rien à déclarer. » Elle a sorti toutes sortes de trucs de son sac pour les poser sur la table : « Ces échantillons, on peut les mettre dans une balle de tennis, un tube en verre, un paquet de cigarettes, un pot de confiture. » Elle semblait très satisfaite de son propre numéro : « Si vous pouvez faire une bombe, vous pouvez faire une bombe à retardement. J'ai connu une femme qui a empoisonné son mari en cachant des fragments d'uranium derrière les cabinets. Cela a pris des années. Je lui ai demandé : “ Ça ne vous empoisonnait pas aussi ? ” Elle a répondu : “ Ça valait le coup. ” »

Valya Golitzine avait fini sa vodka et elle était fin soûle. Kowalski frottait son moignon, la mine renfrognée. Il avait été un membre convaincu du Parti, et les sarcasmes de Valya lui déplaisaient fort. Mais elle était son supérieur, et il n'avait rien à dire.

Un veilleur de nuit a frappé à la porte avant d'entrer. Valya lui a dit bonsoir, et lui a tendu quelques billets qu'elle avait pris dans son sac. Il a salué, et il est parti.

« Bref, avec le mercure rouge, on peut faire une bombe de la taille de ce saucisson, capable de détruire une ville entière. » Elle commençait à radoter.

« On a fait des essais ?

– Quelques-uns. Dans le nord. Nous avons trompé le monde extérieur. Minatom, le ministère de la Défense, c'étaient des mondes fermés. Nous savions que nous aurions pu gagner des milliards en exportant notre technologie nucléaire secrète. Gorbatchev le savait. Il voulait s'en servir pour financer des réformes. Les documents ont été détruits pendant le coup d'État. Eltsine le savait. Tenez. » Elle m'a lancé d'autres documents qu'elle avait sortis de son sac.

« Et ça vaut combien ?

– Deux cent cinquante mille dollars le kilo. Peut-être plus. Des histoires de corruption ont circulé, à propos d'hommes d'affaires. La corruption est universelle. Les rumeurs. Personne ne parle aux chercheurs. Personne ne nous paie. »

J'ai regardé la boîte de café : « Qui étaient les acheteurs ?

– L'Amérique, la Grande-Bretagne, la France, l'Allemagne, tous les pays qui travaillaient sur le nucléaire et les techniques furtives. Israël, l'Afrique du Sud. L'Irak. Saddam a offert un million pour un kilo de mercure rouge.

– Et ça voyage comment ?

– Par la valise diplomatique. L'aéroport de Zurich a une zone libre. Et le Mexique une frontière ouverte avec les USA.

– Je peux en acheter un échantillon ? Pour des essais ? »

Elle a fait non : « Trop dangereux.

– Et pourquoi faudrait-il croire tout cela ? »

Des employés de l'équipe du matin commençaient à arriver. Valya a fermé sa boîte à café et l'a remise dans son sac. Avant de le refermer, elle m'a tendu une dernière feuille : une firme américaine offrait 290 999 dollars pour le kilo de mercure rouge. Il y avait des détails techniques sur son utilisation dans l'aérospatial, l'électrotechnologie, ses possibilités dans le domaine des polymères. De la poudre aux yeux ? La lettre avait été envoyée par quelqu'un avec une boîte postale à Los Angeles, et une référence à Cosmos Auto Supply, Brooklyn. J'avais vu une lettre identique entre les mains de Johnny Farone.

« Croyez-moi ou ne me croyez pas, n'empêche

que c'est vrai. » Valya s'est enveloppée dans ses châles. « Et veuillez oublier notre rencontre. » Elle a lancé la bouteille de vodka dans une corbeille à papier, elle nous a fait un petit signe de tête puis elle a disparu. J'ai entendu le bruit de ses talons hauts sur le linoléum. Le cauchemar était donc vrai, mais je n'avais pas de preuve.

IX

Le lendemain matin, Gavin Crowe m'a emmené acheter des échantillons de mercure rouge chez une certaine Tania dans un appartement sur Ismailova Park. Elle portait un petit boléro d'angora rose, des talons hauts qui claquaient sur le sol dallé de marbre. Elle nous a tendu sa main à baiser, et une boîte de loukoums. Je savais que Crowe était un drôle de coco, mais il était capable d'avoir des contacts. J'ai emmené Eduard Skolnik avec moi. Ils se connaissaient. Le monde est petit.

« Gavin dit que vous cherchez quelque chose, a dit la dame. Je peux certainement vous aider. Pas de problème. »

Le parfum des loukoums emplissait l'appartement et le sucre en poudre dont ils étaient couverts semblait en suspension dans les rayons de soleil. Il y avait un bar, un mur couvert de ficus avec une fresque représentant des minarets et des danseuses du ventre. La stéréo passait de la musique turque.

C'était une personne rondelette aux yeux brillants avec un grain de beauté sur le nez, et qui répondait au nom de Tania. Elle était assise avec la boîte de loukoums sur les genoux et les pieds sur un tabouret de soie rose. Tania souriait et elle a passé ses bras autour du cou de Crowe qui s'est installé à la façon d'un caniche sur une pile de coussins de soie à côté d'elle. Tania était très gentille, très détendue, très agréable. Une domestique est entrée portant un plateau d'arak et de café, puis elle a fait circuler une coupe de pistaches. Dans un coin de la pièce, un homme de petite taille mangeait des radis, un pistolet automatique posé à côté de lui. Il ne nous a pas regardés.

Crowe a à peine adressé la parole à Skolnik qui s'amusait à lancer les coques de pistache dans un vieux crachoir de cuivre.

« Donc, vous voudriez acheter du mercure rouge. C'est très populaire en ce moment », a dit Tania. Aucun mélodrame là-dedans. Ç'aurait pu être du papier hygiénique.

« Théoriquement. D'un point de vue journalistique.

– Naturellement. Naturellement. Et combien vous en faudrait-il ?

– Que pouvez-vous avoir d'autre ? Si j'en voulais. Si je voulais autre chose, théoriquement ». Elle m'a répondu : « Tout.

– Du plutonium ?

– Certainement.

– Du césium ?

– Naturellement.

– Quoi d'autre ?

– Beryllium, lithium, uranium, uranium enrichi,

oxyde d'antimoine, californium. Tout. Également les composés. Tout ce que vous voudrez.

– C'est si facile ?

– Certainement.

– Et du matériel ?

– Ce n'est pas mon domaine, mais j'ai des relations.

– Et le mercure rouge, c'est combien ? »

Cela l'a beaucoup amusée : « Pour vous, deux cinquante le kilo, ou bien voulez-vous seulement un échantillon ?

– Seulement un échantillon. »

Eduard a soudain fait un sourire gamin à Tania, comme s'il avait déjà assisté à ce genre de préliminaires : « Tania, soyez un ange. Faites-nous un prix, nous sommes de bons garçons. »

Elle a eu un mouvement d'épaules : « OK, cent grammes, dix mille. En dessous de ça, ça ne vaut pas le coup.

– Et l'expédition ?

– N'importe où – exactement comme le Federal Express, qu'on pourrait peut-être utiliser, ou la valise diplomatique. » Elle s'est trouvée très drôle.

– Quand pourrais-je l'avoir ?

– Quand vous voudrez. »

Skolnic a dit : « On vous rappellera.

– Il faut que je me procure l'argent. J'imagine que vous le voulez en liquide.

– Naturellement. Venez lundi.

– On vous rappellera, a répété Skolnik.

– Venez lundi. » Nous étions du petit fretin et Tania n'avait pas de temps à perdre.

« Bon, faut que je m'en aille. Svetlana m'attend. » C'était une provocation de ma part. Crowe m'a lancé un regard chargé de haine.

Tania a offert à Skolnic sa main à baiser. Elle a serré la mienne : « J'adore les Américains ! »

Crowe est resté derrière. Il n'aimait pas Skolnic et il n'a même pas levé les yeux quand nous sommes sortis.

« Et où vas-tu trouver l'argent pour acheter ce mercure rouge ? » m'a demandé Svetlana quand je l'ai retrovée au Gastronome N° 1.

« C'est Yelisayev maintenant comme avant », a-t-elle dit en montrant le magasin. Elle avait les bras chargés de fromages, de boîtes de chocolats, de paquets de café, pour porter à Birdie ce soir-là. Je l'ai suivie hors du magasin.

« Je pourrais faire de la fausse monnaie.

– Allons Artyom, pas avec ces gens-là.

– Je me débrouillerai pour en trouver.

– Tu veux que j'essaie d'en trouver ?

– Certainement pas.

– Tu veux que je te montre où je travaille ? Tu m'as parlé de M. Brodsky, Chaim Brodsky. Alors tu vas voir. » Elle a entassé ses achats dans la voiture.

« OK. Fais-moi voir. Je veux savoir. »

Elle portait un jean blanc et un T-shirt blanc, avec un sweater bleu noué sur les épaules. Ses cheveux étaient remontés derrière ses oreilles, brillants comme de l'or noir. Elle avait des yeux de chat marron vert. Elle était légèrement bronzée, avec des taches de rousseur sur les bras qui faisaient des points d'or au soleil. J'ai senti son parfum comme elle se penchait vers moi pour refermer la portière.

« Qu'est-ce que c'est ?

– Quoi ?

– Le parfum.

– *Joy.* Offert par Tolya. » Elle m'a tendu quelque chose enveloppé dans un petit mouchoir de coton rose.

« Tiens, c'est un cadeau pour toi. »

Dedans, il y avait une belle poire d'un rouge sombre.

Dans le vieil immeuble aux allures de palais où elle travaillait, aux portes de Moscou, Svetlana m'a promené parmi les piles de bobines de films soigneusement alignées, des milliers de films argentés, certains célèbres, d'autres inconnus ou oubliés. Svelata m'avait dit qu'ils étaient condamnés à la disparition, comme nous passions entre les boîtes métalliques : « Les films meurent. »

Une vieille dame s'est hâtée vers nous, ses pantoufles de feutre glissant sur les parquets. Elle a ouvert son sac et elle nous a donné des sandwichs au veau. Nous les avons mangés assis par terre adossés aux boîtes de films. Je les ai trouvés délicieux, parce que j'étais avec Svetlana.

« La vieille dame a dit qu'elle craint pour son emploi. On vend les archives.

– Quelqu'un s'est déjà intéressé à tout ça ?

– Je ne crois pas. Mais je vais te montrer quelque chose. » Elle s'est levée en s'appuyant à mon épaule, et, sur un rayon, elle a pris un grand registre gris.

« Voilà le registre. Tu m'avais demandé de chercher certaines choses et j'ai vérifié. Les gens indiquent quels films ils ont empruntés. C'est parfois intéressant de savoir qui a regardé quels films.

– Et qu'as-tu trouvé ? Parce que tu as trouvé quelque chose ? »

Svetlana s'est accroupie à côté de moi : « Regarde. »

Durant ces derniers mois, Birdie était venue deux fois aux archives.

« Qu'est-ce qu'elle voulait ? Qu'est-ce qu'elle a vu ?

– Viens. Je te montrerai. J'ai fait une petite sélection pour toi. »

Dans une minuscule pièce lambrissée, Svetlana avait monté son film sur une table de montage à l'ancienne. Elle a éteint les lumières et nous nous sommes assis sur des chaises en bois. J'étais un peu dans le cirage. C'étaient des documentaires tartes faits pour la télévision soviétique, et qui montraient l'industrie, les médias, la technologie. Le commentaire, rédigé en langue de bois soviétique, était particulièrement indigeste. Rien de très intéressant dans tout ça. J'ai bâillé. Ce qui a amusé Svetlana : « Tu n'as vraiment aucune patience ! Attends. Tiens, regarde ! »

Les plans montés par Svet avaient un point commun susceptible de concerner Birdie : dans tous, il y avait Chaim Brodsky. Brodsky en hôte de marque. Brodsky se voyant offrir un bouquet. Brodsky en compagnie d'Andropov, de Gorbatchev, d'Eltsine. Brodsky dans des laboratoires. En train de visiter des imprimeries, de serrer la main à des ouvriers ou à des physiciens.

J'ai imaginé Birdie toute seule dans le noir à regarder ces archives vieillottes. J'ai demandé à Svetlana : « Ta conclusion ?

– Dis-moi, toi.

– Dans le temps, elle a été amoureuse de lui. Je voudrais bien qu'il s'agisse seulement d'une nostalgie de vieille dame. Elle l'a revu il y a quelques mois.

– Peut-être voulait-elle se rafraîchir la mémoire, par respect pour le rôle qu'il a joué.

– Par respect ? Tu ne connais pas tante Birdie ! »

« Bon, eh bien, allons voir Birdie, maintenant. » Nous étions dans le minuscule appartement de Svetlana. Depuis une heure, elle trempait dans son bain. J'avais l'impression d'être le mari.

J'ai mis ma veste, j'ai pris le vieil automatique calibre .45 que Tolya gardait depuis son séjour dans l'armée. J'ai mis le chargeur et j'ai fourré le tout dans la poche de mon imperméable. Depuis notre départ des archives, j'éprouvais comme un malaise. Le numéro de Birdie avait toujours sonné occupé.

Svetlana a vu le pistolet : « Et toutes ces armes ! Nous sommes devenus comme les Américains. Cela ne nous va pas vraiment. » Elle m'a fait un petit sourire, sans doute pour atténuer la sévérité de son propos.

« Et moi, je suis très américain ?

– Énormément.

– On y va ? Tu as tout ? »

Quand nous sommes arrivés à l'immeuble de Birdie, il faisait presque nuit. On distinguait tout juste le vestibule.

Svetlana a dit : « Je crois que l'ascenseur est en panne.

– Eh bien, on montera à pied. »

La minuterie était en panne. J'avais une petite lampe torche. Nous avons grimpé l'escalier. Le sac des cadeaux pour Birdie était lourd, je l'ai pris des mains de Svetlana.

Il y avait des graffiti sur les murs et ça sentait le pipi de chat.

À l'étage de Birdie, c'était le vacarme habituel de télés, de gens qui se disputaient ou se foutaient des coups, de bébés en colère, sans compter la leçon de piano. Le métronome faisait tic-tac, tic-tac. Un robinet coulait goutte à goutte.

« Je suis impatiente de la voir, m'a dit Svetlana en arrangeant ses cheveux. Est-ce que je suis bien ?

– Splendide. »

Je l'ai embrassée, avant de frapper à la porte de Birdie. Pas de réponse. J'ai secoué la poignée. Rien. J'ai appelé : « Birdie ? » J'ai dit à Svetlana : « Reste derrière. » Puis j'ai glissé une carte de crédit dans l'embrasure de la porte et je l'ai manœuvrée de haut en bas. La porte s'est ouverte et la poignée m'est restée dans la main. Dans le noir, j'ai entendu quelqu'un dégringoler l'escalier. J'avais les mains moites, j'ai serré la crosse du .45, le sang me battait aux tempes.

J'ai trouvé le commutateur. Rien. Les plombs avaient dû sauter. J'ai promené le rayon de ma torche autour de la pièce. Tout avait été systématiquement démoli, la porcelaine écrasée, les vitres de la bibliothèque enfoncées, les livres déchirés, les papiers éparpillés. Les rayons étaient cassés, tailladés. Naturellement, les carnets devaient avoir disparu.

Birdie gisait sur le lit. J'ai pensé à Ricky. Le pouls battait encore. Le fil du téléphone avait été arraché. J'ai crié à Svetlana :

« Va chercher du secours ! Appelle une ambulance ! »

Je l'ai entendue frapper aux portes, appeler au secours. Personne n'a bougé. On n'entendait plus que des murmures, les locataires terrifiés restaient planqués derrière leur porte, comme des rats, à attendre que tout ça se tasse.

Nous avons enveloppé Birdie dans une couverture et nous l'avons descendue par l'escalier. La Trabant étant trop petite, j'ai couru à la recherche d'un taxi. J'en ai trouvé un : le chauffeur ronflait paisiblement à son volant.

Je l'ai secoué par l'épaule, je lui ai fourré deux billets sous le nez. Il nous a aidés à transporter Birdie : « Où va-t-on ? » Svetlana lui a demandé : « Vous connaissez le Borodenko ? » Le taxi connaissait. Elle s'est tournée vers moi : « Bon, allez-y. Je te retrouverai au Borodenko. J'y connais quelqu'un. »

Svetlana a sauté dans sa Trabant. Sur la banquette arrière du taxi, je soutenais le corps de Birdie. Le chauffeur a démarré pied au plancher. C'était le brave type. Si l'on croit à l'amélioration de l'espèce humaine dans ce foutu pays abandonné des dieux, c'était le type à vous donner raison, solide, sérieux, le genre silencieux. Birdie appelait ça un OKnik. Ils ne couraient pas les rues. Nous avions eu de la chance.

Svetlana était arrivée la première à l'hôpital. Sa petite auto jaune était garée devant le Borodenko, une grande bâtisse dont le crépi vert avait été rongé par les intempéries, le temps, le manque d'entretien, comme un gros gâteau qui se dessèche. Avant la révolution, ç'avait été une pension pour les demoiselles de l'aristocratie.

Je suis resté dans le hall, désemparé, Birdie dans les bras, à attendre le retour de Svetlana. Les ampoules étaient cassées. Des malades étaient installés là, à fumer, à boire du thé, enfin, ceux qui étaient en état de tenir une tasse. Des chats et des chiens erraient sur le sol dallé de marbre et taché de thé renversé, de sang, de boue.

Svetlana est arrivée accompagnée d'un jeune médecin : « C'est Viktor, viens. »

Viktor m'a pris Birdie des bras, il est parti en courant. Nous l'avons suivi le long de corridors où les civières rouillées étaient comme un train après un accident.

Viktor a disparu. Il est revenu au bout de quelques minutes : « Je l'ai fait admettre. Nous allons attendre dans mon bureau. Elle a eu une attaque. »

Le bureau en question se limitait à une table dans une salle affectée à une douzaine de médecins. Il n 'y avait qu'un seul téléphone, et des tiroirs posés par terre, pleins de vieux papiers, de sacs de sandwichs. Viktor a allumé une cigarette et il a regardé une radiographie sur un écran primitif. Il s'agissait, a-t-il dit, d'un cas désespéré pour lequel il devait faire un choix. On ne pouvait pas s'occuper de tout le monde. Avec une ironie qui confirmait son impuissance, il nous a demandé : « Si vous étiez dans une maison en feu prête à s'écrouler, vous sauveriez le chat ou le Gauguin ? »

Je ne supportais plus cette façon si typiquement russe d'aligner des mots. Ce n'étaient toujours que des mots. Après avoir avalé deux bouteilles de cognac, même cette grande bourrique égocentrique, capable de parler cinq langues, un sceptique né qui avait parcouru le monde, même Tolya était capable de déclarer qu'à ses yeux, les écrivains étaient plus importants que les médecins. Alors j'ai dit :

« Au moins prenez-vous cela avec philosophie ! »

Il a eu un sourire triste : « Et qu'est-ce que vous voulez que je fasse ? C'est ça ou baisser les bras et se mettre à pleurer. Venez donc constater la situation. »

Il nous a menés dans une salle qui contenait une douzaine de lits, tous occupés par des enfants.

Une fillette avait été opérée cinq fois. Celle-là, venue du Kazakhstan, avait sept ans, et une tumeur grosse comme la moitié de sa tête. Une toute petite était allongée sur le côté, sa toute jeune maman près d'elle. Il y avait une minuscule paire de chaussons rouges sous le berceau. Viktor a dressé le bilan : un cas était en train de devenir aveugle, l'autre avait une tumeur qui pesait une livre. L'infirmière a fait du charme à Viktor qui lui a souri. Svetlana m'a dit : « Viktor s'occupe d'enfants qui étaient à Tchernobyl. »

Il a continué : « Nous faisons ce que nous pouvons, mais le gouvernement ne nous aide pas. Nous avons des malformations, des mutations, des maladies. Ce sont les enfants qui sont particulièrement touchés. »

Depuis Tchernobyl, cela faisait des années qu'il relançait le gouvernement : « Je parle, je parlemente, c'est une vraie gymnastique pour le cerveau. » Il écrivait au ministère de la Santé, sans résultat. Avec des collègues, il était finalement allé étudier le site, évaluer les malformations et les mutations, et le nombre des maladies.

« Nous n'avons pas la nourriture qui conviendrait, nous manquons de pansements, de seringues, de cathéters. Les infirmières vendent les aiguilles neuves à des drogués pour acheter de quoi nourrir leurs propres enfants. Ici, quelqu'un s'est servi d'aiguilles infectées, et quatre enfants qui étaient arrivés avec des tumeurs sont repartis avec le Sida. Il nous manque toujours quelque chose. Alors nous en sommes réduits à choisir qui on va laisser mourir. » En m'entraînant plus loin, Viktor a ajouté : « Et comparé à Semipalatinsk, ici, c'est le paradis. Vous ne supporteriez pas de voir ces bébés nés avec deux têtes. J'en suis parti parce que je n'en pouvais plus. »

Nous avons parcouru le couloir. Une infirmière a appelé Viktor avec de grands gestes. « Je n'ai rien. Rien. Et le patient est un homme, pas un chien. »

Viktor a été examiner un petit garçon qui venait vers lui. Le gosse s'est laissé faire docilement et l'a embrassé.

Je commençais à éprouver une certaine impatience.

Il a dit : « Je vais aller voir. » Il est revenu au bout

de quelques minutes, l'air grave : « Votre tante est très faible. On a dû la frapper avec un objet contondant. Il y a un caillot sanguin. Peut-être a-t-elle aussi eu une attaque. Il faut attendre. Si nous opérons, elle risque d'y rester, à son âge. Elle a des chances de se remettre, mais risque de perdre la parole.

– Je voudrais la voir.

– Non. Revenez demain. »

Il nous a raccompagnés jusqu'à la sortie. Svetlana a embrassé Viktor, et il m'a serré la main.

Avant de partir, il m'a dit : « Il reste toujours une chance. Votre tante peut se remettre. Dieu est étrange. Tout ici-bas est hasard. » Une petite fille était venue donner la main à Svetlana. Viktor a emmené la petite dans ses bras : « Dans un bloc, vous aurez un chirurgien extraordinaire, dans l'autre un vrai boucher. En Russie, tout se retrouve dans le même panier, les diamants, les vieilles godasses, les choux, la merde, les perles. Il est parfois difficile de trouver les perles. »

X

Dans une coopérative au nord de Moscou, des membres en plastique étaient suspendus comme autant de casseroles. J'étais en train de chercher une jambe neuve pour Kowalski. Deux dames, probablement jumelles, étaient installées à une grande table, occupées à peindre ces membres d'un ton peu ragoûtant. « Faudra amener le monsieur pour l'essayage », m'a dit l'une d'elles sans lever le nez de son ouvrage. Mais avant que cela pût avoir lieu, les flics ont retrouvé Kowalski pendu au lustre de son misérable appartement. L'enquête conclut au suicide. D'ailleurs, tout le monde s'en foutait.

C'était comme un cauchemar où l'on serait en train de dégringoler en enfer. Mon itinéraire était jonché de cadavres. Maintenant, c'était le tour de Birdie. J'étais allé la voir à l'hôpital une douzaine de fois. Je lui parlais en lui tenant la main. Pouvait-elle m'entendre ? Sa main était glacée et Birdie ne pouvait plus parler. Par ailleurs, comment me procurer l'argent du mercure rouge d'ici le lundi ? Or il le fallait, pour avoir enfin une preuve.

J'ai appelé Roy Pettus. À New York, c'était le milieu de la nuit. C'est sa femme qui a répondu. Roy était brusquement parti pour le Wyoming. Son père était malade. Il était parti pour un jour ou deux. Est-ce que je voulais son numéro ? Voulais-je lui laisser un message ?

Tolya m'a dit : « Venez donc passer le week-end à la campagne. Ça vous remettra. Vous verrez des amis. Et puis peut-être aussi des gens intéressants, même si ce ne sont pas des amis. »

J'ai accepté, parce que je ne savais pas quoi faire d'autre.

Comme nous quittions Moscou, j'ai proposé à Sveltana de partir avec moi pour New York. Tolya nous précédait dans son antique Zil : elle avait des pare-chocs chromés, des sièges en velours rouge, et à l'arrière des rideaux de soie. Il prétendait qu'elle avait appartenu à Andropov.

Il faisait presque nuit, je pensais à Birdie et à ma mère, et à cette année que nous avions passée dans une datcha à la campagne.

Les biens de ce monde n'intéressaient pas ma mère, mais elle avait toujours eu envie d'une datcha. Toutes les personnes de quelque importance avaient une résidence secondaire. Et c'est au pire moment, alors que mon père était littéralement sur la paille, qu'un poète ou un musicien compatissant, je ne sais plus, nous a prêté sa maison de campagne. Si bien que ma mère a eu sa datcha, mais nous y étions en exil.

J'avais horreur de la campagne et de cette dimension tolstoïenne accordée à quelques arpents de terre. Mettez deux bouleaux ensemble, et vous trouverez un Russe en larmes à côté. Mais ma mère trouvait des sujets d'amusement. Tôt le matin, nous descendions à la rivière regarder de gros bonshommes se baigner. Ils avaient des bonnets de bain en caoutchouc blanc et une cigarette qui pointait vers le ciel comme une petite cheminée, pendant qu'ils flottaient sur le dos durant des heures. La plupart étaient des personnages officiels de haut rang, des baleines au pouvoir illimité qui faisaient exécuter qui bon leur semblait. Accroupis sur le sable derrière les arbres, nous leur imaginions toutes sortes d'aventures.

Svetlana m'a pris la main et, comme si elle lisait mes pensées, elle m'a dit : « Certains croient que seul le mobilier a changé. »

Une troupeau d'oies a traversé la route avec une superbe indifférence. Svetlana a écrasé le frein. L'auto est tombée en panne à deux kilomètres du village, et elle a refusé de repartir. Nous sommes montés dans la Zil de Tolya et sommes partis chercher de l'aide.

« Nous voilà », a crié Tolya, et sa mère a descendu l'escalier au galop. Il avait des quantités de frères et de sœurs plus jeunes, et de riches cousins très classe qui habitaient tout à côté. Ils parlaient tous anglais et ne cessaient d'entrer et de sortir, une raquette de tennis sous le bras. Je trouvais quant à moi qu'il faisait un peu frais pour le tennis, mais cela leur était indifférent ; c'étaient de grands jeunes gens très sûrs d'eux et très désinvoltes.

Les gens de ma génération semblaient avoir disparu. Partis, ou morts. Tous ces *high lifeitsi* qui volaient des voitures, allaient à l'étranger et buvaient comme des trous dans les datchas de leurs parents. *Hi!* vous lançaient-ils désormais. Suivi de *Have a nice day!*

Ce soir-là, je suis allé me coucher de bonne heure et tout seul. Svetlana est restée avec Tolya et la famille, mais j'étais épuisé. Je ne comprenais ni ce que je cherchais ni ce que je voyais. J'étais venu à Moscou pour découvrir qui s'était attaqué à Ricky Tae. Et Birdie ne pouvait plus rien me dire. Et comment trouver l'argent pour le mercure rouge, si Tania en possédait bien et, même si je m'en procurais, que pourrais-je prouver ? Comment établir le lien avec Brigthon Beach ? Et d'ailleurs, qui cela intéresserait-il ?

Dans le reste de la maison, les lumières étaient allumées, les gens téléphonaient, les dachniki de Nikolina Gora bavardaient après le dîner.

À trois heures du matin, j'ai entendu des bêtes hurler dans les collines. Je suis sorti du lit et je suis allé faire un tour dans le jardin. Il commençait à faire froid. Étaient-ce des loups ? Ou seulement les chiens du voisinage ? New York me manquait. Je suis retourné me coucher, mais j'ai mal dormi. Si bien que j'ai été très content d'entendre les coqs chanter à l'aube. Puis ç'a été le bruit rassurant des bétonneuses sur la route, l'odeur du café, puis Svetlana est entrée sur la pointe des pieds dans ma chambre.

Elle a sauté dans le lit en riant et elle m'a dit : « Demain, on réglera tous les problèmes. »

XI

Le lendemain soir, Svetlana, Tolya et moi, enveloppés dans nos sweaters, sommes restés sous le porche dans le crépuscule russe, à manger des saucisses et du caviar, du pain, du beurre et du fromage, en buvant du vin rouge. Svetlana a dit : « On prétend qu'on ne peut pas comprendre la Russie sans comprendre la campagne. Tout ici, toutes ces datchas, derrière leurs murs ou leurs clôtures, est secret, comme la Russie.

– Balivernes ! s'est exclamé Tolya. Je suis Russe et je déteste la campagne. Parce qu'à la campagne, il n'y a pas de shopping. » Avec Svetlana, ils se sont mis à chanter des airs de comédies musicales. Tolya était un fan de *South Pacific* – et de bloody mary.

« A Peredelkino, on ne vous laisserait pas chanter », a dit le père de Tolya en arrivant, une bouteille de vin dans chaque main. Et il a ajouté, avec un rire dédaigneux : « A Peredelkino, on parlerait de Heidegger. »

Il nous a versé à boire. Lara Sverdloff, plantée sur les marches les poings sur les hanches, regardait son mari en souriant. Le père de Tolya, qui s'appelait également Anatoly, était un acteur connu.

Le ventre débordant de son jean, il s'est exclamé : « Je suis triste. Mon chauffeur cueille les pommes de son jardin, et moi j'achète les miennes dans un magasin. Ça n'est pas authentique. À dire vrai, elles sont aussi bonnes. Buvons un coup.

» Cette maison, je l'ai bâtie, elle est à moi. Et savez-vous combien j'ai attendu de temps pour avoir une maison à Nikolina Gora ? Dix-huit ans. Pas comme ces nouveaux Russes avec leurs kottedzh et leurs cheminées de marbre. Les nouveaux aristocrates ! » Il a ricané. « Ils sont comme les gens de l'Ouest, où une maison ne signifie rien, où tout est facile, il suffit d'avoir de l'argent. Ma maison, c'est mon âme. »

Homme chaleureux, le père de Tolya pouvait, dans la même phrase, parler de son âme, de votre maison et d'argent. Tous les voisins venaient profiter de sa piscine chauffée, et ils les accueillait tous, de jour comme de nuit, en disant : « Combien a coûté ce vin que vous avez apporté ? »

Les chiens et les chats circulaient dans le jardin inculte des Sverdloff. Lara s'activait, ses yeux sombres brillants à l'idée de nourrir tant de gens. Tolya Père & Fils construisaient un feu. Dans les coins du jardin, on avait mis des braseros qui rougeoyaient.

Une table avait été dressée sous les arbres où s'alignaient de la langue avec des petits pois et du radis noir, du riz pilaf aux dattes, aux abricots et aux pignons, des pickles, des tomates au vinaigre, des poissons fumés, de la vodka, du vin et de la bière. Du caviar, noir, rouge et doré. Un cochon de lait rôti avec une peau craquante de la couleur du caramel.

Svetlana, en sweater blanc et pantalon noir, s'était jeté un châle rouge sur les épaules. Elle portait des anneaux d'or aux oreilles. Je lui tenais la main et je la regardais dans la lumière du soleil couchant. Lara a allumé d'autres bougies, de nouveaux hôtes sont arrivés, tout le monde s'est attaqué au buffet. Tolya a mis des disques que l'on entendait jusque dans le jardin, les vieux classiques du jazz, Oscar Peterson, Django Reinhardt, Stan Getz. Et Chet Baker dans *My Funny Valentine*.

On a entendu une sirène dans les bois, un gyrophare a brillé entre les branches : c'étaient de nouveaux invités dans une voiture officielle.

Svetlana m'a murmuré : « La présence d'étrangers l'a incité à nous montrer quel personnage important il est.

– Je suis un étranger ? »

En face de moi, avec un sweater de Harvard, il y avait un professeur de morale. On l'avait présenté en signalant qu'une fois, dans une gare, il avait rencontré Wittgenstein. Ce devait être à Munich. Ou alors à Vienne. Gavin Crowe est arrivé coiffé d'un chapeau et accompagné de sa femme, une Russe taciturne et revêche, et d'une amie allemande desséchée, avec une ombre de moustache. Elle était avocate et tentait sa chance à Moscou. Il y avait aussi deux petits Américains en admiration devant une blonde hâve qui jadis avait été une actrice célèbre.

J'avais oublié son nom mais je me souvenais de certains de ses films. Avec Anatoly Sr ils avaient, un temps, formé un couple fameux.

L'actrice picorait un fruit. Elle avait de petits yeux méchants, noirs comme des graines de pastèque. Son mari était physicien et elle le surveillait de près, sans rien dire, sauf de temps en temps : « *Nye pravda* », quand elle n'était pas d'accord avec lui.

Gavin Crowe m'a murmuré à l'oreille : « C'est le ministre des Sciences de Gorby, une grosse légume. » Qu'un connard comme Crowe connût des ministres et des gros bonnets prouvait à l'envi que la Russie était restée une société provinciale, dont tous les privilégiés se connaissaient entre eux.

La conversation sur l'art – la peinture du XVIIIe siècle semblait tous les obséder – a fait place à une discussion plus animée où il était principalement question d'argent et d'armes. Le physicien était amer. Il allait quitter le pays pour un poste mieux payé. Il affirmait qu'il n'y avait plus d'argent pour la recherche. Sverdloff Sr a passé un plateau avec des cognacs. Une lune jaune s'est levée derrière les arbres blancs. Sa lumière a inondé le jardin. Les bougies brillaient dans leurs photophores, les feuilles bruissaient dans la brise d'automne, les enfants s'éclaboussaient dans la vapeur qui s'élevait au-dessus de la piscine. Quelqu'un avait mis *Yesterday* de Paul McCartney. Svetlana m'a regardé en souriant.

« Qu'est-ce qui te fait sourire ?

– Le bonheur. »

Je l'aimais, mais assis dans ce beau jardin par cette

paisible nuit d'automne, au milieu de ces Russes évoquant leur propre histoire, je me sentais à la fois irrité, troublé et séduit. Irrité, parce que Birdie était entre la vie et la mort, comme Ricky, à cause de moi. Parce que l'égoïsme de ces gens était aussi épais que la confiture de cerises de Lara Sverdloff. Et que j'aurais voulu y retrouver mon propre passé, mais c'était trop tard. J'étais devenu un étranger.

Svetlana avait mis de la confiture dans son thé comme le faisait ma mère. Elle a vu que je la regardais et elle est venue s'asseoir près de moi et passer son bras autour de mes épaules. « Le physicien Furmin, tu le reconnais ? Le film aux archives ? »

Furmin m'a accompagné jusqu'au bord de la rivière : « Vous voulez me poser des questions ? Faites. Tout cela m'est égal désormais. Je m'en vais. » Il a regardé les bouleaux et il a réussi à se tirer des larmes.

« Vous partez ?

– Je quitte mon pays. Tout ceci. » D'un geste large, il a montré les bois et la rivière. « Tout arrive trop tard. Nous bradons nos ressources. Personne ne m'a écouté. J'ai dit qu'il fallait préserver le plutonium, qui représente pour trois générations d'énergie. Mais nous avons cédé devant les Américains. Et sans cela, nous ne sommes rien. Un pays du tiers-monde. Il n'y a qu'un seul bon Américain pour nous. » Il s'est assis sur une souche.

« Et qui est ce bon Américain ?

– Chaim Brodsky.

– Pourquoi cela ?

– Il a compris que nous avions la technologie

pour construire cette nouvelle génération de centrales. Ce qui signifie de l'électricité bon marché pour un siècle. Brodsky a compris. Il ne reste qu'à persuader les gens. Pourquoi jeter notre plutonium parce que les Américains nous disent de le faire ? »

Je comprenais l'amertume de ce petit homme. Il s'en allait. Tout cela ne le concernait plus. Il n'avait rien à perdre. Je lui ai demandé :

« C'est quoi, le mercure rouge ? » À travers les arbres, je voyais Svetlana dans son châle rouge. Elle traversait le jardin en portant un plateau, les bougies éclairaient son visage, elle riait en voyant les enfants jouer dans l'eau.

Furmin a hoché la tête. Il avait une expression amère. Assis sur sa souche, il a ôté ses chaussures et ses chaussettes. Il s'est frotté les pieds, avant d'en renifler un.

« Ce n'est rien.

– Rien ?

– Rien. Vous voulez savoir ?

– Oui.

– Eh bien, voilà. C'est de la peur en bouteille. C'est quelque chose que les physiciens ont inventé il y a bien longtemps quand la production a baissé. On disait que l'Ouest avait mis au point un procédé thermonucléaire qui nous a terrifiés. Nos savants ont pensé que s'ils inventaient quelque chose d'encore plus puissant, l'Ouest nous laisserait tranquilles. Alors, dans leurs laboratoires, ils ont inventé une substance secrète, la merveille soviétique qui faisait exploser les avions, et disparaître les radars. Avec le mercure rouge, tout devenait possible. C'était la pierre philosophale des alchimistes.

– Mais les documents ? Les rapports ?

– Fabriqués. Ils lui ont trouvé une formule. Ils ont inventé tout un historique, ils ont fabriqué des rapports, une correspondance officielle, des contrats, des actes de vente, des certificats d'authenticité : ça n'a jamais existé. C'est le plus grand canular. Mortel mais insaisissable. C'est devenu une légende – comme celle qui entoure le meurtre de John F. Kennedy : une balle, deux, davantage ? On n'en saura jamais rien. Il ne reste que les théories. C'est pareil avec le mercure rouge. On écrit des thèses, on tourne des documentaires, on écrit même des poèmes et des romans. C'est devenu une métaphore. Mortel, mais insaisissable. De la poésie. »

J'ai pensé à l'exposé minutieux de Valya Golitzine, à Chaim Brodsky, convaincu du danger mortel que cela représentait. J'ai également pensé à cette quête acharnée à laquelle je m'étais livré, et j'aurais voulu y croire, mais je savais que Furmin disait la vérité.

J'ai suivi Furmin jusqu'au bord de la rivière. « Je vais m'asseoir ici un moment », a-t-il dit en trempant ses pieds dans l'eau.

« La légende était créée. Le mercure rouge. Joli nom, vous ne trouvez pas ? Et c'est devenu une réalité. C'est cela, la Russie. » Furmin m'observait : « Croyez-vous que j'aie envie de quitter mon pays ? Que je le veux ?

– Pourquoi partez-vous ?

– Ma femme a envie de boucles d'oreilles en diamant. » Il s'est levé et il a pataugé dans la rivière. Je lui ai demandé :

– Comment savez-vous tout cela sur le mercure rouge ?

– Vous ne me croyez pas, n'est-ce pas ? Sans doute êtes-vous allé à l'institut bavarder avec Valya Golitzine. Salope. »

Je n'ai rien dit.

« Elle vend des informations à qui en veut. Ç'a toujours été une salope. Le mercure rouge, ce n'est rien. Une simple rumeur. De mort. Golitzine vend ça pour de l'argent.

– Comment le savez-vous ? » J'ai sorti de ma poche un paquet de cigarettes froissé.

« Donnez m'en une. »

Il a fumé une minute puis il a jeté sa cigarette dans la rivière. Il est retourné s'asseoir sur sa souche, il a remis ses chaussettes et ses chaussures. Il a continué :

« Jadis, nous avons été mariés. En ce qui concerne les femmes, j'ai très mauvais goût.

– Écoutez, c'est important. Comment savez-vous que le mercure rouge, c'est un canular ? » Je ne savais plus où j'en étais. Et comment se faisait-il que Chaim Brodsky ignorât la vérité.

J'ai aidé Furmin à se relever. Il s'est lourdement appuyé à moi : « J'étais l'un des leurs. »

XII

Tolya fonçait comme un ours à travers bois en direction de la rivière :

« Artyom ! Téléphone pour vous ! D'Amérique. Elle a laissé un numéro. Vous devez la rappeler. » Et il m'a tendu un morceau de papier.

Nous avons laissé Furmin près de la rivière et nous sommes retournés à la maison. J'ai embrassé Svetlana. Tolya est allé aider sa mère à rallumer un poêle qui s'était éteint.

J'ai pris Svetlana dans mes bras et je l'ai embrassée de toutes mes forces.

Instinctivement, elle m'a demandé : « Que se passe-t-il ?

– Appelle Tolya. »

Nous sommes restés tous les trois sous le porche. Les invités portaient des toasts à n'en plus finir. Furmin était revenu, il a murmuré quelque chose à sa femme, et ils ont brusquement quitté le jardin. La lune filait entre les arbres.

« Qu'est-ce que c'est ? m'a demandé Tolya.

– Je ne sais pas. Je ne suis pas sûr. Mais il se passe

quelque chose. Il faut disparaître ce soir. Remmener Svetlana à Moscou. Tout de suite. La mettre en lieu sûr.

– Sûr ? » Cela l'a fait sourire.

« Aussi sûr que possible ? » J'ai demandé à Svetlana : « Ta voiture est réparée ?

– Oui. Au garage du village. »

Nous sommes allés jusqu'à la clôture du jardin : « Il se passe quelque chose. J'ignore quoi, mais c'est grave. Il faut que vous alliez à Moscou, prendre vos affaires. Je peux arranger ça. Je veux que vous veniez tous les deux à New York.

– Je ne peux pas, a dit Tolya.

– Pourquoi ? Si ça se gâte, vous êtes un homme mort. Prenez les gosses et tirez-vous. Votre visa est encore valable. »

Tolya a répondu : « Mais c'est ici chez moi. »

Pour Svetlana, c'était différent, elle ne croyait pas à grand-chose.

« Y as-tu jamais cru ?

– Pas un seul instant. Même pas quand j'étais petite et que je dessinais une perruque à Lénine dans mon livre de classe. » Ce qui m'a surpris, car je croyais être le seul à avoir pratiqué ce crime de lèse-majesté.

« Il va peut-être falloir que je fasse passer Svetlana à l'Ouest avec vous, a dit Tolya.

– Quoi, comme un paquet ? » Elle avait les yeux étincelants, les poings serrés, les mots se bousculaient dans sa bouche, enfin elle a dit : « Vous ne comprenez pas. » Puis elle nous a embrassés tous les deux et elle m'a dit : « Bon, je viendrai. Je vais m'expédier moi-même.

– Il faut que je téléphone. En privé. »

Tolya m'a emmené dans la chambre de son père. Sur un vaste bureau, il y avait des scénarios de films, des piles de journaux et de magazines, des livres, des étiquettes de cognacs exotiques, deux téléphones, un répondeur, un fax, deux raquettes de tennis et un maillot de bain humide.

Tolya m'a pris par l'épaule : « Faites comme chez vous. Tout va être OK. OK?

– OK. Veillez sur Svetlana. » J'ai décroché le téléphone.

« Elle sera OK. Promis. » Il m'a lancé les clefs de la Zil. « J'ai deux trois choses à faire. On prend la voiture de Svet et on vous retrouve à Moscou. À votre hôtel. »

Tolya a dégringolé l'escalier et il a traversé le jardin où les invités dansaient. J'ai vu Gavin Crowe mettre son chapeau et partir.

J'ai composé le numéro qui était écrit sur le bout de papier. Les lignes internationales étaient encombrées. Il y aurait une heure d'attente, peut-être davantage.

Par la fenêtre, j'ai vu Svetlana dire bonsoir à Lara, ensuite Tolya lui a pris sa petite valise et je les ai vus se diriger vers le coude de la rivière où j'avais vu Svetlana pour la première fois.

J'ai voulu courir après elle, lui crier de m'attendre, mais au même moment le téléphone a sonné et je suis allé répondre. Faux numéro. J'ai raccroché violemment et quand j'ai regardé de nouveau par la fenêtre, Svetlana avait disparu.

J'ai appelé Viktor à l'hôpital. Birdie était morte.

C'était mieux ainsi. Birdie sans la parole, ce n'était plus qu'un fantôme. Au moins l'avais-je revue. Mais ses carnets avaient disparu, si toutefois ils avaient jamais existé.

J'ai allumé une cigarette. Les invités se dirigeaient vers la maison pour boire le thé. Quelques minutes plus tard, le téléphone a sonné. C'était Lily Hanes. Je lui ai dit :

« J'ai essayé de vous joindre. Où êtes-vous ? Qu'est-ce que c'est que ce numéro ?

– Je suis chez des amis, je suis sortie pour vous appeler.

– Comment avez-vous su que j'étais chez Tolya ?

– Ils me l'ont dit à votre hôtel. L'hôtel savait où vous étiez. » Or, je ne leur avais pas dit. J'ai dit à Lily : « Vous pouvez parler, ça n'a pas d'importance. Rien n'est secret ici. » Alors Lily a dit : « J'ai vu les pages ?

– Comment ?

– Ne me demandez pas comment, mais enfin j'ai vu ces pages du livre d'Ustinov.

– Lily, racontez-moi ! »

Ce qu'elle a fait. Je ne l'ai pas crue, mais ça m'a suffisamment foutu la trouille pour que je me lance à la poursuite de Svetlana.

« Seigneur !

– Artie, faites attention à vous », a murmuré Lily.

Je lui ai crié : « Appelez Roy Pettus ! » mais il y avait de la friture sur la ligne et elle ne m'a peut-être pas entendu. Puis la communication a été coupée.

Personne ne m'a vu sortir de la maison. Impossible de démarrer la Zil. Le moteur a crachoté avant de s'éteindre définitivement. Je suis parti vers le village en courant. Là où Svetlana avait laissé sa Trabant jaune. Le chemin passait à travers bois. La lune, désormais jaunâtre, défilait derrière les arbres. Décolorés, les bouleaux avaient quelque chose de fantomatique.

Crowe était derrière tout ça. J'ai soudain compris. Crowe ne cessait de réapparaître. Crowe était à New York la nuit où Ustinov était mort. Il connaissait les filles chez Dubovsky, il connaissait Olga, Frye et Teddy Flowers. Le père de Crowe était un petit espion, une merde. Gavin Crowe était amoureux de Svetlana, ou alors il me détestait, ou elle, ou les deux. Il s'en prendrait encore à moi. Crowe qui prétendait que les rumeurs étaient plus importantes que les faits. Il savait que l'information était ce qui comptait. Ça pouvait faire disparaître les gens. Leur faire croire des mensonges. Leur faire croire que le mercure rouge pouvait anéantir le monde. Détourner leur attention. Des gens étaient morts et j'avais été complètement aveugle. L'oncle Gennadi. Olga. Birdie. Lev aussi. Ricky, qui n'en valait guère plus. Je n'étais pas un héros, rien qu'un ex-flic qui aurait voulu avoir une vie peinarde.

J'allais laisser tomber. J'ai buté sur une souche, une bête a hurlé. J'allais tout laisser tomber. Parce que, après Ricky et Birdie, ça allait peut-être être le tour de Svetlana.

Je suis arrivé sur la route, elle était couverte d'essence renversée, j'ai failli glisser et me flanquer par terre. Des loups hurlaient dans les collines, ou alors c'étaient simplement des Russes partis la nuit cueillir des pommes ou ramasser des champignons. Des feuilles craquaient sous mes pas comme je courais. J'ai accéléré après la petite église qui venait d'être repeinte et dont la porte ouverte montrait sur l'autel une icône entourée de cierges. C'est alors que j'ai entendu l'explosion.

Trop tard. Une boule de feu a surgi, rouge et jaune, dans le ciel sombre, avec devant la silhouette noire des arbres.

J'étais arrivé trop tard.

J'ai continué à courir. Je suis tombé sur Tolya qui m'a empoigné par le bras et qui m'a entraîné sur le bas-côté pour que je ne voie pas les débris humains accrochés dans les branches des arbres.

Ce devait être des heures plus tard, sans doute à l'aube, j'étais à l'hôtel allongé sur mon lit, la bouteille de scotch à la main. Je ne sais plus comment je suis revenu à Moscou.

Tolya m'avait dit : « Je rentre avec vous. »

L'explosion l'avait manqué. Il avait accompagné Svetlana de la datcha au garage du village. La Trabant jaune était dans ce garage où elle l'avait laissée, à côté d'une Ford Bronco blanche.

Elle avait dit à Tolya : « Ce que j'ai soif! » et il avait proposé de faire un saut jusqu'à la boutique pour acheter des cigarettes et un Coca-Cola. Elle avait dit qu'elle mourait de soif.

Il lui avait crié : « Reprends-moi en passant à la boutique ? » Avant de partir, il l'avait vue donner de l'argent au mécanicien qui avait réparé sa voiture. Il était en train de lui rendre la monnaie. Elle lui souriait.

Tolya avait dit à Svetlana qu'il allait lui acheter un Coca-Cola. C'était tout ce qu'il lui avait dit.

Je ne voulais pas que Tolya vienne à Moscou avec moi. Je voulais qu'il reste pour s'occuper de l'enterrement de Svetlana.

Et moi, je voulais m'occuper de Crowe.

Gavin Crowe m'avait trahi. Seul Crowe avait les relations voulues. Il connaissait le nom de mon hôtel, il savait que je devais aller chez les Sverdloff. C'était un salaud, une lope. Il avait fait ça pour de l'argent, ou alors parce qu'il était amoureux de Svetlana, ou simplement parce que ça l'excitait. Il m'avait emmené à cet appartement près d'Ismailova Park, chez Tania, pour montrer ma gueule aux truands susceptibles de piéger une voiture. J'avais compris cela quand Furmin m'avait expliqué que le mercure rouge c'était des conneries. Donc Crowe ne m'avait pas emmené pour négocier un achat. Rien que pour me montrer aux autres.

Je me suis aperçu que je tenais à la main le mouchoir qui avait enveloppé la poire que Svetlana m'avait donnée. Elle était morte à cause de moi.

J'ai soigneusement fait ma valise et je l'ai posée près de la porte. Je me suis allongé sur mon lit pour réfléchir. J'ai bu un coup de scotch, et j'ai attendu que Crowe réponde à mon appel téléphonique. J'étais sûr qu'il m'appellerait, parce que j'avais laissé un message sur son répondeur, disant que j'étais prêt à traiter avec Tania, à acheter ce mercure rouge. Et qu'il aurait sa commission. Allait-il être surpris de me savoir vivant ? La bombe m'était-elle destinée ? Ou alors était-elle pour Svetlana, ou nous deux ? Crowe m'avait vendu, mais pour qui travaillait-il ?

Le téléphone a sonné. J'ai regardé ma montre.

Quand j'ai entendu la voix à l'autre bout, j'ai su que ce que Lily Hanes m'avait dit au téléphone était vrai.

XIII

« Je suis désolé de vous avoir surpris, Artyom. Parce que vous avez dû être surpris. Peut-être pas. En tout cas, merci d'être venu. » J'avais trouvé Chaim Brodsky assis au fond de la synagogue. Il était tôt, mais il y avait déjà quelques hommes âgés sous le portique, et la grande porte était ouverte. À l'intérieur, la lumière jouait sur les bleus et les ors du plafond, et ses peintures d'arbres verts. Elle faisait briller les vieux bancs cirés et les lustres. Dans le vestibule, un vieux monsieur m'a salué en me disant : « Shalom. »

Sur les bancs de devant, des hommes priaient ou jacassaient. Je n'ai pas remarqué de gardes du corps, mais ceux de Brodsky seraient discrets, cet homme en prière, ou cet autre debout au fond. En manteau bleu marine et chapeau gris, Brodsky était assis les mains croisées, un petit sourire errant sur les lèvres.

« Il me semble qu'en vieillissant, comme tout le monde, je songe à mes racines. J'aime à penser que mon grand-père venait prier ici, alors j'y viens de temps en temps. »

Je lui ai dit d'un ton tranquille : « Foutaises. Cliché. »

Mais Brodsky devait savoir que je n'allais pas le tuer là, encore que le côté dramatique ne dût pas lui déplaire.

« Mais qu'est-ce qui vous arrive, Artyom ? »

C'était un samedi matin, les hommes commençaient à arriver et les bancs à se remplir. Ils s'inclinaient devant l'autel, ils se serraient la main. Il régnait une certaine animation.

Des dames s'installaient au balcon en bavardant.

« Je suis désolé pour votre amie. C'est ce que vous voulez que je dise ?

– Vous l'avez tuée. Vous avez tué Birdie.

– J'avais vu juste, Artie, vous êtes un garçon intelligent. Et je vous estime pour cela. L'heure de Birdie était venue. Elle devenait assommante. Ce n'est pas drôle de vieillir. »

Les psalmodies et les bavardages étouffaient le bruit de notre conversation.

« Vous êtes un monstre.

– Oh ! non, pas un monstre ! Vous me prenez pour le Dr No ? Ou le Dr Strangelove ? Non, Artie, je n'ai pas d'empoisonneuses, d'aquarium aux piranhas, ni de tueurs à mitraillettes. Désolé de vous décevoir. Même le décor, le yacht, c'est pour les politiciens et les gangsters qui ne voient la puissance qu'à travers le cinéma. En fait, je n'aime pas trop les bateaux.

– Où est Paulette ? »

Sa voix s'est faite plus douce : « Elle se repose. Vous l'aimez bien ?

– Oui.

– Moi aussi. » Il avait dit cela simplement. Une brève lueur était apparue dans ses yeux aux reflets d'acier.

Le scotch et quelques pilules que j'avais avalées m'avaient engourdi. J'étais capable de rester une seconde ou deux sans penser à Svetlana. Il ne me restait que cette envie de tuer ce type. Or, j'étais assis là à l'écouter. Je lui ai demandé :

« Qu'est-ce que vous voulez ?

– Garder sous contrôle des monstres de destruction. Il y a vingt-cinq mille ogives nucléaires dans ce pays en plein chaos. Nous avons affaire à une junte militaire. Dans un pays de plus en plus hostile à l'Ouest. Mon but est d'être utile. J'ai abandonné toutes mes autres affaires. J'étais fatigué, fatigué de traiter avec des gangsters, que ce soit avec ou hors du gouvernement. Ma génération est morte. Tout ceux que j'aimais sont morts.

– Birdie disait la même chose.

– Ah oui ? Bien sûr, elle savait.

– Vous l'avez tuée pour ses carnets ?

– Vous les avez ? »

Je n'ai pas répondu. Un homme et ses deux fils sont passés devant nous, à la recherche de places.

« J'aimerais bien les avoir, s'il vous plaît.

– C'est pour cela que vous avez voulu me voir ?

– En partie. »

Cela m'a amusé : « Vous possédez des millions de dollars de matériels, de satellites, des chaînes de télévision, et vous n'arrivez pas à mettre la main sur des carnets ayant appartenu à une petite vieille dame ! Comment avez-vous découvert où j'étais ? »

Brodsky a caressé le cuir de ses gants. Je me suis rappelé quelque chose que Roy Pettus m'avait dit ce matin-là à Brooklyn, le lendemain du jour où Lev m'avait tailladé le visage : « Quelqu'un a consulté votre dossier.

– C'est des gens à vous, hein, qui ont consulté mon dossier ? Quand vous avez su que Gennadi venait à New York ?

– Je savais qu'il entrerait en contact avec vous. Avez-vous ces carnets ? Faut-il que je répète que je suis désolé pour la jeune fille. » Il s'est penché vers moi : « Pourquoi êtes-vous venu quand je vous ai appelé ce matin ? Pas pour me tuer ?

– Ça signifie quoi, cette voiture piégée ?

– Oh, ce n'est pas important, en fait. Une diversion. Je ne sais pas. Je ne m'occupe pas de cet aspect des choses.

– Et Ustinov ?

– C'est un accident. J'en ai été désolé. »

L'assassinat d'Ustinov était un accident qui avait ouvert une fameuse boîte de Pandore, au fond de laquelle était tapi Chaim Brodsky. Je lui ai demandé :

« Vous êtes désolé qu'Ustinov soit mort ou que ça ait été un accident ? » Brodsky n'a pas relevé l'amertume de la question, et au fur et à mesure que la synagogue se remplissait, le bruit augmentait, avec les prières, les murmures, les va-et-vient incessants.

« Tout passe. Cela fait combien de temps que Gennadi est mort ? Six ou sept semaines ? Pensez-vous souvent à lui ? Et avant ? Nous avions été très amis, mais ces derniers temps ça n'allait plus. Il avait la foi. Il y croyait. Sa mort rend les choses difficiles. Les gens ont commencé à se pooser les mauvaises questions. Comme ce M. Lippert. Peut-être comme Miss Hanes.

– Comme moi ?

– Tout ce qu'il fallait faire, Artie, c'était venir me voir. Vous êtes de la famille.

– Les pages manquantes dans le livre d'Ustinov, c'est vous qui les avez fait supprimer. »

Brodsky a haussé les épaules et il a fait un petit signe, comme dans une vente aux enchères. Deux types bien habillés se sont matérialisés.

« Gennadi a toujours eu le goût du mélodrame. Il a écrit des sottises sur moi et ce qu'il appelait le terrorisme nucléaire. J'ai jugé qu'il valait mieux omettre cela. C'est tout. Son meurtre a été une erreur. Ce qui en a découlé a été soit concerté, soit le fait du hasard. C'est toujours ainsi. »

Lily Hanes m'avait dit que, parfois, les choses simplement arrivent.

« Donc, Gennadi était au courant pour vous et le nucléaire ?

– Oui. »

Je me suis dit que Gennadi avait été tué pour ce qu'il savait par hasard : « Et Birdie, elle savait ?

– À sa façon.

– Le *Teddy Flowers Show*, c'était un coup monté ?

– Ce n'était pas nécessaire. Phillip Frye avait prévu le lancement normal du livre de Gennadi. Or M. Flowers est terriblement malléable. Et Phil Frye connaît son affaire.

– Et tous les deux sont des créatures à vous. On s'est donné beaucoup de mal pour quelques pages dans un livre.

– Est-ce que Flowers a mis Lily Hanes dans le coup exprès ?

– On n'a pas à leur dire quoi que ce soit.

– Ils savent leur leçon.

– Ils ont cela dans le sang. »

Maintenant, la synagogue était bondée. Brodsky a contemplé cette foule d'hommes adorant leur Dieu de façon bruyante.

« Bon, cela suffira pour aujourd'hui. Viendrez-vous avec moi ? » Il s'est levé, il a boutonné son pardessus. Machinalement je lui ai tenu la porte. Il m'a remercié aimablement et nous avons quitté la synagogue. Nous avons descendu les marches ensemble, et je l'ai suivi.

Les gardes du corps marchaient quelques pas derrière nous. Nous sommes arrivés à la hauteur d'une Volvo grise, avec un chauffeur de maître en casquette, mais Brodsky l'a écarté d'un geste. « Il fait tellement beau. Marchons un peu. »

La Volvo nous a suivis, au pas.

« J'adore mon pays, a dit Brodsky. Rien ne vaut l'Amérique. Mais nous sommes en train de tout gâcher. Nous sommes avides. Nous ne voulons pas payer d'impôts. Nous avons détruit notre système d'éducation. Nos enfants ont des armes dans leurs poches comme si c'était du chewing-gum. Ils deviendront de vrais animaux. Il n'y a plus de vie morale. Voilà ce que nous leur avons fait. »

Il soupira.

« Nos médias sont amoraux. Ils donnent au public ce qui l'amuse, avec notre complicité. Nous finirons par avoir des exécutions publiques avec des annonceurs pour se disputer les bons créneaux. Nous avons livré le pays à de misérables fanatiques d'extrême droite et à une coalition chrétienne qui nous prêche la loi et l'ordre. En fait, ils provoquent le chaos, le meurtre, les prétendus adversaires de l'avortement assassinent des médecins. Personne ne les arrête. Et personne ne se soucie des déchets nucléaires, qui vont finir par tous nous tuer.

» Il n'y a plus de discipline. Peut-être est-ce trop tard. Ce sont peut-être les Chinois qui ont raison. Enfin, heureusement, je ne verrai pas tout cela. Personne ne nous a promis plus de deux cents ans de démocratie, Artyom. » Il a enfoncé son chapeau. « Croyez-vous que quelques années de démocratie ont amélioré les choses ici ? » Il a montré les rues de Moscou, avec tous ces gens qui faisaient des courses, les touristes, les putains, les mendiants.

« Artie, qu'est-ce qui est le plus fort, l'amour ou la peur ? Nous avons fait de la planète une poubelle nucléaire. Dans le Colorado, à Rocky Flats, et à Oak Ridge, à Handford, à Amarillo, et aussi dans l'Utah et le Nevada. Nous. Les Russes. Que va-t-on faire ? Expédier tout cela dans le soleil ? Le vitrifier ? Personne n'en sait rien.

» Ici, en Russie, le pays est devenu une décharge atomique. Mais le plutonium est un trésor national. Ils croient que nous voulons le leur voler. Pour leur ôter leur puissance, dans tous les sens du terme. Et ils ont raison.

» Les Russes ont le culte de l'électricité, l'énergie pour le peuple, vous vous souvenez ? Avec leurs réserves de plutonium ils ont pour cent ans d'énergie, et un moyen de chantage contre l'Ouest. Sans cela, c'est un pays du tiers-monde avec quelques violonistes. Mais bien sûr, vous savez tout cela. »

La voiture nous suivait toujours. Nous avons traversé la Place Rouge, et Brodsky s'est arrêté pour admirer Saint-Basile sous le soleil qui faisait étinceler ses bulbes d'or, puis nous avons marché en direction du fleuve.

« On peut lire tout cela dans les journaux. Il n'y a pas de secrets, seulement des idiots qui ne savent pas lire. »

J'avais terriblement froid aux mains. Je me suis mis à éternuer. Brodsky m'a donné son mouchoir. Il a fait signe au chauffeur. Nous sommes montés en voiture.

Brodsky était intarissable. Il parlait d'un ton grave :

« Je fais de mon mieux. Je paie leurs physiciens par l'entremise de ma fondation. Vous avez vu Furmin ? »

J'ai fait oui.

« Il comprend la nouvelle technologie.

– C'est un homme à vous. »

Il a souri : « Oui. Si vous voulez.

– Qu'est-ce qu'il vaut ?

– Pour moi, énormément ? Artie, on ne peut plus se débarrasser de la puissance nucléaire. Le monde a désormais une économie qui dépend du plutonium, comme c'était le cas avec le pétrole. Des économies entières reposent sur l'énergie nucléaire, les Anglais et les Français ont investi des milliards dans des usines de retraitement. Les Japonais. Si désireux d'alimenter cette industrie qu'ils le font par mer. Par mer ! Quatorze tonnes sur un cargo pour une traversée de deux mois. Regardez l'exemple de l'*Exxon Valdez*. Et s'il arrivait la même chose à un cargo chargé de déchets radioactifs ? Et croyez-vous que les Japonais peuvent renoncer à leurs ambitions nucléaires. Ils n'ont pas de pétrole. Et la Corée du Nord ? Et les Chinois ? »

Cela m'a fait rire : « Et vous allez régler tout ça ? Voilà ce dont il s'agit. » Que j'aie l'air de me moquer de lui n'a pas plu du tout à Brodsky. C'était apparemment la seule chose capable de le toucher.

« Le seul garde-fou, c'est une nouvelle génération de surgénérateurs utilisant le combustible nucléaire dans un cycle fermé indépendant », a affirmé Brodsky.

J'ai ri de nouveau : « Même moi je sais que les surgénérateurs ont disparu avec les Bee Gees ! On a essayé cela dans les années soixante-dix quand on a cru que l'on risquait de manquer d'uranium. Mais, Chaim, ça ne marche pas ! Alors, pourquoi en faire tout un plat, Chaim, puisque ça ne marche pas ! »

Brodsky avait gardé tout son calme :

« Le mien, si.

– Le vôtre ? »

Il m'a posé la main sur le bras : « Voulez-vous m'écouter ? Je sais tout sur les surgénérateurs que l'on a essayé de construire. Ce qu'il nous faut, c'en est un qui fonctionne en cycle fermé, qui s'alimente lui-même, qui ne servirait que pour un usage civil, sans déchets. On a bien essayé, mais on a abandonné, comme on a abandonné l'éducation et la santé publique. La technologie n'était pas la bonne.

– Tandis que la vôtre l'est ?

– Oui. »

Le fleuve avait des couleurs de vase, malgré le soleil.

Brodsky croyait à son projet, tout comme les Soviets avaient cru au mercure rouge. Il devait être un peu fou. Mais non, il croyait, tout simplement. Il avait la foi. J'étais comme paralysé.

« Et que fera-t-on du plutonium s'il n'est pas recyclé ? »

Brodsky a dit : « Il faudra une guerre. »

Nous roulions vers l'Arbat, vers Spaso-Peskovaskaya. Des gosses se couraient après sur la petite place. Il y avait une jolie église toute délabrée. La bannière étoilée flottait gaiement sur la résidence de l'ambassadeur.

Je me suis dit : je devrais le tuer tout de suite, avant qu'il n'entre. Le tuer pourquoi ? Par vengeance ?

« Que venons-nous faire ici ?

– C'est ici que je suis descendu. Paulette est là. »

La voiture s'est arrêtée derrière l'élégant bâtiment, et nous sommes entrés.

« J'ai toujours beaucoup aimé Spaso House. » D'un geste large, Brodsky a montré la demeure jaune et blanc, comme si nous avions été des touristes en train d'admirer les hauts plafonds, les jardins. Jetant un coup d'œil aux tableaux, il a ajouté : « J'aimerais seulement que les ambassadeurs manifestent un peu plus de goût dans le choix de leurs tableaux. N'était-ce pas Matlock qui avait accroché des œuvres d'avant-garde dues à sa femme ? Et Strauss a introduit d'horribles paysages dans de gigantesques cadres dorés. J'aimerais bien qu'ils me laissent leur donner quelques petits conseils ! »

Au second, après un petit salon dont une bonne

astiquait le magnifique plancher, nous avons pénétré dans un petit appartement privé. Brodsky a ôté son pardessus. Il était en sweater. D'un buffet il a sorti une carafe et nous a servi deux xérès dans de petits verres gravés. Il m'en a tendu un. « Mais ôtez donc votre manteau ! »

Nous étions seuls dans ce joli salon. On entendait le tic-tac d'une pendule. J'ai gardé mon manteau et je me suis assis sur une chaise à dossier droit. Les portes étaient fermées. J'aurais pu lui sauter dessus et le tuer, mais comment ressortir ?

Ainsi, Chaim Brodsky passait l'été à nager dans sa piscine en imaginant toutes sortes de cataclysmes.

Il était responsable de la mort de Birdie, de Ricky, de Svetlana. Même si ce n'était pas lui qui avait allumé la mèche, il n'avait eu qu'à le suggérer à quelqu'un.

Et le mercure rouge n'était qu'un canular et il le savait !

Je lui ai demandé : « Et vous manigancez tout ça depuis votre piscine d'East Hampton ?

– Vous ne voudriez pas que ce soit aux commandes du vaisseau spatial *Enterprise* ? Dieu, vous le savez, est dans les petits détails. »

J'ai pensé à tout ce cycle de mort, le clochard mort dans Penn Station, le père de Lev, les stripteaseuses qui servaient de passeurs, Valya Golitzine et son saucisson, les chiens rôtis vivants. Des palets de hockey en acier, bourrés de matières radioactives arriveraient sur le marché en même temps que des poupées russes.

La porte s'est ouverte, et Paulette Brodsky a fait une entrée discrète. Elle s'est assise devant la fenêtre, ravie d'entendre Chaim et de le voir. Elle portait une robe de soie jaune sur laquelle jouait le soleil. Une femme de chambre a apporté un plateau à thé avec des sandwichs. Brodsky a servi le thé lui-même et en a tendu une tasse à Paulette, en l'embrassant sur le front. Est-ce que j'aurais le courage de l'abattre devant Paulette ?

Il lui a légèrement touché l'épaule. Elle a tourné vers nous des yeux vides.

« Ce sont les premiers symptômes de la maladie d'Alzheimer », a-t-il dit avec une profonde tristesse. Cela m'a laissé froid.

« Il y a autre chose qui vous tourmente ?

– Vous achetez une maison d'édition, à New York. Vous avez acheté le show de Teddy Flowers. Des journaux populaires à Londres. Des magazines sur la Côte Ouest. Vous venez d'acheter des journaux et des chaînes de télévision russes qui ne valent pas un clou. Des archives cinématographiques.

– Rappelez-vous vos leçons d'histoire. L'information est plus précieuse que les armes. La télévision est plus dangereuse qu'un missile balistique intercontinental.

– Comment avez-vous persuadé les Russes de vous donner ça ?

– Quand Nixon est mort, et Dieu merci il est mort, car je n'aurais pas supporté sa répugnante présence une soirée de plus, je suis devenu, pour ainsi dire, le nouveau Nixon. L'expert sur la Russie. Je pouvais faire ce que je voulais. Clinton ne posait pas de problème. Après tout, il a laissé Nixon entrer à la Maison-Blanche. Clinton a dit à Eltsine que j'étais le rempart contre le fascisme. Mieux valait Brodsky que Zalenko. »

Paulette somnolait. On entendait les échos lointains d'une réception.

Brodsky parlait, très à l'aise. Je me demandais comment me tirer, après lui avoir fait son affaire.

« Les gens ne croient pas aux dangers des radiations nucléaires, parce que leurs gouvernements leur mentent constamment depuis cinquante ans. Cinquante ans, Artym, depuis que J. Robert Oppenheimer a lâché sa bombe sur le désert du Nouveau-Mexique. Saviez-vous que je l'ai plusieurs fois rencontré ? Et Oppie savait parfaitement.

» Mais qui s'en souvient ? Les radiations ne font pas du bruit comme les coups de canon, on ne les sent pas comme les effets de la faim – ou les gaz toxiques. La guerre froide est finie. Et au lieu de nettoyer les déchets, on a des conseillers en relations publiques qui viennent nous raconter que les radiations ne sont pas plus dangereuses que le golf.

– Le golf ?

– Parfaitement. Je ne peux aider les gens que si ils ont peur. Seule la peur peut nous sauver.

– Les rumeurs n'ont pas suffi ?

– Pas tout à fait.

– Il faudrait le vrai truc ?

– Exactement.

– Et vous vous êtes arrangé pour que les échantillons atteignent New York ?

– Pas moi.

– La mafia a fait ça pour vous ?

– Il leur faut de nouveaux filons. L'essence, c'est

foutu. Le gouvernement s'est attaqué aux fraudes sur la Sécurité sociale. Ça marche très bien.

– Mais vous ne posez pas de questions. Ils internationalisent ça, comme une multinationale et personne ne pose de questions. Personne ne dit rien.

– On l'a déjà dit, c'est dans le sang.

– Alors à quoi bon des passeurs, et tous ces cinglés dans le genre de Lev ?

– Le menu fretin est important. Les passeurs, les marchands d'échantillons, les intermédiaires, les putes, les mafiosi avec leurs petits pots à confiture et leurs grandes idées. Vous croyez que si un Rafsandjani, un Saddam, veut quelque chose, il va s'adresser à un colporteur ? Alors qu'ils peuvent acheter directement à des physiciens du niveau du prix Nobel et qui sont sur place en Russie et dans les vieilles républiques. Il existe des organismes aussi gigantesques que la General Motors entièrement consacrées au trafic illicite des matières nucléaires. Des banquiers allemands, des juges italiens, des hommes d'affaires iraniens. Fort peu se soucient d'idéologie. Le terrorisme, c'est une affaire comme une autre. Un style de vie.

– Si bien que ce Lev était nécessaire. Pratique, dirons-nous. Zeitsev également, pour appâter.

– Et c'est moi qui ai avalé l'hameçon. » J'ai compris avec amertume que Brodsky était au courant de tout. Mais il avait dû finir par se persuader en partie qu'il n'avait rien à voir avec tous ces petits voyous et délinquants à la petite semaine.

De nouveau, j'ai pensé à Lev, et à son père. Brodsky a continué :

« Nous avons besoin de tous ces gens obscurs, sans eux, le système ne fonctionne pas.

– De la chair à canon ?

– Quelle idée démodée ! La petite criminalité tient l'attention en éveil. Les matières radioactives, introduites en quantités insignifiantes en Europe de l'Ouest ou, encore mieux, à New York, effraient les gens. Quelques grammes à Brooklyn font beaucoup plus d'effet que des centaines de tonnes de plutonium à Tomsk.

– Et si cela tourne mal ? Si ça se termine par une explosion nucléaire au World Trade Center ?

– Il faut prendre le risque.

– Vous ne croyez pas que vous avez perdu la tête ?

– C'est un vieux problème moral, Artie. Vaut-il mieux sauver votre petite amie ou des millions de gens ? Quel est le bon choix ?

– Donc, la fin justifie les moyens ?

– Artie, évitons les clichés !

– Et le mercure rouge ?

– C'était sans doute une bonne idée. Cela avait quelque chose d'extraordinaire, non ? Une substance terrible et insaisissable. Un canular formidable. Bah, c'est sans importance. » Il s'est tourné vers sa femme : « N'est-ce pas, Paulette ? » Elle dormait paisiblement, souriante.

Le mercure rouge, une plaisanterie.

« Ivan Kowalski a dit qu'il n'avait pas agressé Ricky Tae dans mon appartement. Est-ce vrai ? Quelqu'un est venu pour me faire mon affaire, et il s'est trompé de client ?

– Il vous a dit la vérité. Vous commenciez à devenir gênant. Désolé que ce soit tombé sur votre ami, Artie. J'essaierai de réparer cela. »

Je me suis levé.

Instinctivement, Brodsky a pris le bras de sa femme. Elle a ouvert les yeux, elle a tendu la main vers lui.

« C'est maintenant que vous allez me tuer ? m'a-t-il demandé.

– Vous ne gagnerez pas. Tout ceci ne veut rien dire, cette histoire de sauver le monde. Ça ne peut pas marcher. Vous ne pouvez pas contrôler la puissance nucléaire. »

Il avait l'air furieux. « Quelqu'un y parviendra. » Il était resté immobile.

« Vous ne pourrez plus retourner chez vous, en Amérique.

– Ne soyez pas ridicule. » Il a fait un geste en montrant l'ambassade où nous nous trouvions. « J'y suis, chez moi. »

Paulette Brodsky nous observait. Soudain, la porte s'est ouverte et la femme de chambre est entrée accompagnée d'un Marine. Malgré son esprit égaré, Paulette avait senti Chaim en danger, elle avait appuyé sur un bouton, et l'on était venu.

« Il y a un problème, Monsieur ? a demandé poliment le Marine.

– Y a-t-il un problème, Artie ? » m'a demandé Chaim.

– Vous ne croyez pas vraiment que vous pouvez contrôler toute l'information, les rumeurs, les nouvelles ? » J'avais la main sur la poignée de la porte.

« Juste ce qu'il faut.

– Pour quoi faire ?

– Pour contrôler la peur. »

ÉPILOGUE

NEW YORK

Sonny Lippert m'attendait à l'aéroport. J'ai attendu mon tour au bureau de l'immigration, impatient d'aller voir Ricky.

Le contrôleur prenait son temps. Nous avons échangé des propos sur les Kicks. Dans le temps, la douane me foutait la trouille. Plus maintenant. J'étais bien devenu un véritable Américain. Il a feuilleté un répertoire, il m'a entré dans son ordinateur. Il m'a demandé :

« Affaires ou tourisme ?

– Quoi ?

– Votre voyage, affaires ou tourisme ? »

Pourquoi mettait-il autant de temps ? Qu'est-ce qui se passait ?

De l'autre côté, là où arrivaient les bagages, il y avait des types de l'immigration que je connaissais, mais il y a toujours des flics quand arrive un vol en provenance de Moscou. C'est seulement après avoir récupéré mon passeport et ma valise que j'en ai vu deux qui se dirigeaient vers moi.

« Alors, pauvre cloche », m'a dit Sonny Lippert quand les deux flics m'eurent escorté jusqu'au trottoir. Mais j'ai vu ce qui ressemblait à un sourire sur sa sale tronche : « Je suis avec toi. Dites-lui, Roy, voulez-vous ? »

Roy était là dans une voiture. « Roy, dites à cette bourrique qu'on est du même côté. T'as pigé, Art ? Si tu ne veux pas m'écouter, écoute-le, lui.

– Laissez-le dire, *detective* », m'a dit Roy Pettus. Il soufflait un vent violent autour du bâtiment, la pluie fouettait les voyageurs, deux rangs de taxis jaunes klaxonnaient.

Je me suis assis à l'arrière. Sonny devant.

« On a appris pour la fille, je suis désolé, Art, mais si tu songes à quelque vengeance, ne fais pas l'idiot. » Sonny a démarré.

« On a emballé les Zeitsev. Junior va probablement témoigner. Ça ne serait qu'un début. Grâce à toi, on l'a coincé. Et puis, on a arrêté la contrebande de trucs nucléaires en ville, pour le moment, en tout cas. On a finalement décidé Moscou à s'attaquer aux passeurs. On va piquer les autres. On fera ça ensemble. Ne sois pas russe : la vengeance, c'est con, ma vieille », a-t-il ajouté, en accélérant.

Ça ne suffisait pas. Zeitsev, ça ne suffisait pas pour les dégâts provoqués par Brodsky – Birdie, Olga, Ricky, Lev. Et Svetlana.

« On savait que j'étais à Moscou.

– Tu n'en as pas fait un secret, Art. J'ai additionné deux et deux et, comme toi, j'ai trouvé quatre. J'en ai causé à l'agent Pettus. Et l'agent Pettus a fini par daigner répondre. » Lippert s'est engagé sur l'Expressway. Il conduisait comme une vieille dame.

Enfoncé dans son siège, Roy ne disait rien. On ne voyait que le haut de sa tête, un peu comme un morceau de granit arraché au Mont Rushmore. Sur la banquette arrière, en me faisant l'effet d'un moutard pas très en avance, je les ai vus qui se préparaient à la bagarre.

« Tu savais pour Svetlana ? Comment ? » J'ai eu du mal à prononcer son nom.

« Oui. Désolé.

– Comment ? » Mais je m'en doutais.

« Sverdloff est un ami. Un excellent ami. Il est du côté des bons.

– Il m'a espionné.

– Il t'a sauvé la vie.

– Tu t'es foutu de moi, Sonny. Le jour où tu m'as retiré l'affaire. Tu savais que j'irais à Brooklyn, non ?

– Je prenais le risque. Si ça marchait, j'avais gagné et je suivais l'affaire. Tu n'étais pas officiellement sur l'affaire. Si ça foirait, ça ne retombait pas sur moi. J'étais le héros qui volait à ton secours.

– Ou alors j'étais déjà mort. »

La pluie s'est mise à tomber très fort. Sonny a mis l'essuie-glace et continué la conversation. Roy Pettus restait silencieux.

« Et Ricky ?

– Qui ?

– Tu sais bien. Mon copain Ricky Tae. Qui est-ce qui l'a agressé et changé en légume ?

– On n'est pas sûrs. Sans doute que Zeitsev a

envoyé des gens après toi, et ils se sont trompés de type.

– Non. Je vais te dire qui c'est. » Nous étions sur le pont, on distinguait la ville à travers un rideau de pluie quand je leur ai parlé de Chaim Brodsky. Je leur ai raconté tout ce que je savais. Ils n'avaient pas trop l'air de me croire. Ils se faisaient du souci pour moi.

Je suis rentré chez moi. On avait fait le ménage. Quelqu'un, peut-être Lois, avait mis des fleurs dans un vase sur le bureau. Sur l'escalier d'incendie, les géraniums s'étaient flétris, ils étaient morts. J'ai fermé les stores et j'ai dormi. Combien de temps? Peut-être une semaine. Je me levais pour manger, je me rendormais, j'allais voir Ricky, je redormais, douze ou quatorze heures d'affilée. Toutes les nuits je rêvais de Svetlana. Mais ça ne la faisait pas revenir le matin.

Quand finalement j'ai refait surface, c'était Halloween, j'ai allumé la télé et j'ai fait le point sur les nouvelles en buvant un café avant d'aller me coller sous la douche. Chaim Brodsky annonçait qu'il renonçait provisoirement à son projet de réacteur nucléaire à cause de la maladie de sa femme, et qu'ils allaient faire une longue croisière, peut-être jusqu'en Israël, à la recherche de ses racines. Le livre de Gennadi est devenu un best-seller. *The Teddy Flowers Show* a été repris par une chaîne. La criminalité à New York avait baissé. La Bourse remontait. À Moscou, un jeune reporter est mort quand une valise pleine de documents sur la mafia nucléaire lui a éclaté à la figure. Je me suis tout de suite douté que c'était ce pauvre Eduard Skolnik. Le temps se rafraîchissait. Ruper Murdoch avait racheté la *Pravda*. Les carnets de Birdie sont arrivés par la poste, soigneusement emballés, ils confirmaient bien des choses que je savais et bien davantage.

Ce soir-là, je suis allé au St. Vincent's Hospital, j'ai regardé le visage blafard de Ricky et j'y ai vu comme un éclair de vie. Les médecins sont venus, ils lui ont fait passer une lampe devant les yeux, il y a eu une réaction. Une des infirmières, c'était une bonne sœur, a déclaré que c'était un miracle. Je ne crois pas trop aux miracles, mais je me suis dit que c'était peut-être ça.

Devant la chambre de Ricky à St. Vincent's, je suis tombé sur Hillel Abramsky et un certain nombre de ses copains en train de discuter des points délicats du Talmud avec un prêtre.

« J'ai toujours aimé votre ami Ricky, m'a dit Hillel. Je me suis dit qu'il pouvait avoir besoin d'aide. Nous avons d'excellentes relations avec ceux d'ici.

– Vous croyez que votre Dieu veut que vous priiez pour des types comme Ricky ?

– Et pourquoi pas ? Au fait, ce Saroyan est une crapule.

– Je le savais.

– Vous pouvez le coincer quand vous voulez.

– Merci, Hilly. Merci beaucoup. On vient juste de le faire. Comment avez-vous réussi à l'empêcher de partir ? Vous l'avez pris en otage ? »

Abramsky a fouillé dans sa poche et il en a tiré,

enveloppé dans du papier de soie, le diamant gros comme une noix : « Je savais bien qu'il ne partirait pas sans, ce *schmuck* avide. Alors j'ai gardé la pierre dans la poche de mon pantalon. Et je lui ai envoyé un message comme quoi je faisais retraite. Et qu'on ne pouvait me déranger sous aucun prétexte.

– Vous auriez dû vous faire psychanalyste, Hil.

– Merci. »

Je suis sorti de l'hôpital et j'ai traversé le Village, qui par cette nuit de Halloween était plein de sorcières et de diables. J'ai marché jusqu'à Broome Street, et je me suis assis au bar à côté d'un travelo en Hillary Clinton et de deux fantômes. Moi, j'étais venu comme j'étais.

J'en étais à ma troisième Corona, accompagnée de rondelles d'oignon frit, quand quelqu'un est venu se percher sur le tabouret à côté du mien. Avec un parfum terrible.

« Je peux vous offrir un verre ? » C'était Lily Hanes.

« Vous m'avez suivi ?

– Ouais. Mais moi, je suis sans danger. »

TABLE

DU MÊME AUTEUR

Pavots brûlants
Christian Bourgois éditeur, 1997

IMPRESSION : S. N. FIRMIN-DIDOT AU MESNIL-SUR-L'ESTRÉE
DÉPÔT LÉGAL : SEPTEMBRE 1998. N° 33021 (43701).

Collection Points

SÉRIE POLICIERS

P18. L'Héritage empoisonné, *par Paul Levine*
P19. Les Égouts de Los Angeles, *par Michael Connelly*
P29. Mort en hiver, *par L.R. Wright*
P81. Le Maître de Frazé, *par Herbert Lieberman*
P103. Cadavres incompatibles, *par Paul Levine*
P104. La Rose de fer, *par Brigitte Aubert*
P105. La Balade entre les tombes, *par Lawrence Block*
P106. La Villa des ombres, *par David Laing Dawson*
P107. La Traque, *par Herbert Lieberman*
P108. Meurtre à cinq mains, *par Jack Hitt*
P142. Trésors sanglants, *par Paul Levine*
P155. Pas de sang dans la clairière, *par L.R. Wright*
P165. Nécropolis, *par Herbert Lieberman*
P181. Red Fox, *par Anthony Hyde*
P182. Enquête sous la neige, *par Michael Malone*
P226. Une mort en rouge, *par Walter Mosley*
P233. Le Tueur et son ombre, *par Herbert Lieberman*
P234. La Nuit du solstice, *par Herbert Lieberman*
P244. Une enquête philosophique, *par Philip Kerr*
P245. Un homme peut en cacher un autre, *par Andreu Martín*
P248. Le Prochain sur la liste, *par Dan Greenburg*
P259. Minuit passé, *par David Laing Dawson*
P266. Sombre sentier, *par Dominique Manotti*
P267. Ténèbres sur Jacksonville, *par Brigitte Aubert*
P268. Blackburn, *par Bradley Denton*
P269. La Glace noire, *par Michael Connelly*
P272. Le Train vert, *par Herbert Lieberman*
P282. Le Diable t'attend, *par Lawrence Block*
P295. La Jurée, *par George Dawes Green*
P321. Tony et Susan, *par Austin Wright*
P341. Papillon blanc, *par Walter Mosley*
P356. L'Ange traqué, *par Robert Crais*
P388. La Fille aux yeux de Botticelli, *par Herbert Lieberman*
P389. Tous les hommes morts, *par Lawrence Block*
P390. La Blonde en béton, *par Michael Connelly*
P393. Félidés, *par Akif Pirinçci*
P394. Trois Heures du matin à New York, *par Herbert Lieberman*
P395. La Maison près du marais, *par Herbert Lieberman*
P422. Topkapi, *par Eric Ambler*
P430. Les Trafiquants d'armes, *par Eric Ambler*
P432. Tuons et créons, c'est l'heure, *par Lawrence Block*

P435. L'Héritage Schirmer, *par Eric Ambler*
P441. Le Masque de Dimitrios, *par Eric Ambler*
P442. La Croisière de l'angoisse, *par Eric Ambler*
P468. Casting pour l'enfer, *par Robert Crais*
P469. La Saint-Valentin de l'homme des cavernes *par George Dawes Green*
P483. La Dernière Manche, *par Emmett Grogan*
P492. N'envoyez plus de roses, *par Eric Ambler*
P513. Montana Avenue, *par April Smith*
P514. Mort à la Fenice, *par Donna Leon*
P530. Le Détroit de Formose, *par Anthony Hyde*
P531. Frontière des ténèbres, *par Eric Ambler*
P532. La Mort des bois, *par Brigitte Aubert*
P533. Le Blues du libraire, *par Lawrence Block*
P534. Le Poète, *par Michael Connelly*
P535. La Huitième Case, *par Herbert Lieberman*
P536. Bloody Waters, *par Carolina Garcia-Aguilera*
P537. Monsieur Tanaka aime les nymphéas *par David Ramus*
P538. Place de Sienne, côté ombre *par Carlo Fruttero et Franco Lucentini*
P539. Énergie du désespoir, *par Eric Ambler*
P540. Épitaphe pour un espion, *par Eric Ambler*

Collection Points

DERNIERS TITRES PARUS

P487. Les étrangers sont nuls, *par Pierre Desproges*
P488. Trainspotting, *par Irvine Welsh*
P489. Suttree, *par Cormac McCarthy*
P490. De si jolis chevaux, *par Cormac McCarthy*
P491. Traité des passions de l'âme, *par António Lobo Antunes*
P492. N'envoyez plus de roses, *par Eric Ambler*
P493. Le corps a ses raisons, *par Thérèse Bertherat*
P494. Le Neveu d'Amérique, *par Luis Sepúlveda*
P495. Mai 68, histoire des événements
par Laurent Joffrin
P496. Que reste-t-il de Mai 68 ?,
essai sur les interprétations des « événements »
par Henri Weber
P497. Génération
1.Les années de rêve
par Hervé Hamon et Patrick Rotman
P498. Génération
2.Les années de poudre
par Hervé Hamon et Patrick Rotman
P499. Eugène Oniéguine, *par Alexandre Pouchkine*
P500. Montaigne à cheval, *par Jean Lacouture*
P501. Le Mendiant de Jérusalem, *par Elie Wiesel*
P502. … Et la mer n'est pas remplie, *par Elie Wiesel*
P503. Le Sourire du chat, *par François Maspero*
P504. Merlin, *par Michel Rio*
P505. Le Semeur d'étincelles, *par Joseph Bialot*
P506. Hôtel Pastis, *par Peter Mayle*
P507. Les Éblouissements, *par Pierre Mertens*
P508. Aurélien, Clara, mademoiselle et le lieutenant anglais
par Anne Hébert
P509. Dans la plus stricte intimité, *par Myriam Arissimov*
P510. Éthique à l'usage de mon fils, par *Fernando Savater*
P511. Aventures dans le commerce des peaux en Alaska
par John Hawkes
P512. L'Incendie de Los Angeles, *par Nathanaël West*
P513. Montana Avenue, *par April Smith*
P514. Mort à la Fenice, *par Donna Leon*
P515. Jeunes Années, t. 1, *par Julien Green*
P516. Jeunes Années, t. 2, *par Julien Green*
P517. Deux Femmes, *par Frédéric Vitoux*
P518. La Peau du tambour, *par Arturo Perez-Reverte*

P519. L'Agonie de Proserpine, *par Javier Tomeo*
P520. Un jour je reviendrai, *par Juan Marsé*
P521. L'Étrangleur, *par Manuel Vázquez Montalbán*
P522. Gais-z-et-contents, *par Françoise Giroud*
P523. Teresa l'après-midi, *par Juan Marsé*
P524. L'Expédition, *par Henri Gougaud*
P525. Le Grand Partir, *par Henri Gougaud*
P526. Le Tueur des abattoirs et autres nouvelles
par Manuel Vázquez Montalbán
P527. Le Pianiste, *par Manuel Vázquez Montalbán*
P528. Mes démons, *par Edgar Morin*
P529. Sarah et le Lieutenant français, *par John Fowles*
P530. Le Détroit de Formose, *par Anthony Hyde*
P531. Frontière des ténèbres, *par Eric Ambler*
P532. La Mort des bois, *par Brigitte Aubert*
P533. Le Blues du libraire, *par Lawrence Block*
P534. Le Poète, *par Michael Connelly*
P535. La Huitième Case, *par Herbert Lieberman*
P536. Bloody Waters, *par Carolina Garcia-Aguilera*
P537. Monsieur Tanaka aime les nymphéas
par David Ramus
P538. Place de Sienne, côté ombre
par Carlo Fruttero et Franco Lucentini
P539. Énergie du désespoir, *par Eric Ambler*
P540. Épitaphe pour un espion, *par Eric Ambler*
P541. La Nuit de l'erreur, *par Tahar Ben Jelloun*
P542. Compagnons de voyage, *par Hubert Reeves*
P543. Les amandiers sont morts de leurs blessures
par Tahar Ben Jelloun
P544. La Remontée des cendres, *par Tahar Ben Jelloun*
P545. La Terre et le Sang, *par Mouloud Feraoun*
P546. L'Aurore des bien-aimés, *par Louis Gardel*
P547. L'Éducation féline, *par Bertrand Visage*
P548. Les Insulaires, *par Christian Giudicelli*
P549. Dans un miroir obscur, *par Jostein Gaarder*
P550. Le Jeu du roman, *par Louise L.Lambrichs*
P551. Vice-versa, *par Will Self*
P552. Je voudrais vous dire, *par Nicole Notat*
P553. François, *par Christina Forsne*
P554. Mercure rouge, *par Reggie Nadelson*
P555. Même les scélérats…, *par Lawrence Block*
P556. Monnè, Outrages et Défis, *par Ahmadou Kourouma*
P557. Les Grosses Rêveuses, *par Paul Fournel*
P558. Les Athlètes dans leur tête, *par Paul Fournel*
P559. Allez les filles !, *par Christian Baudelot et Roger Establet*
P560. Quand vient le souvenir, *par Saul Friedländer*